KB093430

이미 거기에 존재하므로 작가의 임무란 리얼리티를 창조
해 내는 것이라고 이야기하면서 모순으로 가득한 20세기
후반의 인간 존재 방식을 표현하려 했다.

그는 현대 문명의 병리학적인 잔혹상—다국적 기업이 주
도하는 소비사회, 미디어 과잉으로 인한 생활의 통제, 음
모론이 판치는 정부 간 이데올로기 담론, 과학기술의 비
인간화 등을 동일한 폭력의 다른 형태로 간주하고, 이러
한 세계에서 살아가는 주인공이 불안과 강박에 시달리다
'에로스'와 '타나토스' 같은 강렬한 이미지에 매료되어 극
단으로 치닫는 모습을 냉정하며 분석적인 시선으로 묘사
했다. 또한 외부 환경과 인간의 내면에 펼쳐지는 의식/무
의식의 상호작용에 초점을 맞추어 SF의 우주 개념을 '내
우주'로 전환시킴으로써 문학성을 꾀했다. 이와 같은 밸
러드만의 문학적 특수성은 형용사 '밸러드풍Ballardian'이
라는 신조어를 탄생시켰고, 사전에 등재되었다.

'나는 나의 작품을 경고로 본다. 나는 길옆에 서서 "속도
를 줄여!"라고 외치는 바로 그 남자다.'

MILLENNIUM PEOPLE

MILLENNIUM PEOPLE

Copyright © 2003, J. G. Ballard
Introduction © 2014, Iain Sinclair
Interview © 2004, Vanora Bennett
'The Sage of Shepperton' © 2008, Travis Elborough
All rights reserved

이 책의 한국어판 저작권은
The Wylie Agency (UK) LTD와 독점 계약한 (주)현대문학에 있습니다.
저작권법에 의하여 한국 내에서 보호를 받는 저작물이므로
무단 전재와 복제를 금합니다.

밀레니엄 피플
MILLENNIUM PEOPLE

J. G. 밸러드 소설 | 조호근 옮김

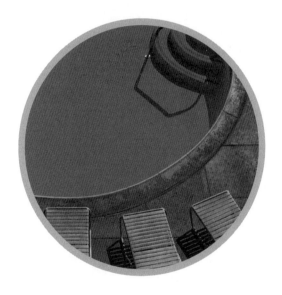

H
현대문학

차례

일러두기

1. 이 책은 포스에스테이트에서 발행된 2014년판 *MILLENNIUM PEOPLE*을 번역한 것이다.

2. 작가의 의도를 존중하여 원문의 이탤릭체는 고딕체로, 대문자로만 쓰인 어구는 큰 글자로, 볼드체는 그대로 볼드체로 표시했다.

3. 작중에 언급된 영화의 번역 제목은 원제가 아닌 우리나라 개봉 당시의 것을 따랐으며, 이는 현재의 국립국어원 외래어 표기법과는 맞지 않을 수 있다.

4. 이 책의 주는 모두 옮긴이 주이다.

1 / 첼시마리나의 반란

너무 소박하고 고상해서 거의 아무도 알아채지 못한, 작은 혁명이 하나 일어나고 있었다. 나는 버려진 영화 촬영장을 방문한 손님처럼 첼시마리나의 입구에 서서 킹스로路에서 들려오는 아침의 차량 행렬 소리에, 마음을 안정시켜 주는 자동차 라디오와 구급차 사이렌의 곡조에 귀를 기울였다. 정문의 수위실 너머에는 휑하니 빈 주택단지의 거리가, 배경음악을 제거한 종말의 세상 같은 풍경이 펼쳐졌다. 발코니마다 투쟁 현수막이 늘어져 있었고, 열 대가량의 전복된 차량과 최소 두 채의 전소된 주택이 눈에 들어왔다.

그러나 내 곁을 스쳐 가는 쇼핑객들은, 어느 누구도 일말의 우려조차 나타내지 않았다. 이번에도 첼시 놈들이 통제

불능이 될 지경으로 파티를 벌이고는, 아직 술이 깨지 않아 그 사실조차 깨닫지 못하고 있다고 여기는 모양이었다. 그리고 어쨌든 그게 진실이었다. 반란에 참여한 역도들의 대부분, 심지어 주모자급 일부조차 이 안락한 주택단지에서 실제로 무슨 일이 벌어지고 있는지 감조차 잡지 못하고 있었으니까. 하지만 다시 생각해 보면, 이곳의 지나치게 교육받은 친절한 혁명가들이 반란을 일으킨 대상은 결국 자기 자신들이었다.

심지어 나조차도 정확히 무슨 일이 벌어지는지 파악하지 못하고 있었다. 경찰의 끄나풀―나 말고는 모든 사람이 알고 있던 기만이었다―로서 첼시마리나에 잠입한 숙련된 심리학자인 나, 데이비드 마컴조차도. 하지만 나는 근면한 소아과 의사이자 반란의 주동자인 리처드 굴드와의 비정상적인 우정 때문에 혼란에 빠진 상태였다. 그와 나, 우리 두 사람의 공동 연인인 케이 처칠이 첼시의 모로 박사˙라는 별명을 선사한 바로 그 사람 말이다. 우리가 처음 만나고 나서 얼마 지나지 않아, 리처드는 첼시마리나에 흥미를 잃고 훨씬 과격한 혁명으로, 그도 알다시피 내 본성에 보다 가까운 부류의 혁명으로 옮아갔다.

나는 단지의 킹스로 쪽 출입구를 봉쇄하고 있는 범죄 현장 테이프 앞으로 다가가서, 내무 장관이 도착하기를 기다리는 두 명의 경관에게 내 출입증을 보여 주었다. 꽃집 배달 차량의 운전사가 조수석에 놓인 커다란 칼라 꽃다발을 가리키며 그들과 말다툼을 벌이는 중이었다. 나는 단지 거주민 중 한 사람이, 이를테면 행복한 결혼 생활을 영위하던 사무 변호사나 광고대행사 임원이, 혁명에 너무 바빠서 아내의 생일 꽃다발 배달을 취소하는 일을 잊었으리라 짐작했다.

경관들은 꿈쩍도 않고 버티고 서서 운전사가 들어가지 못하도록 막았다. 그들은 한때 법질서를 준수하던 공동체에 뭔가 끔찍하게 수상쩍은 일이 벌어지고 있음을 감지하고 있었다. 각료와 수행원들이 몸소 방문해야 할 만한 그런 일이 말이다. 내무부 고문들, 우려를 표하는 성직자들, 사회사업가와 나를 포함한 심리학자들로 구성된 이번 방문객 무리는 정오에 시찰을 시작할 예정이니, 아직 한 시간 정도는 남아 있었다. 반란을 일으킨 중산층은 예의 바른 사람들이라 물리적 위협을 가하지 않으리라는 합리적인 가정하에, 무장 경찰 호위대는 대동하지 않을 참이었다. 하지만 나는 그 합리적인 가정 자체가 위협이 된다는 사실을 지독히도 잘 알고 있었다.

겉모습이란 아무 의미도 없지만 동시에 모든 것이기도 하

• 동물실험을 소재로 한, H. G. 웰스의 『모로 박사의 섬』(1896)의 등장인물. 매드 사이언티스트의 전형이다.

다. 경관은 내 출입증을 제대로 보지도 않고 손을 흔들어 나를 들여보냈다. 후줄근한 청바지를 입은 어머니들의 논리 정연한 장광설에 시달려 온 그들은, 내 세련된 헤어스타일과 BBC급 화장술과 보랏빛이 섞인 회색 정장과 일광욕 매트에서 태운 살갗을 보고 첼시마리나의 원주민이 아니라고 확신한 것이었다. 이곳의 주민들은 뜨내기 텔레비전 권위자나, 화상회의와 공항 세미나의 수상쩍은 세계에서 온 지식 소매상처럼 보이느니 차라리 죽음을 택할 이들이니까.

그러나 이 정장은 변장의 일부였다. 찢어진 가죽 재킷과 데님 바지를 쓰레기통에 쑤셔 넣고 6개월 만에 꺼내 입은 것이었다. 나는 경관의 짐작보다 훨씬 기운차게 몸을 놀려, 가볍게 범죄 현장 테이프를 뛰어넘었다. 내무 장관이 '테러 행위'라 칭한 일련의 활동 덕분에, 수년 동안 공항 라운지와 호텔 아트리움을 오가며 말랑말랑해진 게으른 육신은 금세 활력을 되찾았다. 심지어 모든 것을 용인하며 절대 놀라지 않는 아내 샐리마저 경찰이나 경비원들과 실랑이를 벌이다 생긴 상처를 세다 말고 내 팔뚝의 근육에 감탄할 정도였다.

그러나 변장이 통하는 데도 한계는 있는 법이다. 나는 수위실의 깨진 창문에 비친 내 모습을 보면서 넥타이 매듭을 슬쩍 느슨하게 풀었다. 아직도 내가 연기할 배역이 무엇인지 확신할 수 없었다. 리처드 굴드와 나는 자주 함께 목격되었고, 경관들은 내가 수배 중인 테러범의 주요 공범이라는

　　　　　　　　　　　　첼시마리나의 반란

사실을 인지했어야 마땅했다. 내가 손을 흔들자, 그들은 시선을 돌리고 내무 장관의 리무진을 찾아 킹스로를 훑어보았다. 나는 살짝 낙담하고 말았다. 아주 잠시 그들이 나를 불러 세우기를 원했기 때문에.

20여 년 전에 건설된 이후 처음으로 텅 비어 버린 첼시마리나의 거리가 내 앞에 펼쳐져 있었다. 전체 주민이 사라진 단지에는 마치 도심의 자연보호 구역 같은 정적의 공간만 남았다. 편안한 부엌과 허브 정원과 책이 가득한 거실을 뒤로한 채, 800여 가구가 이곳을 탈출했다. 그들 모두가 조금도 후회하지 않고 자기 자신을, 그리고 한때 자신이 가졌던 신념을 배반해 버렸다.

서부 런던의 차량 행렬 소리가 지붕 너머에서 들려왔지만, 단지 내의 주요 간선도로인 보포트 거리를 따라 걷노라니 이내 소리도 잦아들었다. 첼시마리나를 둘러싼 거대한 메트로폴리스는 아직도 숨을 죽인 채 지켜보는 중이었다. 이곳은 중산층 혁명이 시작된 땅이었으니까. 막다른 골목에 몰린 프롤레타리아들이 봉기한 것이 아니라, 사회의 용골이자 닻이라 할 수 있는 교육받은 전문직 계급이 반란을 일으킨 것이다. 이 고요한 거리에서, 한때 셀 수도 없이 많은 디너파티가 열리던 곳에서, 외과 의사와 보험중개인과 건축가와 공중보건 관리자가, 바리케이드를 쌓고 자동차를 전복시켜 자신들을 구하려 애쓰는 소방차와 구급 요원의 진입을 막았던 것이다. 그들은 도움을 주려는 모든 손길을 거절했다. 그리고 그들의 진짜 고충을, 엄밀하게 말하자면 진짜 고충이 존재하기는 하는지의 여부를 방송하려는 모든 시도를 거부했다.

대치 국면에서 켄징턴·첼시 의회가 보낸 교섭인들은 처음에는 침묵으로, 다음에는 조롱으로, 마지막에는 화염병으로 환영을 받았다. 아무도 이해할 수 없는 이유 때문에, 첼시 마리나의 거주자들은 자신들의 중산층 세계를 해체하는 작업에 매진했다. 책과 회화 작품과 교육용 장난감과 비디오를 쌓아 화톳불을 피웠다. 전복된 차들에 에워싸인 채로, 수많은 가족들이 손을 잡고 둘러서서, 불길에 달아오른 자부심 넘치는 얼굴을 높이 쳐들고 있는 모습이 텔레비전 뉴스 화면을 장식했다.

불길에 난도질당하고 바퀴를 위로 든 채로 포석 옆에 누운 BMW 곁을 지나치던 나는 터져 나간 연료 통에 잠시 시선을 멈추었다. 여객기 한 대가 런던 중심부를 가로질러 날아갔고, 나른하게 울리는 엔진 소리에 수백 개의 깨진 창문이 마치 마지막 남은 분노를 터트리는 것처럼 흔들렸다. 흥미롭게도 첼시마리나를 파괴한 주민들은 전혀 분노를 표출하지 않았다. 그저 수집품을 쓰레기로 내놓듯이 조용히 자신들의 세계를 폐기해 버릴 뿐이었다.

이런 기묘한 차분함은, 그리고 그 이상으로 우려되는, 지불해야 할 막대한 범칙금에 대한 주민들의 무심한 태도는, 결국 내무 장관이 직접 이곳을 방문하는 사태로 이어졌다. 내무부에 가까운 지인이 있는 연구소 동료 헨리 켄들의 말에 의하면 이제 다른 중산층 지역에서도 소요 사태가 발생하는 중이라 했다. 부유한 교외 지역인 길퍼드나 리즈나 맨체스터 등에서도 말이다. 잉글랜드 전역의 전문직 카스트 전체가 그동안 확보하려고 애써 왔던 모든 것을 내팽개치기 시작하는 것만 같았다.

여객기 한 대가 풀럼 지역의 스카이라인을 가로질러 보포트 거리 끄트머리에 있는 불탄 집의 드러난 대들보 사이로 사라지는 모습이 내 눈에 들어왔다. 그 집의 주인은 지역 사립학교 교장과 의사 남편이었는데, 경찰의 폭동 진압조가 밀려들기 직전까지 버티다가 마지막 순간에 세 아이와 함께 첼시마리나를 떠났다. 반란의 전위대로서, 자신들의 삶을 통제하는 노골적인 부당함을 만천하에 드러내 보이겠다고 굳게 다짐하던 이들이었다. 나는 그들이 진흙투성이 랜드로버를 끌고 무아지경에 빠진 채 M25 순환 국도를 끝없이 도는 광경을 상상했다.

다들 어디로 떠난 것일까? 거주자들 중 많은 수는 시골 별장으로 퇴각하거나 음식 꾸러미며 응원 이메일로 투쟁을 지지해 온 친구들의 집에 머무르고 있었다. 다른 이들은 레이크 디스트릭트나 스코틀랜드 하일랜드로 기약 없는 여행길에 올랐다. 트레일러를 끌고 떠난 그들이야말로 방랑 중산층의 선두 주자였다. 해박한 법률 지식으로 지역 자치 위원회를 악몽에 빠트리는, 대학 교육을 받은 신시대 집시 부족의 선견자였다.

사우스뱅크 대학의 영화 이론 강사였고 나를 하숙인으로 받아들였던 케이 처칠은 경찰에 체포되었다가 보석금을 내고 석방되었다. 그리고 케이블 채널의 오후 방송에 출연해서 여전히 혁명에 대한 장광설을 늘어놓고 있었다. 허름한 소파와 영화 스틸 컷이 들어차 복작거리지만 편안했던 그녀의 집은 첼시 소방서의 강력한 소방 호스에 흠뻑 젖어 버렸다.

케이와 그녀의 흩날리던 잿빛 머리카락이, 변덕스러운 온갖 의견과 끊임없이 흐르던 와인이 그리웠지만, 내무 장관보다 한 시간 앞서 이곳을 찾은 이유는 버려진 그녀의 집에 들어가기 위해서였다. 내 노트북 컴퓨터가 거실의 커피 탁자 위에 놓여 있을 것이라고 기대하고 있었기 때문이다. 우리가 지도를 펼쳐 국립영화극장과 앨버트홀의 방화 계획을 꾸미던 그 자리에 그대로 있을 것이라고. 봉기가 최종 국면에 돌입해 경찰 헬리콥터 소리가 머리 위에서 요란하게 울리는 상황에서도, 케이는 잘생긴 소방서장을 혁명의 논리로 개종시키려고 단단히 마음먹은 나머지 그의 부하들이 물을 뿜어 창문을 깰 시간을 허락하고 말았다. 이웃 한 명이 케이를 집에서 끌어냈지만, 노트북 컴퓨터는 얌전히 그곳에서 과학수사대의 손길을 기다리고 있을 것이었다.

보포트 거리가 끝나면서, 첼시마리나의 고요한 중심부가 눈앞에 펼쳐졌다. 커더건 환상교차로 옆으로 줄지어 늘어선 7층짜리 아파트 건물에는, 수많은 현수막이 발코니에 걸려 늘어진 채로 조금도 귀를 기울이지 않는 허공에 슬로건을 전파하려 애쓰고 있었다. 나는 도로를 건너 그로브너 플레이스로, 케이의 독특한 매력이 깃들인 막다른 은신처이자 보다 오래된 또 다른 첼시를 떠오르게 하는 곳으로 향했다. 이 짧은 도로에는 전과가 있는 골동품 중개인, 레즈비언 결혼식을 올린 부부 두 쌍, 알코올중독자인 콩코드 조종사가 살았고, 고약한 술 동무와 흥겨움을 언제나 찾을 수 있었다.

나는 엉망이 된 케이의 집으로 걸음을 옮겼다. 내내 귓가에서 울리는 자신의 발소리가, 마치 범죄 현장에서 도망치려 애써도 결국 가까이 가게 되는 죄책감의 메아리처럼 들렸다. 나는 사방을 둘러싼 텅 빈 집들에 현혹되어 포석에 발이 걸렸다가, 가재도구가 가득 쌓인 건설 폐자재 적재함에 기대며 몸의 균형을 잡았다. 언제나 사려 깊은 이웃의 도리를 지키는 혁명가들은 봉기하기 몇 주 전부터 이런 커다란 적재함을 열두 개나 주문해 놓았다.

도롯가에 주저앉은 볼보조차도, 여전히 거주자 규칙의 적용을 받는지 얌전히 주차 구획선 안으로 밀어다 놓은 모양새였다. 반란 분자들은 혁명이 끝나자 주변을 정리 정돈했다. 뒤집힌 차들은 거의 다 바로 세워 놓았고, 자동차 열쇠는 꽂은 채로 회수 직원들이 처리하기 편하게 만들어 놓았다.

적재함은 책과 테니스 라켓과 아이들 장난감과 숯덩이가 된 스키 따위로 가득 차 있었다. 옷깃이 그슬린 블레이저 교복 옆에는 중급 간부의 근무용 제복이라 할 수 있는 소모사 정장이 거의 새것인 채로, 총을 버리고 전선을 이탈한 병사가 벗어 던진 군복처럼 잔해 사이에 널려 있었다. 정장은 마치 문명 전체가 버리고 떠난 깃발처럼 기묘할 정도로 연약해 보였고, 나는 내무 장관의 보좌관 중에 그 점을 지적해 줄 사람이 있기를 빌었다. 그리고 만약 누군가 내게 의견을 구한다면 어떻게 대답할지를 떠올려 보았다. 노사 관계와 직장심리학에 특화된 애들러 연구소의 일원이니, 나야말로 사무직 종사자의 감정 변화나 중간관리직의 정신건강 문제에 대해서는 전문가에 속하는 사람일 것이다. 그러나 저 정장이 불러일으키는 감정은 쉽사리 설명하기 힘들었다.

케이 처칠이라면 답할 수 있었을 것이다. 그녀의 집으로 다가가며 물웅덩이를 건너는 동안 계속해서 그녀의 목소리가 머릿속에서 울렸다. 으름장 놓는 목소리가. 애원하는 목소리가. 이지적이고 완벽하게 분노한 목소리가. 중산층이야말로 신시대의 프롤레타리아라고, 1세기 동안 이어져 온 음모의 희생양이라고, 이제 그들이 마침내 의무와 시민의 책무란 사슬을 벗어던지는 것이라고 설파하는 목소리가.

어쩌면 이번만은, 그 말도 안 되는 해답이 옳은 것일지도 모른다.

소방관들은 케이의 방화를 원천적으로 저지하려는 생각이었는지 집을 홀딱 적셔 놓았다. 처마에서는 아직도 물이 뚝뚝 떨어지고, 벽돌에서는 흐릿하게 물안개가 피어오르고 있었다. 휜히 트인 거실은 해안가 동굴이 되었고, 금이 간 천장에서 새어 든 물기가 벽 전체를 축축하게 젖은 태피스트리로 만들어 버렸다. 오즈와 브레송의 포스터 사이에 서 있자니, 케이가 지금이라도 이름 모를 애호가가 호평한 와인 한 병과 유리잔 두 개를 들고 부엌에서 등장할 것만 같았다. 우리가 전투에서 승리했다고 당당하게 선언하면서.

케이는 떠났지만 그녀의 경쾌하고 떠들썩한 세계는 여전히 여기 남아 있었다. 벽난로 위쪽 거울에 가득 붙은 포스트잇 메모, 무정부주의 단체에서 보낸 강연 초청장, 하얀 조약돌을 쌓아 만든 벽난로 위의 돌무덤. 그녀는 그 조약돌 하나하나가 그리스의 여름 해변에서 나누었던 하룻밤 사랑의 기념품이라고 내게 말해 주었다. 물방울이 알알이 영글어 있는 액자에는 오스트레일리아에 사는, 이제 십 대가 되었을 딸의 사진이 들어 있었다. 양육권이 남편 쪽으로 넘어가기

전 마지막 휴일에 찍은 사진이었다. 케이는 이젠 그 기억이 과거일 뿐이라고, 입을 벌리고 있는 쥐덫일 뿐이라고, 립스틱 자국이 남은 유리잔 같은 지난밤의 잔재일 뿐이라고 주장했지만, 나는 가끔씩 사진에 떨어진 눈물을 닦으며 액자를 가슴에 안는 그녀의 모습을 엿보곤 했다.

케이와 내가 함께 앉아 졸음을 만끽하던 소파는 이제 축축한 천 뭉치가 되어 버렸다. 그러나 내 노트북 컴퓨터는 영화 대본과 잡지 사이에 얌전히 놓여 있었다. 그 안의 하드 드라이브에는 나를 리처드 굴드의 공모자로 기소하기에 충분할 정도의 증거가 들어 있었다. 불태울 비디오 대여점, 습격할 여행 대행사, 사보타주할 미술관과 박물관의 목록뿐만 아니라, 각각의 임무에 배정할 주민 실행조가 있었다. 나는 케이의 감탄을 이끌어 내려고 개별적인 피해 정도와 실행조의 부상 여부와 그에 따른 보험금 청구 요건까지 적어 놓았다. 내 어깨를 따스하게 감싸 안는 케이의 손길을 느끼면서 이런 온갖 내용을 입력하던 나는, 종종 내 손으로 감방까지 이어지는 양탄자를 깔고 있는 것이 아닌가 하는 생각에 사로잡히곤 했다.

케이에 대한 애틋한 상념에 사로잡힌 채로, 나는 손을 뻗어 그녀 딸의 사진을 똑바로 세워 주었다. 유리 조각 하나가 액자에서 미끄러져 내 손바닥을 가로지르며 생명선을 가볍게 둘로 잘라 버렸다. 선명한 얼룩을 응시하며 손수건을 찾던 나는, 반란이 일어난 동안 내가 첼시마리나에서 피를 흘린 것이 이번이 처음이라는 사실을 깨달았다.

　나는 노트북을 겨드랑이에 끼고 케이의 집을 나와 문을 닫았다. 마지막으로 목조 벽판을 바라보다가, 매끈한 에나멜 벽판에서 창문 하나가 움직이며 햇빛을 반사하는 것을 목격했다. 커더건 환상교차로를 따라 늘어선 아파트 건물 중 하나에서, 꼭대기 층의 여닫이창이 활짝 열렸던 것이다. 손 하나가 그 안에서 뻗어 나와 먼지떨이로 유리창을 닦더니 다시 안으로 들어가 버리는 모습이 기괴하게만 느껴졌다.

　나는 거리로 나와서, 장기 주차장에 서 있는 불탄 사브 한 대를 지나쳐 아파트 건물 쪽으로 걸음을 옮겼다. 불법 거주자들이 밍밍한 마약과 딱딱한 침대를 포기하고 첼시마리나로 이주해 들어오고 있는 것일까? 새로운 생활양식을 누릴 준비는, 학교 등록금과 브라질인 가정부와 발레 교습과 BUPA 보험료 같은 다양한 문제를 직면할 준비는 끝마친 것일까? 우리의 사소한 혁명은 머지않아 지역 민담 목록의 일부가 되어, 프롬스 콘서트의 마지막 밤이나 윔블던 테니스 경기의 전야제처럼 축제로 지정될 것이다.

　손수건으로 손바닥을 누르며, 나는 아파트 건물 복도로

들어와서 승강기 버튼을 마구 눌러 댔다. 당황스럽게도 첼시마리나 전체에 전기가 끊겨 있었다. 나는 층계참마다 걸음을 멈추며 쉬엄쉬엄 계단을 올랐다. 버려진 아파트 건물은 사방에 문이 열려 있어서, 흡사 자기 무대를 찾아내려 애쓰는 배우가 된 것만 같았다. 꼭대기 층에 도착하니 머리가 빙빙 돌 지경이었다. 나는 별생각 없이 잠기지 않은 문을 열고, 창문이 열리며 햇빛을 반사했던 텅 빈 거실을 들여다보았다.

이 아파트 건물 4층의 입주자인 베라 블랙번은 전직 정부기관 소속 과학자이자 케이 처칠의 절친한 친구 중 한 사람이었다. 아파트 꼭대기 층에는 젊은 안과 의사와 그 남편이 살고 있었다는 사실이 떠올랐다. 이 건물의 거실 창문은 첼시마리나의 전경을 가장 훤히 조망할 수 있는 자리였다. 보포트 거리와 내무 장관이 시찰에 나서는 경로까지 그대로 내려다보였다.

나는 바닥에 널린 여행 가방을 타고 넘어 거실로 들어섰다. 책상 위에는 캔버스 가방이 하나 놓여 있었는데 옆면에 광역경찰청의 문양이 찍혀 있었다. 폭동 진압반이 가지고 다닐 법한 장비로 보였다. 그 안에는 전기 충격기며 최루탄 용기며 언제나 존재하는 적들로부터 몸을 보호하기 위해 경찰이 가지고 다니는 소몰이 막대 따위가 들어 있을 것이다.

무의식이 경고를 보내는 것처럼, 손에 든 노트북이 한층 무겁게 느껴졌다. 근처 침실에서 두 사람이 대화를 나누는 소리가 들렸다. 남자의 목소리는 퉁명스럽지만 나직했고, 여자가 대꾸하는 목소리에는 날이 서 있었다. 나는 경관 한 명과 그 여성 동료가 내무 장관의 진입로를 감시하고 있으리라 추측했다. 끔찍하게 효율적으로 움직이는 경찰들이, 각료와 그 옆에서 진중하게 고개를 주억거리는 고문들을 최대한 또렷하게 주시하기 위해 창문을 닦은 것이리라. 그런 자들이라면 감시 초소에 침입한 내 모습에 분명 최악의 경우를 상정할 것이고, 조금의 망설임도 없이 내 손에 들린 심리학자의 노트북 컴퓨터가 공격용 무기로 사용될 수 있다는 결론을 내릴 것이다.

나는 여행 가방에 발이 걸리지 않으려 주의하면서 조심조심 문을 향해 움직였다. 문득 책상 위에 꽂혀 있는 안과 의사의 시력검사표가 처음으로 눈에 들어왔고, 나는 과녁처럼 생긴 수많은 원과 줄지어 늘어선 아무 의미 없는 문자들이 꼭 암호처럼 보인다는 생각을 했다.

침실 문이 열리며 너저분한 정장을 걸친 산만한 얼굴의 남자가 거실로 들어섰다. 역광이었지만 그의 영양실조에 시달리는 얼굴을, 맥이 빠르게 펄떡이는 관자놀이를 알아볼 수 있었다. 나를 알아차렸는데도 마치 내가 수술 중에 선약 없이 전화를 걸어온 환자인 양 자기 나름의 문제에 골몰해 있는 듯했다. 그는 창밖의 텅 빈 거리와 불길에 파괴된 집들

을 멀거니 내려다보았다. 전화의 발톱이 휩쓸고 간 중동의
교외 지역에서 의료 업무를 수행하며 과로에 시달리는 의사
처럼 지친 눈빛으로.

마침내 그는 나를 돌아보더니, 문득 얼굴에 온기를 가득
머금고 미소 지었다.

"데이비드? 들어와요. 우리 모두 당신을 기다리고 있었습
니다."

머릿속 생각과는 정반대로, 나는 그를 다시 만나기를 갈
망하고 있었다.

2 / 히스로
폭탄

리처드 굴드 박사와 그가 첼시마리나에서 일으킨 혁명의 유혹에 처음 이끌린 것은 고작 넉 달 전의 일이었다. 때론 저 타락한 소아과 의사를 학창 시절부터 알고 지낸 것만 같은 생각에 사로잡히곤 했지만 말이다. 강의에도 참석하지 않고 시험도 치르지 않던 괴짜가 그 사람이었을지도 모른다고. 구겨진 정장을 걸치고 자기 나름의 강의 계획서에 따르던 고독한 사람이었지만, 어떻게든 자격증을 취득했고 성공적인 경력을 쌓아 나가던 사람. 그는 마치 내일의 꿈에서 솟아난 인물처럼 우리 삶 속으로 스며들어 왔다. 우리가 응당 자신의 가장 충성스러운 사도로 변모할 것이라 여기는 이방인으로서.

굴드의 도래를 예비한 첫 전조는 전화벨 소리였다. 우리가 플로리다에서 열리는 사흘짜리 산업심리학 학회에 참석하기 위해 히스로 공항으로 떠나려던 순간에 전화가 울린 것이다. 샐리를 인도해 계단을 내려가는 중이던 나는 그 전화가 대서양 횡단 여행을 불쾌하게 만들려고 연구소에서 고안한 마지막 순간의 통보일 것이라고 생각했다. 일 잘하는 비서가 사표를 냈다든가, 아주 마음에 들어 하던 동료가 재활 시설에 들어갔다든가, 난생처음 융의 원형 이론을 접하고 그 안에 부엌용품 설계 산업의 미래가 고스란히 들어 있다고 확신한 어떤 최고 경영자가 긴급 이메일을 보냈다든가 하는.

나는 여행 가방을 복도로 내놓는 동안 전화를 받아 달라고 샐리에게 부탁했다. 타고난 중재자이자 치유사인 샐리는 누구라도 기분 좋게 만드는 능력이 있었다. 몇 분만 주면 히스로 공항의 체크인 줄도 녹아 없어지고, 대서양도 매끈한 댄스 플로어로 변할 것이다. 나는 현관 밖으로 나가 예약한 자동차를 찾으려고 집 앞 거리를 둘러보았다. 택시 몇 대가 애비로 쪽 갈림길을 뚫고 들어오기는 했지만, 녹음 스튜디오로 성지순례를 떠나는 비틀스 팬이나, 로즈 크리켓 경기장으로부터 패드와 크리스 너머 위태로운 세계로 기울어지는, 거나하게 점심 식사를 즐긴 매릴러번 크리켓 클럽 회원들에게 붙들려 버렸다. 3번 터미널에서 마이애미 항공편이 출발하기 두 시간 전에 도착하도록 차를 예약해 놓았는데, 언제나 시간을 엄수하는 프라샤 씨는 벌써 20분이나 늦은 상태였다.

응접실로 돌아가니 샐리는 아직도 전화통을 붙들고 있었다. 그녀는 벽난로 선반에 기대서서 어깨까지 오는 머리카락을 손으로 가볍게 쓸고 있었다. 1930년대 할리우드 영화의 여배우만큼이나 멋들어진 모습이었다. 거울조차 그녀 곁에서는 숨을 죽일 터였다.

"그러니까······" 그녀는 전화를 내려놓으며 말했다. "그냥 희망을 가지고 기다려야겠네."

"샐리? 누구였어? 아널드 교수만 아니면 좋겠는데······"

샐리는 양손에 지팡이를 잡은 채로 비틀거리며 벽난로 선반에서 물러났다. 나는 자신을 장애인으로 여기는 그녀의 작은 환상에 즐거움을 느끼며 뒤로 물러섰다. 어제 오후만 해도 동료의 아내와 탁구를 친 데다, 공이 이리저리 오가는 동안 지팡이는 완전히 잊힌 채 얌전히 탁자 위에 놓여 있었는데 말이다. 이미 지팡이가 필요치 않게 된 지도 몇 달은 지났지만, 그녀는 스트레스를 받을 때마다 지팡이를 찾아 손을 뻗었다.

"당신 친구 프라샤 씨야." 그녀는 향긋한 머리카락을 내 뺨에 누르며 몸을 기댔다. "히스로 공항에 문제가 생겼대. 큐까지 차들이 꼬리를 물고 있다는 거야. 그게 좀 가실 때까지는 출발해 봤자 별 의미가 없을 거라는데."

"그럼 비행기는 어쩌고?"

"전부 지연됐대. 한 대도 못 뜨고 있다나 봐. 공항 전체가 업무를 중단한 것 같아."

"그럼 우린 어쩌나?"

"술이나 진탕 마셔야지." 샐리는 나를 주류 보관함 쪽으로 밀었다. "프라샤 씨가 15분 후에 다시 전화를 하겠대. 적어도 신경은 써 주는 사람이잖아."

"그렇지." 나는 스카치와 소다수 두 잔을 따르며 창밖에 서 있는 샐리의 차를 바라보았다. 앞 유리에는 색 바랜 장애인 스티커가 붙었고, 뒷좌석에는 휠체어가 실려 있었다. "샐리, 내가 차를 몰고 가면 되잖아. 당신 차 끌고 가자고."

"내 차? 당신 저거 운전할 수는 있어?"

"여보, 저건 내가 직접 설계한 물건이라고. 전조등 켜고 경적을 울리면서 갓길로 가면 된다니까. 단기 주차장에 세워 놓고 가면 돼. 적어도 여기 앉아 있는 것보다는 낫잖아."

"여기서는 취할 수 있지."

샐리는 소파에 몸을 묻으며 잔을 들어 내 기운을 북돋아 주려 했다. 나는 애들러 연구소에서 아널드 교수를 끌어내리려는 왕위 계승 전쟁 탓에 지치고 짜증 가득한 상태였고, 그녀는 나를 대서양 반대편으로 데려가려고 줄곧 애써 왔다. 플로리다에 있는 디즈니의 모형 공동체인 셀리브레이션에서 열리는 학회야말로 탈진한 남편을 호텔 수영장에서 쉽게 만들기에 좋은 기회였기 때문이다. 그녀에게 해외여행은 꽤나 힘든 일이었다. 택시나 화장실은 다친 무릎에는 좋지 않고, 미국인 심리학자들은 지팡이를 짚고 절뚝이며 다니는 매력적인 여성을 독특한 부류의 에로틱한 도전으로 여기기 때문이다. 그러나 어차피 샐리는 항상 남자들의 목표물이 되는 사람이었다. 대부분의 시간을 호텔 방의 미니바를 끌어안고 지내기는 하지만.

나는 소파의 그녀 옆자리에 누워서 잔을 부딪친 다음 자동차 소리에 귀를 기울였다. 평소보다 시끄럽게 느껴졌다. 마치 히스로에서 이어지는 차량 행렬이 런던 시내까지 짜증을 공급하는 것 같았다.

"10분 남았군." 스카치를 전부 들이켠 나는 이미 다음 잔이 아니라 다다음 잔을 염두에 두고 있었다. "아무래도 떠나지 못할 것 같은 예감이 드는데."

"긴장 풀어……" 샐리는 자기 위스키를 내 잔에 부어 주며 말했다. "어차피 애초에 별로 가고 싶어 하지도 않았잖아."

"그렇기도 하고, 아니기도 하지. 내가 정말로 짜증이 나는 건 미키마우스와 악수를 해야만 한다는 거야. 미국 놈들은 디즈니 호텔을 진짜로 좋아하더군."

"말이 너무하네. 그 사람들은 거기서 어린 시절을 떠올리는 것뿐인데."

"실제로는 가져 본 적 없는 어린 시절 말이지. 그럼 나머지 우리는 뭐야? 우리는 왜 미국식 어린 시절을 강제로 떠올려야 하는 건데?"

"현대사회를 훌륭하게 요약해 낸 셈이네." 샐리는 자신의 텅 빈 잔을 쿵쿵거렸다. 콧구멍이 가냘픈 희귀 어종의 아가미처럼 벌름거렸다. "적어도 여길 떠날 수는 있게 해 주잖아."

"이런 여행이? 솔직히 말하자고. 이런 건 그냥 환상이야. 비행기 여행도, 히스로에서 하는 온갖 짓거리들도, 전부 현실에서 도피하려는 총체적 시도일 뿐이라고. 체크인 접수대 앞에 선 그 순간만큼은 자신 있게 목적지를 말할 수 있잖아. 불쌍한 작자들, 표에 인쇄된 행선지에 불과한데도. 날 좀 봐, 샐리. 나도 딱 그런 꼴이잖아. 나는 플로리다로 가고 싶은 게 아니야. 이건 애들러에 사표를 던지는 일의 대체재일 뿐이지. 그런 짓을 벌일 용기는 없으니까."

"있을 텐데."

"아직은 없어. 그런 안전한 은신처는 달리 없거든. 야심 가득한 신경증 환자로 가득한 위대한 대학 연구 기관이잖아. 이 얘기 해 줬던가. 건물에 수석 심리학자들이 30명이나 들어차 있는데, 한 사람도 빼놓지 않고 전부 자기 아버지를 증오한다니까."

"당신은 아니고?"

히스로 폭탄

"만난 적이 없으니까. 우리 어머니가 내게 베푼 유일한 선행이라고 할 수 있지. 자, 그래서 프라샤는 대체 어디쯤 있는 거야?"

나는 자리에서 일어나서 전화 쪽으로 갔다. 샐리는 양탄자 위에서 텔레비전 리모컨을 집어 들고 점심 뉴스를 틀었다. 화면의 일렁임이 잦아들자 낯익은 공항 중앙 홀의 모습을 알아볼 수 있었다.

"데이비드…… 이거 좀 봐." 샐리는 발치에 놓여 있던 지팡이를 손에 들면서 앞으로 몸을 빼고 앉았다. "뭔가 끔찍한 일이……"

귀로는 프라샤의 목소리를 들으면서도, 내 눈은 뉴스 화면에 고정되어 있었다. 기자의 목소리가 경찰 사이렌에 파묻혀 버렸다. 뒤이어 구급대가 구급 침대를 밀고 뒤엉킨 승객과 공항 직원을 뚫고 나오자, 기자는 카메라의 사선에서 물러설 수밖에 없었다. 거의 의식이 없는 여성이 구급 침대에 누워 있었다. 가슴팍의 옷은 너덜너덜했고, 팔에는 핏방울이 튄 자국이 가득했다. 분진이 부티크와 환전소 위에서 구름처럼 솟아올라 허공을 맴돌았다. 마치 통풍구를 통해 도망치려 발버둥질하는 작은 모래 폭풍처럼.

구급 침대 뒤편으로는 2번 터미널의 주 도착 출구가 보였고, 기관단총으로 무장한 경관이 그 앞을 지키고 있었다. 렌터카 운전사들은 어찌할 바를 모른 채 장애물 앞에서 이름이 적힌 골판지 깃발을 벌써부터 반기처럼 흔들고 있었다. 고급 서류 가방을 든 남자 하나가 도착 출구에서 나왔다. 더 블브레스트 정장의 웃옷은 소매가 날아가서 피투성이 팔이 드러나 있었다. 그는 마치 자신의 이름이 떠오르지 않는 것처럼 자신을 향해 쳐든 수많은 이름들을 멀거니 바라보았다. 의료 보조원 두 명과 에어링구스 승무원 한 명이 바닥에 무릎을 꿇고 앉아서, 뚜껑이 떨어져 텅 빈 여행 가방을 그러안고 바닥에 주저앉은 탈진한 승객의 응급처치를 하고 있었다.

"마컴 씨?" 내 귀에 가느다란 소리가 들려왔다. "프라샤입니다만……"

나는 무의식적으로 전화를 내려놓았다. 그리고 소파 옆에 서서 샐리를 진정시키려 어깨에 손을 올렸다. 그녀는 손가락으로 코를 문지르며 어린아이처럼 몸을 떨고 있었다. 화면에 떠오른 잔혹한 영상들이 거의 목숨을 잃을 뻔했던 사고를 떠올리게 만드는 것처럼.

"샐리, 여긴 안전해. 내가 함께 있잖아."

"나는 괜찮아." 그녀는 마음을 가라앉히고 텔레비전 화면을 가리켰다. "수하물 벨트컨베이어에 폭탄이 있었대. 데이비드, 우리가 저기 있었을 수도 있잖아. 죽은 사람은 없는 거야?"

"'세 명 사망, 스물여섯 명 부상……'" 나는 화면의 자막을 읽었다. "어린아이가 없었기만을 빌자고."

샐리는 리모컨을 만지작거려 소리를 키웠다. "미리 예고장 같은 걸 띄우지는 않는 거야? 경찰이 파악할 수 있게 암호문을 보낸다든가? 왜 도착 라운지에 폭탄을 넣는 건데?"

"정신 나간 사람들은 언제나 있으니까. 샐리, 우린 괜찮아."

"괜찮은 사람이 있기나 할까."

그녀는 내 팔을 붙들더니 자기 옆에 앉혔다. 우리는 함께 공항 중앙 홀의 모습을 멍하니 바라보았다. 경찰과 구급 요원과 면세점 직원들이 부상당한 승객들이 대기 중인 구급차에 오르는 것을 돕고 있었다. 그러다 화면이 바뀌었고, 폭발 직후에 수하물 찾는 곳에 들어온 아마추어의 비디오 화면이 우리 눈앞에 펼쳐졌다. 영상 촬영자는 세관을 등지고 서 있었는데, 인파로 북적이던 홀을 찢어발긴 폭력 상황에 너무도 충격을 받은 나머지 카메라를 내려놓고 피해자를 도와야겠다는 생각은 떠오르지도 않는 모양이었다.

천장 아래에서 일렁이는 분진이, 벽이 맞닿는 곳에 일렬로 설치된 형광등이 뜯겨 나간 자리를 둘러싸고 춤을 추었다. 바닥에는 폭발의 충격으로 우그러진 카트들이 쓰러져 있었다. 충격에 멍해진 승객들이 옷이 찢겨 나간 등판에 가죽과 유리 조각과 피를 뒤집어쓴 채로, 여행 가방을 옆에 끼고 주저앉아 있는 모습이 보였다.

카메라의 시선이 고무 선풍기 날개처럼 활짝 벌어진 채 멈춘 수하물 벨트컨베이어에 잠시 머물렀다. 수하물 투하구는 여전히 여행 가방을 뱉어 내는 중이었고, 골프채 세트와 유모차 하나가 짐 더미 속에서 한데 뒤엉켜 있었다.

3미터 떨어진 곳에 부상당한 승객 두 명이 바닥에 앉아서 투하구에서 튀어나오는 여행 가방을 지켜보고 있었다. 한 사람은 이십 대 남성으로, 청바지와 너덜너덜해진 비닐 윈드브레이커를 걸치고 있었다. 경관과 공항 보안 요원 한 명씩으로 구성된 구조대가 그들 앞에 도착하자, 젊은이는 옆에 누워 있는 중년 아프리카인을 달래기 시작했다.

투하구를 바라보고 있는 다른 승객은 삼십 대 후반인 듯한 여성으로, 각진 이마와 말랐지만 매력적인 얼굴에, 검은 머리를 뒤로 묶은 사람이었다. 검은색 맞춤 정장에는 유리 조각이 가득 박혀 마치 나이트클럽 호스티스의 반짝이 턱시도처럼 보였다. 파편이 튀어 아랫입술에서 피가 흐르기는 했지만, 그 외에는 폭발에 거의 피해를 입지 않은 모습이었다. 그녀는 소매의 먼지를 떨어내고 다음 약속 시간에 늦어버린 바쁜 전문직 여성처럼 우울한 눈으로 주변의 혼란을 둘러보았다.

"데이비드……?" 샐리가 지팡이로 손을 뻗으며 물었다. "왜 그래?"

"확신은 못 하겠는데." 나는 소파를 떠나 화면 앞에 무릎을 꿇고 앉았다. 그 여자가 아는 사람이라고 거의 확신하면서. 하지만 아마추어 카메라맨은 시야를 천장으로 돌려서 형광등이 섬광을 내뿜으며 광인 수용소의 불꽃놀이를 벌이는 광경을 찍고 있었다. "아무래도 내가 아는 사람인 것 같아."

"검은 정장 입은 여자 말이지?"

"알아보기 힘들기는 한데. 얼굴이 꼭……" 나는 손목시계를 보고 복도에 내놓은 짐을 확인했다. "마이애미 비행기 편은 놓친 것 같은데."

"신경 꺼. 당신이 본 여자…… 로라였던 거 아니야?"

"그런 것 같아." 나는 샐리의 손을 잡으며 그녀의 손길이 얼마나 든든하게 느껴지는지를 깨달았다. "로라처럼 보이긴 했어."

"세상에, 그런 일이." 샐리는 나를 두고 물러나더니 소파에 앉아서 위스키를 찾아 두리번거렸다. 뉴스 화면은 중앙 홀로 돌아와서 플래카드를 내리고 자리를 뜨는 렌터카 운전사들을 비추고 있었다. "일가친척에게는 연락 번호를 제공해 주잖아. 내가 대신 연락해 볼게."

"샐리, 나는 친척이 아니야."

"8년 동안 부부였잖아." 샐리는 해산한 런치클럽의 회원권을 언급하듯 사무적으로 대꾸했다. "상태가 어떤지 정도는 알려 줄 거야."

"괜찮아 보였어. 로라였을 수도 있지만. 항상 초조해 보이는 그 표정이……"

"연구소의 헨리 켄들한테 전화를 해 봐. 그 사람은 알 거 아니야."

"헨리한테? 왜?"

"로라하고 동거하고 있잖아."

"그건 그렇지. 하지만 그 불쌍한 친구를 당황하게 만들고 싶지는 않아. 내가 잘못 본 거면 어쩌게?"

"잘못 본 건 아닌 것 같아." 샐리는 최대한 나직하게, 만취한 부모에게 속삭이는 분별 있는 십 대의 목소리로 말했다. "확인은 해 봐야지. 로라는 당신한테 아주 중요한 사람이었잖아."

"그건 옛날 일이야." 미약한 위협이 섞인 목소리를 감지하며 나는 대답했다. "샐리, 당신을 만났잖아."

"헨리한테 전화해 봐."

나는 텔레비전 화면을 등지고 방을 가로질러 걸어갔다. 그리고 휴대전화를 손에 든 채로 손가락으로 벽난로 선반을 두드리며, 우리 약혼식 날에 세인트메리 병원에서 찍은 샐리의 사진을 향해, 휠체어를 타고 부모님 사이에 앉아 있는 그녀의 얼굴을 바라보며 웃음을 지으려 애썼다. 그녀 뒤에는 하얀 실험 가운을 입은 내가 놀랍도록 자신감 넘치는 표정으로, 난생처음으로 행복해지리라고 확신하는 것처럼 서

히스로 폭탄

있었다.

내가 연구소에 전화를 걸기도 전에 휴대전화가 울렸다. 구급차 사이렌과 구급 요원의 고함이 시끌벅적하게 울려 퍼지는 속에서 헨리 켄들의 높아진 목소리가 들렸다.

히스로 공항 근처의 애슈퍼드 병원에서 전화하는 중이라고 했다. 로라가 2번 터미널에서 폭발에 휘말렸다는 것이었다. 1차 대피 인원에 포함되어 있었는데 구급차 안에서 갑자기 쓰러졌고, 지금은 집중 치료실에 누워 있다고 했다. 헨리는 간신히 감정을 통제하고 있었지만, 그의 목소리에는 혼란과 분노의 기색이 역력했다. 연구소 업무 때문에 취리히에서 넘어오는 로라에게 늦은 비행기를 타고 와서 공항에서 만나자고 청했다는 것이었다.

"그 망할 논문 심사 위원회 때문에…… 아널드가 나한테 그걸 주재해 달라고 했다고. 젠장, 빌어먹을 자기 논문을 자기가 심사하려고 말이야! 내가 거절했다면 로라는 지금쯤……"

"헨리, 다 같이 저지른 일 아닌가. 그런 일로 스스로를 비난할 수는 없어……"나는 그를 위로하려 애쓰며 로라의 입에서 흘러내리던 핏줄기를 떠올렸다. 왠지 모르게 나는 그 범죄에 연루된 듯한, 수하물 벨트컨베이어에 폭탄을 놓고 온 범인이 바로 나인 듯한 기분이 들었다.

다이얼 소리가 다른 세계에서 보낸 흐릿해져 가는 신호처럼 귓가에 계속해서 울렸다. 잠시 동안 현실과 나의 모든 연결이 끊겨 버린 것만 같았다. 나는 거울에 비친 나 자신을 바라보며 내가 왜 여행 복장을 하고 있는지, 가벼운 상의와 스포츠 셔츠를 걸치고 있는지, 장례식장으로 흘러든 해변 여행객처럼 보이는지 의문을 가졌다. 벌써 볼이 거뭇해진 모습이 마치 히스로 폭탄 테러의 충격에 강제로 수염이 자란 것 같았다. 잉글랜드 특유의 초조하고 찔리는 데가 있는 사람의 얼굴이었다. 자신이 저지른 악행에 쫓기고 있는 싸구려 기숙학교의 사감처럼.

"데이비드……" 샐리는 지팡이는 잊어버린 채 자리에서 일어섰다. 어린아이 같은 턱 위로 입술을 질끈 깨문 그녀의 얼굴은 보다 작고 날카로워 보였다. 그녀는 내 손에서 휴대전화를 넘겨받고 내 손을 잡았다. "당신은 괜찮아. 로라는 운이 나빴을 뿐이야."

"그렇지." 나는 폭탄을 생각하며 그녀를 포옹했다. 만약 그 테러범이 3번 터미널을 골랐더라면, 그리고 한두 시간 정도 늦게 결행했더라면, 집중 치료실에 누워 있는 사람은 샐리와 내가 되었을 것이다. "이유는 모르겠지만, 왠지 내 책임이라는 생각이 들어."

"물론 그렇겠지. 당신에게 중요한 사람이었잖아." 그녀는 나를 물끄러미 바라보며, 차분하게 혼자 고개를 주억거렸다. 마치 내가 사소하지만 명확한 실수를 저질렀다고 확신하는 것처럼. "데이비드, 당신이 가 봐야 돼."

"어딜? 연구소 말이야?"

"애슈퍼드 병원 말이야. 내 차를 가져가. 그쪽이 더 빠를 테니까."

"내가 왜? 헨리가 로라하고 같이 있을 거야. 로라는 더 이상 내 삶의 일부가 아니라고. 샐리……?"

"로라 때문이 아니야. 당신 때문이지." 샐리는 내게 등을 돌리며 말을 이었다. "당신이 그녀를 사랑하지 않는 건 알아. 하지만 아직도 증오하고는 있잖아. 그래서 가야 하는 거야."

3 / "왜 나야?"

우리는 한 시간 후에 애슈퍼드 병원에 도착했다. 아주 머나먼 과거로 가는 짧은 여정이라 해야 할까. 샐리는 능숙하고 기운차게 차를 몰았다. 오른손으로 운전대 옆에 장착된 액셀러레이터 제어장치를 잡고, 전투기 조종사처럼 스로틀을 조작하며, 왼손으로는 자동변속기 옆에 달린 브레이크 레버를 풀었다. 이 조작계는 연구소의 인체공학 전문가의 도움을 받아 내가 직접 설계했고, 그 친구는 샐리의 신체 치수를 새빌 로°의 재단사만큼이나 공들여 측정했다. 요즘 들어 그녀의 다리가 충분히 힘을 되찾아서, 나는 사브 정비소에 차를 가져가서 원래대로 복구하지 않겠느냐고 제안했다. 그러나 샐리는 개조한 조작계와, 오직 자신만이 가질 수 있는 특별한 조종 기술을 마음에 들어 했다. 내가 순순히 샐리의 의견을 받아들이자, 그녀는 내가 장애인 아내를 가졌다는 데 변태적인 스릴을 느끼는 것은 아니냐고 약을 올렸다.

동기가 무엇이든, 내가 남편다운 자부심을 품고 그녀를 바라보고 있다는 것은 사실이었다. 그녀는 한낮의 빽빽하게 들어찬 차량 사이로 사브를 몰면서, 고속도로에 서 있는 과로한 경관들을 향해 전조등을 깜빡이며 앞 유리에 붙은 장애인 스티커를 탁탁 두드려 댔다. 뒷좌석의 휠체어를 본 경관들은 우리에게 손짓해 갓길로, 오직 매력적인 여인만이 자신의 것으로 삼을 수 있는 고속 차로로 인도해 주었다.

경고등을 깜빡이며 빠르게 달려가는 동안, 나는 샐리가 한때 라이벌이었으며 지금은 집중 치료실에 누워 있는 여자를 만나고 싶어 몸이 달았다고 믿을 뻔했다. 어떻게 보면 이제야 공평해진 것이라고 할 수 있을지도 모른다. 샐리는 항상 자신의 사고가 무작위로 벌어진 사건이라고, 존재의 도덕률 속에서 심각한 적자가 발생해 자신이 채권자가 된 것이라고 믿고 있었으니까.

리스본의 바이후알투 지역에서 어머니와 함께 언덕 위로 미로처럼 이어지는 거리를 둘러보던 샐리는 멈춰 있는 노면전차 뒤편에서 길을 건너려 했다. 주철 골격에 널빤지를 댄

● 맞춤 신사복으로 유명한 메이페어에 있는 거리.

이 차량들은 거의 한 세기 전에 영국인 기술자들이 제작한 것이었다. 그러나 고풍스러운 매력과 산업고고학은 양쪽 모두 그 나름의 대가를 요구하게 마련이다. 노면전차의 브레이크가 몇 초 동안 작동을 멈추었고, 안전장치에 바퀴가 고정되기 전까지 뒤로 굴러 내려갔다. 샐리는 그 자리에서 넘어져서 육중한 차체 아래 다리가 깔리고 말았다.

나는 세인트메리 병원의 정형외과 병동에서 샐리를 처음 만났다. 회복하려 단단히 마음먹은 용기 있는 젊은 여성이라는 인상을 받았지만, 치유가 더디며 그 원인도 설명할 수 없다고 했다. 그녀는 몇 개월 동안 물리치료를 받느라 신경이 곤두서 있었고, 몇 번은 욕설을 섞어 짜증을 폭발시키기도 했다. 나는 개인 병실에서 끔찍한 폭풍처럼 몰아치는 그녀의 장광설을 엿들으며 그녀가 버밍엄 공장주의 버릇없는 따님이라고 간주해 버렸다. 그 아버지는 회사 헬리콥터를 끌고 병문안을 와서 온갖 변덕을 들어주곤 했으니까.

나는 세인트메리 병원에 주 1회 외근을 나가서, 애들러 연구소가 협력해 개발한 새로운 진단 시스템 사용법을 지도하고 있었다. 이 시스템에서 환자는 지칠 대로 지쳐서 진을 잔뜩 들이켜고 뜨끈한 목욕을 즐기고 싶은 마음만 간절한 상담사를 상대하는 대신, 화면 앞에 앉아서 만면에 상큼한 미소를 띤 의사를 마주하며 사전에 녹음해 놓은 질문을 듣고 버튼을 눌러 답하게 된다. 물론 의사 역할은 공감할 준비를 마친 배우의 연기일 뿐이다. 상담사들은 환자들이 진짜 의사보다 컴퓨터 영상을 선호한다는 데 놀라고, 동시에 안도했다. 샐리를 어서 일어나게 만들고 싶었던, 또한 업계의 내밀한 용어를 사용해 말하자면 그녀의 장애가 '선택적'이라는 사실을 잘 알고 있던 담당 의사는 샐리를 이 시제품 앞에 앉혀 보자고 제안했다.

나는 환자를 오락기 앞의 꼬맹이처럼 취급하는 이 프로젝트를 불신했지만, 덕분에 샐리를 만날 수 있었다. 나는 위궤양 환자용 프로그램의 대화를 가져다 샐리의 질환에 적용할 수 있도록 질문을 고쳐 쓴 다음, 백의를 걸치고 카메라 앞에 앉아서 친절한 의사 역을 맡았다.

샐리는 행복하게 응답 버튼을 누르면서 자신이 겪은 사고의 부당함에 대한 온갖 분노를 드러냈다. 그러나 며칠 후 그녀는 목발을 짚고 비틀거리며 복도를 지나가다가 나를 넘어트릴 뻔했다. 사과를 하려 걸음을 멈춘 그녀는 내가 실제로 존재하는 사람임을 깨닫고 깜짝 놀랐다. 그러고 나서 며칠이 지나며 그녀의 유쾌한 성품이 돌아왔고, 그녀는 내 뻣뻣한 연기를 흉내 내는 일을 즐겼다. 그녀는 자기 침대에 앉아 있는 나를 바라보며 내가 온전히 실재하는 사람이 아닌 척 놀려 대곤 했다. 우리는 녹음한 목소리로 대화하며 얼간이 같은 교제를 나누었고, 나는 이 관계에 진지해지지 않으려 주의를 기울였다.

그러나 입 밖에 내지 않은 보다 깊은 대화가 우리를 하나로 엮어 주었다. 나는 매일 그녀의 병실에 들렀고, 간호사들은 내가 늦으면 샐리가 침대에서 일어나 휠체어도 없이 나를 찾아 돌아다닌다고 말해 주었다. 머지않아 깨달았다시피, 그녀는 나보다 훨씬 교묘한 심리학자였던 것이다. 그녀는 프리다 칼로의 화집을 부여잡은 채, 멕시코시티에서 칼로에게 부상을 입힌 노면전차의 제조사를 알아낼 수 있을지 물어 왔다. 혹시 그 제조사도 영국 업체일 가능성은 없을까?

두 여성을 연결해 주는 분노는 이해할 수 있었지만, 칼로는 강철 레일이 자궁을 관통하는 바람에 평생 고통받은 사람이었다. 샐리는 낯선 땅에서 좌우를 제대로 살피지 않고 거리를 건넜으며, 자신의 아름다움은 조금도 잃어버리지 않았다. 그녀를 다시 걷지 못하게 막는 요인은 그 사고의 무작위적 속성에 대한 흥미로운 집착뿐이었다. 이 수수께끼를 풀 수 없었던 그녀는 자신이 휠체어를 떠나지 못하는 장애인이라 주장하며, 자신의 역경을 다른 의미 없는 사고의 희생자들과 공유하고자 했던 것이다.

"그렇다면 파업 중이라고 할 수 있겠군요." 나는 이렇게 말했다. "우주에 대해서 혼자 자리에 앉아 농성을 벌이고 있는 겁니다."

"답을 기다리고 있는 거거든요, 마컴 씨." 그녀는 세 개의 커다란 베개에 몸을 기대며 머리카락을 비비 꼬았다. "세상에서 가장 중요한 질문에 대한 답을 말이에요."

"그 질문이 뭔가요."

"'왜 나야?' 대답해 봐요. 할 수 없을걸요."

"샐리…… 그게 무슨 상관입니까? 우리가 살아 있다는 것조차 요행일 뿐이에요. 우리 부모가 만날 확률조차도 수백만 분의 일이었을 겁니다. 우리는 복권인 겁니다."

"하지만 복권에는 의미가 없지는 않잖아요. 당첨자가 나오게 되어 있으니까." 그녀는 내 주의를 끌기 위해 말을 멈추었다. "우리가 여기서 만난 것처럼요. 의미 없는 일이 아니었잖아요……"

좌초해서 해안으로 떠밀려 온 하늘의 도시, 절반은 우주공항이고 절반은 판자촌인 히스로가 가까워졌다. 우리는 고속도로를 떠나 그레이트웨스트 대로를 타고 3층 공장 건물과 렌터카 사무실과 거대한 급수장이 늘어선 구역으로 들어섰다. 우리는 수수께끼와 지루함을 하나로 엮어 낸 눈에 보이지 않는 해저 세계의 일원이 되었다. 전처가 바로 이곳, 현실과 꿈의 경계를 오가는 영역의 병원에 누워 생사의 갈림길을 헤매고 있다는 사실이 어떻게 보면 그 나름으로 합당하게 여겨졌다.

샐리는 평소보다 열의 넘치는 모습으로 차를 몰았다. 바깥 차선으로 추월하고, 적신호를 무시하고, 심지어 경찰차에 대고 비키라고 경적을 울리기까지 했다. 히스로 폭탄 테러가 그녀에게 원기를 되찾아 준 것이다. 그 격렬하고 광기에 찬 공격이 운명이 잔혹한 전제군주라는 추측을 확신으로 바꾸어 주었다. 아내로서 나를 염려하고 있음은 분명했지만, 그녀가 애슈퍼드 병원을 방문하려 애쓰는 이유에는 단순히 나를 불행한 결혼의 기억에서 해방시키려는 것만이 아니라, 테러범의 폭탄에 그 어떤 의미나 목적도 없었음을 확인하고 싶은 마음도 있을 것이었다. 나는 벌써부터 로라의 상태가 갑자기 호전되어 헨리 켄들과 함께 런던으로 돌아가는 중이기를 바라고 있었다.

나는 라디오를 틀고 2번 터미널의 구조 작업 현황에 귀를 기울였다. 경찰이 다른 세 개의 터미널에서 폭발물 탐지 작업을 하는 동안 공항은 무기한 폐쇄되었다. 여름 내내 런던에서는 신문에서 거의 관심조차 기울이지 않은 작은 폭탄이 여러 번 터졌는데, 대부분은 어떤 테러 단체에서도 자신들의 행동이라 주장하지 않았던 소소한 발연 또는 발화 장치로서, 그저 도시에 감도는 기묘한 분위기의 일부로만 여겨졌다. 첼시의 시네플렉스와 셰퍼즈부시의 쇼핑몰에서는 두고 간 폭탄이 발견되었다. 경고장은 없었고, 다행히 사상자도 발생하지 않았다. 어딘가에서 우울증에 빠진 개인이 고요한 불길을, 길게 그림자를 드리우는 불만의 촛불을 태우고 있었다. 그러나 우리 집에서 1.6킬로미터 떨어진 핀칠리가의 맥도널드가 발화장치에 불타 버렸다는 것은 샐리의 손톱 관리사가 두고 간 지역 무가지에서 얼핏 보았을 뿐이었다. 수줍게 모습을 감춘 적이 런던을 포위하고 있었다.

"다 왔어. 그럼 긴장 풀고." 샐리가 말했다.

우리는 애슈퍼드 병원에 도착했다. 응급실 출입구 바깥에서는 구급차의 경고등이 상공으로부터 고통과 부상의 소식을 모두 빨아들이기를 갈망하는 굶주린 레이더처럼 쉬지 않고 돌아갔다. 구급 요원들은 머그잔에 따른 차를 홀짝이며 히스로에서 다시 호출이 날아오기를 기다리고 있었다.

"샐리, 당신 지쳤을 것 같은데." 나는 주차장 진입로에서 기다리는 동안 그녀의 머리를 어루만지며 말했다. "밖에 있고 싶지는 않아?"

"나도 들어갈 거야."

"끔찍한 광경일 텐데."

"바깥도 끔찍해. 이건 나를 위한 일이기도 한 거야, 데이비드."

그녀는 브레이크 레버를 풀고 거칠게 보도 위로 차를 몰아서 나이 지긋한 수녀가 모는 재규어를 추월했다. 보안 요원 한 명이 샐리 쪽 차창을 통해 개조 제어장치를 확인하고는, 우리를 경찰이 임시 지휘소를 세워 놓은 근처 슈퍼마켓 주차장 쪽으로 인도했다.

재규어가 우리 차 옆에 섰고, 수녀가 나와서 백발이 섞인 성직자가 내리도록 문을 열어 주었다. 병자성사를 주려고 도착한 사제인 모양이었다. 샐리가 차에서 내리는 것을 돕던 와중에, 응급실 출입구 앞에서 백색 레인코트를 입고 수염을 기른 인영을 발견했다. 경찰과 구급차 운전기사들의 머리 위 고요한 하늘에 시선을 고정하고 서 있는 모습이, 마치 오래 기다려 온 비행기가 병원 위를 날아가며 주술을 깨주기를 기대하고 있는 것처럼 보였다. 가슴에는 여자 핸드백을 단단히 붙들고 있었다. 그게 기적을 일으킬 수 있는 마지막 구명용 꾸러미라도 되는 것처럼.

　정신이 없어 보이던 남자는 걱정스레 말을 거는 구급 요원에게 핸드백을 건넸다. 구급차 경고등 때문에 시선을 확인할 수는 없었지만, 주변 사람들이 아닌 다른 누군가에게 소리 없는 탄원을 하며 입을 뻐끔거리는 것만은 알아볼 수 있었다. 애들러에서 그토록 오래 함께 일해 왔는데도, 진을 빼는 고객과 구제 불능인 사무원들을 함께 상대해 왔는데도, 헨리 켄들이 완벽하게 말을 잃은 모습을 보는 것은 이번이 처음이었다.

　"데이비드?" 샐리는 자신을 운전석에서 들어내 주기를 기다리고 있었다. 내가 머뭇거리자 그녀는 자기 다리를 차에서 빼내고는 문틀을 양손으로 붙들고 일어섰다. 그녀 주변으로는 주차된 차들이 끝없이 이어지고 있었다. 마치 죽음을 숭배하는 자들의 침묵에 잠긴 회합처럼. "무슨 일이라도

"왜 나야?"

난 거야?"

"그런 것 같아. 헨리가 저기 서 있어."

"어쩌면……" 샐리는 내가 들어 올린 손을 따라가다 말했다. "저 사람 당신을 기다리고 있는 거 아닐까."

"저 불쌍한 친구는 딱히 누굴 기다리는 건 아닐 거야."

"그럼 로라가? 말도 안 돼……"

"여기 있어. 내가 가서 말을 걸어 볼 테니까. 내 말이 들리는 상태라면 말이지만……"

5분 후에, 나는 헨리를 위로하려는 시도를 포기하고 샐리에게 돌아왔다. 그녀는 양손에 지팡이를 든 채로 금발 머리카락을 어깨 위로 흘리며 차 옆에 서 있었다. 나는 로라의 핸드백을 들고 성직자의 재규어를 빙 돌아 걸음을 옮기면서, 우리가 거칠게 운전해서 그가 도착하는 시간을 조금이라도 늦추었다는 데 마음속으로 사과를 했다.

샐리를 단단히 포옹한 다음에야 내가 몸을 떨고 있음을 알아차릴 수 있었다. 핸드백을 겨드랑이에 낀 채로, 나는 로라의 죽음이 우리 사이에 작은 간극을 벌렸다는 사실을 깨달았다.

4 / 마지막 라이벌

예배당을 떠나 햇살 속에 서 있는 조문객 무리로 걸어가는 동안, 여객기 한 대가 히스로 공항으로 내려앉았다. 나는 그 여객기가 한때 왕실 천문관이 제국의 창궁을 살피던 이제는 쓰이지 않는 천문대 너머, 리치먼드의 사슴공원 위로 부드럽게 지나는 모습을 지켜보았다. 어쩌면 저기에 셀리브레이션의 학회에 참여했다 돌아오는 대표단의 마지막 일원들이 탑승하고 있을지도 모른다. 플로리다의 공기에 피부를 태우고, 연단 위에서 주절거리는 헛소리에 정신이 멍해진 사람들이.

그날 아침 비서실에서 나는 발표된 논문들의 이메일 요약을 가볍게 훑어보았다. 열기구 경주처럼 허공을 둥실둥실 떠다니는, 기업심리학의 혁신을 불러올 것이라고 자부심을 담아 큰소리치는 수많은 선언들은, 지금 이곳 서부 런던의 화장터에 모여든 조문객들이 경의를 표하는 현대적 죽음이란 현실과는 너무 동떨어진 것만 같았다. 이곳에 모인 애들러의 심리학자들은 직장 내 갈등을 해소하는 일에만 매진하고 있지만, 건물의 외벽 밖에 상존하는 위협 쪽은 훨씬 현실적이고 다급하게 변하고 있었다. 우리의 일상생활 속 주차장이나 수하물 찾는 곳을 어슬렁거리는 동기 없는 사이코패스로부터 대체 누가 안전할 수 있겠는가. 인류 역사상 처음으로 잔혹한 지루함이 세상을 지배했고, 의미 없는 폭력 행위가 그 사이를 비집고 들어왔다.

비행기는 트위크넘 상공을 날아가면서 히스로에 단단한 땅이 기다리고 있으리라 확신하며 이착륙 장치를 내렸다. 여전히 로라의 죽음에 동요해 있던 나는 화물칸에서 폭탄이 폭발하는 모습을, 불에 그슬린 신시대의 심리학 강사들을 서부 런던의 지붕 위로 산산이 흩어 놓는 모습을 머릿속에 그렸다. 불탄 육편이 무고한 비디오 대여점이나 중국 음식 포장 전문점 위로 떨어져 내려서, 반정보 시대의 쇠퇴해 가는 꽃이라 할 수 있는 당황한 가정주부들에 의해 해석될 것이다.

검은 정장이 거북해 보이는 애들러의 동료들은 예배당 스피커에서 흘러나오는 장기 기증 센터의 안내문을 들으며 한

쪽에 따로 모여 서 있었다. 헨리 켄들은 예복을 말쑥하게 빼입은 장의사와 대화를 나누고 있었다. 이승에서든 저승에서든 최고 인기 쇼의 입장권을 언제든 구해다 줄 능력이 있는 수석 콘시어지의 분위기를 풍기는 사람이었다.

헨리가 애슈퍼드 병원 입구에서 빠져 있던 절망으로부터 회복한 것을 보니 마음이 편해졌다. 수염을 말끔히 깎은 모습이, 마치 로라 없이 살아야 하는 미래와 직면하고 과거를 치워 낸 듯했다. 헨리는 관계를 시작하고 얼마 지나지 않아 수염을 기르기 시작했는데, 나는 항상 그것을 나쁜 징조로 여겼다. 로라와 지내는 동안 빠르게 나이를 먹어 오던 그는 벌써부터 젊어진 것처럼 보였다. 애들러에 처음 들어왔을 때의 명민한 기운이 다시 눈가에 서려 있었다.

나는 연구소 소장인 아널드 교수에게 목례를 했다. 상냥하지만 교활하고, 소액 사건 전문 변호사의 영혼을 지녔으며, 자기 직위를 탐내는 라이벌이 사방에 잔뜩 깔렸다는 사실을 잘 알고 있는 남자였다. 로라의 죽음은 한때 그녀가 자신들을 얼마나 혐오했는지 떠올리게 함으로써 그들 모두를 동요시켰다. 옛 동료들이 이 자리에 참석했다는 것을 알았다면 로라는 정말 놀랐을 것이다. 한때 그녀는 이들을 '아이들의 애착 이불처럼 자기 정신 질환에 엉겨 붙는 회색 인간들'이라 불렀다. 이 사람들이 진지한 얼굴로 그녀를 기리는 말을 들었다면 관 뚜껑이 떠나가라 웃어 젖혔을 것이다. 수

마지막 라이벌

년 동안 그녀는 애들러를 떠나서 따로 개업하라고 나를 괴롭혀 댔고, 내가 연구소에 느끼는 소속감에는 성장을 거부하는 심리가 숨어 있다고 주장했다. 우리가 함께 지낸 마지막 몇 년 동안 나는 애들러가 제공하는 안정감을 필요로 했는데, 그녀가 자기 상담소를 차리려고 사직한 순간 나는 우리의 결혼 생활이 끝났음을 직감했다.

그러나 로라는 내게 안정감을 제공하려는 시늉도 한 적이 없었다. 그녀의 날카로운 유머, 보다 따스하고 흥미로운 일면을 드러내던 우울한 모습, 그리고 세상에 불가능이란 없다는 것처럼 갑작스레 열의에 타오르던 모습이 떠올랐다. 슬프게도 나는 그녀에게 너무 안정 지향적이고 조심성 많은 사람이었다. 그녀가 나를 일부러 도발해서 면전에 대고 문을 세게 닫아 버리도록 만든 적이 있었다. 그녀가 항상 예민하게 신경 쓰던 굳센 콧날에서 코피가 분수처럼 솟았다. 묘한 일이지만 수하물 찾는 곳의 부상당한 여자를 보고 로라를 떠올린 이유가, 그렇게 얼굴에 피가 잔뜩 묻은 모습 때문이었다.

나는 조문객들을 벗어나 가득 늘어선 화환 사이를 거닐었는데, 색색의 터트림은 다른 부류의 폭발을 떠올리게 했다. 2번 터미널의 폭탄은 취리히에서 도착한 영국항공 여객 편의 수하물이 벨트컨베이어에 닿았을 때 폭발했다. 경고도 없었고, 사상자를 두고 자신들의 행동이라 발표하는 조직도 없었다. 왜 하필이면 그 승객들을, 한 무리의 은행 사무원과 관광객과 런던에 거주 중인 남편을 방문하는 스위스인 부인들을 표적으로 삼았는지 설명할 길은 없었다. 로라는 네슬레에서 주최하는 도심 연구 세미나에서 발표를 하고 돌아오는 길이었다. 그녀는 우리가 도착하기 30분 전에 애슈퍼드 병원의 집중 치료실에서 목숨을 잃었다. 폭탄을 터트린 시한장치의 파편이 심장을 찢어 놓았다고 했다.

나는 마지막 남은 오후 햇살을 즐기는 꽃들을 뒤로하고 천천히 예배당으로 걸음을 옮겼다. 조문객들은 제각기 차로 돌아가고 있었다. 아널드 교수가 경야에 불참하는 대신에 제공한 몽라셰 와인에서 위안을 찾을 모양이었다. 헨리 켄들은 예배당 계단에 서서, 정장 위에 양가죽 외투를 걸친 연한 갈색 머리의 어깨가 떡 벌어진 남자와 대화를 나누고 있었다. 예배당에 들어갔을 때 뒷줄에 앉은 그가 로라의 삶과 관계있던 사람들의 얼굴을 익히려는 듯 조문객들을 훑는 것을 보았었다. 내가 다가서자 그는 자리를 떠나 성큼성큼 자기 차로 걸어가 버렸다.

"데이비드……" 헨리가 내 팔을 붙들었다. 싹싹하고 자신감이 되돌아온 태도가, 다른 무엇보다도 장례식이 끝나 다행이라 여기는 것처럼 보였다. "자네가 와 줘서 고마워."

"다 잘 끝났군." 나는 자리를 뜨는 조문객들 쪽을 손짓하며 말했다. "짧기는 했지만, 그래도……"

"로라라면 싫어했을 테니까. 저 온갖 위선으로 가득한 작별 인사라니. 모두 참석했다는 사실이 놀라울 지경이지."

"그렇게 싫어했던 건 아닐 거야. 다들 로라의 재치에 겁을 집어먹었을 뿐이고. 자네도 알겠지만……"

"됐어, 됐다고……" 헨리는 손을 들어 뺨을 쓸면서 몸을 돌렸다. 자신의 얼굴과 그 안의 모든 불안이 그대로 공기에 노출되어 있음을 알아채고 자기 턱수염을 찾고 있었다. 나는 로라가 오직 그의 외모와 특정 형태의 수동성에 끌렸을 뿐이라고 새삼 추측했다. 처음 하는 생각은 아니었다. 헨리는 나를 항상 라이벌로 여겼고, 내가 그의 지위를 약화시킬 기회를 잡지 않을 때마다 당황하는 모습을 보였다. 그가 로라와 관계를 가진 데는 어느 정도는 나를 추방해 버리려는 의도도 숨어 있었다. 나는 헨리를 좋아했지만, 그것은 이 친구가 절대 애들러의 소장이 될 수 없으리라는 사실을 확신하기 때문에 가질 수 있는 여유이기도 했다.

나는 이제 텅 빈 주차장에 홀로 앉아서, 큼직한 손을 운전대 위에 올려놓고 있는 양가죽 외투를 걸친 남자를 가리키며 물었다. "저 사람은 누군가? 로라의 옛 애인인가?"

"아니었으면 좋겠는데. 예전에 지브롤터 경찰 소속이었던 털럭 총경이라는 사람이야. 거친 스타일이지. 지금은 내무부에서 테러 대응 부대에 배속되어 있다더군."

"저 사람이 히스로 폭탄을 수사하는 건가? 뭐 새로운 소식은 없고?"

"판단하기 힘들더군. 정보 분야 사람들은 항상 우리 생각 보다 아는 게 없지. 장례식 전에 자네와 대화해 보고 싶어 하던데, 자네가 이런저런 생각이 많아 보여서."

"자네는 안 그랬어?"

"그렇기도 하고, 아니기도 하고." 헨리는 여전히 나를 가늠해 보려는지 어색하게 웃었다. "털럭 총경 말로는 2번 터미널의 수하물 찾는 곳 근처에서 수상한 포스터를 발견했다는 거야."

"폭탄 사건과 연관이 있는 건가?"

"가능해 보이더군. 누가 화장실 뒤편의 환기구로 가방을 쑤셔 넣어 두었다고 해. 폭탄으로부터 15미터밖에 떨어지지 않은 곳에."

"몇 달 동안 거기 있었을 수도 있지 않나. 몇 년일 수도 있고."

헨리는 차분하게 나를 바라보며, 마치 로라가 예전에 나에 대해 말한 내용을 확인하는 것처럼 고개를 끄덕였다. "그래. 하지만 의심해서 나쁠 건 없겠지. 세상에는 있는 그대로 받아들여야 하는 일도 있는 법이니까. 그 안에 제3세계에서 보내는 해외 휴가 여행에 반대하는 테이프가 들어 있었다더군. 그 있잖나, 성매매 여행이나, 원주민 구역에 콘크리트 도로를 까는 따위 말이야. 요트를 곁들인 휴양지 문화 말이지."

"스위스였는데?"

"알 게 뭐야?" 나를 동요시켰다는 것을 알아챈 헨리는 목소리를 낮췄다. "털럭 총경과 이야기해 보고 싶나? 내무부 사람들은 우리 연구를 높이 평가하는데."

"폭력에 의한 죽음에 대해서? 나는 그쪽으로는 아는 게 없는데."

"저 친구들은 신종 테러 집단의 도래를 두려워하고 있어. 무작위적인 폭력에 맛을 들이고 스릴에 목매는 작자들 말이야. 최근에 폭탄 테러가 잦았는데, 대부분은 쉬쉬해서 덮어 버렸지. 사실 털럭은 나더러 자기네 쪽에서 일해 보지 않겠느냐고 제안도 했다네. 그러니까, 비공식적으로 말이야. 시위에 참석해서 멀찍이서 지켜보고, 그 안에서 벌어지는 상황을 심리학적으로 분석하라는 거지."

"끄나풀이 되라고?"

"반쯤은 끄나풀이지."

"그래서, 할 건가?" 나는 그가 대답하기를 기다렸다. "헨리?"

"잘 모르겠는데. 왠지 로라를 위해 해야 할 것도 같아."

"자네가 로라 때문에 그럴 필요는 없어. 그런 집단은 수백 개는 있지 않나. '범고래를 보호하자' '천연두 바이러스를 구하자' 같은 것들."

"바로 그거지. 자네라면 어디서부터 시작하겠나? 털럭도 위험 요소가 존재하는 일이라고 인정하던데."

"정말로? 함부로 뛰어들지 말게, 헨리."

"깔끔한 조언이군. 지나치게 깔끔할지도 모르겠지만." 악수를 나누며 그는 덧붙였다. "솔직히 말해 줘, 데이비드. 왜 병원까지 차를 몰고 온 건가? 애슈퍼드는 세인트존스 우드에서는 제법 거리가 되는 곳인데."

"로라 때문에 걱정이 됐어. 자네에 대해서도."

"그렇군. 그리고 보니, 로라의 핸드백은⋯⋯?"

"내 차에 있어. 자네한테 주겠네."

"알겠네. 혹시 열어 봤나?"

"아니."

"자네가 어떤 기분이었을지 알아. 세상에는 누구도 직면할 수 없는 비밀이 존재하는 법이니까."

나는 그가 차를 몰아 떠나는 것을 지켜보았다. 이제 털럭과 둘만 남았다. 화장터의 굴뚝에서 가늘게 연기가 흘러나오고, 연소실은 가장 격한 온도까지 달아올랐다. 검은 연기가 푹 하고 솟구치는 모습이 로라의 일부가 자신을 옭아매던 육신에서 해방되는 것처럼 보였다. 어쩌면 한때 내 몸을 어루만졌던 그녀의 손일지도, 함께 누울 때 내 발을 건드렸던 그녀의 발일지도 모른다. 마치 죽은 여인이 내게 신호를 보내듯이 연기가 연달아 터져 나오는 것을, 나는 그대로 지

　　　　　　　　　　　　　　　　　　마지막 라이벌

켜보았다. 검은 정장 아래 셔츠는 땀에 흠뻑 젖어 버렸다. 그녀의 죽음이 나를 모든 분노로부터, 모든 고통의 기억으로부터 해방해 준 것만 같았다. 내 기억 속에는 국립영화극장의 바에서 마주치고 안토니오니의 〈여행자〉의 심야 상영회에 초대했던 묘한 인상의 젊은 여인만이 남았다.

털럭 총경은 차에 앉은 채 나를 지켜보고 있었고, 연기는 빠르게 하늘로 솟구쳤다. 내 아내의 육신이 하늘로 퍼져 나가는 바로 이 순간을, 저 도살자의 외투를 입은 불량배 같은 분위기의 경찰과 함께하고 있다는 데 혐오감이 밀려왔다. 그러나 내가 살인범을 찾아내야만 한다는 것을, 로라의 목숨을 몰래 사랑한 내 마지막 라이벌을 추적해 내야 한다는 것을 그는 잘 알고 있었다.

5 / 올림피아의 대치

주변 사람들이 모두 조용해졌다. 위기의 순간이 찾아왔다는 명확한 증거라 할 수 있을 것이다. 시위꾼들은 텔레비전 취재진이 등장했다는 데 환호하며, 이제 보다 많은 사람이 자신들의 분노를 공유하게 되리라는 자신감을 얻었다. 그들은 올림피아 박람회장의 방문객들을 향해 손으로 쓴 플래카드를 흔들어 보이며 경쾌하게 야유를 보냈다. 그러나 경찰은 지루해 보였고, 지루한 경찰이란 폭력을 대동한 대응의 전조이기 마련이다. 다들 이 말도 안 되는 시위에 이미 질려 있었다. 고양이 애호가의 한 분파가 다른 고양이 애호가들에게 항의를 하는 상황이니까.

나는 해머스미스로에 늘어선 시위 전열에서 윔블던에서

온 두 명의 중년 여성과 팔짱을 끼고 서 있었다. 차량이 뜸해지자 우리는 선전 뮤지컬에서 전면으로 전진하는 코러스처럼 우리를 지켜보는 경관들을 향해, 동쪽 방면 차선으로 밀고 나갔다. 우리 뒤쪽에서 젊은 여성 한 명이 깃발을 높이 쳐들었다.

'고양이를 지옥으로 내몰면서 확률 놀음을 하는가? 우량 교배 절대 반대!'

나는 몸을 뒤로 빼면서 윔블던에서 온 동료들이 가장 가까운 경관 무리와 부딪치지 않게 행렬을 비틀려 노력했다. 로라의 장례식에서 두 달이 지난 지금, 나는 열 번이 넘는 시위에 참가한 베테랑이 되어 있었다. 그리고 군중심리의 흐름을 읽는 일이 제법 힘겹기는 해도, 경찰 병력의 분위기 변화를 예측하는 일에 비하면 아무것도 아니라는 사실을 깨닫게 되었다. 라디오 방송국의 밴이 떠나거나 상급 간부가 도착하기만 하면, 친근하게 농담을 나누던 경관이 순식간에 만면에 적대감을 드러낼 수도 있다. 보이지 않는 교묘한 구타가 몇 번 이어지자, 우리는 부서진 플래카드를 들고 코피를 흘리며 보도 위에 널브러진 반백의 남자 한 명을 남기고 퇴각할 수밖에 없었다.

"야옹, 야옹, 야옹…… 꺼져라, 꺼져라, 꺼져라!"

우리는 고양이 박람회에 손님들을 데려오는 택시의 지붕을 주먹으로 두들기며 다시 차도로 밀고 내려갔다. 전열이 고약한 경관들의 저지선 앞에 도착하자, 나는 코앞에서 본 경찰이 얼마나 우람한지, 또한 그들이 모든 행동을 어떤 식으로 위협으로 해석하는지를 다시금 깨달았다. 뒤에서 스크럼을 짜고 압박하는 시위꾼들에 밀려서, 남성 동료들에 파묻힌 채 조금도 겁먹지 않고 내 어깨 너머의 시끄러운 군중을 바라보는 키 작은 여성 경관과 몸이 스쳤다. 그녀는 거의 자세를 바꾸지도 않고 내 오른쪽 정강이를 두 번 걷어찼다.

"마컴 씨? 괜찮으세요? 내 쪽으로 기대요……"

'고양이 지옥' 깃발을 들고 있던 젊은 여인이 내 허리께를 붙들어 주었다. 경찰과 시위꾼 양쪽의 몸싸움에 시달리던 나는 한쪽 다리를 절면서 해머스미스로를 따라 퇴각하는 행렬에 합류했다.

"정말 과격하게 나오네요. 저렇게까지 할 이유는 조금도 없었는데. 마컴 씨, 제대로 숨 쉴 수 있어요?"

싹싹하고 격렬한 성격인 앤절라는 남편과 두 아이와 함께 킹스턴에 살고 있는 컴퓨터 프로그래머였다. 우리는 올림피아에 도착하자마자 짝이 되었고, 함께 입장권을 사서 광활한 고양이 박람회를 정찰하기 시작했다. 500명의 출품자와 세상에서 가장 훌륭한 대접을 받는 애완동물들이 회장을 가득 메우고 있었다.

나는 그녀의 손을 붙든 채로 아파트 맨션 건물의 현관 계

올림피아의 대치

단에 주저앉았다. 그리고 바지를 걷어 올려 벌써부터 커다란 피멍이 들고 있는 다리를 만져 보았다.

"다시 걸을 수는 있겠죠, 아마도⋯⋯" 나는 켄징턴과 해머스미스 브로드웨이로 향하는 차량 행렬을 능률적으로 통솔하는 여성 경관을 가리켰다. "고약한 사람이더군요. 침대에서는 대체 어떤 모습일지 짐작도 안 갑니다."

"말도 못 할 정도겠죠. 그런 생각은 하지도 말아요." 앤절라는 교외 주민의 특성인 무궁무진한 도덕적 분노를 담은 눈을 가늘게 뜨고 길 건너편을 쏘아보고 있었다. 두 시간 전에 박람회를 돌아보던 나는 이 호사스러운 애완동물의 복지에 대한 그녀의 흔들리지 않는 열정에 감탄하고 말았다. 최근 참석한 세계화나 핵에너지나 세계은행에 반대하는 집회는 거칠기는 해도 제대로 조직되어 있었다. 반면 올림피아 고양이 박람회 반대 집회는 현실과 유리되어 있다는 점에서 돈키호테처럼 사랑스럽게 느껴졌다. 늘어선 우리들 사이를 지나며, 나는 앤절라에게 이 점을 지적하려 시도했다.

"앤절라, 다들 행복해 보이지 않습니까⋯⋯" 나는 놀랍도록 아름다운 짐승들을, 티끌 하나 없는 깔끔한 바닥재 위에서 샴푸에 세팅까지 끝낸 반짝이는 모피를 부풀린 채 졸고 있는 페르시아고양이와 코라트와 러시안블루를, 버마고양이와 털이 짧은 히말라야고양이를 가리키며 말했다. "아주 훌륭하게 보살피고 있는 것 아닙니까. 우리는 저 아이들을 천국에서 구출해 내려 하는 겁니다."

앤절라의 걸음걸이는 조금도 흔들리지 않았다. "그걸 어떻게 알죠?"

"그냥 보면 알지요." 우리는 자신의 본성에 충실한다는 호사에 너무 깊이 빠져서 자신을 감상하는 군중을 신경조차 쓰지 않는 아비시니아고양이의 줄 앞에서 걸음을 멈췄다. "엄밀히 말해 불행한 상태도 아니지 않습니까. 우리에서 나가려고 어슬렁거리며 돌아다니고 있지도 않아요."

"약에 취한 거예요." 앤절라는 눈살을 찌푸렸다. "마컴 씨, 살아 있는 존재는 뭐든 우리에 가두면 안 돼요. 이건 고양이 박람회가 아니에요. 집단 수용소라고요."

"그래도 꽤나 아름다운데요."

"이 아이들은 살기 위해서가 아니라 죽기 위해 교배당하는 거예요. 나머지 새끼 고양이들은 태어나자마자 물에 빠트려 죽이죠. 멩겔레 박사°나 시도했을 법한 잔혹한 우생학 실험이란 말이에요. 잘 생각해 보세요, 마컴 씨."

"알겠습니다, 앤절라……"

우리는 위층 전시관을 마저 순회했다. 앤절라는 비상구와 오래된 승강기와 계단을, 비상계단과 감시 카메라를 확인했다. 1층에는 관련 용품 제조사가 가득 들어차 고양이를 위한 건강 음료나 장난감이나 정글짐, 미용과 털 손질 용품을 선보였다. 고양이가 경험할 수 있는 온갖 세속적인 즐거움이

호사스럽게 진열되어 있었다.

그러나 지난 두 달에 걸쳐, 나는 항의 운동에 딱히 대단한 논리적 정합성이 필요하지는 않다는 것을 깨달았다. 로라의 장례식 다음 날부터 나는 보다 극단적인 시위 집회의 세부 사항을 찾아 안내 잡지나 인터넷 사이트를 뒤지기 시작했다. 특히 폭력을 사용하는 경향이 있는 주변 집단이 목표였다. 이런 광신적인 부류 중에서, 자신들의 운동이 부르주아 삶의 부드러운 속살을 꿰뚫는 데 실패해서 좌절한 나머지 히스로에서 폭탄을 터트린 자들이 있을지도 모르니까.

내무부의 털럭 총경에게는 연락하지 않기로 마음먹었다. 꿍꿍이를 품고 있다가, 더 이상 자기 목적에 부합하지 않게 되면 히스로 폭탄을 그냥 덮어 버릴지도 모른다. 헨리 켄들의 귀띔에 따르면 경찰의 수사는 거의 진전이 없다고 했다. 이제 그들은 2번 터미널의 수하물 벨트컨베이어 근처 화장실 환기구에서 찾아낸 오디오 카세트로 가득한 여행 가방은 폭탄 테러와 관계가 없다는 결론을 내렸다. 제3세계 관광에 대한 혼란스러운 위협은 고아나 카트만두에서 돌아오는 배낭여행객이 대마초와 암페타민에 정신이 흐릿해진 채 내뱉은 맛이 간 소리라고 판단한 듯했다.

- 요제프 멩겔레(1911~1979). 독일 나치 친위대 장교이자 강제수용소의 내과 의사. 수용소 수감자들을 대상으로 생체 실험을 했던 것으로 악명이 높다.

과학수사대는 모든 유리와 금속과 플라스틱 조각을 샅샅이 훑었다. 흥미롭게도 비행 중 폭발하도록 하는 기압 반응식 장치의 흔적은 전혀 발견하지 못했다. 폭탄에 달린 시한 장치는 산성 캡슐식으로, 아마도 폭발 5분 전에 작동시킨 듯했다. 로라의 죽음이 아무 의미가 없는 정도가 아니라, 우리가 텔레비전 화면에서 보았던 도망치는 군중 속에 살인범이 섞여 있었을 것이 거의 확실했다.

제정신이든 아니든, 말이 되든 안 되든, 온갖 종류의 항의 집회는 런던에서 일상의 거의 모든 측면과 접점을 가진다. 거대한 거미줄처럼 서로 연결된 시위가, 보다 의미 있는 세계에 대한 온갖 간절한 열망을 건드리는 것이다. 실험실이나 상업은행이나 핵연료 집적소 앞에서 피켓을 들고, 오소리 굴을 지키기 위해 비포장도로를 터벅터벅 걸어 다니고, 시위꾼 종족의 공적이라 할 수 있는 내연기관을 저지하기 위해 고속도로에 드러누우면서 주말을 보낼 준비를 마친 관심 집단들은, 인간에게 가능한 거의 모든 활동을 목표로 삼았다.

이런 이들은 이제 주변 집단이 아니라 런던 시장의 퍼레이드나 애스콧 경마 주간이나 헨리리개타 보트 경주와 마찬가지로 이 나라 시민 전통의 일부가 되었다. 이따금 동물실험이나 제3세계 부채에 반대하는 집회에 참석할 때마다 새로운 종교가, 숭배할 신을 찾아 헤매는 신앙이 태동하고 있

올림피아의 대치

다는 생각이 들기도 했다. 카리스마 넘치는 인물을 찾아, 머지않아 열정과 맹신의 향기를 풍기며 교외의 쇼핑몰이라는 광야에서 모습을 드러낼 그런 인물을 찾아 거리를 헤매는 신도들인 것이다.

샐리는 내 현장 연구원 역할을 자임하겠다고 나서서, 잘 알려지지 않은 항의 집회의 예고를 찾아 인터넷을 뒤졌다. 우리 둘 다 로라의 죽음에 충격을 받은 상태였고, 샐리 쪽의 충격은 내 예상보다 훨씬 심각했다. 그녀는 다시 지팡이를 짚고서, 세인트메리 병원의 물리치료실에서 그녀를 처음 만났을 때처럼 어긋난 결단력을 내비치며 집 안을 돌아다녔다. 프리다 칼로와 그녀를 연결해 주는 노면전차 사고에 집착하던, 상처가 아물지 않은 시기로 회귀하고 있었다. 샐리를 위해서라도 로라의 죽음에 얽힌 수수께끼를 풀어내야 했다.

홀의 뒤편이나 항의 집회의 바리케이드 뒤에서, 나는 굳은 결의로 가득한 얼굴들을 살피며 진정으로 광기에 빠진 얼굴을, 폭력의 꿈을 현실로 옮기려고 안달이 난 정신 나간 외톨이를 찾으려 애썼다. 그러나 솔직히 말하자면 시위꾼은 거의 모두 싹싹한 중산층 사람들이었다. 분별 있는 학생이나 전문 의료인, 의사 남편과 사별한 부인이나 방송대학에서 학위를 취득 중인 할머니들이었다. 어디선가 양심의 가책을 느꼈거나 오랫동안 잠들어 있던 원칙주의가 갑자기 눈을 떠서 싸늘한 비바람 속으로 걸어 나온 것이었다.

내가 만난 사람들 중에서 두려움을 불러일으키는 이들은 경찰과 텔레비전 방송국 사람들뿐이었다. 경찰은 뚱한 데다 예측할 수 없고, 항상 자신들의 권위에 도전하는 자들이 등장할 것이라는 피해망상에 시달린다. 텔레비전 기자들은 정부의 첩자나 다름없는 자들로, 항상 평화로운 집회를 폭력 시위로 이끌어 가려 애쓴다. 중립에 서 있는 자들이야말로 그 누구보다도 대치 구도를 원하기 마련이다. 반면 내가 만난 시위꾼 중 가장 정치적 폭력의 주창자에 가까운 사람은 킹스턴의 가정주부이자 고양이 애호가인 앤절라였다.

내가 맨션 입구의 계단에 걸터앉자, 앤절라는 자기 외투 주머니에서 소독제 스프레이와 탈지면을 꺼냈다. 그녀는 내 상처를 닦아 내고는 부어오른 자국 위로 따끔거리는 액체를 분사했다. 그러는 내내 그녀는 악의를 품은 눈으로, 시위를 구경하려고 멈춰 선 자전거 두 대를 향해 체포하겠다는 위협을 던지는 여성 경관을 주시했다.

"좀 나아진 것 같아요?" 앤절라는 내 무릎을 굽혀 보았다. "당장 의사한테 데려다줘야겠어요."

"괜찮습니다. 고소라도 하고 싶은 마음이지만, 저 여자가 움직이는 것도 제대로 보지 못했어요."

"항상 그렇죠."

나는 응급 도구를 가리키며 말했다. "문제가 생길 줄 알고 있었습니까?"

"당연하죠. 사람들이 얼마나 심각한데요."

"고양이에 대해서요?"

"저 아이들은 정치범으로 수용되어 있는 거예요. 동물실험을 용인하면 인간이 다음 제물이 될 거라고요." 그녀는 놀랍도록 달콤하게 웃으면서 내 이마에 입을 맞추었다. 용맹한 병사에게 전장의 훈장을 내리듯이. 그리고 손을 흔들며 나를 홀로 놔두고 자리를 떠났다.

그녀의 따스한 태도에 감동받은 채로, 나는 재집결해서 박람회장 입구와 매표소를 봉쇄하려는 시위꾼들의 두 번째 시도를 지켜보았다. 허공으로 플래카드가 치솟았고, 인형 마멀레이드 고양이를 우리에 넣어 앞발을 창살에 묶은 모형이 막대에 달려 올라갔다. 축제용 노란색 플라스틱 조각이 여성 경관에게 쏟아져 그녀의 제복 외투로 줄줄 흘러내렸다. 그녀는 끈적거리는 조각을 볼에서 닦아 내며 시위꾼 무리로 들어가 호랑이 가면을 쓴 젊은 남성으로부터 에어로졸 깡통을 빼앗으려 시도했다.

고약한 몸싸움이 벌어지면서 해머스미스로에서 들어오는 차량 행렬이 멈춰 버렸다. 혼란스러운 활극이 이어졌고, 대여섯 명의 중년 시위꾼들은 혼이 빠져서 멈춰 있는 택시의 바퀴 옆에 주저앉았다. 그러나 나는 외투 주머니에 손을 찌른 채 길을 건너는 앤절라를 주시하고 있었다. 그녀는 경찰과 몸싸움을 벌이는 시위꾼들을 무시하고, 보도에서 걸어 나온 꽁지머리 남자에 합류해 팔짱을 꼈다.

나는 자리에서 일어나서 박람회장을 향해 걸음을 옮겼다. 거리 한복판에서 어정거리는 놀란 관광객들과 호기심 어린 행인들을 지나치면서. 앤절라와 꽁지머리 남자는 서로의 허리에 팔을 두른 채로, 자기들만의 세계에 빠진 연인 같은 모습으로 박람회장 입구로 들어가고 있었다.

그들을 따라 매표소 앞을 지나가는데 박람회장 안에서 섬광탄이 터지는 소리가 들렸다. 터져 나오는 강풍과 울리는 문소리에 당황한 주변 방문객들은 움찔하며 서로의 뒤에 몸을 숙여 숨으려 했다. 위층 전시관에서 터진 두 번째 섬광탄이 골동품 승강기의 거울에 반사되어 번쩍였다. 내 앞에 서 있던 노부부가 비틀거리다 보석이 반짝이는 벼룩 방지 목걸이의 피라미드에 부딪쳤고, 화려한 목걸이가 흩어져 바닥을 가득 메웠다.

동물 우리가 늘어서 있던 주 전시장에서는 난장판이 벌어지고 있었다. 앤절라와 꽁지머리 남자는 혼란에 빠진 사육자들 사이를 헤치고 들어가 진열대의 문을 하나씩 비틀어 땄다. 나는 미리 잠입한 진입조가 경찰이 해머스미스로의 혼란에 정신이 팔리기를 기다리고 있다가 계획을 실행에 옮겼으리라 짐작했다.

나는 앤절라가 분노한 사육자들을 상대할 수 없을 것이라 생각하고, 절뚝이며 그녀를 뒤따랐다. 경사 한 명과 경관 두 명이 나를 앞질러 군중을 헤치고 들어가다가, 퀼트 바구니로 가득한 상업 부스 안에서 세 번째 섬광탄이 터지는 순간 고개를 숙였다.

커다란 고양이가, 깔끔하게 손질받은 메인쿤 한 마리가, 쏜살같이 우리 쪽으로 달려왔다. 놈은 인간 다리로 구성된 숲의 바닥에서 잠시 방향을 가늠하더니, 경사의 부츠 사이로 돌진했다. 해방된 동물의 모습에 구경꾼들 사이로 분노의 물결이 번져 나갔다. 경관 한 명이 내게 부딪쳐 옆으로 밀치고는 앤절라 쪽으로 달렸다. 앤절라의 꽁지머리 동료는 최루탄 깡통을 꺼내 들고 그들을 둘러싼 사육자들과 대치했고, 그사이 앤절라는 절단기를 들고 우리의 자물쇠를 잘랐다.

경사가 앤절라의 동료를 한쪽으로 내던진 다음 그녀의 손에서 절단기를 빼앗고 뒤에서 그녀의 어깨를 붙들었다. 그리고 그녀를 어린아이처럼 공중으로 번쩍 들더니 발치의 톱밥과 장미 리본 속으로 던져 버렸다. 경사가 그녀를 다시 들어 올려 충격받은 작은 체구의 여성을 시멘트 바닥으로 내팽개치려 하는 순간, 내가 앞으로 달려 나가 그의 팔을 붙들었다.

1분도 지나기 전에 나는 바닥에 있었다. 얼굴은 톱밥에 파묻히고, 손은 뒤로 돌려 수갑을 찬 채로. 분노한 사육자들이 나를 사납게 걷어차면서, 킹스턴의 가정주부이자 고양이 애호가이며 자식 둘을 가진 어머니를 지키려 하던 것뿐이라는 내 애원을 고함 속에 파묻어 버렸다.

해머스미스로에서 사이렌이 울리고, 올림피아의 스피커가 방문객들에게 진정하라고 소리쳤을 때, 나는 몸을 굴려 등을 대고 누웠다. 시위는 끝났고, 마지막으로 남은 섬광탄 연기가 천장의 조명 아래로 모여들고 있었다. 사육자들은 우리를 바로 세우고 털이 헝클어진 애완동물들을 달랬으며, 여성 판매원 한 명이 벼룩 방지 목걸이를 다시 쌓았다. 앤절라와 꽁지머리 남자는 빠져나갔으나, 경찰은 수갑을 채운 시위꾼들을 끌고 출입구로 나가고 있었다.

경관 두 명이 나를 자리에서 일으켰다. 젊은 쪽의 흑인 경관은 거대한 고양이 동물원과 동물들이 받는 호화찬란한 대접에 얼이 빠져 있었다. 그는 내 상의에 잔뜩 묻은 지푸라기를 떨어 준 다음, 내가 타박상을 입은 갈비뼈 안에서 숨을 쉬려 애쓰는 동안 기다려 주었다.

"고양이에 뭐 원한이라도 있나?" 그가 물었다.

"우리에 가두는 일을 반대할 뿐입니다."

"그거 안됐군. 당신도 들어가게 될 테니까."

나는 심호흡을 하며 머리 위 조명을 바라보았다. 두 번째 악취가 화약 냄새를 대체해 버렸음을 깨달았다. 섬광탄이

올림피아의 대치

폭발하는 순간 천 마리의 겁에 질린 동물이 일제히 겁에 질린 동물다운 행동을 벌였고, 그로 인해 고양이 오줌의 지독한 악취가 박람회장을 가득 채운 것이었다.

6 / 구출

해머스미스 그로브의 치안판사 법정은 덜 상쾌한 냄새 즉, 죄를 저지르고 씻지 않은 자들의 악취로 뒤덮여 있었다. 나는 방청석의 뒷줄에 앉아 퀸즈 테니스 클럽 주변에서 구걸 행위를 하다 고소된 세 아이의 어머니에 대해 판사가 내리는 평결을 들으려 애썼다. 피고는 사십 대 초반의 우울한 얼굴의 여인으로, 문맹이나 다름없고 교정 관리가 심각하게 필요한 사람이었다. 수많은 변호사와 피고인과 경찰과 수위와 증인들이, 마치 루이스 캐럴의 책에서 튀어나온 등장인물들처럼 끊임없이 법원 방청석 사이를 오가며 혼을 빼놓는 가운데, 그녀의 우물거리는 애원은 그대로 소리 없이 파묻혀 버렸다. 이곳에서 배부되는 것은 법의 정의가 아니라 혼돈에 빠진 축구 경기에서 탈진한 심판이 불어 대는 호루라기 소리, 지쳐서 피할 수 없는 종말과 타협한 결과물일 뿐이었다.

나는 100파운드의 벌금형을 받고 근신 서약을 한 다음에야 보석으로 풀려났다. 변호사는 내가 올림피아를 방문한 선량한 시민으로 과도한 경찰의 폭력에서 여성 시위자를 보호하려 했을 뿐이라 주장했지만, 판사들은 그 말을 가볍게 무시해 버렸다. 법정 앞으로 끌려온 피고들의 모든 범죄는 ―좀도둑질, 음주운전, 동물 권리 시위까지도―전부 의심할 여지가 없다고 여겨졌다. 아주 약간이나마 영향을 주는 요소는 반성하는 태도뿐이었다. 내 변호사는 내가 가진 전문직 자격증과 범죄 기록이 전무하다는 사실과 공동체에서 가지는 명망을 들이댔다. 그러나 처음 보는 경사 한 명이 등장해서 내가 수많은 방범 카메라에 모습을 비쳤으며 폭력을 동반한 가두집회에 여러 번 참석한 것을 목격했다는 증언을 했다.

치안판사가 나를 응시하는 험악한 눈빛을 보니, 나를 국가 반역 행위에 몰두하는 중산층 전문직 종사자이며 따라서 최대한 짧고 강렬한 충격을 받아 마땅한 존재로 여기는 것이 분명했다. 평결이 내려지기 전에, 나는 얼른 내가 전처의 살인범을 찾는 중이라고 설명했고, 재판장은 그 시점에서 눈을 감아 버렸다.

"고양이 박람회장에서 말이오?"

끝나고 나서 변호사가 런던 중심부까지 태워다 주겠다고 제안했지만, 그로서는 다행스럽게도 내 쪽에서 호의를 거절했다. 아수라장인 치안 법정 안이라도 좋으니 일단 쉴 곳이 필요했다. 사흘 전에 고양이 애호가들이 내 가슴팍과 고간을 겨냥하고 가혹하게 발길질을 한 데다 경찰 밴에서도 거친 취급을 당한 탓에, 팔과 갈빗대에는 심한 타박상을 입었고 고환은 퉁퉁 부어올라 샐리를 깜짝 놀라게 만들 지경이었다. 피고석에 서는 것은 지독하게 부끄러운 경험이었지만, 이때 나는 완전히 탈진해 있어서 수치심조차 제대로 느낄 수 없었다. 애들러에서 다루는 환자들 중 상당수는 원인 없는 깊은 죄책감에 시달렸지만, 고발당해 치안판사를 찾아온 이들 중에서 아주 약간이라도 죄책감에 시달리는 사람은 단 한 명도 없었다. 사법 체계는 아무것도 이룩하지 못한다. 경찰의 시간을 낭비하고 정의를 하찮게 보이도록 만들 뿐이다.

평결석의 긴 나무 의자에 앉아 휴식을 취하고 있자니, 법정 쪽에서 다음 사건을 배심재판으로 넘겨 달라는 탄원이 들려왔다. 맞춤 정장을 입은 여인이 당당하게 긴 의자 앞에 서서 서류 뭉치를 가득 든 손을 흔들며 극적인 동작을 취하고 있었다. 그녀 뒤편의, 피고석 역할을 하는 널찍한 탁자에는 검은 단발머리에 전투적인 표정의 젊은 중국인 여성과,

모터사이클 재킷 안으로 성직자용 옷깃이 보이는, 면도하지 않은 거칠한 얼굴에 눈을 내리깐 초조한 모습의 목사 한 명이 서 있었다. 함께 셰퍼즈부시의 쇼핑몰에서 소요 행위를 벌여서 27파운드어치의 물적 피해를 입혔다고 했다.

법원에 도착해서 층계참에 함께 있는 세 사람을 보았을 때는, 나는 잘 차려입은 여인이 두 사람의 변호사라 생각했다. 그녀는 치안판사들 앞을 오락가락하다가 가끔씩 발을 멈추고 세 명의 현인들이 자기 논리를 따라올 시간을 주곤 했다. 하이힐을 또각거리며 몸을 돌릴 때마다 잿빛 머리카락이 어깨선을 타고 물결쳤고, 그녀를 바라보는 법정의 모든 사람들 앞에서 몸의 곡선을 마음껏 과시했다. 안경을 코끝에 걸쳐 쓸 만큼이나 자신의 훌륭한 외모에 자신감이 있는 것처럼 보였다.

그녀가 무대를 휘어잡는 모습에 사로잡힌 나는 그녀가 내 변호를 맡아 주었으면 좋았을걸 하고 생각했다. 방청석의 사람들은 이미 그녀의 기습적인 농담에 웃음을 터트리고 있었고, 그녀는 숙련된 배우처럼 그들의 갈채를 자기 편할 대로 이용했다. 재판장이 배심재판 요청을 기각하자, 그녀는 서류를 한쪽으로 던지고는 위협적이다시피 한 태도로 긴 의자를 향해 성큼성큼 다가갔다. 경관 한 명이 그녀를 붙들어 다시 피고석으로 인도했고, 그녀는 그리로 돌아가 중국인 여성과 풀 죽은 성직자 곁에 당당하게 섰다.

따라서 저 열정 넘치는 변론자는 변호사가 아니라 피고 중 한 사람인 것이었다. 그녀는 자신의 무대가 끝났다는 것을 감지했는지 당당하게 치안판사들을 바라보고 섰다. 안경을 벗는 모습이 마치 심통 나서 장난감을 내려놓는 어린아이처럼 보였다. 나는 그녀와 그 동료 피고들이 일종의 복음주의 집단의 일원일 것이라고, 쇼핑몰 회랑에서 석기시대의 하지 의식을 실행에 옮기려던 정신 나간 뉴에이지 컬트 부류일 것이라고 추측했다.

나는 서둘러 제정신의 세계로, 샐리와 연구소의 내 업무로 돌아가고 싶어 안달이 난 채로 법정을 빠져나왔다. 내게 더 이상 수치심을 지우고 싶지 않았는지, 샐리는 이번 법정에는 참석하지 않기로 했다. 로라를 죽인 살인범을 찾으려면 다른 방법을 시도해야 할 듯싶었다. 아니면 경찰과 테러 대응 부대에 맡겨 두거나.

나는 로비에 들어찬 일가친척과 증인의 인파를 헤치고 느릿느릿 움직였다. 내 셔츠에서 풍기는 땀과 유죄가 뒤섞인 악취를 거북하게 여기면서. 길거리 매춘부를 찾아다니던 지역 사업가 고용주에게 불리한 증언을 한, 제복을 입은 운전기사가 내 앞에 서 있었다. 그는 갑자기 몸을 돌리다 팔꿈치로 내 가슴을 때리고는, 사과하듯 팔을 슬쩍 잡아 보이더니 군중 속으로 사라졌다.

고통이 가슴뼈를 파고들었다. 타박상을 입은 갈빗대가 밖으로 젖혀 열린 것 같았다. 나는 제대로 숨도 쉬지 못하는 상태로 해머스미스 그로브의 햇살 속으로 걸어 나와서 지나가는 택시를 세우려 했지만, 손을 드는 동작만으로도 숨이 거의 빠져나갔다. 계단 난간의 돌사자에 몸을 기댔지만, 경비를 서고 있던 경관이 비틀거리는 술주정뱅이를 쫓아내듯이 손을 저어 나를 법원 계단에서 몰아냈다.

나는 샌드위치 스탠드로 향하는 사무원들로 가득한, 점심 시간의 북적임 속으로 걸음을 옮겼다. 거리에서 공기가 완전히 사라진 것만 같았다. 나는 실신하기 직전의 상태로, 이대로 인도에 누워 버리면 누군가 내가 죽어 간다고 생각하고 구급차를 불러 주지 않을까 하는 절박한 상상을 했다.

나는 주차된 차에 기대서서 무릎을 짚고 헐떡이며 허파에 약간의 공기를 공급했다. 문득 여성의 손이 뻗어 와 내 허리를 붙들었다. 그녀의 엉덩이에 기대 휴식을 취하고 있으려니 향수와 모직물이 혼합된 진한 향기가 코끝을 자극했고, 순수한 분노가 어린 땀 냄새가 그 위를 살짝 감싸 덮었다. 그 불안한 분위기에 나는 저도 모르게 고개를 들어 그녀를 바라보았다.

"마컴 씨? 도움이 조금 필요해 보여서요. 취한 건 아니겠지요?"

"아직은 아닙니다. 숨쉬기가 힘들어서……"

나는 치안판사들을 괴롭히던 여인의 강인한 얼굴을 응시

했다. 나를 살피는 그녀의 얼굴에는 진실한 염려의 기색이 떠올라 있었지만, 한 줄기 계산적인 감정이 스쳐 지나가는 느낌이 들었다. 한쪽 손으로 가방 속의 휴대전화를 쥐고 있는 모습이, 마치 나를 자신들의 복음주의 소집단에 끌어들일 수 있으리라 기대하는 것만 같았다.

"자, 그럼 일어나 보세요." 그녀는 나를 차에 기대 일어서게 하고는 지켜보는 경관에게 경쾌하게 손을 흔들었다. "이 근처 어딘가에 주차를 해 놓았는데. 누가 훔쳐 가지 않았다면 말이지만. 간이 재판소도 자기네 나름으로 범죄 행동을 촉발한다니까요. 얼굴이 끔찍한데요. 대체 무슨 일을 당한 거죠?"

"갈빗대에 타박상을 입었습니다. 누가 걷어찼거든요."

"올림피아에서요? 그럼 분명 경찰이겠군요."

"고양이 애호가들이었습니다. 아주 거친 작자들이더군요."

"정말요? 불쌍한 야옹이들한테 무슨 짓을 했길래?" 그녀는 나를 끌다시피 하면서 일렬로 주차된 차들을 훑어보며 걸음을 옮겼다. "안전한 곳으로 데려다드리죠. 당신을 보살펴 줄 만한 의사를 알고 있거든요. 내 말 믿어요. 평화로운 집회야말로 사람들의 폭력성을 이끌어 내게 마련이죠."

7 / 심야의 탈출

강건한 양손이 내 머리를 이끌어 규탄 스티커로 뒤덮인 돌출형 창문 옆 현관문으로 인도했다. 나를 도와준 여인, 케이 처칠은 마치 집을 급습하는 경찰처럼 문에 어깨를 대고 힘차게 밀쳐 열었다. 나는 우리가 첼시의 빈집에 무단 침입하는 중이라고 생각했지만, 그녀는 당당하게 현관을 가로질러 외투걸이에 자기 자동차 열쇠를 던졌다. 그리고 자기 체취가 마음에 드는지 확신하지 못한 것이 분명한 모습으로 허공에 대고 킁킁거리더니, 이내 따라 들어오라고 내게 손짓했다.

거실에는 액자에 넣은 영화 포스터들이 걸려 있었다. 관객을 쏘아보는 구로사와 시대극의 사무라이에, 〈전함 포템킨〉에서 비명을 지르던 여인도 있었다. 케이는 가죽을 씌운 안락의자에서 대본 더미를 들어내고 나를 쿠션 사이에 편히 앉힌 다음, 내가 제대로 숨을 쉴 때까지 응원하는 것처럼 미소를 띠고 바라보며 기다렸다. 경찰의 폭행에 당한 동료 시위꾼을 돕고 싶은 마음이 가득한지, 그녀는 대본 무더기에서 작은 위스키 병을 찾아내고 책상 서랍에서 텀블러를 꺼냈다. 내가 자극적인 냄새를 들이쉬자 만족스럽게 고개를 끄덕였다.

"불쌍한 사람. 이게 필요했겠죠. 그 고약한 작자들이 정말로 거리낌 없이 저질러 줬군요."

"정말 친절하시군요……" 나는 숨을 들이쉬지 않으려 노력하며 몸을 기댔다. "아내에게 전화를 걸어 주시면 와서 데려갈 겁니다."

"우선 의사부터 부르죠. 부인분이 지금 그런 몰골을 보고 싶을지 확신을 못 하겠네요." 그녀는 내 위로 몸을 숙였다. "마컴 씨? 아직 깨어 있나요?"

"네. 제 이름을 아시는군요?"

"법원 서기가 당신 이름 부르는 걸 들었으니까요." 긴 안락의자의 팔걸이에 걸터앉자 딱 붙는 치마 아래로 허벅지 윤곽이 드러나 보였다. 자의식이 지나치게 강할지는 몰라도 친절하고 싹싹한 사람이었고, 관심의 대상이 되는 데 익숙한 듯했다. 그러나 친절한 태도에도 불구하고, 어딘가 납득

심야의 탈출

하기 힘든 구석이 엿보인다는 듯이 계속 나를 흥미롭게 살피고 있었다. 치안 법원에서 여기까지 오는 길에, 그녀는 한 손으로 운전대를 잡고 폴로를 몰면서 다른 손은 조수석 사이로 뻗어 내 어깨를 붙들고 아직 살아 있는지 끊임없이 확인했다. 자기소개를 한 다음에도 백미러로 나를 내내 주시하고 있었다.

"서기요?" 나는 자극적인 맛의 위스키를 홀짝였다. "법정이 거의 정신병원 수준이던데요. 거기서 나눠 주는 게 뭔지는 몰라도 정의가 아니라는 건 분명합니다."

"당신 전적이 그리 나쁘진 않던데요. 기물 파손에, 폭발물 사용에, 경찰 폭행이었죠? 초범이기는 해도 벌금이 상당히 관대해 보였어요."

"그건 설명할 도리가 없군요. 믿어 주시지요. 저는 보안 기관 쪽 사람이 아닙니다."

"그런 생각은 안 했어요." 그녀는 내게 무죄 추정의 원칙을 적용하며 고개를 끄덕였다. "그래도 지나치게 조심해서 나쁠 건 없으니까요. 우리의 낡은 민주주의 사회는 사방에 눈과 귀를 가지고 있어요. 찻주전자 안에는 카메라가, 사라사 직물 뒤에는 마이크로폰이 있죠. 당신이 소변을 볼 때마다 MI5의 전담 요원 한 명이 당신 남성의 길이를 기록하고 있다고요. 모두 겪는 일이죠. 지금 입고 있는 그 누더기가 당신 나름의 위장인 모양이죠?"

"어떻게 보자면 그렇지요." 나는 반짝이는 헤링본 정장의 옷깃을 가다듬으려 시도했다. "우리 정원사한테서 샀습니다. 너무 그런 인상을 주고 싶지 않았거든요. 그……"

"중산층으로 보이고 싶지 않았다고요?"

"언제나 주의를 기울여야 하지요. 어쨌든 우리는 이제 완전히 유행에 뒤떨어진 계층 아닙니까. 사람들은 우리가 좀 충격을 받아서 정신을 차려야 한다고들 하지요."

"그건 그렇죠." 그녀는 날씨의 변화를 확인하는 것처럼 냉정하게 답했다. "사실 당신 변호사가 다 털어놓았어요. 데이비드 마컴 씨, 유니레버와 BP의 자문 심리학자라면서요. 그런데 이제는 경찰하고 싸우면서 세상을 바꾸려 노력하고 있군요. 감방에 들어가지 않은 것만으로도 정말 운이 좋은 거예요."

"당신 쪽은 어떻습니까? 그 중국인 여성과 성직자는 누군가요?"

"버르토크의 오페라처럼 들리는군요." 그녀는 자기 휴대전화를 찾아 뒤적이기 시작했다. "다시 의사 친구한테 연락해 볼게요. 지금쯤이면 무대 위에 있을 텐데."

"수술실에 들어가 있단 소립니까?"

"자기 환자들이 쓴 연극 공연을 하고 있어요. 〈다이애나 여왕〉이라는 제목이죠."

"꽤나 감동적일 것 같군요."

"슬프게도 그렇지는 않아요. 다운증후군이 있는 아이들이거든요. 사랑스럽기는 하지만 끔찍하게 지루하죠. 해럴드 핀터가 개작한 『백설공주』 같아요."

"흥미롭군요…… 그쪽이 더 말이 될 수도 있지 않을까요." 나는 자리에서 일어나려 시도했다. "돌아가는 길에 지역 보건의에게 들르지요."

"안 돼요." 그녀는 단호하게 내 이마에 손을 얹었다. "부인도 당신이 택시 뒷좌석에서 죽는 걸 바라지는 않을 거예요. 게다가 당신이 우리 다음 계획을 도와줬으면 좋겠고……"

나는 그녀가 하이힐을 맵시 있게 또각거리며 멀어지는 모습을 바라보았다. 그녀는 정말로 나를 걱정해서 자기 집으로 데려온 것이겠지만, 내 쪽에서는 진작부터 죄수가 된 기분이었다. 나는 안락의자에 몸을 기댄 채 난장판이지만 매력적인 집을 둘러보았다. 과도하게 고상한 취향을 물려받은 부잣집 따님이 꾸민 세인트존스 우드의 우리 저택과는 사뭇 달랐다. 마리화나와 마늘과 지나치게 진한 향수의 흐릿하게 남은 냄새가 마음에 들었다. 벽난로 장식 위에 애들 그림이 붙어 있기는 했지만, 케이 처칠이 홀로 살고 있다는 점에는 의심할 여지가 없었다. 커피 탁자와 책상에 심령체가 드리운 흐릿한 후광처럼 쌓여 있는 먼지는, 마치 그 나름의 기억과 후회를 간직한 평행 세계의 모습처럼 보였다.

고급 사립 초등학교 교복인 펠트 모자와 자주색 블레이저 차림의 여자아이들을 가득 실은 스쿨버스 한 대가 창밖으로 지나갔다. 저런 학교 한 군데의 등록금이면 이스트엔드의 반투스탄* 전체에 공교육을 제공할 수 있을 것이다. 나는 지금 킹스로 남단의 고급 주택단지인 첼시마리나의 어딘가에 앉아 있는 것이었다. 내게는 이곳 또한 다른 부류의 어둠의 심연으로 느껴졌다.

옛 가스 공장 부지에 세워진 첼시마리나는 부족의 토템을 수호하고자 애쓰는 봉급생활 전문직 종사자를 위해 설계된 곳이었다. 여기서 부족의 토템이란 사교육과 디너파티 문화, 그리고 절대 드러내고 인정하지 않는 '하류층' 사람들, 즉 시티**의 중개인이나 금융 상담사나 음반 산업의 프로듀서 또는 신문 칼럼니스트나 광고업자 등의 룸펜-인텔리겐치아 부류에 대한 혐오를 말하는 것이다. 이런 사람들은 주민위원회에서 반대표를 던져 입주를 막아 버린다. 물론 그런 부류는 보다 널찍한 곳을 선호하며, 대부분 첼시마리나가 너무 수수하고 고상한 곳이라 생각하게 마련이지만 말이다.

케이가 현관을 걸어 다니며 전화로 대화를 나누는 동안, 나는 그녀가 어쩌다 이 중산층의 점잖음이 체화된 거주지에 머물게 되었을지를 생각했다. 그녀는 불운한 병원 접수 담당자를 붙들고 하층민 여성의 절규 정도로 소리를 높여 내

가슴의 부상과 뇌 손상의 가능성에 대해 떠들었다. 그리고 그러는 내내 외투걸이의 거울에 비친 자신을 감탄스럽다는 듯 바라보고 있었다. 나는 그녀가 텀블러에 스카치를 따를 때, 깊이 물어뜯은 손톱과 어릴 적부터 계속 후벼서 높이 솟은 콧날을 알아챘다.

"굴드 박사가 오고 있어요." 그녀는 내 의자의 팔걸이에 앉아서 내 눈을 확인하며 자기 몸을 내 가까이 붙였다. "사실 당신 조금 나아진 것 같은데요."

"다행이로군요. 그 법정에서 벗어날 수만 있다면 뭐든 했을 겁니다." 나는 튀어나온 창문 너머의 고요한 거리를 가리켰다. "그래서 이곳이 첼시마리나군요. 제가 보기엔 첼시보다는……"

"풀럼에 가깝다고요? 실제로도 풀럼이죠. '첼시마리나'는 부동산업자의 사기예요. 중간관리직이나 공무원들이 근근이 살아가며 감당할 수 있는 주택 지구일 뿐이죠."

"그럼 '마리나'는 뭡니까?"

"요트 정박지가 있기는 한데, 크기도 냄새도 화장실 수준이에요." 그녀는 끔찍한 향취를 맡을 수 있기라도 한 것처럼 고개를 쳐들었다. "앞가림을 할 줄 아는 중산층을 위해 지은

• 　남아프리카 공화국이 흑인들의 분리 거주 구역으로 지정한 열 개 종족 영토를 통틀어 이르는 말. 여기에서는 이스트엔드의 슬럼가를 가리킨다.
•• 　런던의 금융 중심지인 시티 구역을 가리킨다.

맞춤형 단지였는데, 이제는 값비싼 슬럼으로 변하고 있어요. 시티 지구의 상여금도, 스톡옵션도, 회사 신용카드도 없는 사람들만 가득하죠. 많은 수는 이미 경제적으로 한계에 달해 있어요. 그래서 우리가 자리를 털고 일어나 뭔가를 시도하는 거예요. 여러 차례에 걸쳐 가두집회를 벌이는 중이죠."

"가두집회의 문제는 언제나 그 길이 가장 가까운 간이 재판소로 이어진다는 거지요."

"그 정도는 감내할 수 있어요. 잊지 말아요, 경찰은 중립이라고요. 공평하게 모든 사람을 혐오하죠. 훌륭한 시민이 되려면 법을 지켜야 하는 게 아니에요. 경찰을 귀찮게 만들지 않아야 하는 거죠."

"훌륭한 조언이군요." 나는 지나치게 깊이 숨을 들이쉬고 있다는 것을 깨닫고 천천히 허파에서 공기를 빼냈다. "규칙만 익히면, 뭘 하든 빠져나갈 수 있다라."

"중산층은 항상 그 사실에 충격을 받죠." 그녀는 페트리접시에 새로 배양한 균체를 살피는 박테리아 연구자처럼 커피 탁자에 쌓인 먼지를 손가락으로 훑었다. "올림피아에서는 무슨 일이 있었던 거죠?"

"별일 아닙니다……" 나는 케이가 내 이야기를 들을 준비를 끝내고 소파에 앉기를 기다리다가, 문득 굳센 의지를 가진 눈앞의 매력적인 여인이 외로워한다는 것을 알아차렸다.

심야의 탈출

히스로 폭탄 테러범을 찾아다니던 이야기를 해 줄까 하는 유혹이 일었지만, 그녀는 좀 지나치게 경계심이 강했다. 내가 치안판사에게 한 진술을 들었으니, 아마도 보다 진지한 수준으로 저항운동에 동참하고 있다고 가정하고 있을 것이다. 나는 방어하듯 이렇게 덧붙였다. "고양이 박람회였습니다. 사소하게 보이지만 확실히 헤드라인에 오를 만한 일이지요. 아무도 예상치 못한 일이라 사람들을 생각하게 만들 겁니다."

"바로 그거죠." 그녀는 열렬히 고개를 끄덕였다. "우리 힘으로 사람들을 동요시켜야 해요. 진심을 다하는 것만으로는 부족하죠. 불평만 읊어 대는 트로츠키주의자나 살짝 정신이 나간 노파 정도로 여겨질 테니까. 목을 들이밀어야 하는 거라고요. 나는 그런 일을 시도했고, 대가를 치렀죠."

나는 내 잔을 들고 벽의 포스터를 가리켰다. "영화 평론가입니까?"

"사우스뱅크 대학에서 영화 해석을 가르쳤죠. 이제 과거의 일이지만."

"구로사와, 클리모프, 브레송……?"

"최후의 헐떡임이었죠. 그 후로는 엔터테인먼트가 찾아왔고."

"확실히 그렇지요." 떠날 때가 되었지만, 의자에서 일어서기가 힘들었다. 위스키 덕분에 가만 앉아 있는 동안에는 고통이 느껴지지 않았다. 나는 책상 너머의 선반에 빼곡하게 들어차 있는 비디오테이프의 인쇄된 제목을 훑었다. "미국 영화는 없군요?"

"만화는 별로 안 좋아해서."

"필름 누아르는요?"

"검은색은 매우 감상적인 색이죠. 그 뒤에 어떤 쓰레기든 숨길 수 있어요. 할리우드 영화는 재미는 있어요. 당신이 생각하는 즐거운 시간이 햄버거와 밀크셰이크로 구성되어 있다면 말이죠. 미국은 성장할 필요성 자체를 근절하려고 영화를 발명한 거예요. 우리에게는 고뇌와 우울증과 중년의 후회가 있죠. 그들에게는 할리우드가 있고요."

"그쪽 사람들에게는 다행이로군요." 나는 커피 탁자 위의 홀더를 가리켰다. "대본 응모입니까?"

"학생들이 쓴 거예요. 아무래도 다들 현실을 한 바퀴 돌아볼 필요가 있을 것 같아요. 특수 용어가 너무 많더라고요. '관음증과 남성의 시선'이니, '거세 공포증'이니. 자기 꼬리를 물고 도는 마르크스주의 이론가들 같잖아요."

"하지만 당신이 치료해 줬겠지요?"

"침실로 카메라를 가지고 들어가서 포르노 영화를 만들어 오라고 했어요. 시간이 남을 때마다 하는 게 섹스인데, 한 번쯤 카메라 렌즈를 통해서 보는 것도 좋지 않겠어요? 섹스에 대해서는 딱히 배울 것이 없겠지만, 영화에 대해서는 아주

심야의 탈출

많이 배우게 될 테니까."

"그래서 성공을 거두었나요?"

"학생들이야 좋아했지만, 학장은 별로 좋아하지 않더군요. 지금은 나를 어떻게 다룰지 결정할 때까지 정직 상태예요."

"그거 상당히 힘든 결정이겠군요."

"나도 그렇게 생각했어요. 그래서 시간이 남는 동안에 혁명을 시작하려고 마음먹었죠."

"혁명이라고요?" 나는 감탄한 것처럼 보이려 애썼다. 그녀는 초조하고 불안한 모습으로, 마치 관객을 빼앗긴 여배우처럼 닳아 해진 양탄자를 바라보고 있었다. 혁명이 시작되면 적어도 괜찮은 대본과 귀중한 배역 몇 개 정도는 얻어낼 수 있을 것이다.

"오늘 아침 공연은 아주 훌륭했습니다." 나는 이렇게 말했다. "솔직히 말하자면 유죄 평결을 내린 게 놀라울 지경이었어요. 성직에 있는 사람에게 벌금을 부과하다니⋯⋯"

"스티븐 덱스터요? 첼시마리나의 입주 목사라고 할 수 있죠. 그게 성직의 범주에 들어갈지는 솔직히 말해 확신할 수 없네요."

"그러면 셰퍼즈부시에서는 종교적인 시위를 벌인 겁니까?"

"스티븐한테는 아니겠죠. 그 불쌍한 사람은 섬기는 신을 의심하는 일이야말로 성직의 소명이라 생각하는 그런 부류의 성직자예요. 어쨌든 덕분에 그 사람을 데리고 다니면 유용한 구석이 많죠. 특히 시위에서는요."

"27파운드어치의 기물 파손은 뭡니까? 대체 뭘 한 거지요? 쓰레기통을 뒤엎기라도 했습니까?"

"포스터를 좀 찢었어요." 그녀는 진짜로 혐오를 내비치며 몸을 떨었다. "사람을 타락시키는 홍보물이었죠."

"신성모독적이라든가?"

"어떤 측면에서는요. 게다가 사람을 유혹하기도 하고."

"쇼핑몰에서 말입니까? 대체 뭐였나요? 생체 해부 관람실 찬성 포스터 같은 거였습니까?"

"여행사였어요." 그녀는 턱을 높이 들고 당당하게 나를 돌아봤다. "공교롭게도 우리는 여행이라는 관념 자체에 반대하거든요."

"그건 왜지요?"

"관광 여행이야말로 최고의 최면술이에요. 대규모 신용 사기인 데다 인생에 뭔가 흥미로운 것이 존재한다는 위험한 사고방식을 주입하죠. 의자 뺏기 놀이를 뒤집은 거라고 생각하시면 돼요. 녹음된 음악이 멈출 때마다 사람들은 자리에서 일어나 세계를 돌아다니며 춤추고, 원 안에는 더 많은 의자가, 더 많은 요트 정박지와 메리어트 호텔이 추가되죠. 그래서 저마다 자기가 승리했다고 착각하게 되는 거예요."

심야의 탈출

"그런데 그것조차 사기인 거로군요?"

"완벽한 사기죠. 현대의 여행자들은 어디든 실제로 가는 게 아니니까요." 그녀는 자신감 넘치는 태도로, 청중에 의해 방해받아 본 적이 없는 강사의 확고한 자신감을 가지고, 자기 나름의 열정적인 자세로 너저분한 거실을 마주하고서 장광설을 늘어놓았다. "자기 존재를 아무리 개선해도 결국 똑같은 공항과 리조트 호텔로, 똑같은 피냐 콜라다 어쩌고로 이어지게 마련이잖아요. 여행객들은 햇볕에 탄 피부와 번쩍이는 이빨을 보며 자기네가 행복하다고 생각하죠. 하지만 선탠은 그들의 정체를 숨기는 역할만 할 뿐이에요. 미국의 쓰레기로 머릿속을 가득 채운, 봉급을 받는 노예라는 정체를요. 여행은 20세기가 우리에게 남긴 마지막 환상이에요. 어디든 일단 가기만 하면 자기 자신의 새로운 모습을 찾을 수 있으리라는 환상이죠."

"그래서 그런 일은 불가능하다는 겁니까?"

"갈 곳이 없으니까요. 이 행성은 이미 포화 상태예요. 그냥 집에 틀어박혀서 초콜릿 퍼지에 돈을 쓰는 거나 다를 바가 없어요."

"그래도 제3세계에서는 뭔가를 얻지 않을까요……"

"제3세계라고요!" 그녀의 목소리는 조롱하듯 높이 올라갔다. "시멘트를 섞고 활주로를 까는 쿨리 막노동꾼들을 말하는 거겠죠. 선택받은 일부 사람들은 칵테일을 섞고 여행객들과 잠자리에 들 테고요."

"힘든 일이지만 적어도 생계는 꾸리니까요."

"그 사람들이야말로 진짜 피해자예요. 세상에, 이 나라에 존재하는 모든 여행사에 폭탄을 하나씩 뿌리고 싶군요."

나는 더 이상 킹스로까지 걸어갈 수 있을지 따위는 생각하지 않은 채 갈빗대를 부여잡았다. 케이 처칠은 여러 번 연습한 불평을, 자기 집착의 교리문답을 묵주 세듯이 늘어놓고 있었다. 헨리 켄들의 말에 따르면, 히스로 공항의 환기구에서 발견된 테이프도 비슷한 장광설을 담고 있다고 했다. 나는 유리 조각과 여행 가방 사이에 누워 있던 로라의 모습을 담은 아마추어 영상을 떠올렸고, 케이가 자신의 진짜 방청객들에게, 마침내 그녀를 홀러웨이*의 감방으로 보내 버릴 지친 치안판사들을 상대로 주절거리는 것을 들었다. 이 매혹적이지만 변덕스러운 여성이 폭탄을 설치할 정도의 자제력을 발휘할 수 있으리라고는 믿기 힘들었다. 그러나 그녀가 집회에서 수하물 벨트컨베이어 테러의 일부라도 얻어듣고, 히스로의 참사를 자신의 자극적인 세계관 속에 끼워넣었을 가능성은 없을까?

"데이비드?" 그녀는 내 곁에 앉으며 염려하는 듯 손으로 내 이마를 짚었다. "정말 즐거운 대화였어요. 아무래도 우리는 같은 방식으로 세상을 보는 것 같네요. 우리 쪽에는 더 많은 지원자가 필요해요. 애들러 같은 곳에 다니는 사람이면

두말할 나위 없고요. 몸이 나아지면 이야기를 해 보죠. 좀 더 진지한 단계로 옮겨 갈 생각이거든요."

"폭력은 취향이 아닙니다, 케이."

"제발, 나도 폭력을 원하는 건 아니에요." 그녀의 입술에서 새어 나온 향기로운 숨결이 내 몸을 뒤덮었다. "적어도 아직은요. 하지만 그때가 사람들 생각보다 빨리 찾아올 수도 있겠죠."

나는 그녀에 대한 경계심을 늦추지 않으면서도 굳은 결의를 띤 얼굴을, 고르지 못한 치열과 견실한 눈빛을 바라보았다. 나는 그녀가 몇 년 동안 현실 세계와 유리된 삶을 살아왔으리라고, 자기 마음속에서 유령 열차를 타고 스스로 건설한 축제 마당을 뱅글뱅글 돌고 있었을 것이라고 생각했다.

"히스로 공항에서 폭탄이 터졌지요." 나는 그녀에게 일깨워 주었다. "두 달 전에요. 사망자가 나왔습니다."

"끔찍한 일이었죠." 그녀는 공감하듯 내 손을 잡으며 말했다. "아무 의미 없는 일이었지만요. 폭력을 사용하는 사람들은 그에 대한 책임을 져야 해요. 그건 아주 특수한 열쇠니까요. 모든 사람이 폭력의 꿈을 꾸고 있어요. 그리고 많은 사람이 같은 꿈을 꾸기 시작하는 건 아주 끔찍한 사건이 벌어질

• 여성 범죄자와 소년범을 수용했던 런던 북부의 교도소. 2016년 폐쇄될 때까지 서부 유럽에서 가장 큰 규모의 여자 교도소였다.

전조죠……"

오토바이 배기음이 우르릉거리며 거리를 뒤흔들고 창틀까지 두드려 댔다. 할리데이비슨 한 대가 의무적으로 스로틀을 몇 번 올린 다음, 도로변을 따라 다가와서 케이의 폴로 옆에 멈췄다. 바이커 복장을 완벽하게 차려입은 운전자는 엔진을 끄고 몸을 뒤로 젖히며 마지막 남은 배기가스의 냄새를 만끽했다. 뒷자리에는 다운재킷을 입은 작은 체구의 중국인 여성이 헬멧으로 얼굴을 가린 채 앉아 있었다. 둘 다 치안판사의 법정에서 보았을 때보다 덜 얌전해 보였다.

서둘러 내릴 기색도 없이 오토바이에 앉아 있는 모습이, 마치 바이커들의 세상 밖으로 재진입할 준비를 하는 검은 우주복의 우주 비행사들 같았다. 케이는 창가에서 그들에게 손을 흔들었지만, 복장을 한데 연결해 주는 클립을 풀고 단추를 누르는 주술 의식에 열심인 그들은 그녀를 알아채지 못했다.

"이제 집에 가야 합니다." 나는 온 힘을 다해 자리에서 일어나서, 알코올 기운에 의지해 몸을 똑바로 세웠다. "저 사람은 지역 목사겠지요? 오늘 아침에 해머스미스 그로브에 있던 사람 아닙니까. 저는 병자성사가 아니라 의사가 필요합니다."

"스티븐이 병자성사를 해 줄 수나 있을지 모르겠네요. 추락한 사람이라서."

"추락해요? 조종사나 그런 건가요?"

"예전에 그렇기는 했지요. 딱히 그런 의미로 한 말은 아니지만요. 필리핀에서 비행 목사를 했대요. 신의 말씀을 전파하며 섬에서 섬으로 건너다니는 목사요. 그런데 그러다 잘못된 섬에 추락한 거예요."

"이젠 날지 못합니까?"

"영적인 측면에서도 그렇죠. 당신처럼 모든 것에 확신을 못 하고 있어요."

"그럼 중국인 여성 쪽은요?"

"조앤 창이죠. 저 남자의 항해사예요. 세상을 뒤덮은 어둑한 숲을 뚫고 나가도록 인도해 주는 역할이죠."

나는 돌길을 따라 다가오는 묵직한 부츠 소리에 귀를 기울였다. 위스키의 마취 효과가 빠르게 가시면서 머리가 맑아지는 중이었다. 가슴속 어딘가에서 로트바일러 한 마리가 잠에서 깨어나 바깥세상을 힐끔거리고 있었다.

"데이비드, 쉬려고 해 봐요. 의사가 오고 있으니까……"

세상에서 가장 친절한 미소를 지으며, 케이는 내 손을 붙들어 소파 쪽으로 이끌었다. 거실 문 뒤쪽에는 〈제3의 사나이〉의 포스터가 붙어 있었다. 전후 유럽의 멜랑콜리를 그 몸에 체현한, 고뇌에 시달리는 유럽 미녀 알리다 발리의 스틸 컷이 인쇄된 포스터였다. 그러나 나는 그 포스터를 보면서 캐럴 리드의 다른 영화를 떠올렸다. 피난처를 구하던 이방인들에게 조종당하고 배신당한 채 도주 길에 오른 부상당한 총잡이를 연기한 영화를.＊

　문가로 나가는 케이를 바라보며 진정하려 애쓰던 나는, 문득 내가 이 소박한 집에 갇힌 포로라는 것을, 수년 전 로라와 함께 국립영화극장에서 봤던 멜로드라마 속의 꿈에 사로잡힌 죄수라는 것을 깨달았다. 복도에서 가죽 재킷의 지퍼를 내리고 벨크로 끈을 뜯어내는 소리가, 손속이 고약한 경관들과 이름 모를 의사, 그리고 아주 또렷하게 히스로 공항을 언급하는 목소리가 들려왔다. 초인종이 다시 울렸고, 나는 가슴속의 로트바일러를 달래려 애쓰다가 먼지투성이 양탄자에 무릎을 꿇으며 쓰러지고 말았다.

8 / 몽유병자들

여자들이 부드럽게 내 주변을 움직이며 신발을 벗기고 혁대를 헐겁게 해 주었다. 중국인 여성이 소파 위로 몸을 숙여 내 셔츠의 단추를 풀었다. 희미하지만 값비싼 향기가 우리 사이에 감돌았다. 독특한 치약의 알싸한 냄새가, 캐세이퍼시픽 일등석 화장실의 느낌을 슬쩍 풍기는, 세이블 모피코트와 홍콩 공항의 탑승객 휴게실을 떠오르게 만드는 냄새가.

이어 보다 격한 냄새가, 새어 나온 윤활유의 거친 기름 냄새가 끼어들었다. 바이커이자 성직자인 스티븐 덱스터가 내 머리를 들어 케이가 건네주는 홈이 팬 쿠션 위에 올렸다. 묵

• 1947년 작 〈심야의 탈출Odd Man Out〉을 이른다.

직한 엄지가 영혼 하나를 빛으로 인도하는 성직자의 손길처럼 내 이마를 스치고 지나갔다.

방 안에는 다른 사람이 한 명 더 있었다. 처음 보는 얼굴의, 검은 정장을 입은 홀쭉한 남자였다. 나는 그 사람이 의사라고, 케이가 말한 리처드 굴드라고 추측했다. 그는 내 곁에 앉아서 청진기를 대고 허파의 소리에 귀를 기울였다. 주사를 놓는 손은 창백하고 손톱은 갈라져 있었으며, 움직임에서는 마치 필리핀의 신앙 치료사처럼 은밀한 기색이 풍겼다.

그는 진통제의 효력이 나타나기를 기다리는 내내 한쪽 손을 내 어깨에 올리고 있었고, 나는 몽마처럼 내게 들러붙은 실체 없는 육체를, 삼십 대 의사의 녹초가 된 육신을, 케이의 전화를 받고 오후의 낮잠에서 깨어난 기진맥진한 관리인의 형체를 느꼈다. 그가 걸친 정장의 얼룩진 소맷자락에서는 엔진오일이나 캐세이퍼시픽의 치약보다도 마음에 들지 않는 냄새가, 다운증후군 어린아이의 씻지 않은 몸을 떠올리게 만드는 냄새가 흘러나왔다.

내가 거의 잠들었음을 확인한 그는 진료를 끝내고 부엌으로 퇴각했다. 다른 사람들이 그의 말에 주의를 기울인다는 정도는 느낄 수 있었으나, 실제로 들리는 것은 내 성 정도였다. 냉장고 문이 닫히고 현관을 지나 집을 나서는 발소리가 들렸다. 부엌 식탁의 의자를 끄는 소리에 텔레비전 뉴스 소리가 이어졌고, 나는 대영박물관 서점에서 발생한 화재 보도를 들으며 몽롱한 졸음 속으로 빠져들었다.

깨어나 보니 조앤 창이 내 곁의 의자에 앉아서, 단발머리 아래로 사랑스러운 미소를 흘리고 있었다. 부엌에서 여전히 뉴스 방송이 울리는 것으로 미루어 기껏해야 몇 분 정도 잠들었던 듯했다. 그러나 놀라우리만큼 몸이 가뿐해진 기분이 들었고, 가슴과 횡격막의 통증도 조금 전에 비하면 흐릿한 메아리 정도만 남은 느낌이었다. 잠들기 전에 히스로 공항을 언급하는 것을 똑똑히 듣기는 했지만, 지금 당장은 질문을 던져 추궁하지 않기로 마음먹었다.

"마컴 씨? 우리 세계로 돌아오신 모양이네요." 마치 내가 다른 사람이 되어 깨어날 것이라 생각했던 양, 조앤이 안도하듯 고개를 끄덕였다. "케이가 정말로 걱정했어요."

"세상에, 다시 숨 쉴 수가 있군요. 고통도……"

"리처드가 주사를 놔 줬거든요." 그녀는 내 뺨에서 뭔가를 닦아 냈다. "30분 정도 쉬고 귀가하세요. 내일 의사를 보러 가시고요. 갈빗대가 부러지지는 않았지만 비장을 다쳤을 수도 있으니까요. 경찰 부츠에 차이면 무슨 일이 생길지 모르거든요."

"녹색 웰링턴 장화였습니다. 훨씬 위험하지요."

"고양이 애호가들 말이죠? 케이가 말해 줬어요." 내가 자신의 작은 손을 붙들고 일어나 앉자, 그녀는 내 고통을 함께 느끼는 듯이 얼굴을 찌푸렸다. "정말로 제대로 두들겨 팬 모양이네요."

"고양이야말로 세상에서 유일하게 신성한 동물 아닙니까." 나는 훨씬 작아지고 훨씬 더 가정집 분위기가 감도는 방 안을 둘러보았다. 심지어 사무라이의 노려보는 얼굴조차도 덜 위협적이었다. "당신네 의사 친구는 보통 솜씨가 아닌 모양입니다."

"리처드 굴드예요. 아주 뛰어난 의사고, 특히 아이들을 잘 다루죠. 케이가 그 사람 아파트까지 태워다 주러 갔어요." 그녀는 목소리를 낮추고 어색한 미소를 지었다. "그 사람은 애들러 연구소를 별로 안 좋아하거든요. 솔직히 말하자면 거기 사람들을 전부 교수형 시켜야 한다고 그랬어요. 아무래도 당신은 예외로 두기로 한 것 같지만요."

"경고해 줘서 고맙습니다."

"저는 항상 진실을 말하니까요." 그녀는 쾌활하게 활짝 웃었다. "신종 거짓말 방식이죠. 진실을 입에 담아도 사람들은 믿어야 할지를 판단하지 못하거든요. 제 직종에서는 도움이 되죠."

"직장이 어디길래요? 외무부입니까? 잉글랜드은행인가요?"

"왕립예술원의 모금 행사를 조직해요. 꽤 편한 일이죠.

CEO라는 작자들은 하나같이 예술이 영혼의 구제에 도움이 된다고 생각하거든요."

"그렇지 않다는 겁니까?"

"뇌를 썩게 만들 뿐이죠. 테이트모던, 왕립예술원, 헤이워드 갤러리…… 죄다 중산층을 위한 월트 디즈니일 뿐이에요."

"그런데도 회의감을 숨기고 일하는 거로군요?"

"곧 사표를 낼 거예요. 이쪽 일이 훨씬 중요하니까요. 우리는 모든 문화와 교육으로부터 사람들을 해방해야 해요. 리처드는 그런 것들이 중산층을 옭매어 얌전하게 만드는 수단일 뿐이라고 했어요."

"그래서 해방 전쟁을 벌이는 겁니까? 굴드 선생을 만나 보고 싶군요."

"만나게 될 겁니다, 데이비드." 스티븐 덱스터가 맥주 캔을 들고 방으로 들어왔다. "새 동료가 필요하거든요. 심리학자까지 받아들일 정도로 급한 상황이라……"

목사는 가죽 재킷을 벗고 청바지와 팀버랜드 셔츠를 걸치고 있었다. 척 봐도 라인댄스와 주말 비행과 교구민의 부인들에 대한 열정이 넘치는, 뛰어난 패션 감각을 갖춘 첼시의 교구 목사 같은 모습이었다. 훤칠한 키에 핼쑥한 뺨의 삼십대 후반의 남자로, 직업으로 다져진 고요한 시선과 조명 각도만 맞으면 거의 잘생겨 보이는 강인한 두상이 인상적이었다. 비행기 조종석에서 수백 시간을 보내며 검게 그을린 얼굴과, 이마에 수평으로 난 흉터가 눈에 띄었다. 아마도 필리핀에서 생각보다 짧은 활주로가 일으킨 사건의 기념품일 것이다.

그러나 흉터는 조금 지나치게 선명했고, 나는 그가 일부러 흉터에 계속 염증을 일으키는 것은 아닐지 의심을 품었다. 웃는 얼굴을 보니 송곳니가 하나 빠져 있었는데, 그 간극을 숨기려는 시도는 전혀 하지 않았다. 마치 자신을 구성하는 선천적인 결점을 광고하는 것처럼. 케이가 이 사람이 신앙을 잃었다고 암시하던 것이 떠올랐지만, 그 정도는 현대의 성직자에게는 거의 필수 요소나 다름없다. 그는 총애하는 제자를 만난 교사처럼 조앤 창의 어깨에 손을 올렸다. 애정이 존재하는 것은 명백했지만, 왠지 모르게 자신감이 부족한, 전체적으로 겁먹은 태도가 드러나는 느낌이 들었다.

"어디 한번 볼까요." 그는 무대 도구를 다루는 배우처럼 맥주를 홀짝이며 소파 옆에 섰다. "케이가 고양이 애호가들에게 걷어차였다고 하던데요. 내일이면 좀 나아질 겁니다. 이곳에는 당신이 필요합니다, 데이비드."

"노력해 보겠습니다." 나는 정확하게 무엇에 투신하려는지조차 제대로 알지 못한 채로 이렇게 덧붙였다. "다시 걸을 수 있게 된다면 말이지만요."

"다시 걸어요? 뛰어다닐 수도 있을 겁니다." 덱스터는 자기 의자를 움직여서 책상의 조명이 얼굴에 쏟아지게 만들었다. 그는 신문자와 용의자 역할을 동시에 맡아, 양쪽 모두에서 자신의 능력을 가늠하는 중이었다. "오늘 아침에 법정에서 당신을 봤지요. 치안판사들이 다른 무엇보다 혐오하는 존재가 그들과 대치하며 서 있더군요. 원칙을 위해 자기 자신을 희생할 준비가 되어 있는 선량한 시민 말이지요."

"제가 그런 사람이었으면 좋겠군요. 다들 그렇지 않습니까?"

"천만에, 그럴 리가요. 저항과 행동은 완전히 별개라고 봐야 합니다. 그래서 우리 계획에 당신 도움이 필요한 겁니다."

"함께하지요. 그 계획이라는 게 정확히 뭡니까? 여행사 앞에서 피켓을 들고 집회를 하는 겁니까? 여행을 금지하라고요?"

"그보다 훨씬 대단한 일이지요. 우리는 케이의 집착만으로 규정할 수 있는 존재가 아닙니다." 그는 이 말이 자못 심하게 들릴 수도 있다는 것을 깨닫고 조앤의 손을 잡았다. 그는 앞으로 몸을 빼고 앉으며 뺨을 문질러서 수척한 피부에 색을 돌아오게 만들려 했다. "당신 주변의 세상을 보십시오, 데이비드. 무엇이 보이나요? 끝없이 이어지는 테마파크, 모든 것이 엔터테인먼트로 변한 세상이 존재할 뿐입니다. 과학, 정치, 교육, 그 모든 것이 축제 마당의 놀이 기구일 뿐이에요. 슬프게도 사람들은 행복하게 자기 손으로 표를 사서 놀이 기구에 오르고 있습니다."

"편하니까 그런 거야, 스티븐." 조앤은 그의 손등에 한자 하나를 썼고, 목사는 낯익은 글자에 웃음을 머금었다. "노력할 필요도 없고, 놀랄 필요도 없으니까."

"인간은 편안하게 살도록 만들어진 존재가 아닙니다. 우리에게는 긴장이, 스트레스가, 불확실성이 필요해요." 덱스터는 영화 포스터를 가리키며 말을 이었다. "앞이 전혀 보이지 않는 상태에서 타이거모스 복엽기를 몰거나, 자살 폭탄 테러범을 설득해서 스쿨버스에서 내리게 만드는 그런 부류의 도전이 필요하단 말입니다."

조앤은 그 말에 얼굴을 찌푸렸고, 순간 눈의 초점이 흐려졌다. "스티븐, 그거 당신이 민다나오에서 시도했던 거잖아. 거의 죽을 뻔했고."

"그렇지요. 겁을 먹었으니까요." 덱스터는 고개를 들고 얼굴을 찌푸린 사무라이를 우울한 표정으로 바라보았다. "그 순간이 찾아왔는데, 저는……"

"그럴 배짱이 부족했다는 거잖아?" 조앤은 그에게 짜증이 났는지 어깨를 붙들고 흔들었다. "그게 어쨌다고? 누구나 마찬가지야. 그렇게 죽는 건 바보들이나 하는 짓이라고."

"배짱은 있었지요……" 덱스터는 묘한 매력을 풍기는 미소로 그녀를 진정시켰다. "제게 부족했던 것은 희망, 또는 신

몽유병자들

뢰입니다. 저는 오직 저 자신에게만 의존했어요. 그 아이들은 제게 있어 이미 죽은 것이나 마찬가지였습니다. 그 순간에는 제가 어떤 사람이 되려 했는지를 떠올렸어야 했어요. 그랬더라면 버스에 올라타서, 최후의 순간이 찾아왔을 때 그 아이들과 함께할 수 있었을 겁니다."

"적어도 지금 여기 있잖습니까." 나는 덱스터가 다시 기운을 차리고, 흉터가 남은 얼굴로 들어온 것처럼 턱을 놀리는 동안 기다려 주었다. "여행 대행사를 공격하려 시도했다고 했지요. 아무래도 더 큰 목표물을 노리던 것 같습니다만. 혹시 첼시마리나입니까?"

"그보다도 더 큽니다." 다시 긴장을 푼 덱스터는 손을 들면서 말했다. "세상에서 가장 큰 목표물 중 하나죠. 바로 20세기입니다."

"끝난 줄 알았는데요."

"아직 계속되고 있습니다. 우리의 모든 행위와 사고방식을 규정짓고 있지요. 20세기에 대해 좋게 말해 줄 요소는 거의 없을 겁니다. 대학살을 수반한 전쟁이 벌어지고, 세계의 절반이 기아에 시달리고, 나머지 절반은 뇌사 상태로 몽유병에 빠져 돌아다니던 시대지요. 20세기의 싸구려 꿈을 계속 받아들이다가 깨어날 수 없는 상태가 된 겁니다. 저 수많은 하이퍼마켓과 문을 굳게 닫아건 공동체들을 보시지요. 일단 문이 닫히면 절대 나갈 수 없습니다. 당신도 알고 있는 사실 아닙니까, 데이비드. 알고 있으니 기업을 고객으로 받는 거겠지요."

"그렇지요. 하지만 이 쓰레기통 같은 사회에는 문제가 하나 있습니다. 중산층 사람들은 이런 상태를 좋아한다는 거지요."

"물론 그렇겠죠." 조앤이 끼어들었다. "노예가 되어 버렸으니까요. 중산층은 신시대의 프롤레타리아인 거예요. 100년 전의 공장 노동자와 똑같죠."

"그래서 우리가 그들을 무슨 수로 해방한다는 겁니까? 테마파크를 몇 군데 폭파할 건가요?"

"폭파?" 덱스터는 손을 들어 조앤의 말을 막았다. "정확히 어떻게 말입니까?"

"폭력 행위 말입니다. 직접 공격요."

"아닙니다." 성직자는 얼룩진 양탄자를 멍하니 내려다보았다. "폭탄은 아닐 것 같군요……"

방 안에 침묵이 내려앉았다. 부엌의 냉장고가 얼음을 만들며 내는 금속성 신음 소리가 들려왔다. 덱스터는 조앤의 손을 놓고는, 자기 무대가 끝났다는 것처럼 몸을 돌려 책상의 조명을 껐다. 알 수 없는 무언가가 그의 감정을 짓누른 듯했다. 문질러 지워 내려 애쓰는 것처럼 그가 이마의 흉터를 손가락으로 훑었지만, 그 행동은 동시에 흉터를, 그 자신에 대한 완곡한 경고를 더욱 두드러지게 만들었다. 그의 중국인 연인은 목사가 혼자 힘으로 버틸 수 없는 위험한 영역으로 스스로 걸어 들어갔다는 것을 알았기에, 짜증과 걱정이 섞인 표정으로 그를 지켜보고 있었다. 나는 혹시 그가 게릴라 병력에 대한 필리핀군의 폭격 작전에 협력했던 것은 아닐까 하는 생각을 했다. 지저분한 방 안에서 내 곁에 앉아 있는 목사에게서는 일종의 절망적인 위엄이 느껴졌지만, 나는 속으로 그가 가짜 성직자는 아닐까 거의 의심하고 있었다.

나는 후들거리는 다리를 가누며 창가에 서서 두 사람이 할리데이비슨에 오르는 것을 지켜보았다. 케이가 폴로를 타고 돌아와 정문 앞에서 그들에게 손을 흔들어 작별 인사를 했다. 검은색 헬멧을 쓰고 튼튼한 미제 기계에 올라앉아 있는 모습이 극도로 세속적으로 보였다. 최신 유행인 불가지론을 신봉하는 성직자와 모든 것을 명민하게 인식하는 여자 친구가, 주변의 평온한 거리에 도전장을 던지는 것만 같았다.

사실 그들은 한 세기 전체를 전복하겠다는 순진한 꿈을 설파하는, 완벽하게 현실과 유리된 사람들일 뿐이었다. 새로운 천 년기를 찾아내기 위해서 쇼핑몰의 여행 포스터를 뜯어냈고, 사회는 그 행동에 대해 벌금 27파운드어치라는 평가를 내린 것이었다.

부상을 입기는 했지만 목표에 가까워진 느낌이 들었다.

지금까지 본 대부분의 시위꾼은 올림피아 고양이 박람회장에서 만난 앤절라처럼 온전한 정신과 자기 수양을 겸비한 이들이었다. 그러나 세상에는 과학자들의 자동차 아래 폭탄을 설치하고, 언제든 살인할 준비가 되어 있는 광신적인 동물 권리 운동가들 또한 존재한다. 이런 광인 중 하나가 여행 산업과 제3세계에 집중하다가, 케이와 스티븐 덱스터와 조앤 창을 만나게 되었다면? 그들의 집착을 차근차근 분해해서, 싸구려 양탄자처럼 햇살 아래 활짝 펼쳐 보일 필요가 있었다.

케이는 나를 조수석에 태우고 킹스로에 늘어선 택시 사이로 차를 몰아 집까지 데려다주었다. 그녀는 오늘 하루의 활동에 만족한 듯 보였고, 나는 그녀가 동료 시위꾼에게 베풀어 준 친절에 감사했다. 그리고 그녀가 자신의 불안을 마음에 드는 모조 보석 컬렉션처럼 당당하게 드러내 걸치고 다니는 데 내심 감탄했다.

우리는 첼시마리나를 떠나다가, 관리 사무소 앞에 몰려나온 한 무리의 입주자들과 마주쳤다. 확고한 의지와 자부심으로 무장한 주민들은 응대하려 애쓰는 젊은 관리인의 말문을 가로막았다. 학교 개학식과 실무 협의회에서 수백 번에 걸쳐 다져진 목소리가 어떻게든 소리를 내려는 관리인의 노력을 무위로 만들어 버렸다.

"저건 무슨 일입니까?" 나는 군중을 헤치고 차를 천천히 모는 케이에게 물었다. "심각한 일인 것 같은데요."

"심각한 일이죠."

"주변에 소아성애자라도 돌아다니나요?"

"주차 요금이에요." 케이는 유리문 뒤로 피신한 불운한 관리인을 엄격한 눈으로 바라보며 말했다. "두고 봐요. 다음 혁명은 주차 문제 때문에 일어날 테니까."

당시 나는 그녀가 농담을 하는 것이라 여겼다.

9 / 폭신하게 포장된 종말

"전부 살짝 정신이 나간 것 같아." 나는 신나게 회전하는 자쿠지의 비눗방울을 가리키며 샐리에게 말했다. "괴상한 주변 집단인 셈이지. 그 편안한 거실에 거대한 집착들이 둥실둥실 떠다니고 있었어. 겉보기로는 제정신인 사람들이 얼마나 괴팍해질 수 있는지 직접 관찰했다는 것만으로도 도움이 되겠더라고."

"그러니까 무해한 괴짜들이란 말이지?"

"무해한지는 확신을 못 하겠어. 이상한 발상에 사로잡혀 있으니까. 20세기를 철폐하고. 여행을 금지하고. 정치와 통상과 교육은 전부 부패했다고 몰아붙이고."

"그건 관점일 뿐이잖아. 사실 좀 그렇기도 하고."

"샐리⋯⋯"나는 패션 잡지를 한 무더기 쌓아 두고 소용돌이치는 거품 욕조에 편안하게 누운 그녀를 내려다보며 웃음을 지었다. 안락함과 안전을 그림으로 그려 놓은 모습이었다. "전체 상황을 봐야지. 핑크 진을 즐기고 벽에 액스민스터 양탄자를 장식하는 크로폿킨*들이야. 세상을 바꾸고 싶고 필요하다면 폭력을 사용하기 원하면서도, 평생 중앙난방이 꺼지는 경험조차 하지 못한 작자들이라고."

"그래도 당신한테 기운을 주긴 했잖아. 당신 지난 몇 년 동안 이렇게 흥분한 적이 없었는데."

"그건 그렇지. 왜 그런 걸까⋯⋯?"나는 욕실 거울 속의 자신을 응시했다. 앞머리가 삐져나오고, 얼굴은 덱스터 목사만큼이나 경직되어 있었다. 넥타이를 어슷하게 매고 세계를 바로잡으려는 열망으로 타오르는 갓 졸업한 과학도처럼, 스무 살은 더 젊어진 것처럼 보였다. "이 현상에 대해 논문을 쓰는 게 좋을지도 모르겠어. '폭신하게 포장된 종말'이라는 제목으로, 중산층은 이제 자선사업이나 시민의 책임에서 극적인 변화라는 환상으로 넘어간 거야. 위스키 사워를 곁들인 종말 전쟁으로⋯⋯"

"적어도 당신을 돌봐 주긴 했잖아. 그 리처드 굴드란 의사

---

* 표트르 알렉세예비치 크로폿킨(1842~1921). 제정러시아의 무정부주의자, 지리학자이자 철학가이다. 혁명운동에 투신하여 무정부주의를 신봉했으며, 평등한 이상 사회의 건설을 역설했다.

를 인터넷에서 찾아봤어. 뇌수종을 앓는 아기들을 위한 새로운 션트 수술법을 개발하는 걸 도왔다던데."

"잘된 일이군. 진심으로 하는 소리야. 나한테 제대로 얼굴도 보이지 않았는데, 이유는 짐작도 안 되고 말이지."

"어쩌면 다 함께 당신한테 장난을 친 걸지도 몰라." 내가 욕실 안을 왔다 갔다 하자 샐리가 내 손을 붙들었다. "여보, 이건 인정해야 돼. 당신은 그저 충격받기를 원하고 있었던 거야."

"그 생각도 해 봤어." 나는 욕조 가장자리에 걸터앉아 샐리의 자극적인 체취를 깊이 들이마셨다. "경찰이 나를 마음대로 가지고 노는 걸 보고, 그 작자들은 내가 아마추어라는 걸 알았던 거지. 본격적인 시위꾼들은 무슨 일이 있어도 넘어지지는 않거든. 너무 위험하다는 걸 아니까. 그런 친구들은 할 일만 끝내고 거친 작업이 시작되기 전에 빠져나가. 올림피아에서 만났던 킹스턴 주부 앤절라처럼. 거기서 벌어질 수라장에서는 알아서 빠져나오라고 나를 놔두고 잽싸게 도망친 거지."

"그 영화 이론 강사는 당신을 도운 거잖아. 친절한 사람 같은데."

"케이 처칠 말이지. 그 사람은 대단했어. 제정신이 아닐 정도로 산만한 사람이긴 한데, 법정에서 나왔을 때 내 목숨을 구했지. 거기서는 진짜로 위험했거든."

폭신하게 포장된 종말

나는 샐리가 내게 공감해 주기를 기다렸지만, 그녀는 나른하게 욕조에 누워서 가슴에 올라온 거품을 가지고 손장난만 치고 있었다. 왕립자선병원에서 엑스레이를 찍어 보니 갈비뼈에 금이 가지는 않았지만, 조앤 창이 예상한 대로 고양이 애호가들의 발길질에 비장에 타박상을 입었다고 했다. 병원으로 나를 데리러 온 샐리는 형식적으로 고개를 끄덕이며 건판을 흘끗 보았다. 자신의 영원히 계속되는 회복기에 깊이 사로잡혀 있는 그녀는, 지금까지 독점하고 있던 의구심과 불편함을 타인과 공유하고 싶은 마음이 조금도 없었던 것이다. 심지어 그 타인이 남편일지라도. 그녀의 마음속에서 내 부상은 자해의 결과물일 뿐이었다. 풀 길 없는 수수께끼처럼 그녀의 인생을 지배하는 무의미한 상처와는 근본적으로 다른 문제였다.

"데이비드, 수건 좀…… 첼시마리나로는 언제 돌아갈 생각이야?"

"그냥 아닌 걸로 하고 넘어가려고. 폭탄을 설치할 부류의 사람들은 아닌 것 같아."

"하지만 히스로 이야기를 했다며. 당신이 잠든 줄 알고 말하는 걸 엿들은 거잖아. 택시 운전사의 부축을 받아 계단을 오르면서 그 얘기부터 꺼냈으면서."

"그 사람들은 그냥 내가 감탄하는 걸 보고 싶었던 거야. 아니면 자기 스스로를 감탄시키거나. 음모론을 먹고 사는 사

람들이잖아. 그 오토바이 성직자는 폭력을 두려워했어. 히
스로 사건보다 훨씬 전에 필리핀에서 뭔가 겪은 거겠지.”

“굴드 박사는 어쩌고? 그 사람은 열네 살 때 킬번의 백화
점에 방화한 혐의로 소년법원으로 끌려갔다던데.”

“샐리, 당신 대단한데.” 나는 그녀가 겨드랑이 아래로 목
욕 수건을 둘러 고정하는 것을 지켜보며 말했다. “테러 대책
반에서 일해야 하는 거 아니야.”

“전부 인터넷에 있어. 굴드 박사가 직접 홈페이지를 운영
하거든. 소년법원에서 진술한 내용을 죄다 업로드 했다니
까. 자랑스럽게 여기는 게 분명해.”

“경찰에 체포되는 것도 스릴의 일부니까. 선생이 잘못을
들추어내면 사랑받는 기분이 드는 거지.”

“킬번의 백화점은 굴드의 부친이 지은 거였어.” 샐리는 거
울에 대고 치아를 살피며 말을 이었다. “상업 건축가이자 실
무 건설가였거든. 죽은 다음에 매캘파인에서 회사를 사들였
다던데.”

“샐리…… 너무 심각하게 생각할 필요 없어.”

그녀는 거울에 등을 기대고 섰다. 몸과 머리카락을 하얀
수건으로 감싸고 일렁이는 수증기 사이로 나를 응시하는 모
습이 마치 고대의 해변 신전에 서 있는 여사제처럼 보였다.
나는 그녀의 눈 속에서 내 미래 전체를 읽어 낼 수 있을 것만
같았다.

폭신하게 포장된 종말

"데이비드, 내 말 들어."

"이런 세상에⋯⋯" 나는 창문을 열어 증기가 빠져나가게 만들었다. "샐리, 당신 너무 집착하고 있는 거야."

"그래, 맞아." 그녀는 내 어깨를 붙들어 비데 가장자리에 앉혔다. "우리는 히스로 공항 폭탄의 진실을 알아내야 해. 그러지 않으면 로라의 죽음이 영원히 당신을 사로잡을 테니까. 당신 사무실 의자에 그 여자의 미라를 앉혀 두는 꼴이 될지도 몰라."

"알겠어. 계속 흔적을 탐색해 볼게."

"좋아. 포기하지 마. 나는 과거를 단단히 가두고 자물쇠를 채우고 싶은 거야."

휴대전화가 울려 그녀는 말을 멈추었다. 그녀는 친구에게 인사를 했고, 귀를 기울이며 침실로 들어갔다. 그리고 손으로 전화를 덮고 내게 말했다. "데이비드, 《켄징턴 뉴스》에 당신 사진이 떴대." 그녀는 침대에 앉아서 베개 하나에 몸을 붙이며 대화를 이어 갔다. "벌금 받았어. 100파운드. 맞아, 범죄자하고 결혼한 셈이네⋯⋯"

샐리가 내 새로운 명성을 즐기는 모습을 보니 기뻤다. 연구소에는 일주일 병가를 얻어 놨지만, 헨리 켄들이 전화를 걸어서 아널드 교수가 내 유죄 선고에 불쾌해했다고 알려 주었다. 대기업 고객들은 범죄 경력이 있는 심리학자의 자문을 원치 않을 수도 있다는 것이다. 내 지위와 더불어 연구소장 직위에 오를 가능성도 하강한 것이 분명했다.

다행스럽게도 괴팍한 행동이 취향인 개성 강한 심리학자들의 계보는 제법 길게 이어진다. 우리 어머니는 1960년대에 정신분석가로 일하셨고 R. D. 랭*의 친구였지만, 반핵운동 집회에 자주 얼굴을 비치고 버트런드 러셀과 함께 반핵 연좌 농성에 참가했다가 화려한 소동을 벌이며 경찰에 끌려가시곤 했다. 상담실만큼이나 텔레비전 심야 토론 프로그램에서도 물 만난 고기처럼 활동하시는 분이었다.

어린 시절 나는 할머니의 텔레비전으로 어머니를 지켜보면서, 카프탄 코트와 허리까지 닿는 검은 머리카락과 격렬하고 치밀한 열정에 깊이 감탄하곤 했다. 자유연애나 마약 합법화 따위는 사실 내게는 별 의미도 없는 용어였지만, 왠지 나는 그런 말들이 주말마다 어머니를 방문하는 친절하지만 낯선 남자들과 관련이 있으리라 여겼다. 또한 어머니가 내 손에 맡겼던 마는 담배와도, 할머니가 잔소리를 퍼붓다가도 결국 지쳐서 피우도록 방치했던 바로 그 담배와도.

어머니가 받은 온갖 찬사와, 잡지에 실린 약력과, 피아제나 멜러니 클라인**에 대한 입장 표명에도 불구하고, 그분이 모성과 관련하여 가지고 있던 지식은 완벽하게 이론적인 것뿐이었다. 나는 세 살이 될 때까지 계속 바뀌는 오페어*** 여성들의 손을 거쳤다. 그분이 매주 한 번씩 여는 무료 상담소의 대기실에서 뽑아 온 사람들이었다. 프랑스 지방대학에서 도망쳐 온 우울한 여성, 어린 시절이라는 개념을 받아들이지 않으려 애쓰는 신경증에 빠진 미국인 졸업생, 심부치료에 빠져서 나를 침실에 가둬 놓고는 하루 24시간 잠만 잔다고 주장하던 일본인 괴짜까지. 결국 할머니와 할머니의 두 번째 남편인 은퇴한 판사가 나를 구출해 냈다. 학교 친구들이 아버지라는 이름의 사회적 현상을 만끽한다는 사실을 발견한 것은 그로부터 한참이 지난 후였다.

유니버시티 칼리지 런던에 입학했을 즈음에는 어머니의 행복했던 시절은 끝난 지 오래였고, 그분은 태비스톡 클리닉****의 조용하고 진지한 심리 분석가가 되어 계셨다. 나는 내 어린 시절 내내 억눌려 있던 그분의 모성 본능이 뒤늦게 만개하기를 내심 기대하고 있었다. 그러나 우리는 친구 이상의 관계가 되지 못했고, 그분은 내 졸업식에 참석하지 못하셨다.

---

* 　로널드 데이비드 랭(1927~1989). 조현병 치료에 대한 대안적인 접근 법으로 유명한 스코틀랜드의 정신과 의사. 광기가 병인가의 문제를 제기하여 그것의 사회성과 정치성을 문제시했다.
** 　1882~1960 아동 분석으로 유명한 오스트리아 출신의 영국 심리학자. 대상 관계 이론을 창시했으며 지그문트 프로이트 이후 현대 정신분석에 누구보다 많은 영향을 끼친 사람으로 인정받고 있다.
*** 　외국 가정에 입주하여 아이 돌보기 등의 집안일을 하고 대가로 숙식과 일정 정도의 급여를 받는 것을 이른다. 자유 시간에는 어학 공부를 하고 그 나라의 문화를 배울 수 있는 일종의 문화 프로그램이다.
**** 영국 국민보건서비스의 청소년을 위한 성 정체성 클리닉.

"쌍년이란 말처럼 들리네." 로라는 졸업식이 끝나고 자기 가족과 함께 점심을 먹으러 가자고 초대하면서, 이런 말로 나를 위로했다. 나는 오직 진실로 대답했다. "자유로운 영혼일 뿐이야. 나를 정말로 사랑하지. 10분 동안은. 그걸로 끝이지만."

애들러에서 다양한 역기능 가족을 상대하던 나는 아이들에게 무심한 부모가 지나치게 많다는 사실을 발견했다. 널리 알려진 신화에 따르면 부모 자식 관계는 충만하고 풍요로운 것이어야 하지만, 일부 가족에서는 아예 관계라고 부를 것조차 존재하지 않았다. 로라는 누군가 오기만을 기다리는 빈 공간으로 걸어 들어온 셈이었다. 그녀의 공격적인 감정은 나를 향할 때에도, 나를 위해 다른 사람을 겨냥할 때에도 내 어머니와 완벽하게 반대였다. 아주 작은 짜증조차 솔로몬의 지혜를 끌어와 해결하는 온화한 할머니의 뒤를 이어, 로라는 모든 것을 휩쓸어 정화시키는 열정의 폭풍을 몰고 온 것이었다.

이제 우리 어머니는 하이게이트 요양원의 고령 환자로서, 수술 불가능한 난소암으로 죽어 가고 계신다. 거대하게 부풀어 올라 여전히 커져만 가는 복부는 자신이 아이를 가졌다는 것조차 인지하지 못하는 일흔 살 산모처럼 보이게 한다. 거의 반응도 하지 않는 이 존재의 침상 곁에 앉아 있으면서, 내가 더 이상 어머니에게 딱히 관심이 없다는 것을 상당

폭신하게 포장된 종말

히 슬프게 알게 되었다.

"데이비드……" 샐리가 전화를 끄면서 말했다. "당신 유명인사네. 저녁 초대가 쏟아져 들어오고 있어……"

"농담도 정도가 있지. 입장용 동작이라도 생각해 놔야겠는데."

"자기 자신을 조롱하지는 말고. 너무 자주 그런다니까." 샐리는 진심으로 존경심을 담은 눈빛으로 나를 바라보았다. "당신 경찰하고 싸운 거잖아. 그런 경험이 있는 사람이 얼마나 되겠어?"

"애초에 원하는 사람은 얼마나 되는데? 경찰은 우릴 위해 일하는 거야."

"보통은 그렇지. 하지만 히스로는 어떻게 하고? 이건 지금 우리가 가진 유일한 실마리야. 데이비드, 다시 생각해 봐."

"좋아, 알겠어. 첼시마리나로 돌아가서 캐묻고 다녀 보지. 그 성직자한테도, 케이 처칠과 가까운 사람들한테도. 굴드 박사와 연락할 수 있는지도 알아보고."

"좋아. 로라가 왜 그런 일을 겪은 건지를 알아야 해. 정말 많은 것이 걸려 있잖아, 데이비드……"

그녀의 목소리에는 희미하다고는 할 수 없는 위협이 서려 있었다. 그녀는 여전히 몸에 수건을 두른 채로, 내가 방을 나가면 수건을 풀겠다는 신호를 보내며 기다리고 있었다. 우리 사이에 약간의 간극이 생겨났다는 명확한 신호였다. 그녀는 로라의 무의미한 죽음에 내 첫 결혼 생활을 매듭짓는 단호한 메시지가 담겨 있으리라고 결정을 내린 것이었다.

그러나 이미 나는 로라의 살인범을 탐색하는 일이 실제로는 두 번째 결혼에 관련된 것임을 깨닫고 있었다. 샐리의 눈길을 피하며, 나는 그녀가 세인트메리 병원의 정형외과에서 처음으로 도움 없이 걸음을 내딛던 순간 격렬하게 눈살을 찌푸리던 모습을 떠올렸다. 땀을 흥건하게 흘려 잠옷이 피부에 들러붙어 있었기 때문에, 나는 그녀의 허벅지에서 살아 움직이던 근육을, 그녀의 걷고자 하는 의지의 양면을 고스란히 옮겨 놓은 도해圖解를 확인할 수 있었다. 내가 방문하는 동안 우리는 대담하게 속내를 털어놓고 서로를 놀리면서도 구애의 느낌은 아주 미묘하게만 유지하고 있었다. 그러나 어느 순간, 그녀가 지팡이를 짚고 나를 향해 절뚝이며 걸어온 순간, 고통과 스스로에 대한 분노로 하얗게 뜬 손목을 본 순간, 나는 우리가 연인이 될 것이라는 사실을 알았다.

언제나 그렇듯이, 비뚤어진 미적분이 세계를 새로 쓰고 다시 규정했다.

10 / 혁명에의 예약

다른 모든 순종적인 전문직 종사자처럼, 나는 혁명에 예약한 시각에 정확히 맞춰 도착했다. 타박상의 흔적은 사라지고 비장도 아문 3주 후 토요일 정오에, 나는 레인지로버를 킹스로 골목길에 세웠다. 그날 아침 식사 직후에 가벼운 관심을 내비치는 샐리의 시선 속에서 케이 처칠에게 전화를 했다. 성난 중산층 사람들의 목소리를 배경으로, 케이는 비명에 가까운 목소리로 내 전화에 대꾸하며 첼시마리나 입구에서 만나자고 말했다.

"현장 답사를 나갈 생각이거든요. 당신이 교외를 해설하는 데이비드 애튼버러*가 되는 거예요……"

그녀가 나를 기억하고 있다는 데 흥이 겨운 채로, 나는 킹스로를 따라 걸어가다 왼쪽으로 방향을 틀어 작은 폭동 현장과 직면했다. 경찰차 한 대가 정문에 바싹 붙어서 전조등을 번쩍이며 혼자 무전을 찍찍거리고 있었다. 100명도 넘는 입주자들이 관리 사무소를 빽빽하게 둘러쌌다. 대부분은 주말 복장의 여성들로, 수술실이나 중역실 복도에서 입는 맞춤 정장에서 해방된 모습이었다. 많은 사람들은 어머니가 자신이 아닌 다른 대상에게 화를 내는 얼굴에 환히 웃는 아이를 대동하고 있었다. 조심스럽게 가장자리를 맴돌며 경계하듯 소란에 참여하는 몇몇 남편들도 보였다.

두 명의 경관이 군중을 밀치고 나와 시위대를 진정시키려 애쓰면서, 이웃들 앞에서 열변을 토하는 연사에게 고함을 질렀다. 그러나 그들의 목소리는 야유와 조롱 속에 파묻혀 버렸고, 아버지 어깨에 올라앉은 다섯 살 먹은 남자아이가 경관 한 명의 머리에서 뾰족 모자를 떨어트리려 시도했다.

분노에 회색 머리를 헝클어트리고, 각진 얼굴을 텔레비전 앵글에 최대한 맞춰 선보이면서, 1.6킬로미터 안쪽의 모든 남성의 시선을 수그러들게 만들 정도로 깊은 가슴 굴곡을 드러낸 케이 처칠은 자기 본령을 남김없이 발휘하는 중이었다. 그녀는 관리 사무소에서 가져온 회전의자 위에 올라서서, 일부러 비틀거려 허벅지를 과시하면서, 자신의 강렬한 열정 외에는 그 무엇에도 굴복하지 않을 태세를 취하고 있었다. 완벽하게 심취한 그녀를 보는 일은 꽤나 즐거웠다. 고

　　　　　　　　　　　　　　　혁명에의 예약

다르나 뉴웨이브 영화에 대한 강연을 듣던 학생들은 아마 그녀가 과제를 내 주기 훨씬 전부터 자신들의 포르노 영화의 대본을 써 놓고 있었을 것이다.

"무슨 일입니까?" 나는 발치의 유모차와 아이를 까맣게 잊은 것처럼 보이는 근처의 젊은 여성에게 물었다. "주차 요금입니까? 과속방지턱입니까?"

"관리비 문제예요. 하늘을 뚫을 것처럼 오르고 있거든요." 그녀는 지당하다는 듯 고개를 끄덕였다. "케이가 관리자를 사무소 안에 가둬 놓았어요. 저 불쌍한 사람이 경찰을 불렀고요."

초조한 얼굴의 남자가 유리문 안에서 밖을 기웃거리고 있었다. 적대적인 여성들이 자신에게 조롱을 던지고 있다는데에, 부동산 관리라는 직업의 안정성에 대한 정면 공격이라는 끔찍한 상황에 당황한 것이 분명했다. 케이는 열쇠 꾸러미를 꺼내서 그를 향해 흔들어 보인 다음 경찰의 시선 앞으로 옮겨 달랑거렸다. 경관들이 그녀를 체포하겠다고 위협하며 움직이자, 그녀는 열쇠 꾸러미를 그들 머리 너머로 던져 버렸다. 그리고 사람들이 허공에서 열쇠를 낚아채서 이리저리 던지며 돌리자 허리에 손을 대고 쾌활하게 웃음을

• 　1926~ 영국의 방송인, 박물학자이자 작가이다. BBC에서 60여 년간 자연 다큐멘터리 시리즈를 제작하고 내레이션을 맡아 왔다.

터트렸다.

나는 박수갈채에 동참한 다음 떠나려고 몸을 돌렸다. 케이가 이곳의 작은 혁명에 너무 바빠서 나를 상대하기 힘들리라는 것을 받아들였기 때문이었다. 두 번째 경찰차가 도착했고, 조수석에 타고 있던 보다 굳은 얼굴의 경사가 무전기에 대고 말을 했다. 이 중산층 놀이집단은 몇 분 내에 장난감 장식장으로 돌아가게 될 것이다.

"마컴 씨! 기다려요⋯⋯!"

흰색 리넨 재킷을 걸치고 뻣뻣한 머리를 뒤로 넘겨 널찍한 이마를 드러낸 날씬한 여인이 정문에 도착하기 전에 나를 불러 세웠다. 그녀는 어떻게 했는지는 몰라도 미소와 경멸을 동시에 얼굴에 담아냈는데, 나는 동유럽의 과학 분야 학회의 공식 안내원이 생각났다. 그녀는 내 트위드투성이 차림새가 못마땅한 듯 나를 위아래로 훑어보았다.

"마컴 씨? 베라 블랙번이에요. 케이의 친구죠. 케이 말로는 우리한테 동참할 거라면서요."

"확신은 못 하고 있습니다만." 나는 경찰에게 야유를 보내는 군중을 지켜보았다. 경사는 차에서 내려 냉엄한 눈으로 주변을 둘러보는 중이었다. 마치 구제역 현장을 통제하는 도살 담당자처럼. "이런 건 제 취향이 아니라서⋯⋯"

"너무 유치하다는 건가요?" 그녀는 내 옷깃에 단호하게 손을 올려 내 움직임을 막았다. 마른 몸이었지만 힘이 셌다.

각종 운동기구로 단련한 근육질 육신이었다. 입술은 폐부를 찌를 조롱을 영원히 곱씹는 것처럼 움직였다. "아니면 너무 부르주아적이라는 뜻이려나?"

"그런 느낌이지요." 나는 킹스로 쪽을 가리켰다. "저도 주차 요금에 관해서는 저 나름의 문제가 있어서……"

"유치해 보이긴 하죠. 아마 실제로도 유치할 테고." 그녀는 가늘게 뜬 눈으로 입주자 동료들을 바라보았다. "우리에겐 당신의 의견이 필요해요, 마컴 씨. 사태가 복잡해지는 중이거든요."

"그렇습니까? 제가 도울 방도가 있을지는 잘 모르겠습니다만."

나는 더 많은 경찰이, 올림피아에서 봤던 경관처럼 덩치 큰 남자들이 단지로 들어오는 것을 보면서 그녀에게서 등을 돌렸다. 경관 한 명이 어딘가 다른 시위 현장에서 본 적 있다는 표정으로 나를 찬찬히 살폈다.

"마컴 씨, 슬슬 떠나죠. 다시 두들겨 맞고 싶은 게 아니라면요. 내 아파트로 가서 케이를 기다려요."

베라는 내 팔을 붙들더니 군중 사이를 헤집고 들어갔다. 깡마른 손이 배의 키처럼 딱딱했다. 케이 처칠은 회전의자에서 내려와 자기 지지자들로 만들어진 피신처로 모습을 감췄다. 관리 사무소 옆에 와 있던 경관 두 명은 열쇠를 확보해 유리문 뒤에 숨어 있던 불행한 관리인을 해방해 주었다. 집회 참가자들은 분별 있게 흩어지는 중이었다.

우리는 보포트 거리를 따라 걸음을 옮겨 단지 중심부에 도달했다. 봉기가 임박했다는 선언을 듣고 난 후라서 그런지 허브 정원, 실용적인 장난감으로 가득한 활기찬 아이들 놀이방, 십 대들의 바이올린 연습 소리가 한층 기묘하게 느껴졌다. 지난 세기의 혁명가 대부분은 정확하게 이런 수준의 풍족하고 윤택한 여가 생활을 갈망했을 것이고, 나는 문득 보다 고차원적인 지루함이 태동하는 순간을 생생하게 목도했다는 생각을 했다.

우리는 커더건 환상교차로에 도착했다. 환상교차로 옆으로 아파트 건물들이 늘어서 있었다. 베라는 머지않아 홀딱 벗겨 버릴 고객을 데려가는 매춘부나, 자신만의 능글맞은 계획을 숨기고 있는 여학교의 변덕스러운 학생 대표처럼 활기차게 까딱거리는 걸음으로 나보다 한 발짝 먼저 나섰다. 그녀는 구경하는 참새를 향해 마그네틱 카드를 흔들어 보이고는, 나를 현관으로 안내했다.

"케이는 옷을 갈아입고 이리 올 거예요. 저렇게 분노하면 땀이 뻘뻘 흐르게 마련이거든요······"

"30분만 기다리고, 안 오면 떠날 겁니다. 혁명을 하는지 여부와 관계없이요."

"상관없어요. 당신을 위해서 일정을 늦출 수도 있으니까." 그녀는 나를 어르듯 슬쩍 미소를 지었다. "이곳이 당신의 핀

란드 역*이라고 생각해도 돼요, 마컴 씨."

우리는 작은 승강기를 타고 4층으로 올라갔다. 그녀는 숄더백에서 열쇠 꾸러미를 꺼내 지하 무덤 입구처럼 굳게 잠겨 있는 3중 자물쇠를 열었다. 아파트 내부에는 팔걸이 없는 검은색 의자들에, 검시대와 비슷한 유리 덮개 책상, 어스름을 간신히 밝힐 정도의 저전력 램프들이 띄엄띄엄 배치되어 있을 뿐이었다. 한낮의 나이트클럽이었다. 책은 한 권도 없었는데, 나는 이 완고한 젊은 여성이 세상을 지워 버리기 위해 이곳으로 온 것은 아닐까 하는 생각을 했다. 벽난로 장식 위로는 금속제 액자에 든 사진이 걸려 있었다. 얼굴에서 모든 감정을 제거하고 완벽하게 헬무트 뉴턴풍으로 찍은 그녀의 확대 사진이었다. 그러나 그 방은 절박한 나르시시즘의 성지였다.

그녀는 창가로 가서 블라인드를 올려 보포트 거리가 눈에 들어오게 만들었다. 시위대는 해산했고, 가족들이 제각기 집으로 어슬렁거리며 돌아가고 있었다.

"다 끝났군요. 적어도 관리인한테 생각할 거리를 주기는 한 셈이죠."

"사무소에 가둬서 말입니까?"

• 1917년 망명 중이던 블라디미르 레닌이 혁명으로 끓어오르는 러시아로 돌아갈 때 타고 간 봉인열차가 도착한 역.

"사춘기 애들 같죠? 나도 알아요. 하지만 사람들은 결국 익숙한 방식으로 행동할 수밖에 없거든요. 축제는 기숙사에서, 마리화나를 피울 때는 크리켓 경기장 뒤에서, 수치심을 주려면……"

"새로운 부류의 궁핍처럼 들리게 말하던데요."

"어떻게 보면 그렇죠." 베라는 자신의 초상 사진 전체가 눈에 들어오게 놓인 임스 의자 복제품에 걸터앉았다. 그리고 나는 세워 둔 채로 이렇게 말했다. "명확하게 드러나지는 않을지도 모르지만, 첼시마리나의 사람들은 상당히 동요하고 있어요. 뭔가 시작되고 있는 거죠."

"정말입니까? 믿기 힘들군요." 나는 검은색 가죽 소파에 앉았다. "다들 자기 나름대로 만족하고 있는 것처럼 보이던데요. 무너질 기색도 없고, 괴혈병에 시달리는 사람이나 지붕에서 물이 새는 흔적도 없고요."

"겉보기에는 그렇겠죠." 베라는 자신의 화장용 거울을 슬쩍 바라보았다. "이곳 이웃들은 신시대의 빈곤 계층이에요. 시티의 야심 많은 거물도 아니고, 걸프만에서 날아오는 부유한 아랍인 환자들을 상대하는 개인 병원 소유자도 아니죠. 자영업자는 거의 없어요. 죄다 중간관리직, 저널리스트, 케이 같은 강사, 대형 법인에서 일하는 건축가예요. 전문직이라는 군대의 가난하고 비참한 일반 보병인 거죠."

"충분히 윤택하게 살고 있지 않습니까?"

"아니거든요. 급여는 고정되어 있죠. 조기 퇴직의 위협도 등장했고요. 일단 마흔 살만 돼도 막 나온 졸업장을 손에 쥐고 눈을 반짝이는 졸업생을 고용하는 쪽이 훨씬 싸게 먹히니까요."

"반발이야 있을 법하지요. 하지만 왜 하필 여기, 첼시마리나입니까? 킹스로와 가까운 상류 주거 단지 아닌가요……"

베라는 몸을 돌려 나를 바라보았다. "당신 부동산업자예요? 이 동네는 똥통이라고요. 보수 정비는 거의 하지도 않는데 관리비는 끝없이 오르기만 하죠. 이 아파트는 우리 아버지가 평생 벌어들인 것보다 더 비싸게 먹혀요."

"경관이 좋지 않습니까. 여기서 행복하지 않나요?"

"그건 생각을 좀 해 봤죠." 그녀는 검은색 매니큐어를 킁킁거리며 냄새를 맡았다. "행복이라? 개념 자체는 괜찮지만, 들인 노력만큼의 가치를 얻을 수 있는 것 같지는 않아요. 게다가……"

"지적으로 온당치 않다는 거겠지요?"

"바로 그거예요." 그녀는 동의하며 고개를 끄덕였다. "우리한테도 원칙이란 게 필요하다고요. 거기다 승강기 한쪽이 몇 달 동안이나 고장 나 있는 상태예요. 하루에 두 시간은 수돗물이 나오지 않죠. 오줌 쌀 시간을 미리 계획해야 한다고요."

"관리 회사에 말해 보시죠. 임대계약서에 즉시 보수를 보장해 놓고 있을 텐데요."

"항상 하죠. 그런데 들어 처먹지를 않는다니까. 그 작자들은 우리를 전부 쫓아내려 드는 부동산업자 한 놈과 공모하고 있어요. 이곳을 퇴락한 거주지로 만든 다음에 보상금을 줘서 쫓아내고 그대로 밀어 버리고 싶은 거죠. 그런 다음에는 포스터°나 리처드 로저스°°를 끌고 와서 거대한 호화 아파트를 설계하겠죠."

"여기 머무는 한은 안전하지 않습니까. 왜 영영 벌어지지 않을지도 모르는 일을 걱정하는 건가요?"

"실제로 일어나고 있는 중이거든요. 저 작자들은 우리를 쥐어짜고 있고, 당장 불알을 쥐고 있는데 손속을 두기나 할 것 같나요. 지역 의회에서 최근에 이중 황색 선을 사방에다 그려 놨어요."

"의회에서 그런 일도 할 수 있습니까?"

"뭐든 할 수 있죠. 공용 도로거든요. 그런 다음에 자비롭게 주차 계량기를 장착해 주셨죠. 케이는 자기 집 앞에 차를 대는데도 돈을 내야 해요."

"이사 가지 않는 이유는 뭡니까?"

"갈 수가 없으니까요." 화가 치밀어 오른 베라는 주먹을 쳐들고 천장을 바라보며 동의를 구했다. "세상에, 우리는 가진 모든 것을 첼시마리나에다 처박았다고요. 다들 엄청난 주택 융자금에 묶여 있어요. 학교 수업료는 하늘을 찌를 듯 치솟고, 은행은 사람들 목을 부러트리고 있죠. 게다가 가면 또 어디로 가겠어요? 서리의 숲속으로 들어갈까요? 통근에 두 시간이 걸리는 레딩이나 길퍼드로 가라는 건가요?"

"끔찍한 일이지요. 그래서 여기 갇혀 버린 셈이군요?"

"맞아요. 19세기의 연립주택에 살던 과거 노동자 계층과 같은 거예요. 지식 기반 직업은 이 시대의 채광업이 되어 버렸어요. 광맥이 고갈되면 우리는 뒤떨어진 소프트웨어 꾸러미만 끌어안은 채로 고고하게 고사해 버리겠죠. 나는 광부들이 왜 파업을 벌였는지 아주 생생하게 절감하고 있어요."

"감탄스러운 선언이로군요." 나는 진지한 얼굴을 유지하며 말했다. "첼시마리나, 구시대의 노동자 계층과 연대하는 이들의 보금자리……"

"이건 빌어먹을 농담이 아니에요." 베라는 험악하게 나를 노려보았다. 이마의 각진 골격이 창백한 피부를 밀어붙이고 있었다. "다들 초조해지고 있다고요. 중산층은 사회의 위대한 닻이 될 의무와 책임을 가진 계층이에요. 하지만 닻줄이 점점 늘어지고 있어요. 전문 자격증은 이제 아무 가치도 없

- 노먼 포스터(1935~). 영국의 건축가 겸 디자이너. 하이테크 건축의 발전과 밀접한 연관이 있으며, 주요 작품으로 런던의 30 세인트메리 액스와 웸블리 스타디움 등이 있다.
- 1933~ 이탈리아 출신의 영국 건축가. 하이테크 건축으로 유명하며, 주요 작품으로 파리의 퐁피두 센터, 런던의 로이즈 빌딩과 밀레니엄 돔 등이 있다.

어요. 인문학 학위는 종이접기 수료증이나 다름없죠. 안전 망에 대해 말하자면 아예 존재하지 않는 것이나 마찬가지고 요. 재무부의 컴퓨터 하나가 은행 이율이 특정 지점까지 올라가야 한다고 결정을 내리면, 내가 1년 동안 열심히 벌어들인 소득만큼 다시 어떤 은행 지점장한테 빚을 지게 되는 거죠."

"유감스러운 일입니다." 나는 그녀의 재난에 유감을 표하며 콤팩트를 만지작거리는 그녀의 손가락을, 단단히 찌푸린 눈살을 바라보았다. 고요한 분노 때문에 나까지 불안해지기는 했지만, 그녀가 마음에 든다는 생각이 들었다. "그래서 어디서 일하시는 겁니까? 노동조합 회의소인가요? 노동당 본부입니까?"

"나는…… 일종의 상담사예요." 그녀는 대수롭지 않다는 듯 손을 내저었지만, 얼굴은 멍해져 있었다. "한때는 국방부에서 일했죠. 수석 과학 연구원으로요. 코소보의 산비탈에서 긁어 온 열화우라늄 잔류물 분석을 담당했어요."

"흥미로운 일이군요. 중요하기도 하고."

"흥미롭지도 않고 중요하지도 않아요. 지금은 다른 일을 하죠. 훨씬 가치 있는 일이에요."

"그게 뭡니까?"

"리처드 굴드를 위해 폭탄을 만들죠."

나는 그녀가 나를 놀리면서도 동시에 뭔가를 알려 주려

혁명에의 예약

한다는 것을 깨닫고, 말을 계속하기를 기다렸다. 그러나 그녀는 좋아하는 문구를 음미하는 듯이 눈썹을 추켜세우고 조용히 앉아 있었다. 입을 연 것은 내 쪽이었다. "당신에게도, 다른 사람들에게도 위험한 일이겠지요. 어떤 종류의 폭탄을 만듭니까?"

"발연탄, 소음을 내는 격발탄, 천천히 연소하는 소이탄 따위예요. 아무도 안 다쳐요."

"다행이로군요. 히스로에 있던 폭탄 같은 건 아니겠지요?"

"히스로 공항요?" 그녀는 깜짝 놀랐다가, 입을 다물어야 한다는 사실을 기억해 냈는지 재빨리 덧붙였다. "절대로 아니에요. 그건 사람을 죽이려고 만든 물건이잖아요. 대체 왜 그런 걸 만드는지 누가 알겠어요. 리처드 말로는 세계에 아무 의미도 없다고 생각하는 사람들이 의미 없는 폭력에서 의미를 찾는다고 하더군요."

"리처드? 리처드 굴드 박사 말입니까?"

"그 사람이 준비가 끝나면 다시 만나게 될 거예요. 그 사람은 우리 중산층 반란의 지도자거든요. 놀랍도록 청명한 마음을 가진 사람이에요. 그 사람이 돌보는 뇌 손상을 입은 아이들처럼요. 어떻게 보면 그도 같은 부류에 속한다고 할 수 있겠네요."

그녀는 연인을 떠올리는 듯이 혼자 웃었지만, 그녀의 윗

입술에 투명하게 맺힌 땀방울이 다른 존재의 환영처럼, 내밀한 자아처럼 반짝이는 것이 눈에 띄었다. 내가 히스로 사건을 언급해서 동요한 것이었다.

"그래서 그 폭탄으로는 어딜 노리는 겁니까?" 내가 물었다.

"아직 활동 초기니까요. 쇼핑몰, 시네플렉스, DIY 센터 같은 곳들이죠. 20세기의 쓰레기 말이에요. 사람들이 소비사회라고 부르는 역류해 오는 토사물요." 그녀는 현학적이다시피 한 말을 덧붙였다. "사실 폭탄이라 부를 수도 없어요. 청각적 도발일 뿐이죠. 당신 친구들이 올림피아에서 터트린 섬광탄 같은 거예요. 하긴 진짜 폭탄을 만든 적도 있긴 해요. 한참 전에……"

"무슨 일이 벌어졌습니까?"

"사람이 죽었죠. 목표 대상요."

"국방부 업무였습니까? SAS인가요? 경찰청 특수부라든가?"

"어떻게 보면 방위 업무이긴 했죠. 아버지를 보호하려 한 거니까요. 어머니가 돌아가신 다음에 그 끔찍한 여자를 만났거든요. 증오하면서도 완전히 사로잡혀 있었어요. 제대로 알코올중독에다 내가 그냥 사라져 버리기만 원했죠. 나는 열두 살이었지만 머리가 좋았고요."

"사제 폭탄을 제작했다는 겁니까?"

"슈퍼마켓 선반에서 사 온 가사용품을 이용해서요. 그 여자는 일요일 점심시간마다 아버지를 끌고 퍼브로 나갔어요. 만취해서 방광이 터지기 직전인 상태로 돌아오곤 했죠. 두 사람이 외출한 동안 나는 변기 물탱크 뚜껑을 열고 플로트를 뺀 다음 물을 내렸어요. 물탱크에 가정용 표백제를 가득 채우고, 플로트를 띄운 다음 뚜껑을 닫았죠. 그러고는 가성 소다 결정을 좌변기 물에 풀어서 포화용액이 될 때까지 잘 저어 줬어요. 그리고 아래층으로 내려가서 기다렸죠."

"폭탄을 준비한 건가요?"

"터질 준비가 끝난 상태였죠. 두 사람은 퍼브에서 돌아왔고, 여자는 곧장 화장실로 향했어요. 문을 잠그고 자기 방광을 비웠죠. 그런 다음에 물 내리는 레버를 눌렀어요."

"그게 폭탄의 방아쇠였군요?"

"수산화나트륨과 차아염소산나트륨을 섞으면 엄청난 속도로 반응이 일어나죠. 특히 격렬하게 휘저어 주었을 경우에는요." 베라는 다시 냉정한 소녀로 돌아가서 슬쩍 미소를 머금었다. "반응의 결과 막대한 양의 염소 기체가 발생해요. 심장이 약해진 알코올중독자를 죽이기에는 그 정도면 충분하죠. 나는 나가서 나들이옷을 차려입었어요. 아버지는 텔레비전 앞에서 잠들어 계셨고요. 아버지가 문을 부수고 들어가기까지는 두 시간이 걸렸죠."

"죽어 있었나요?"

"싸늘하게 식어 있었죠. 염소 기체는 전부 흩어지고 양변기에는 물이 차 있었어요. 내 폭탄은 워낙 겸손해서 그대로 하수구로 모습을 감춰 버린 거예요. 자연사 판정이 났고요."

"훌륭한 데뷔작이군요. 이후에도 그 길을 따라서……?"

"화학 학위를 따고, 국방부에 들어갔죠." 베라는 눈을 가늘게 뜨고 나를 바라보았다. "합리적인 결정이었죠. 당신도 동의하겠지만요."

그녀의 입가에 만족한 미소가 어른거렸다. 얇은 땀의 막은 사라져 버렸고, 나는 그녀가 회복할 시간을 벌기 위해 그 이야기를 꾸며 냈다고 가정했다. 그러나 동시에 그 살인의 이야기가 사실일 수도 있다는 것을 깨달았다. 폭탄 제조 이야기가 미끼처럼 내 앞에 대롱대롱 매달려 있었다. 약에 취해서 케이 처칠의 소파에 누워 있을 때부터 계속된 장난질의 연장이었다. 히스로 공항의 2번 터미널로 이어질 가능성이 있는 좁은 복도의 문이 하나 더 열린 것이었다.

현관 인터폰이 두 번 울리더니, 잠시 사이를 두고 세 번째로 울렸다. 베라는 자리에서 일어나 수화기에 대고 대화를 나누고 나서 재킷의 단추를 채웠다.

"데이비드, 당신도 갈 건가요? 케이가 아래층에 와 있어요. 이제 현장 답사를 나갈 생각인데……"

　　　　　　　　　　　혁명에의 예약

11 / 어둠의 심연

"데이비드, 조지프 콘래드와 커츠 씨를 생각해 봐요." 케이는 리치먼드교橋를 건너며 내게 이렇게 말했다. "당신은 지금 거의 완벽한 궁핍이 지배하는 지역에 들어가는 거예요."

"트위크넘이? 어둠의 심연이란 말입니까?"

"알면 충격받을걸요."

"테니스 클럽과 은행 지점장들로 가득한, 럭비의 메카를 말하는 게 맞지요?"

"바로 그 트위크넘이에요. 극도의 영적 빈곤에 시달리는 구역이죠."

"그렇습니까…… 믿기 힘들군요." 케이가 폴로의 운전대를 양손으로 잡고 조심스레 모는 동안, 나는 보도를 가리켰다. 정육점이나 빵집에서 쏟아져 나온 부유한 원주민들이 보도 위에서 북적이거나 정신없이 바쁜 부동산 창문 안을 들여다보고 있었다. "깡통을 흔드는 거지들도 없고, 영양실조의 흔적도 찾아보기 힘듭니다만."

"육체적으로는 그렇겠죠." 케이는 당당하게 고개를 끄덕였다. "문제는 그들의 마음속에, 그 습속과 가치관에 있어요. 당신은 동의하지, 베라?"

"완벽하게요." 베라 블랙번은 한쪽 손에 커다란 운동 가방을 움켜쥔 채로 내 뒤편에 앉아 있었다. 자기 치아를 주의 깊게 살피는 중이었는데, 아마도 그녀가 깨어 있는 시간 대부분을 들이는 자가 육체 검진 절차의 일부였을 것이다. 그녀는 활짝 핀 개나리와 반짝이는 자동차들을 흘깃 바라보았다. "영적으로 말하자면 거대한 포툠킨 마을*이나 다름없으니까……"

우리는 중앙 도로에서 방향을 틀어 트위크넘의 주거 지구로 들어섰다. 가로수가 늘어선 도로를 따라 큼지막한 독립 주택들이 들어서 있고, 저마다 테니스 코트나 야외 예식장이 통째로 들어갈 만큼 넓은 정원이 딸려 있었다. 진입로에 주차된 벤틀리에 눈길이 멎었다. 깨끗하게 청소된 자갈길 위 하얀 테두리를 두른 타이어가 눈에 띄었다.

"여기서 멈추는 게 어떨까요. 제3세계 분위기가 확연한데요." 내가 제안했다.

"데이비드, 이건 농담이 아니에요." 케이는 눈살을 찌푸린 채 한심하다는 듯 나를 쳐다보았다. "단 한 번이라도 좋으니 그 눈가리개를 벗어 봐요……"

오늘 오전에 관리 사무소 앞에서 대치한 덕분에 그녀에게는 다시 투쟁할 여력이 생겼다. 나는 그녀가 해머스미스의 치안 법정을 휘어잡던 방식을, 고집스러운 성격을 숙련된 여배우처럼 자유자재로 휘두르던 모습을 떠올렸다. 나는 그녀의 열정을, 단 하나의 집착에만 완벽하게 매진하는 강인한 정신을 선망했다. 나도, 그녀의 영화 강의에 출석하는 학생들도 그녀에게는 상대가 되지 않았다. 동시에 나는 브레송과 구로사와의 영화 포스터와 나란히 붙어 있던 유치한 그림을, 그리고 이제 지구 반대편에 있는 그녀 딸의 사진을 떠올렸다. 그런 부류의 슬픔을 달래려면 가장 깊은 집착이 필요할 것이다.

베라 블랙번은 우리 뒤에 앉아서 흩날리는 나뭇잎을 못마땅하게 바라보았다. 그녀를 보면 경험 많은 말동무 여성이,

• 18세기 러시아 예카테리나 2세의 지방 시찰 일화에서 유래하였는데, '초라하거나 바람직하지 못한 상태를 은폐하기 위해 꾸며 낸 겉치레'라는 의미로 통용된다. 예카테리나 2세가 배를 타고 심복이자 연인이었던 포툠킨이 다스리는 지역을 순방할 때, 그는 번드르르한 가짜 마을을 세워 차르에게 보여 주었고 차르가 이동할 때마다 미리 그곳으로 그 가짜 마을을 옮겨 두었다고 한다.

자기 분수를 지키며 항상 동의할 준비를 하고 있는 사람이 떠올랐다. 그러나 나는 그녀가 자신만의 목적을 가지고 있다는, 그리고 필요한 동안에만 케이에게 전적으로 동의하는 자세를 취할 것임을 감지하고 있었다. 내가 뒤를 힐긋거릴 때마다 그녀는 다리를 오므렸다. 거리를 벌리는 경고이자, 동시에 완곡한 유혹의 몸짓이었다.

"데이비드……" 케이는 앞 유리 너머로 줄줄이 늘어선 목조 건물들을 가리켰다. "잘 살펴봐요. 트위크넘은 잉글랜드 계급 구조의 마지노선이에요. 여길 뚫고 들어가면 모든 것이 무너져 내릴 거라고요."

"그러니까 우리 목표물은 계급 구조인 거로군요. 보편적인 현상 아닙니까. 미국에서도, 러시아에서도……?"

"물론이죠. 하지만 계급 구조가 정치적인 통제 수단으로 사용되는 곳은 여기뿐이에요. 그 실제 목적은 프롤레타리아를 억압하는 게 아니라 중산층을 억제해서 얌전히 굴종하게 만드는 거고요."

"그리고 트위크넘이 그 목적을 실행에 옮기는 수단의 하나라는 겁니까?"

"바로 그거예요. 이곳 사람들은 중산층의 꿈이라는 강렬한 환상에 사로잡혀 있어요. 삶의 목적이 그거죠. 자유주의적인 교육, 시민의 도리, 법규 준수 따위요. 자기네들이 자유롭다고 생각할지 모르지만, 그들은 사로잡혀서 빈곤에 허덕이고 있는 거예요."

"글래스고 집단주택에 살던 산업혁명기 빈민층처럼 말입니까?"

"정확해요." 케이는 칭찬하듯 내게 고개를 끄덕여 보이고는, 손을 뻗어 내 손목을 두드려 주었다. "이곳 사람들은 놀라우리만큼 강요된 삶을 살아요. 가능성으로 가득한 충만한 삶이라고는 도저히 부를 수 없죠. 결국 사회구조가 만든 장애물에 부딪히게 되는 거예요. 지역 학교의 웅변대회 날에 만취해서 등장하거나 자선 연회장에서 아주 살짝 인종차별적인 농담을 던지기라도 하면 무슨 일이 일어나겠어요. 정원의 잔디를 깎지 않거나 몇 년 동안 집에 페인트를 새로 칠하지 않으면 어떨까요. 십 대 소녀와 동거하거나 양아들과 섹스를 하면요. 신이나 성 삼위일체를 믿는다고 선언하거나 적도 이남 아프리카에서 온 난민 가족에게 빈방을 제공하기라도 하면요. 베니도름에서 휴가를 보내거나 얼룩말 가죽 시트를 씌운 신형 캐딜락을 몰기라도 하면요. 악취미를 드러내 보이면요."

"그래서 대안은 뭡니까? 이 마지노선이 무너지면 무슨 일이 벌어지지요?"

"그때 가서 봐야겠죠."

"모든 책과 크로케 망치와 자선 행사를 불태운 다음에 말입니까? 그 자리에는 뭐가 들어오나요?"

"그때 가서 결정해도 될 일이에요. 자, 도착했어요. 여기쯤이 좋겠군요."

케이는 널찍한 정원과 래브라도와 랜드크루저가 딸린 4층집이 즐비한 거리로 들어섰다. 테니스공 튀기는 소리와 함께 열다섯 살 먹은 딸내미를 이기려 기를 쓰는 어머니들의 거친 신음 소리가 들려왔다. 포석 옆에 차를 멈추자 안전한 중산층의 성역에 깃들인 십 대들이 말발굽 소리를 울리며 옆을 지나갔다. 이곳은 우리 할머니의 세계, 내가 어린 시절을 보낸 길퍼드의 교외 지역과 완벽하게 동일했다. 벽돌 건물들 사이에는 도심에 거주하는 지식인에 대한 혐오가 벽돌 더미와 함께 켜켜이 쌓여 있었지만, 그 생활양식은 이미 복제되어 전 세계에 퍼져 버렸다. 케이가 아무리 분통을 터트려도 참제비고깔 한 포기도 상하게 할 수 없을 것이다.

케이는 차에서 내려서 서류 가방에서 클립보드 하나를 꺼냈다. 베라는 차를 지키라고 놔둔 채, 그녀는 여론조사 기관의 배지를 꺼내 옷깃에 달았다. 그리고 덱스터 목사의 사진이 붙은 다른 배지를 내 옷깃에 달아 주었다.

"좋아요. 스티븐인 척해 봐요. 충분히 닮았으니까. 겁에 질린 표정을 짓고, 어찌할 바를 모르는 느낌을 살짝 섞는 거예요. 또 지나치게 신실해 보이지는 말고……"

"어렵지는 않겠군요."

우리는 첫 번째 집, 안락해 보이는 튜더 양식의 맨션으로 다가갔고, 현관문을 막고 있는 아동용 자전거를 타 넘었다. 의사 스티커가 붙은 메르세데스 스테이션왜건 한 대가 차고 바깥에 서 있었다.

사십 대의 친절한 여성이 마른행주에 손을 닦으며 우리를 맞이했다. 케이는 클립보드를 들고 활짝 웃으면서 인사를 건넸다.

"잠시 시간 내 줄 수 있으실까요? 사회심리 관습에 대해서 설문을 진행하고 있습니다만."

"물론이죠. 애석하게도 우리 상황은 상당히 엉망이지만요. 적절한 조사 대상일지 모르겠네요."

"당연히 적절하시죠. 저희는 고소득 가구에 특히 관심이 많답니다."

"영광이네요." 여성은 마른행주를 깔끔하게 접었다. "남편한테 알려 줘야겠어요. 정말 깜짝 놀랄 거예요."

케이는 참을성 있게 미소를 지어 보였다. "정말로 티끌 한 점 없는 가정을 꾸리고 계시네요. 모든 것이 정말이지 깔끔하게 윤이 나고 있어요. 집안일에 하루 몇 시간씩 소비하는지 가늠할 수 있으신가요?"

"전혀 안 써요." 여성은 입술을 깨무는 시늉을 했다. "입주 가정부가 있고 매일 도우미도 오거든요. 저는 지역 보건의라 보건소 일이 바빠서, 먼지떨이를 들고 돌아다닐 시간이 없어서요. 죄송해요. 별로 도움이 안 되겠네요."

"그러네요……" 케이는 전도 대상을 찾아냈다고 확신했는지 몸을 앞으로 숙이고 목소리를 낮췄다. "의사로서 말씀부탁드릴게요. 가정 위생이 과도하게 강조되고 있다고 생각하지는 않으신가요?"

"그렇기도 하고 아니기도 해요. 사람들이 세균에 지나치게 집착하는 건 사실이거든요. 대부분은 무해한데 말이죠." 그녀는 십 대 소년 한 명이 어슬렁거리며 지나가고, 부엌 어딘가에서 누나가 질책하는 소리가 들리는 동안 잠시 말을 멈추었다. "저런, 당장에라도 폭동이 벌어지겠네."

"마지막 질문입니다만." 케이는 연필을 들고 클립보드를 뒤적였다. "화장실을 얼마나 자주 청소해야 한다고 생각하시나요?"

"잘 모르겠네요. 가능하면 매일 하는 게 좋겠죠."

"사흘에 한 번씩 청소하는 방안을 고려해 본 적은 없으신가요?"

"사흘요? 이 동네에서는 조금 위험하지 않을까요?"

"아니면 일주일에 한 번은요?"

"안 되죠." 여성은 케이의 옷깃 배지를 힐끔거렸다. "그건 별로 좋은 생각이 아닌 것 같군요."

"확신하시나요? 변기가 눈처럼 새하얗지 않으면 걱정이 되신다는 거지요? 전문직 중산층 사이에 만연해 있는 화장

어둠의 심연

실 터부에 대해선 어떻게 생각하시나요?"

"화장실 터부요? 혹시 화장실 휴지 업체에서 나오신 건가요?"

"사회 변동을 기록하는 겁니다." 케이는 달래듯 말했다. "개인위생은 개인의 자기 인식의 중심에 위치하는 요소니까요. 혹시 이 가정에서 보다 덜 씻는 쪽을 고려해 본 적은 없으신가요?"

"덜 씻어요?" 의사는 문고리 쪽으로 손을 뻗으면서 고개를 저었다. "상상하기 힘들군요. 저기—"

"개인적으로는 어떠신가요? 자연스러운 체취는 주요한 의사소통 수단이며, 특히 가족 사이에서는 그 중요성이 배가됩니다. 긴장을 풀고 아이들과 어울리며 보다 자유로운 생활양식을 받아들일 생각이 있으신지……"

면전에서 문이 닫혔다. 케이는 굴하지 않고 떡갈나무 문짝을 응시했다. 깊이 깔린 자갈에 푹푹 발을 파묻히며 진입로로 내려가면서, 그녀는 방금 들은 답변을 클립보드에 끼적였다.

"도움이 됐군요." 베라에게 손짓을 하자 그녀는 폴로에 시동을 걸고 우리를 따라 천천히 차를 몰기 시작했다. "이 정도면 준수한 시작이라 할 수 있겠어요."

"그럴지도 모르죠. 그 여성은 당신이 무슨 이야기를 하려던 건지 짐작조차 못 한 것 같지만요."

"아들한테 샤워 좀 하고 양말 갈아 신으라고 잔소리할 때마다 내 말이 떠오를 거예요. 장담할 수 있어요."

"그렇겠지요. 이 동네로 나온 건 처음인가요?"

"몇 달 동안 나오고 있죠." 케이는 보도를 따라 걸음을 옮기며, 자신에게 발을 맞추라고 재촉했다. "잊지 말아요, 데이비드. 중산층은 항상 통제가 필요한 계층이에요. 저들도 그 점을 이해하고 자경 활동을 하는 거죠. 총과 굴라크*가 아니라 사회윤리를 이용해서요. 섹스를 하고, 아내를 대하고, 테니스 파티에서 추파를 던지고, 불륜을 시작하는 그 모든 일에 올바른 방법론이 존재하는 거예요. 우리 모두가 배워야만 하는 암묵적인 규칙이 존재하는 거죠."

"당신은 그런 규칙을 전부 무시하는 것이고요?"

"배운 것을 전부 해체하는 중이에요. 걱정 말아요, 아직 샤워는 매일 하니까……"

우리는 거리를 따라 100미터 떨어진 곳의 다른 대형 주택으로 접근했다. 뒤뜰에 수영장이 딸린 조지 왕조풍 빌라였다. 수면에 비쳐 일렁이는 햇빛이 진입로에 그늘을 드리우며 높이 솟은 떡갈나무의 나뭇잎 사이로 반짝였다. 계단에서 우리를 발견하고 신이 난 에어데일테리어의 목줄에 매달린 채로 젖은 수영복을 입은 여섯 살 소녀가 문을 열어 주었

　　　　　　　　　　　　　　　　　어둠의 심연

다.

삼십 대 후반으로 보이는 미소를 머금은 여성이 문간으로 나왔다. 검은색 새틴 드레스에 흡혈귀처럼 화장을 하고 저녁 외출 준비를 끝마친 모습이었다.

"안녕하세요. 별로 베이비시터처럼 보이지는 않는 분들인데."

케이는 우리의 방문 목적을 설명했다. "여가 경향에 대한 설문 조사를 하는 중입니다. 사람들이 해외여행이나 영화 관람이나 파티 참석에 얼마나 시간을 쓰는지를……"

"충분치 않죠."

"정말인가요?" 케이는 클립보드를 바쁘게 뒤적였다. "1년에 몇 번이나 해외여행을 가시나요?"

"대여섯 번 정도요. 거기에 여름휴가도 있고. 남편이 영국 항공 여객기를 몰거든요. 이번 주말에는 케이프타운에서 보내겠죠."

"그래서 항공권을 싸게 얻을 수 있으신 건가요? 항공 여행이 일종의 속임수라고 느낀 적은 없으세요?"

"필요한 혜택인 셈이죠." 여자는 문 뒤편에서 진 토닉을 가져와서 생각에 잠긴 듯 홀짝이며, 내 옷깃에 붙은 스티븐

• 러시아어로 '국가보안국 교정노동수용소의 주 관리 기관'의 약자인데, 원래는 러시아 정부 기관의 명칭이었지만 시간이 가면서 '강제 노동'의 대명사로 쓰이게 되었다.

덱스터의 사진을 물끄러미 바라보았다. "남편들만 즐기고 다니면 부인들은 초조해지게 마련이거든요."

케이는 알겠다는 듯 고개를 끄덕였다. "전반적인 여행을 말하는 거였어요. 그건 일종의 신용 사기 아닐까요? 똑같은 호텔, 똑같은 요트 정박지, 렌터카 사업. 전부 집에 머물면서 텔레비전으로 지켜볼 수 있잖아요."

"사람들은 공항에 가는 걸 좋아하니까요." 여성은 문득 남편이 일찍 돌아올지도 모른다는 생각이 들었는지 하늘로 시선을 돌렸다. "장기 주차장도 좋아하고, 체크인도 좋아하고, 면세점도 좋아하고, 여권을 보여 주는 일도 좋아하죠. 다른 사람인 척할 수 있으니까요."

"일종의 세뇌라고 생각하지는 않으시나요?"

"나는 세뇌당하고 싶은걸요." 여성은 수영장에서 개 짖는 소리가 들려오자 바로 몸을 돌렸다. "가 봐야겠네요. 개를 물에 빠트려 죽이려는 모양이니까. 옆집 사람들하고나 얘기해 보세요. 남편이 휠체어 신세를 지고 있거든요……"

"별로네요." 케이는 보도로 내려오며 이렇게 인정했다. 그리고 연필로 이를 탁탁 때리며 덧붙였다. "세상에 어떻게 저렇게 수동적일 수가 있담."

"문제가 하나 있습니다." 나는 함께 걸음을 옮기며 말했다. "사람들이 지금 상태를 좋아한다면 어떻게 되는 겁니까?

속을 수 있어서 행복한 상황이라면요?"

"자기 쇠사슬을 광이 나게 닦는 죄수들이라는 거죠? 그런 건 용납 못 해요."

베라가 모는 폴로가 뒤를 따르는 가운데, 우리는 혁명을 촉발할 만반의 준비를 한 채로 조용한 거리를 따라 움직였다. 그러나 이곳에는 첼시마리나를 극단적인 상황으로 몰고 간 촉매가 존재하지 않았다. 이곳에는 정리 해고도, 감당하지 못할 부채나 역자산도, 이중 황색 선도 없었다. 풍요로운 교외 거주자는 이른바 역사의 최종 상태 중 하나라고 할 수 있다. 일단 이런 상태가 뿌리를 내리면 역병이나 홍수나 핵전쟁이 일어나야 그 손아귀를 늦출 수 있는 것이다. 그러나 케이는 의연한 태도로 나를 앞서 목가적 이상향의 진입로에 늘어선 마지노 요새로 걸음을 옮겼다. 자신의 지뢰를 매설할 참호를 찾아 사방을 둘러보면서.

세 번째 집에서는 고위 공무원의 얇은 입술과 초롱초롱한 눈을 가진 반백의 늘씬한 여성이 우리를 맞이했다. 그녀를 보니 치안 법정에서 나를 굽어보던 세 명의 심판관이 떠올랐다. 현관 너머로는 거실에 앉은 나이 지긋한 남성이 보였다. 팔꿈치 옆에 위스키 병이 놓여 있고, 눈을 가늘게 뜨고 십자말풀이를 하는 중이었다.

케이는 이번에는 내 성직자 직함은 빼고 소개했다. "질문

좀 드려도 괜찮을까요? 생활양식 설문을 하는 중입니다."

"우리한테 딱히 생활양식이라 부를 게 있는지 모르겠네요. 애초에 요즘 그런 게 있는 사람이 있기나 하려나?" 여성은 남편의 고함 소리에 귀를 기울인 다음 마주 소리쳤다. "생활양식이래요, 여보."

"필요 없어." 남편이 소리쳤다. "30년 동안 그딴 건 손도 안 대고 살았는데."

"뭐, 그렇다네요." 여성의 눈은 케이의 화장과 물어뜯은 손톱과 외투에서 늘어져 있는 실밥으로 향했다. "아무래도 딱히 생활양식 같은 건 필요하지 않은 것 같은데요."

케이는 물러서지 않고 투지만만한 미소를 지었다. 스프링어스패니얼 한 마리가 합류해 그녀의 무릎을 쿵쿵거리기 시작했다. "요즘은 여가 활동을 너무 강조한다고 생각하지 않으시나요? 해외여행이나 디너파티나……?"

"맞아요, 그렇죠. 디너파티가 너무 자주 열리지요. 다들 뭐 그렇게 할 말이 많은지 모르겠어요." 그녀는 어깨 너머를 돌아보며 남편에게 대답했다. "디너파티 말이에요, 여보."

"참고 견디기가 힘들지. 주디스?"

"나도 그렇게 말했어요."

"뭐라고?"

케이는 자기 클립보드를 두드리며 말했다. "그러면 디너파티를 금지하는 법안에 찬성하시는 건가요?"

"제정하기도 힘들고, 집행하기는 불가능할걸요. 정말 이 상한 생각이군요."

"테니스 클럽 댄스는요?" 케이가 물었다. "스와핑 성행위는 어떻죠? 금지해야 할까요? 아니면 그런 것들도 중산층을 통제하기 위한 아편일 뿐인 것은 아닐까요?"

"주디스?"

"스와핑이래요, 여보." 여성은 미묘한 눈빛을 띠고 나를 바라보았다. "아뇨, 나는 딱히 스와핑에 반대하지는 않아요."

케이는 클립보드에 뭔가를 끼적였다. "그렇다면 성적 측면에서는 자유주의적이신 거로군요?"

"그렇죠. 항상 그래 왔어요. 아마 나 자신도 알아채지 못하면서요. 그러면……"

케이는 스패니얼을 밀어내면서 말했다. "상호 합의한 성행위에 대해서는 어떻게 생각하시나요?"

"다른 사람 남편하고요? 이론적으로는 훌륭한 착상이죠. 누가 이 설문을 후원하는 건지 말해 줄 수 있을까요?"

"동물은 어떤가요?"

"동물이야 당연히 아주 좋아하죠."

"우리 애정이 필요한 존재겠죠?"

"물론이죠."

"그럼 동물과의 성교와 관련된 법안을 폐지하는 청원에 서명해 주시겠어요?"

"뭐라고 하셨죠?"

케이는 스패니얼을 바라보며 환히 웃었다. "여기 멍멍씨하고 섹스가 가능해질 거라는 말이죠……"

우리는 안전한 거리까지 퇴각해서 폴로에 올라탔다. 케이는 클립보드를 차 안으로 던진 다음, 숨을 헐떡이며 내 손을 붙들고 함께 뒷좌석에 올라탔다. 그리고 차를 타고 집 앞을 지나가며 손을 흔들었다. 스패니얼은 컹컹 짖어 댔고, 부부는 문간에 서서 헤집어진 자갈길을 바라보고만 있었다.

"애석하게 됐군요. 저 사람은 멍멍씨와 즐기고 싶지 않았나 봐요. 하지만 나중에는 그런 생각이 떠오를 수도 있겠죠."

"어떻게 된 건데요?" 베라가 물었다. "딱히 문제라도?"

"아주 잘됐어. 데이비드?"

"놀랄 정도로 잘됐지요. 확실히 저 사람들에게 생각할 거리를 던져 준 것 같습니다."

"바로 그게 목표니까요. 삶을 뒤흔들어 놓는 거죠. 자기네가 피해자라는 걸 깨닫게 만드는 거예요." 그녀는 앞으로 몸을 빼고는 베라의 어깨를 두드렸다. "멈춰. 잠깐이면 될 거야."

그녀는 집 앞 진입로에 나와 있는 주택 소유주를 발견했다. 호스를 들고 주말 동안 롤스로이스에 묻은 진흙을 닦아 내는 중이었다. 그녀는 클립보드를 꾹 쥐고 차 앞으로 달려

어둠의 심연

들어 호스의 물줄기를 멈추게 만들었다. 나는 치마 주름을 펴면서 남자에게 접근하는 케이의 뒤를 따랐다. 남자의 러닝셔츠 아래로 성공한 건축가의 건장한 육체가 드러났다.

"안녕하세요, 선생님. 차에 진흙이 잔뜩 묻었네요. 부인께서 해야 할 일인 것 같은데요. 우리는 안목 있는 자동차 운전자를 위한 신제품을 연구 중이랍니다."

"목사님하고 같이 말이오?" 남자는 내 이름표를 읽으며 말했다. "생김새가 상당히 달라지셨군. 항상 무릎 꿇고 있느라 꽤 힘들었던 모양이지요."

"덱스터 목사님은 가족의 친구일 뿐이에요. 선생님, 혹시 분무식 진흙에 대해서 어떻게 생각하는지 말씀해 줄 수 있으실까요?"

"분무식 뭐요……?"

"진흙요. 합성 액체 진흙을 편리하게 사용할 수 있도록 에어로졸 캔에 채워 넣은 거랍니다." 케이는 백화점 시연 직원의 노래하듯 지저귀는 목소리를 흉내 냈다. "월요일 아침에 근무처 주차장에서 사람들의 선망을 사는 효율적인 방법이지요. 자동차에 뿌리기만 하면 동료분들은 절로 장미 정원과 초가 오두막을 생각하게 될 거예요."

"내 동료들은 내가 정신병원에 갈 때가 되었다고 생각할 거요." 남자는 다시 호스를 손에 들며 말했다. "정신이 나갔군. 열심히 기도나 해 보시지요. 목사 정도로는 부족할 것 같으니……"

"케이, 제발 좀……"나는 그녀의 팔을 붙들어 자동차로 끌고 갔다. 내가 뒷좌석에 밀어 넣는 동안에도, 그녀는 흥분과 탈진으로 온몸을 떨고 있었다. 차가 출발하자 그녀는 내 어깨에 머리를 기대고 큰 소리로 웃어 댔다.

"'분무식 진흙'이라고요. 미안, 데이비드, 도저히 참을 수가 없네요. 하지만 생각 좀 해 봐요. 백만장자가 될 수도 있다고요. 우리 시대 최고의 히트 상품이 될 거예요……"

비디오
대여점

우리는 할리퀸 축구 경기장 근처의 퍼브에서 진을 들이켜며 활동 보고를 마쳤다. 케이는 바의 등받이 없는 의자에 앉아서, 치마를 추어올린 채로, 술잔 너머로 힐긋거리는 럭비 술꾼들과 중년 남성들 사이에서 자기가 술집 전체를 휘어잡고 있다는 자신감이 넘치는 동작으로 머리카락을 쓸어 넘겼다. 중산층의 심장부로 원정을 떠난다는 착상에는 허황된 구석이 있었지만, 케이는 아예 신경조차 쓰지 않았다. 맞서 싸우고 있었기 때문이다. 그녀의 적은 그곳의 주민들이 아니라 그들이 머무는 문화의 감옥이었다.

나는 경애의 감정을 숨기지 않고 그녀를 바라보면서, 애들러에서 보낸 그 오랜 세월도 그녀 앞에서는 아무런 도움이 되지 않음을 깨달았다. 정신의학은 실패를 다룰 때는 훌륭하지만 성공에는 제대로 대처한 적조차 없었다. 케이는 진정한 광신도의 열정을 가지고 전진하는 사람이었고, 그런 신앙 체계에선 개종자는 자기 자신만으로 충분하다. 여러 면에서 그녀는 옳다고 할 수 있다. 사람들을 조심스럽고 분별 있는 삶에 묶어 두는 사회적 관습은 제거해야 하는 대상이니까.

"오늘은 트위크넘, 내일은 온 세상." 케이는 다시 한 잔씩 시키라고 내게 명령한 다음 이렇게 선언했다. "어때, 베라?"

"아주 훌륭하네요." 베라는 자기 진을 쿵쿵거리면서 널찍한 이마에 흘러내린 머리카락을 매만지고, 럭비 관객들과 눈을 마주치기를 거부했다. "왜 맞이하러 나오는 사람은 항상 여성인 거람? 남자들은 전부 어디 처박혀 있길래?"

"흐릿하게 사라지는 중이지. 방음장치가 된 방에 들어앉아서, 무슨 일이 벌어졌는지 궁금해하고만 있는 거야." 케이는 내 볼을 두드리며 말했다. "당신 같은 남자는 이제 정말 적어졌다니까요, 데이비드."

"동족들에게 그 말을 전하겠습니다. 우리도 피난처가 필요하니까요."

베라는 자기 잔을 비우고 케이와 눈짓을 교환한 다음 차에서 기다리겠다고 하고 나갔다. 프롭 포워드처럼 튼실한 어깨를 가진 친절한 술꾼 하나가 기사도를 가장하며 문을 붙들어 주자 그녀는 굳은 얼굴로 걸어 나갔고, 나는 그런 그녀의 모습을 지켜보았다.

"음울한 사람이로군요." 나는 이렇게 평했다. "분명 국방부 일자리를 그리워하고 있을 겁니다. 거긴 가지고 놀 무기가 잔뜩 있을 테니까요."

"나는 저 아이를 좋아해요." 케이는 클립보드의 맨 첫 장을 찢으며 대꾸했다. "정말 사랑스러워요. 배변 훈련이 완벽하게 끝난 소시오패스죠. 자기가 사람 죽인 이야기는 해 주던가요?"

"사악한 의붓어머니와의 소꿉놀이 화학실험 말입니까? 제 앞에 유혹하듯 들이밀었죠."

"당신이 얼마나 대단한 정신분석가인지 확인해 볼까요. 그 말이 진실일까요?"

나는 베라가 교활하게 미소 짓던 모습을 떠올리며 머뭇거렸다. "그렇습니다."

"그래요…… 하루 이틀 정도 신문 지면을 장식했지요. 불기소 처분이 내려졌고요. 그 정도로 위험한 아이라면 사회에 유용할 거라고 생각한 거죠." 케이는 마침내 긴장을 풀었는지 내 손을 잡았다. "당신이 돌아와 줘서 기뻐요. 자기 나름의 사소한 증오에 과도하게 사로잡혀 있지 않은 사람이 필요했거든요."

"아슬아슬하긴 했습니다. 하지만 첼시마리나에서 뭔가 사건이 일어나고 있으니, 그 현장에 있어야 한다고 생각했거든요."

"그 마음 잊지 말아요. 오늘 오후에는 그냥 익살극을 벌인 것뿐이에요. 당신 마음에 안 들었다는 것도 알아요. 하지만 당신은 스스로 생각하는 것보다 훨씬 깊이 빠져들어 있거든요." 그녀는 의자에서 부드럽게 일어나며 치맛단을 정돈하고, 맥주 마시는 사람들을 향해 미소를 지었다. "좋아요. 마지막으로 한 건만 더 하고, 바로 뜨거운 목욕을 즐기러 가죠. 당신이 내 등을 밀어 주는 것도 좋을 텐데요, 데이비드……"

우리는 출발했고, 베라가 운전대를 잡아 저녁 거리 사이로 차를 몰았다. 트위크넘의 교외 지대를 가득 채운 텔레비전들이, 방갈로 라운지와 클럽으로 떠날 준비를 하는 십 대 소녀들의 침실에서 푸른빛을 내뿜었다. 우리는 근처 주거 구역을 대상으로 영업하는 작은 슈퍼마켓을 지나서, 비디오 대여점에서 30미터 떨어진 진입로에 차를 세웠다.

슈퍼마켓은 문을 닫았고, 마지막 손님들이 차를 타고 떠나고 있었다. 케이는 진입로에 우리만 남을 때까지 기다린 다음, 운동 가방을 열고 비디오카세트 세 개를 꺼냈다.

"데이비드, 심부름 좀 해 줘요. 나는 완전히 지쳤거든요. 이걸 좀 반납하고 와 줄래요?"

"그렇게 하지요." 나는 문을 열고 가로등 불빛에 비디오 제목들을 비추어 보았다. "〈인디펜던스 데이〉 〈디바〉 〈아마겟돈〉……? 당신 취향은 아닌 것 같은데요. 게다가 전부 안이 비어 있잖습니까."

"지난주에 빌린 거예요. 《사이트 앤드 사운드》 잡지에 카세트 아트에 대한 글을 기고할 예정이라서요. 그냥 선반에 꽂아 놓고 와요."

"직원들이 절 보면 어쩌고요?"

"슈퍼마켓에서 주웠다고 해요." 케이는 나를 차 밖으로 밀어냈다. "애들이 항상 집어 가잖아요. 방범 카메라 쪽은 보지 말고요."

비디오 대여점은 조용했다. 이십 대 젊은이 하나가 컴퓨터 화면에 푹 빠져 계산대에 앉아 있었다. 나는 방범 카메라를 등진 채로 공상과학 영화들을 주 선반에 꽂은 다음, 〈디바〉를 외투 아래 숨기고 단출한 외국어 영화 진열대로 걸음을 옮겼다.

나는 트뤼포와 헤어초크와 펠리니의 고전이 줄지어 늘어선 선반을 훑으며 로라와 나를 한데 엮어 줬던 영화에 대한 열정을 되새겼다. 우리는 아무도 모르는 포르투갈이나 한국 감독을 찾아 국립영화극장의 상영 일정 안내표를 샅샅이 뒤지곤 했다. 그러나 로라는 결국 생의 마지막 순간을 어떤 아마추어의 비디오테이프에 새기는 비극을 맞이했다. 나는 문득 그 캠코더의 주인을 추적해 봐야겠다는 생각을 했다.

"아니, 또 뭐야……?" 겨드랑이 아래의 타박상 입은 갈비뼈를 따가운 고통이 파고들었다. 격렬한 열기가 가슴팍에서 타오르고, 외투에서 연기가 치솟았다. 숨이 막히는 탄화수소 증기였다. 3미터 떨어진, 〈아마겟돈〉 카세트를 놔둔 선반에서 검은 구름이 피어올랐다. 고열의 청백색 깜빡임, 마그네슘 빛의 섬광이 있었다.

내 외투 아래의 카세트에서 연기가 쏟아져 나왔다. 나는 외투를 휘저어 그것을 떨어트린 다음, 불꽃을 내뿜으며 타들어 가는 모습을 보면서 뒤로 물러섰다. 출입구를 찾으려 애쓰는 동안 선반에서 두 번째 폭발이 일어났다. 매캐한 연기가 대여점을 가득 채우며 머리 위 조명을 등화관제의 흐릿한 불빛 수준으로 가렸다. 젊은 점원이 손으로 입을 막은 채 나를 지나쳐 달려가더니, 문을 찾아내서 밤거리로 비틀대며 빠져나갔다.

오토바이 헬멧을 쓴 키 큰 남자가 섬광으로부터 눈을 가리면서 연기를 헤치고 들어왔다. 그는 나를 발견하고 튼튼한 손으로 내 어깨를 부여잡았다.

"마컴! 얼른 나갑시다!"

나는 얼굴을 가리려 애쓰면서, 남자가 나를 끌고 문으로 나가는 것을 느꼈다. 주변이 조금 밝아지자 성직자의 백색 옷깃이 눈에 들어왔다. "덱스터? 소화기를 찾아야 합니다…… 999에 전화해 주세요."

"얼른!"

끈적거리는 연기가 농밀한 검은 구름을 이루어 거리로 밀려 나왔다. 성직자는 내 외투를 놓고 진입로로 달려 나갔다. 그의 가죽 재킷 속에 갇혀 있던 연기가 하늘로 솟아올랐다. 그는 베라가 모는 케이의 폴로가 속도를 올리며 자기 쪽으로 달려오는 것을 보고 팔을 휘저었다. 나는 차가 멈추기를 기다렸지만, 베라는 멈추는 대신 덱스터를 넘어지게 만들면서 속도를 올려 사라졌다.

나는 그가 일어나도록 도운 다음 비척거리며 차를 따라 뜀박질을 했다. 폴로는 후미등을 한 쌍의 붉은 핏자국처럼 빛내며 어둠 속으로 방향을 틀어 리치먼드교로 향했다. 성직자는 내게 기댄 채로 입안에 가래를 가득 물고 쿨럭거렸다. 그러다 바이저를 올리고 밤의 공기를 헐떡이며 들이마셨다. 강렬한 마그네슘의 불빛 속에서 그의 동요한 얼굴이, 그리고 이 빠진 자리를 과시하는 분노를 머금은 쓴웃음이 비쳐 보였다. 그는 폴로가 시야에서 사라질 때까지 그쪽을 주시했고, 나는 케이 처칠이 처음부터 나를 버리고 갈 작정이었음을 깨달았다.

스티븐 덱스터의 할리를 타고 돌아온 첼시마리나는 조용했다. 경관 한 명이 수위실 근처에 서서 킹스로의 차량 행렬을 향해 손을 흔들면서 동네 레스토랑으로 걸어가는 입주자들을 주시하고 있었다. 나는 굳건하게 버티고 있는 피켓들과 벌겋게 달아오른 코크스의 화로와 크리스마스 자선함 하나 정도를 보리라 기대하고 있었다. 그러나 혁명은 보다 형편이 좋은 날짜로 일정을 변경했다. 중산층 반란 분자들은 여가 생활을 중시하므로, 바리케이드 공격도 콘서트와 영화 관람과 신선한 해산물 등의 도락으로 가득한 시간표에 끼워 넣어야 하기 때문이었다.

덱스터는 우리에게 손짓해서 단지로 들여보내는 경관에

게 인사를 건넸다. 내가 헬멧을 쓰지 않았다고 막 주의를 주려다가 그냥 들여보낸 것을 보니 나를 새로 맞아들인 성직자의 어린양으로, 거리에서 구조되어 보다 나은 삶으로 이송되는 중이라 추측하는 것이 분명했다. 그러니까, 성스러운 오토바이 긴급 구조대에 의해서.

나는 마지막 남은 검댕을 닦아 내다가, 문득 경관의 모습이 내심 반가웠다는 것을 깨달았다. 문화에 대한 케이의 사보타주는 아주 손쉽게 재앙을 불러올 수 있었다. 스티븐 덱스터와 나는 간신히 도망쳐 나온 셈이었다. 그의 할리는 비디오 대여점에서 100미터 떨어진 주거 지구의 막다른 골목에 주차되어 있었다. 덱스터는 가죽 장갑에 힘겹게 손을 끼우며 미제 엔진에 부드럽게 시동을 걸었다. 우리는 소방차가 도착해서 강렬한 마그네슘 불길에 맞서 소방 호스를 휘두르는 광경을 지켜보았다. 수천 개의 카세트가 거리로 쏟아져 나와 아크등 불빛 아래서 연기를 내뿜었고, 테이프들은 깨진 유리 조각 사이에 풀려 늘어져 있었다.

우리는 경찰에 들키기 전에 리치먼드교로 떠났다. 나는 뒷자리에 늘어져 기댄 채 몸을 휩쓸고 지나가는 밤바람을 맞으며, 그 바람이 온갖 분노와 당황을 몰아내 주기만을 바랐다. 베라는 애초부터 믿은 적이 없었지만, 케이의 행동은 내 생각보다 훨씬 무자비했다. 비디오 대여점에서, 나는 바로 떠나지 않고 로라와 국립영화극장에서 보냈던 저녁나절을 생각하며 어정거렸다. 내가 차로 돌아오지 않자, 케이는 나를 홀로 추억에 빠져 있으라고 남겨 두고 베라에게 명령을 내려 차를 몰고 떠나 버렸던 것이다.

우리는 첼시마리나를 가로질러 넬슨 레인에서 멈추었다. 일렬로 늘어선 집들이 작은 조수 둑을 굽어보았다. 잔교 옆으로 옹송그린 연인들처럼 요트 두 대가 함께 붙어 정박되어 있었다. 테라스의 마지막 집 옆에는 작은 예배당이 있었는데, 그 검소한 규모가 첼시마리나의 영적 욕구 수준을 명확하게 반영하는 듯했다.

하얀색 비틀 한 대가 거리 건너편에 서서 차폭등을 반짝였고, 운전석 창문에서 조앤 창이 손을 흔들었다. 그녀는 워크맨을 빼더니 덱스터가 돌아와서 기뻤는지 웃음을 지어 보인 다음, 시동을 걸어 공랭기 소리를 울리며 떠나 버렸다.

목사는 떠나는 그녀를 지켜보며, 배기가스 속에서 조용히 웃음을 머금었다. 손으로는 할리의 조작계를 만지작거리면서.

"마컴? 들어올 겁니까?"

"감사합니다. 기왕이면 술도 한잔 얻어 마시고요."

"큰 잔으로 드리지요. 오늘 충분히 고생했으니 말입니다."

그는 내가 오토바이에서 내리기를 기다려 주었지만, 교구 목사관으로 초대하는 일이 별로 마뜩지 않은 낌새였다. 할리의 시동을 끄는 동안 그는 내가 요트 정박지를 바라보도록 내버려 두었다. 나는 목사가 케이의 지령에 따라 망 보는 역할을 맡아 비디오 대여점에 배치되어 있었다고, 이제 내 어설픈 행동을 지적하는 역할을 수행할 것이라고 짐작했다.

그는 헬멧을 들고 집으로 걸음을 옮겼다. 좁은 복도로 들어서니 내 옷에서 풍기는 매캐한 연기 냄새가 한층 선명하게 느껴졌다.

"고약한 물건이로군요. 파괴를 원하는 부류가 사용하는 것 아닙니까."

"그렇지요. 베라 블랙번은 국방부에서 일했으니까요. 그녀가 내키는 대로 행동했다면 거리 전체에 폭뢰가 깔렸을 겁니다."

거실은 드문드문 가구가 놓인 작은 방이었다. 책상과 가죽 안락의자는 벽에 밀쳐져 있었고, 야전침대 하나가 방 가운데를 차지하고 있었으며, 그 위로는 낮은 캔버스 텐트가 세워져 있었다. 양탄자 위에는 휴대용 스토브가, 주변으로는 간단한 통조림과 시리얼 통이 놓여 있었다. 금속 옷걸이에 제의 한 벌이 걸렸고, 접이식 나무 발판에는 성가와 기도서 몇 권, 어린아이가 직접 만든 대림절 달력, 그리고 내가 출연한 텔레비전 시리즈를 책으로 만들어 BBC에서 출판한 『뇌신경학자에게 신에 대해 묻다』가 올려져 있었다. 야전침대의 카키색 베개 위에는 액자 하나가 보였는데, 그 안에는 검은색 수도복과 비행용 고글을 착용한 덱스터 목사가 숲속 비행장 근처의 스티어맨 복엽기 옆에서 찍은 사진이 들어 있었다. 촌장과 그의 필리핀인 아내와 활짝 웃고 있는 딸 네 명이 함께 있었다.

집 안의 나머지 부분은—현관과 양쪽으로 출입할 수 있는 식당과 부엌에서 보이는 부분은—손대지도 않고 딱히 이용하는 사람도 없는 것처럼 보였다. 나는 이 성직자가 안락의자와 푹신한 매트리스와 전열기를, 버리기로 결심한 습관처럼 여기며 자기 집에서 캠핑을 하고 있음을 깨달았다. 세상으로부터 부분적으로 칩거하는 듯이. 침낭과 휴대용 스토브와 소형 텐트를 통해 자신이 첼시마리나에서 일시적으로 임무를 수행하고 있을 뿐임을 되새기려는 것만 같았다.

그는 내가 눈앞의 괴상한 풍경을 받아들이는 동안 기다려주었다. 금속으로 마감한 부츠와 바이커용 가죽 재킷을 입은 그의 모습은 얼핏 보기에는 자신감이 넘치는 듯했다. 그러나 누르께한 얼굴에는 끊임없이 고뇌가 비쳤고, 거리를 내다볼 때마다 경찰이 나타나 문을 부수고 들어올까 겁내는 도망자의 분위기가 느껴졌다. 나는 그가 어쩌다 케이 처칠과 어울리게 되었는지 궁금해졌다. 신경쇠약을 유발하는 방법론을 집약해 놓은 것 같은 여성인데.

나는 그날 저녁의 계획에 대해서 그에게 캐물을 준비를 끝내고, 왜 우리가 비디오 대여점을 파괴했는지를 물었다.

뇌신경학자에게 신에 대해 묻다

중산층을 향한 전도 여행이 의미 없는 파괴 행위로 마무리된 셈이지 않은가. 그러나 그는 텐트 안으로 몸을 피하더니, 스페인 와인 한 병과 유리잔 두 개를 들고 나타났다.

"한 잔 받으시죠." 그는 내 유리잔을 채워 주며 찰랑찰랑하게 올라오는 붉은 수면을 바라보았다. "수위실 앞에서 내려 드려야 했던 건데. 당신이 운전하기 전에 좀 쉬어야 할 것 같아서요."

"택시를 잡을 겁니다. 아직도 충격이 가시질 않는군요."

"당연히 그렇겠지요. 케이한테 들렀다 갈 겁니까?"

"저를 기다리고 있을까요?"

"그럴 거라고 봅니다만. 분노가 살짝 섞이면 분비선이 자극됩니다. 연인으로서는 흥미로운 사람이라고들 하더군요."

"그런 문제라면 기꺼이 포기하겠습니다. 하루 저녁에 두 번의 배신은 너무 많아요."

"현명한 판단입니다."

나는 유리잔을 든 채로 떨리는 손을 진정시키려 애썼다. 긴장과 공포가, 그리고 내가 종래의 본질을 벗어나 아마추어 테러범이 되었다는 감각이 계속 몸을 떨리게 만들었다.

"그래서……" 나는 와인을 홀짝이며 맥박이 느려지기를 기다렸다. "이번 작전은 성공한 건가요?"

"케이라면 분명 그렇게 생각할 겁니다."

"그거 다행이군요. 제 쪽은 감옥에 1년쯤 틀어박히게 될 상황이었으니까요. 당신도 그렇고요."

"더 길 겁니다." 덱스터는 텅 빈 선반에 쌓인 먼지를 바라보았다. "우리 둘 다 전과가 있지 않습니까."

"수천 파운드어치의 기물 파손을 했지요." 탄탄한 육체를 가진 이 성직자의 수동적인 태도에 짜증이 솟구쳐서, 나는 목소리를 높였다. "소방 호스의 물줄기가 모든 상품을 파괴하지 않았겠습니까."

"방범 카메라도요. 적어도 당신이 거기 있었다는 사실을 아는 사람은 아무도 없을 겁니다. 그 영화들을 딱히 심각한 피해라 부를 수는 없겠지만, 무슨 말씀을 하시고 싶은지는 잘 알겠습니다."

"그럼 당신 교구의 주교한테는 이런 모든 일을 어떻게 설명할 겁니까?"

"안 합니다. 교구 담당자에게는 상당한 재량권이 있거든요."

"재량권? 편리한 개념이로군요. 당신의…… 양심에도 조금의 거리낌이 없는 겁니까?"

"당신 직업에서 자주 사용하는 용어는 아니로군요." 덱스터는 처음으로 웃음을 머금었다. "자신을 정당화할 때면 사용하는 어휘의 범주가 얼마나 손쉽게 변하는지 주목해 본 적 있습니까?"

"덱스터……" 그의 대꾸에 짜증이 나서, 나는 유리잔을 벽

뇌신경학자에게 신에 대해 묻다

난로 장식 위에 쿵 하고 내려놓았다. "당신들은 범죄에 나를 이용했어요."

"그런 건 아닙니다……" 덱스터는 나를 진정시키려 시도하며, 내가 분노를 폭발시키는 소리가 길 건너까지 도달했는지 확인하려고 창문 쪽을 슬쩍 바라보았다. "저는 그 장치가 소이탄이 아니라 발연탄이라고 생각했습니다. 게다가 당신이 등장할지도 확신하지 못했어요."

"망을 보고 있던 것 아닙니까?"

"아닙니다. 홀로 행동하고 있었어요. 케이는 아직도 제가 거기에 있었다는 사실을 모릅니다. 제게는 그냥 비디오 대여점에서 작전을 수행할 거라고만 말했어요. 저는 당신이 연루될 경우 조금 도움이 필요할 수도 있겠다고 생각했을 뿐입니다."

"실제로 그랬지요." 나는 감정을 다스리며 말했다. "당신이 거기 있어서 다행이었습니다. 하지만 저 때문에 위험을 무릅쓴 이유는 대체 뭡니까? 저는 완전히 아마추어입니다. 현장에서 체포될 수도 있었어요."

"케이는 당신이 체포되기를 원한 겁니다." 덱스터는 자기 잔을 비우고는 우리 사이의 바닥에 놓인 병을 슬쩍 바라보았다. "그녀는 여전히 당신이 누군지, 당신이 왜 여기에 있는지 확신하지 못하고 있어요. 함께 침대에 든다고 해도 딱히 뭔가 알게 되는 것은 아니지요. 당신이 감방에 1년 정도 박혀 있다 나오면 당신이 진짜로 충성을 바치는 대상을 알 수 있게 되지 않겠습니까."

"좀 잔인하지 않습니까?"

"케이가 원즈워스로 당신 면회를 갔겠지요." 그는 내가 대꾸하기 전에 한 손을 들어 말을 막았다. "여기서 무슨 일이 벌어지는지는 항상 주시하고 있어야 합니다. 하나의 층위만 떼어 놓고 보면 황당하기만 할지도 모르지만, 보다 어두운 단면이 존재합니다. 케이는 훌륭한 여성이지만 점층하는 자기 기대에 사로잡혀 있습니다. 다른 사람들은 그 점을 마음껏 이용하지요. 위험할 수도 있는 사람들이 말입니다."

"베라 블랙번 같은 사람 말입니까? 그 굴드 박사라는 사람이나? 그 장치는 마그네슘 퓨즈 소이탄이었습니다. 강철도 녹일 수 있어요. 눈이 먼 아이라도 나왔으면 스스로를 정당화하기가 정말 힘들었을 겁니다."

"할 수 없겠지요. 변명의 여지가 없는 행동이었습니다."

"경찰에 자수해야 했을지도 모르겠군요. 사실 아직도 심각하게 고려하고 있어요."

"당신 말이 옳습니다. 막지 않을 겁니다. 저도 법정 증인석에서 기꺼이 증언하겠습니다."

"그럼 대체 왜 동참하는 겁니까? 당신 지금 중범죄에 연루되었잖아요."

덱스터는 고개를 떨구고 침낭과 소형 텐트를, 삭막한 목

뇌신경학자에게 신에 대해 묻다

사관에 들어앉은 자신의 피난처를 응시했다. "첼시마리나는 제 교구입니다. 제가 18세기 콘월의 목사였고, 마을 사람들이 모두 난파선을 약탈하는 일에 동참하고 있다면, 홀로 고고하게 고개를 돌리는 것은 그릇된 행동이었을 겁니다. 동참해야 하는 거지요."

"암초 위에 서서 등불을 흔든다든가?"

"그럴 필요까지는 없었기를 빕니다. 하지만 적어도 생존자들이 살해당하거나 다시 바다로 던져지지 않도록 막을 수는 있었겠지요."

"그래서 당신이 첼시마리나에서 그런 일을 하고 있다는 겁니까? 단지 관리자를 사무소에 가두는 식으로요? 그 불쌍한 사람은 엄청나게 충격을 받은 것 같던데요."

"그 사람을 지나치게 동정하지는 마십시오. 이곳의 사람들은 중산층이기는 해도 실제로는 계약 노동을 수행하는 쿨리 막노동꾼이나 다름없습니다."

"'신시대의 프롤레타리아'라는 말이겠지요? 사립학교와 BMW로 무장한?"

"그들의 고통은 진짜입니다. 많은 가구가 막다른 골목에 몰려 있어요. 그런 사람들이 케이나 리처드 굴드의 말을 듣고 자신의 삶에 의문을 가지기 시작한 겁니다. 그들은 사립학교가 아이들을 세뇌해서 온순하게 사회에 적응하도록 만들고 소비 자본주의 사회라는 허상을 이끌어 가는 전문가로 개조하는 시설이라 여깁니다."

"잔혹한 우두머리가 존재한다는 겁니까?"

"명확한 악당은 없습니다. 체제가 자율적으로 작동하니까요. 우리가 품고 있는 시민의 책임감에 의존해서 말입니다. 그게 사라지면 사회는 무너지겠지요. 사실 벌써 붕괴가 시작된 것일지도 모릅니다."

"여기 첼시마리나에서 말인가요?"

"아닙니다. 수년 전에 시작됐지요." 목사는 창가에 서서 강을 따라 순찰 중인 경찰 헬리콥터를, 고요한 사무 건물 위에서 어른거리는 스포트라이트를 주시했다. "이 모든 저항 운동이—'거리를 되찾자' '시골을 지키자', 유전자 변형 작물과 세계무역기구에 반대하는 시위들이 말입니다. 가치 있는 목적이기는 하지만, 모두 40년 전에 핵무장 반대 운동의 부상과 함께 시작된 중산층 반란의 일부입니다. 지금 벌어지는 일은 그 최종 국면, 즉 시민의 책임감을 포기하는 일의 시작이라 할 수 있을 겁니다. 하지만 당신도 전부 알고 있겠지요. 여기 있으니 말입니다."

"꼭 그런 건 아닙니다. 저는 히스로 공항 폭탄 사건을 파헤치는 중입니다. 거기서 제 아내가 목숨을 잃었습니다."

"당신 아내가? 저도 그 사건은 압니다. 끔찍한 비극이지요. 완전히 미친 짓이었습니다."

"제 첫 아내였습니다." 말실수를 한 자신에게 짜증이 난 채로, 나는 이렇게 덧붙였다. "지금은 재혼해서 아주 행복하게 살고 있지요. 하지만 수하물 컨베이어에 폭탄을 설치한 자를 찾아내야 합니다. 의무감에 가까운 부채가, 도덕적인 책임감이 느껴져요. 제 일부가 그곳 2번 터미널에 있었던 것처럼 말입니다. 목사님……?"

목사는 내게서 등을 돌리고 요트 정박지에 내려앉은 어둠을, 공허가 깊이 고인 우물을 바라보고 있었다. 거의 핏기가 가신 듯한 창백한 얼굴에, 눈은 장례식장에서 곡하는 사람처럼, 자기 발밑에서 기다리는 무덤을 보지 않으려 애쓰면서 허공에 고정하고 있었다. 그는 경고등을 끄기를 바라는 듯이 이마의 흉터를 만지작거렸다.

"죄송합니다." 그는 정신을 추스르며 성직자용 옷깃을 만졌다. "히스로 공항에 대해 생각하고 있었습니다. 이해하기 힘든 일이지요. 분명 경찰이 폭탄 테러범을 찾아 줄 겁니다."

"아무도 자기네 행동이라 주장하지 않았습니다. 남자 화장실에는 시위용 유인물이 있었고요…… 여행 금지에 대한 장광설이었습니다."

"알겠습니다. 케이와 조앤과 해머스미스 법정에 대해 생각하고 있는 거로군요. 아무 연관도 없는 일입니다. 제 말을 믿으십시오."

"그건 받아들이지요." 나는 말했다. "그래도 이곳의 공기에 폭력의 기운이 가득하다는 점은 변하지 않습니다. 말보다 이쪽이 확실하지요."

덱스터는 고개를 저으며, 한 손가락으로 휴대용 스토브 주변의 깡통을 헤아렸다. "오늘 저녁의 비디오 대여점 공격은―어울리는 일은 아니었지요. 중산층의 폭력성은 오래전에 제거된 형질이니 말입니다."

"리처드 굴드도 그 안에 포함됩니까? 방화 사건에 연루되어 있지 않습니까. 자기 아버지가 지은 백화점에 불을 지른 모양이던데요."

"그 사람 웹사이트에서 찾아냈나요? 인터넷은 사람들의 고해소지요. 당시 그는 불안한 십 대 청소년이었습니다. 아이였어요." 여전히 내 눈을 피하려고 고개를 숙인 채로, 성직자는 내 팔을 붙들어 현관 쪽으로 이끌었다. "데이비드, 일단 눈을 붙인 다음에 시간을 들여 찬찬히 고려해 봅시다. 많은 시간이 필요한 일입니다. 비디오 대여점 이야기는 아무한테도 하지 말아요. 당신을 밀어내고 싶지는 않지만 설교를 준비해야 합니다."

"기꺼이 그러지요." 현관 밖으로 나와 섰을 때, 나는 어둑해진 예배당을 가리켰다. "첼시마리나에서는 예배를 드리지 않나요?"

"지붕에 문제가 있습니다." 그는 모호하게 손짓했다. "다른 문제도 있고요. 가끔씩 피커딜리의 세인트제임스에서 대리로 설교단에 섭니다."

뇌신경학자에게 신에 대해 묻다

"케이 처칠은 당신이 신앙을 잃었다고 생각하던데요."

덱스터는 튼튼한 팔을 내 어깨에 둘렀다. 어둠 속이라 기분이 나아졌는지, 그는 고개를 들고 고요한 거리를 바라보았다. 내가 자신을 도발하는 중임은 알고 있었지만, 그는 자신감을 회복했다. "제 신앙 말입니까? 빠져나갈 때까지 몽둥이찜질을 당했다고 말하는 편이 낫겠군요. 불가지론자들은 항상 신앙에 과도한 의미를 부여합니다. 신앙이란 믿는 대상에 달린 것이 아닙니다. 자신이 무엇을 믿는지 진정으로 아는 사람이 있을까요? 그보다 더 중요한 것은 자신에 대해 그리는 지도입니다. 제 지도는 모든 면에서 불완전했지요. 끔찍한 사고가 저를 한동안 궤도에서 이탈하게 만들었습니다……"

"필리핀에서 말입니까?"

"민다나오였지요. 방위를 놓쳐 지역 게릴라가 점거한 활주로에 착륙했습니다. 2주 동안 매일 흠씬 매질을 당했지요. 저를 이슬람으로 개종시킬 생각이라 하더군요."

"저항하셨고요?"

"그리 오래가지 못했습니다." 그는 자기 이마의 흉터를 만졌다. "학교 선생으로 돌아갈 생각도 해 봤지만, 제 의무는 이곳에 있습니다. 사회가 불안해지면 반드시 정말로 위험한 부류가 등장하게 마련이지요. 자기 내면을 탐구하기 위해서, 일부 사람들이 극단적인 성행위를 이용하듯이 극단적인 폭력을 이용하는 사람들 말입니다."

"케이 처칠 말씀이십니까?"

"케이는 아닙니다. 자신에게 지나치게 너그럽거든요."

"베라 블랙번은 어떻습니까?"

"그쪽은 조금 더 문제가 되지요. 제가 주시하고 있습니다."

"그럼 굴드 박사는?"

덱스터는 몸을 돌려 요트 정박지의 검은 수면을 바라보았다. "리처드 말입니까? 뭐라 말하기 힘들군요. 아주 거대한 위험을 마주하고 있기는 하지요. 스스로 자신에게 가하는 위험 말입니다."

헤어지기 직전에 나는 물었다. "마지막 질문입니다. 법원에서 왜 우리를 감방에 던져 넣지 않은 겁니까? 케이, 베라, 당신, 나, 다른 사람들 전부 말입니다. 내무부에서는 분명 무슨 일이 벌어지는지 알고 있을 텐데요."

"알고 있고말고요. 우리가 계획을 밀고 나가도록 방치하고 있지요. 이 사건이 어떤 식으로 진행될지 보고 싶은 겁니다. 그들로선 진짜 중산층 혁명이야말로 다른 무엇보다 두려울 테니까요……"

그는 고뇌로 가득한 얼굴을 어둠에 숨긴 채로 내가 걸음을 옮겨 멀어지는 것을 바라보다가, 이내 아무런 보호도 제공해 주지 못하는 지붕 밑 은신처로 돌아갔다.

14 / 길퍼드에서 2번 터미널로

샐리는 지팡이를 바닥에 내던지고 라운지를 돌아 걸어왔다. 너무 무심한 내 모습에 충격을 받은 모양이었다.

"데이비드! 당신 교도소에 갈 수도 있었다고……"

"가능한 이야기지. 하지만 걱정하지 마. 아마 혐의는 조금도 없을 테니까."

"그 사람들 완전히 미쳤잖아. 가까이하면 안 돼."

"여보, 나도 그럴 생각이야. 내가 한 거라고는 오후 반나절을 함께 보낸 것뿐이잖아."

"오후 반나절? 당신 트위크넘에 방화를 한 거야."

"그거 존 마틴의 그림처럼 들리는데. 〈불타는 트위크넘〉. 불길이 치솟는 경기장, 검게 그을린 테니스장, 끓어오르기 시작하는 수영장—정말 세상의 종말처럼 보이겠어."

"데이비드……" 샐리는 전략을 바꾸기로 했는지 내 의자의 팔걸이에 걸터앉았다. 내가 집에 도착했을 때 그녀는 잠들어 있었지만, 아침 식사 자리에서 첼시마리나의 테러범으로 세례받은 이야기를 들려주었다. 그녀는 아무 말도 하지 않고 얼굴을 찌푸린 채 자기 토스트를 뚫어져라 바라보고 있다가, 한 시간에 걸쳐 생각을 정리하더니 이내 나를 제정신으로 돌리려고 온갖 노력을 기울였다. 멍청한 남편에게는 먹혀들지도 않는 분노 대신에 사탕발림이 등장했다. 그녀는 손으로 내 얼굴을 감싸 쥐었다. "데이비드, 당신 너무 깊이 빠져들고 있어. 그 이유가 뭔지 가슴에 손을 얹고 생각해 봐. 저 사람들도 분명 뭔가 이유가 있어서 당신에게 손을 뻗은 거 아니겠어. 방화에 파괴에 소이탄이라고? 교외 지역에서 비디오는 성유물이나 다름없어. 그걸 폭파해 버리다니—믿을 수 없는 일이네."

"발연탄이었어. 사고로 불이 난 것뿐이야. 퓨즈가 너무 강했던 거지—이유는 나도 모르겠지만."

"이유? 그걸 만든 사람이 약에 취해 있었기 때문이겠지." 샐리는 병원 진통제에 중독되어 있던 자신을 떠올리며 쓴웃음을 지었다. "첼시는 항상 그래. 1970년대에 우리 어머니가 말씀하셨던 그대로야. 레즈비언에, 헤로인에, 24시간 영업하는 정신 나간 양품점들에, 팝 스타인 척하는 괴팍한 작자들까지. 항상 첼시를 피하라고 하셨지."

"실제로는 풀럼이야. 진짜 마약도 없고, 프로테스탄트 직업윤리가 전력으로 돌아가는 곳이지. 중간관리직, 회계사, 공무원. 승진 기회는 사라지고 압류 집행관이 밀려오는 모습을 목격하고 있는 사람들이야."

"밀턴킨스*로 떠났어야 하는 사람들이네." 샐리는 내 두피를 매만지며 품위가 깃든 두상을 되살리려 시도했다. 어제의 흥분되는 경험 때문에 내 머리카락은 모히칸족처럼 치솟아 버렸다. "첼시에, 풀럼이라니…… 당신은 북부 런던 사람이야, 데이비드. 햄프스테드 사람이라고."

"고풍스러운 사회주의 말이지? 정신분석가와 유대인 학자들 따위? 사실 그게 내 취향은 아닌데. 당신도 첼시마리나의 사람들이 마음에 들 거야. 그들한테는 열정이 있거든. 자기 인생이 싫어서 행동에 나선 사람들이란 말이야. 프랑스 대혁명을 시작한 이들도 중산층이었지."

"혁명? 비디오 대여점을 공격해 놓고서?"

나는 그녀의 손을 붙잡고 지팡이 손잡이로 굳어진 채 영원히 흐르는 생명선을, 시간의 길을 숙고했다. "비디오 대여점은 잊어버려. 흥미로운 점은 그 사람들이 자기 자신에 대

---

* 런던 북서쪽으로 약 80킬로미터 떨어진, 옥스퍼드와 케임브리지 거의 중간에 위치한 뉴타운. 영국의 신도시 계획에 따라 1967년 착공하여 30여 년의 공사 끝에 완공되었다.

해 시위를 벌이고 있다는 거야. 적은 외부에 있는 게 아니거든. **그들 자신**이 적이란 걸 알고 있다고. 케이 처칠은 첼시마리나가 재교육 강제 노동 수용소라고 생각하고 있어. 북한에 있는 그런 곳들에다가 BMW와 BUPA 멤버십만 더했을 뿐이라는 거지."

"미친 여자 같은데."

"좀 미쳤지. 거기다 일부러 하는 짓이고. 자기가 자기 태엽을 감는 거야. 아이가 장난감을 가지고 놀 때처럼 자기 발이 어디로 향할지 궁금한 거지. 트위크넘의 그 커다란 집들 덕분에 눈을 떴어. 교육받은 점잖은 사람들과 골든레트리버, 하지만 그 집들은 하나하나가 꾸며진 무대일 뿐이었던 거야. 그곳의 사람들은 그저 풍경 안에 서식하고 있지. 길퍼드에 있는 우리 할머니 집이 떠올랐어."

"당신 거기서 행복했잖아." 샐리는 내가 정신을 차리게 하려고 귀를 꼬집었다. "그곳이 없었으면 어떻게 되었을지 생각해 봐. 당신 어머니하고 함께 떠돌면서, 북부 옥스퍼드의 낯선 침대에서 잠을 청하고, 여덟 살부터 마리화나를 피우고, R. D. 랭하고 위스키를 마시고. 절대 심리학자가 되지는 못했을걸."

"그럴 필요도 없었겠지."

"바로 그거야. 첼시마리나의 건축가가 되었겠지. 아기자기한 디너파티에나 참석하고 볼보 대금과 학자금 걱정이나 하면서. 적어도 당신 지금 잘나가고는 있잖아.”

“당신 아버님 덕분에 말이야.”

“그건 아니야. 우리 아빠 좋아한 적도 없으면서.”

“솔직히 인정해, 샐리. 애들러 연구소의 봉급에만 매달려 살게 되면 나도 괴로울 거라고. 장인어른 회사의 의뢰가 우리 수입의 절반을 차지한단 말이야. 내 자존심을 남겨 두면서 당신에게 풍족한 삶을 보장하는 사려 깊은 방법이지.”

“당신이 아빠한테 쓸모 있는 일을 해 주니까 그런 거야. 루턴 공장의 주차 문제 같은 거. 중역들이 다른 사람들보다 더 많이 걷게 만든 게 당신이었잖아.”

“모두 상식의 범주에 들어가는 일이지. 내가 장인어른께 해 드리는 가장 쓸모 있는 일은 당신을 행복하게 만드는 거야. 그 대가로 내게 돈을 지불하시는 거지. 그분이 보시기에 나는 그저 직함이 번듯한 상담원 겸 의료 보조원일 테니까.”

“데이비드!” 샐리는 충격을 받았다기보다는 어안이 벙벙한 듯했다. 그녀는 양말 서랍에서 거미를 발견한 열 살 먹은 소녀의 얼굴로 나를 바라보았다. “당신 우리 결혼을 그런 식으로 생각하고 있었어? 첼시마리나에 그렇게 매달리는 것도 당연한 일이었네.”

“샐리……”

나는 그녀의 손을 잡으려 했지만, 초인종이 우리의 주의를 앗아 갔다. 그녀는 욕설을 나직하게 중얼거리며 현관으로 나갔다. 나는 안락의자에 앉아 샐리 어머니의 결혼 선물인 나를 둘러싼 집을 응시했다. 이 집은 내 삶에서 돈이, 다른 사람들의 돈이 차지하는 역할을 떠올리게 했다. 샐리가 알아챈 것처럼, 나는 첼시마리나의 주민들에게, 무기력한 영화 강사에게, 할리와 중국인 애인을 대동하고 모든 답변을 회피하는 성직자에게 점차 친근함을 느끼고 있었다. 그들이 솔직하게 자신을 마주하고, 쓸모없는 짐을 창밖으로 던져 버리는 방식이 마음에 들었다.

내 삶의 버팀목 중 많은 수는 내가 짊어지겠다고 자청한 다른 이들의 짐이었다. 장인어른 회사 경영진의 모욕적인 요청, 헨던의 어느 소년원 이사로서 참석하는 위원회 모임, 갈수록 마음에서 멀어져 가는 나이 든 어머니를 보살펴야 할 의무, 애들러 연구소의 기업 고객을 향한 호객 행위나 다름없는 진이 빠지는 자금 조달 행사까지.

거리 쪽에서 말소리가 들렸다. 나는 의자에서 일어나 창가로 향했다. 서류 가방을 손에 든 헨리 켄들이 자기 차 옆에 서 있었다. 그 옆에는 정복을 깔끔하게 차려입은 경찰 간부가 샐리와 대화를 나누며 집을 올려다보고 있었다. 나는 무의식적으로 경찰이 나를 체포하러 왔으며 범죄자의 친구 역을 맡기려고 가까운 직장 동료인 헨리를 대동했다고 간주했다. 저 서류 가방은 경찰서에 가져갈 수 있는 얼마 안 되는 소지품을 챙겨 가라고 들고 온 것이리라.

커튼 뒤에 서 있자니 심장이 철창을 향해 몸을 부딪치는 사로잡힌 짐승처럼 가슴을 쿵쿵 두드리는 것이 느껴졌다. 도주하고 싶은, 정원 문으로 달아나서 첼시마리나의 안식처로 도망치고 싶은 생각이 머리를 가득 메웠다. 나는 마음을 가라앉히고 뻣뻣한 걸음으로 문 쪽으로 향했다.

헨리는 내게 다정하게 인사를 건넸다. 종종 연구소 식당에서 함께 점심을 먹었는데도, 나는 그가 얼마나 괜찮아 보이는 사람인지 그제야 깨달았다. 애슈퍼드 병원 밖에서 마주했던 초췌한 남자는 기업의 전폭적인 협력을 받으며 아널드 교수의 자리에 시선이 고정되어 있는 자부심 넘치는 분석가로 바뀌어 있었다. 나를 아랫사람 대하듯 하는 태도가 강해지면서 동시에 내가 첼시마리나에 가지는 관심에 나만의 꿍꿍이가 있다고 확신한, 의심도 늘어난 모습이었다.

경찰은 차로 돌아가서 조수석에 앉아 애들러의 문양이 찍힌 백색 홀더를 훑어보았다. 헨리와 나는 함께 보도를 따라 걸음을 옮겼다.

"마이클스 경정이야." 헨리가 설명했다. "내가 내무부까지 태워다 주는 길이지. 히스로 공항 사건을 수사 중이고."

"나를 체포하러 온 줄 알았지." 나는 지나치게 가볍게 미소를 지었다. "수사에 진전은 있나?"

"비공식적으로? 없지. 거의 무의미한 범죄야. 자기가 했다고 나서는 사람도 없고, 딱히 눈에 띄는 동기도 없고. 유감이야, 데이비드. 우리 둘 다 로라를 위해서 이 일을 해결해야 하는 입장인데."

"폭탄 파편은 어떤가? 뭔가 단서가 있을 텐데."

"혼란스럽기만 해. 영국군의 기폭 장치 중에서도 기밀 등급이 높은 거야. SAS나 기밀 작전에서 사용하지. 폭탄 테러범이 그 폭탄을 어떻게 손에 넣었는지 아무도 이해하지 못하고 있어."

나는 현관 계단에 서 있는 샐리에게 손을 흔들었고, 헨리는 그녀를 바라볼 때마다 웃음을 지었다. 그리고 뜬금없이 말을 꺼냈다. "어젯밤 트위크넘에서 폭탄이 터졌다던데."

"자네도 그 소식 들었나? 아침 뉴스에는 안 나왔을 텐데." 헨리는 날카로운 시선으로, 몸을 숨긴 새를 발견한 사냥개의 눈으로 나를 마주했다. "경찰에서는 럭비 팬들의 장난질이라 여기더군. 그런 소소한 사건이 묘할 정도로 많이 일어난단 말이지. 자네가 신문에서 보는 '화재'는 사실 대부분 폭탄 공격이라네. 목표도 꽤나 흥미롭지."

"교외의 영화관이나, 맥도날드나, 여행 대행사나, 사립 초등학교나……?"

"훌륭한 추측이로군." 헨리는 턱을 더욱 높이 쳐들고 코아래로 나를 내려다보았다. "혹시 스코틀랜드 야드*에 아는 사람이 있나?"

　　　　　　　　　　　길퍼드에서 2번 터미널로

"아니. 그냥…… 우리가 들이쉬는 공기 안에 그런 느낌이 있어."

"자네 확실히 불온한 쪽으로는 감각이 있군." 헨리는 서류 가방을 내게 건네며 말했다. "로라의 유품을 좀 가져왔어. 그녀 여동생하고 함께 집을 치우다 나온 거야. 자네가 함께 쓴 논문, 자네가 준 책 한두 권, 학회 사진, 뭐 그런 것들이지. 자네가 가지는 편이 나을 거라 생각해서."

"그런가……" 나는 서류 가방을 받아 들다, 문득 10년의 관계를 거치며 쌓인 서류가, 결혼과 기억의 마지막 증빙 서류가 얼마나 가벼운 느낌인지를 깨닫고 깜짝 놀랐다. 헨리의 시선을 받으며 그것을 들고 있자니 점점 무거워지는 것만 같았다.

샐리가 지팡이를 짚으며 일부러 더 힘들게 계단을 내려왔다. 중대한 결단을 앞두려 한다는 명백한 신호였다. 헨리와 나는 그녀가 우리 쪽으로 합류하기를 기다렸지만, 그녀는 우리를 보도에 세워 둔 채로 거리로 나가서, 힘겹게 자동차 주변을 돌았다. 마이클스 경정은 사이드미러로 그녀를 알아채고 팔을 뻗어 다가오는 택시를 세웠다. 그가 차에서 내리려 했지만, 샐리는 자동차 지붕에 팔꿈치를 대고 조수석 문

<hr>

• 광역 런던을 관할하는 광역경찰청의 별칭.

에 기대섰다.

"샐리?" 헨리는 우리가 나누던 대화는 잊은 채, 주머니에서 자동차 열쇠를 꺼내 들고 그녀를 기다렸다. "어디 태워다 드릴 데라도 있습니까?"

그녀는 자동차 지붕 너머를 바라보며 그의 말을 무시했다. 그녀의 시선은 첫 아내의 유품으로 가득한 서류 가방을 든 나를 조준하고 있었다. 나는 그녀가 마이클스 경정에게 나를 고발하려 하고 있다는 것을, 내가 비디오 대여점 화재와 어떻게 연관되어 있는지 털어놓으려 한다는 것을 깨달았다. 그녀는 웃음기 없는 얼굴로 나를 지켜보고 있었다. 마치 헨리의 자동차 지붕의 반짝이는 셀룰로오스를 헬레스폰토스보다 더 넓은 해협으로 삼아, 우리의 결혼 생활 전체를 점검해 보는 듯이.

코앞까지 다가온 그녀의 존재에 당황한 경정은 문을 살짝 열고 그녀에게 말을 걸었다. 샐리는 그의 친절한 미소를 알아챘고, 나는 집 안으로 초대해 마실 것을 제공하지 않은 일을 사과하는 그녀의 목소리를 들을 수 있었다. 자동차가 떠날 때 두 사람은 서로 손을 흔들어 작별 인사를 했다.

잠시 후, 나는 부엌에서 셰리를 조금 따라 홀짝이는 샐리를, 강렬한 향에 코를 찡그리는 그녀를 지켜보고 있었다. 얼굴은 더 날카로워 보였고, 나는 처음으로 그녀의 골격 안에

길퍼드에서 2번 터미널로

숨은 보다 원숙한 여인을 발견했다. 덜 응석받이에, 남편도 세계도 한층 덜 신뢰하는 여성을.

"샐리……" 나는 차분하게 입을 열었다. "경정 말인데…… 당신 아까……"

"맞아." 그녀는 셰리를 손가락으로 가볍게 휘저었다. "생각은 했지."

"대체 왜? 그 사람은 그 자리에서 나를 체포했을 텐데. 그 사건이 법정으로 가면 나는 감방에 들어갈 확률이 상당히 높을 거야."

"바로 그 때문이야." 그녀는 내가 처음으로 말이 되는 소리를 입에 올렸다는 듯 고개를 끄덕였다. "그리고 당신이 이 첼시마리나의 헛소리를 계속 따라다니다가는 확실하게 교도소에 들어앉게 되겠지. 사망자라도 나오면 아주 오래 있게 될 테고. 그런 일이 벌어지는 걸 원하지는 않으니까, 어쩌면 바로 지금이 당신을 멈출 때일지도 모른다고 생각했어."

"그런 일은 안 생겨." 나는 그녀를 포옹하려 생각하며 부엌을 가로지르다가, 아직도 로라의 서류 가방을 손에 들고 있다는 것을 깨달았다. "내 말 믿어. 전부 끝났다니까."

"안 끝났어." 샐리는 지친 동작으로 유리잔을 밀어냈다. "자기 모습을 좀 봐. 머리는 까치집에 얼굴에는 상처만 가득하고, 그 낡은 서류 가방까지 들고. 불법 이민자 같은 몰골이 잖아."

"어떻게 보면 그런 셈이지. 그냥 그런 생각이 들어." 나는 서류 가방을 의자에 내려놓고 당당하게 샐리를 돌아봤다. "이제 볼 만큼 봤어. 첼시마리나는 아마 히스로 테러와는 아무 관계도 없을 거야. 같은 급의 사람들이 아니라고."

"확신할 수 있어? 그 사람들은 아마추어잖아. 자기네가 뭘 하고 있는지도 모를걸. 어차피 당신이 첼시로 돌아가는 이유는 히스로 폭탄이 아니잖아."

"아니라고? 그럼 내가 왜 돌아가는 건데?"

"거기서 뭔가 실마리를 찾았기 때문이지. 그 실마리를 따라가면 당신이 찾고 있던 새로운 자아에 도달할 수 있을지도 모른다고 생각하는 거야. 어쩌면 찾을 필요가 있을 수도 있고. 그 때문에 경정한테 아무 말도 하지 않은 거야."

나는 셰리 잔을 치우고 그녀의 손을 붙들어 탁자 위에 지그시 눌렀다. "샐리, 그런 실마리 따위는 없어. 찾아야 할 것도 없고. 나는 여기서 당신과 함께 있는 것만으로도 행복해. 첼시마리나의 사람들은 자기네 마이너스 통장을 처리하지 못하는 것뿐이야. 자기네 존재에 질려서 주차 구역의 이중 황색 선에 대고 화풀이를 하는 것뿐이라고."

"이유를 알아내 봐. 그게 우리가 사는 세계니까. 자유롭게 주차할 권리를 위해서 폭탄을 터트리는 사람들의 세계. 아니면 아무 이유도 없거나. 우린 모두 지루한 거야, 데이비드, 끔찍이도 지루한 거지. 놀이방에 너무 오래 놔둔 아이들 같

아. 머지않아 장난감을 부수기 시작하겠지, 우리가 좋아하는 것들마저도. 우리에겐 어떤 신념도 없어. 당신이 만났다는 그 비행 목사도 신을 저버린 것 같던데."

"덱스터 목사 말이야? 신을 저버린 건 아니야. 거리를 두고 있을 뿐이지. 명확한 이유를 파악하기는 힘들지만, 분명 뭔가 그 나름의 생각이 있는 것 같아."

"당신도 마찬가지야." 샐리는 셰리 잔을 싱크대로 옮겼다. 그리고 투지를 머금은 웃음을, 내가 정형외과 병동에서 보았던 자신감을 북돋우는 웃음을 지었다. 자신이 다시 걷기를 원했던 것처럼 내가 계속해 나가기를 원하고 있었다. "그게 뭔지 찾아내 봐, 데이비드. 실마리를 따라서. 길퍼드에서 2번 터미널까지. 그 여정 가운데서 당신 자신을 만나게 될 테니……"

15 / 꿈의 저장고

　신시대 프롤레타리아의 반란이 막을 올렸다. 하지만 나는 혁명의 적일까, 아니면 동지일까? 나는 수갑을 채운 경비들을 지배인실로 끌고 들어가는 일을 도운 다음, 그들의 얼굴을 겨냥하고 날아드는 군홧발을 막으려 노력하다가, 문득 나 자신의 행동에 새삼 놀랐다. 바닥에 뻗은 사람들의 다리에 걸려 넘어질 뻔한 순간 케이 처칠이 나를 붙들어 주었다. 그녀는 나를 책상 반대편으로 인도해서 지배인의 의자에 앉혔다.

　"데이비드, 결정을 내려요."

　"이미 내렸습니다. 케이, 당신들과 함께할 겁니다."

　"이번에는 확실히 숙지해야 해요." 커다란 눈 속의, 흥분으로 확장된 동공이 스키 마스크의 틈새로 나를 바라보았다. "당신이 해야 할 일은 알고 있는 거죠?"

"사람들이 전부 떠날 때까지 매표소에 있을 겁니다. 문이 잠겼는지 확인한 다음에 아무도 들여보내지 않는 거지요. 케이, 저도 연습에 끝까지 참여했다고요."

"좋아요. 그럼 연습은 그만둬요. 이제부터는 실전이니까."

베라 블랙번은 푸른색 오버올을 입고 냉정하고 수상쩍은 모습으로 복도에 서서, 공격조가 폭파 지점으로 이동하기를 기다리고 있었다. 그녀는 장갑 낀 손을 손바닥이 위로 가게 해서 내 쪽으로 들어 올리고는, 고환을 부수는 것처럼 힘차게 쥐어 보였다.

"됐어……" 케이는 머뭇거리다 이윽고 마음을 다잡았다. 그녀는 스키 마스크를 고쳐 썼다. 우리가 입고 있는 경찰 진압반의 오버올 제복이나 최루탄과 마찬가지로 스키 마스크는 서리 경찰서에 있는 베라의 옛 연인이 제공해 준 것이었다. 케이의 거실에서 계획을 세우고, 불가리아산 와인을 끝없이 비우며 논쟁을 거듭한 결과물인 국립영화극장 습격은 학생들의 장난질이라고 보기에는 조금 지나친 결과를 불러올 예정이었다. 나는 이런 중산층 파괴 공작원들의 잔혹한 폭력에는 미처 대비하지 못했었다. 경찰을 부르고 싶은 마음으로 가득한 나머지, 사람들이 세 명의 경비를 최루가스로 제압하는 동안 뒤처지고 말았다.

경비 중 두 명은 시티 대학에 다니며 야간 부업을 하는 영화과 학생들이었다. 그들은 엎드린 채로 지배인실 양탄자 위에 녹색 가스가 섞인 가래를 쿨럭이며 뱉었다. 자신들이, 그토록 숭배하는 갱스터 영화를 그대로 옮겨 온 폭력적인 드라마의 한 장면이 되었다는 데 충격을 받은 듯, 둘 다 흐느끼고 있었다.

세 번째 경비는 보안 회사의 정직원으로, 퇴직한 나이트클럽 경비처럼 어깨가 떡 벌어지고 머리는 짧게 깎은 오십 대 남성이었다. 그가 옆 경비실에 앉아서 감시 카메라 화면을 지켜보고 있는 동안, 베라 블랙번이 조용히 그 뒤로 다가갔다. 그는 최루가스 스프레이를 얼굴에 정면으로 맞았음에도 반격해서 베라의 손을 비틀어 스프레이 캔을 떨궜다. 그녀는 이 배은망덕한 행동에 깜짝 놀라 물러선 다음, 경찰봉을 빼 들고 그를 바닥에 때려눕혔다. 그는 이제 지배인실의 내 발밑에 누워 있었다. 머리에서는 피를 흘리고, 초점을 잃은 눈으로는 천장을 바라보는 채로.

"케이……" 나는 경비의 옆에 무릎을 꿇고 앉아서 피와 토사물을 헤집고 맥을 짚었다. "이 사람은 도움이 필요합니다. 여기 어딘가 구급상자가 있을 거예요."

"나중에! 지금은 움직여야 돼요."

그녀는 내 어깨에 보안 회사 재킷을 걸쳐 주고 내 팔을 소매에 밀어 넣은 다음, 복도로 내몰았다. 카메라실에서는 조앤 창이 감시 카메라의 카세트를 꺼내 더플백 안으로 던져 넣고 있었다. 그녀는 두려움에 얼굴이 창백해져 있으면서도 나를 돌아보며 힘차게 엄지를 쳐들었다.

문이 활짝 열리며 오버올을 걸친 팀원 두 명이 국립영화극장 1번 상영관으로 들어갔다. 케이의 근처 이웃인 하급 법정 변호사들이었는데, 제각기 인화물 뇌관과 타이머가 달린 서류 가방을 소지하고 있었다. 그들은 하층민을 노리는 마약 판매상처럼 계단을 따라 고요한 상영관 안으로 들어섰다.

국립영화극장 로비에 도착하자 케이는 집중하려고 잠시 걸음을 멈추었다. 높직한 유리문 때문에, 매표소 구역은 사우스뱅크 복합 단지의 콘크리트로 가득한 밤에 그대로 노출되었다. 이 거대한 문화의 벙커를 받치는 기둥과 계단 아래로, 국립영화극장에서 헤이워드 갤러리 주차장으로 이어지는 진입로가 있었다. 퀸엘리자베스홀 입구 근처에는 보안 회사의 밴이 자리해 있었지만, 아마 그 직원들은 위층 현관의 커피 자판기 근처에서 강 건너 빅벤을 바라보며 교대 시간까지 얼마나 남았는지를 헤아리고 있을 것이다.

"케이……" 나는 그녀가 떠나기 전에 팔을 붙들었다. "너무 위험한 것 아닙니까? 누구든 우리를 볼 수 있을 텐데요."

"당신은 보안 요원이에요. 어울리게 행동해 봐요." 그녀는 내 머리에서 스키 마스크를 벗겨 냈다. "베라를 위해서 시간을 벌어야 해요."

"50분이나요? 왜 그렇게 오래 걸리는 겁니까?"

"화재경보기를 꺼야 하거든요. 이 안에 수십 개나 있어요." 그녀는 슬쩍 애정을 보이는 것처럼 내 볼을 꼬집었다. "최선을 다해 봐요, 데이비드."

"누군가 안으로 들어오려고 하면 어쩌나요?"

"안 그럴 거예요. 그냥 손이나 흔들어 주고 천천히 걸어서 움직여요. 당신은 지루해 죽을 지경인 보안 요원이라고요."

"지루하다니요?" 나는 액자에 든 영화 포스터들을 가리키며 말했다. "이곳에는 온갖 기억이 깃들어 있지 않습니까."

"잊기 시작해 봐요. 한 시간만 있으면 재가 되어 버릴 테니."

"이렇게까지 할 필요가 있을까요? 버트 랭커스터, 보가트, 로런 버콜…… 그저 영화배우일 뿐이지 않습니까."

"영화배우일 뿐이라고요? 한 세기를 통째로 독에 절인 자들이에요. 당신 정신을 썩게 만든 치들이라고요, 데이비드. 우리는 저항해야 해요. 보다 제정신인 잉글랜드를 건설해야 하니까……"

그녀는 그림자 속으로 슬쩍 사라졌다. 이 세상이 품었던 가장 유명한 인물들을 노리는 얼굴 없는 암살자로서. 우리 여섯은 둘씩 짝지어 필름 누아르 애호가인 척하며 사우스

　　　　　　　　　　　　　　　　꿈의 저장고

뱅크에 도착했다. 나에게는 쉬운 일이었지만 할리우드 활동 사진을 숙적으로 여기는 케이에게는 상당히 힘들었다. 우리는 〈과거로부터〉의 심야 상영을 하는 국립영화극장 2번 상영관에서 제각기 자리를 잡았다. 미첨 팬들 사이에 끼어 앉아 있노라니 지금껏 나 자신을 형성하는 데 많은 시간을 기여한 이 극장이 잿더미가 되어 버릴 것이라는 게 믿기지 않았다. 나는 단 한 장면에도 제대로 집중하지 못할 만큼 동요한 상태였지만, 케이는 앞으로 바싹 나가 앉으며 집착과 배신이 선연한 잔혹한 이야기에 깊이 빠져들었다. 절정에 이르러 여주인공이 절망에 빠져 기절하는 순간에는 그녀가 내 손목을 누르는 압력이 느껴질 정도였다.

엔드 타이틀이 나오기 30분 전에, 우리는 상영관을 빠져나와 지금은 사용하지 않는 활동사진 박물관으로 향했다. 지금은 포장용 상자로 가득한 창고가 된 곳이었다. 우리는 그곳에서 다른 팀원들과 만나서 경찰의 오버올 제복과 스키 마스크를 착용했다. 베라 블랙번이 자물쇠를 채운 문 앞으로 나가 보초를 섰다. 열쇠는 그녀가 종교 영화 색인 작업에 자원봉사를 했을 때 복사해 놓은 것이었다.

우리는 어둠 속에 쭈그려 앉은 채 모든 행사가 끝나고 건물이 텅 비기를 기다렸다. 내 주변의 열려 있는 상자를 더듬거리자 습기 방지용 포장을 한 골동품 카메라와 해체한 무대조명이 만져졌다. 마거릿 록우드와 애나 니글의 무대 복장이, 〈소리의 장벽〉과 〈윈슬로우 보이〉의 대본이, 20세기의 가장 위대한 꿈이 남긴 불멸의 부속품들이, 스스로 용광로 분출구가 되어 퇴장하는 순간을 기다리고 있었다.

꿈이란 예상치 못한 출구로 나가며 제각기 다른 죽음을 맞이하게 마련이다. 지루한 보안 요원처럼 행동하려 애쓰면서 나는 매표소 근처의 양탄자 위를 서성거렸다. 로라와 여기서 함께 보낸 헤아릴 수 없이 많은 시간들이 떠올랐다. 나는 케이와 베라 앞에서 내 논지를 밀어붙이며, 국립영화극장은 남겨 두고 교외의 멀티플렉스를 노려야 한다고 주장했다. 그러나 케이는 국립영화극장을 파괴하기로 마음을 단단히 굳히고 있었다.

트위크넘의 비디오 대여점에서 태연하게 배반했으면서도, 그녀는 첼시마리나로 돌아온 나를 반갑게 맞았다. 그리고 조금도 부끄러운 기색 없이, 보다 나은 세상을 만들기 위해서는 친구야말로 누구보다 손쉽게 희생할 수 있는 존재라는 의견을 피력했다. 친구끼리 서로 배신할 채비를 끝내지 않은 상태로는 혁명은 결코 성공할 수 없다는 것이었다.

트위크넘 원정 다음 주에 첼시마리나를 방문한 나는 문간에서 이루어지는 대화에 귀를 기울이며 히스로 폭탄 테러와 연관되는 암시를 찾으려 애썼다. 나는 시위 참가 인원이 불어나는 속도에 깜짝 놀라고 말았다. 지도자도 없고 조직도 없는 상태로, 디너파티나 학부모회를 통해 계속 사람들이 몰려들었다. 어떤 위원회에서는 첼시마리나의 끔찍한 시설 상태에 책임이 있는 관리 회사 사무실에서의 점거 농성을 계획했지만, 이제 대부분의 주민은 단지 내의 국지적인 문제를 초월해서 사회악 전반에 대한 훨씬 극단적인 대응책을 꾸미고 있었다. 이들은 보다 폭넓은 목표로 옮아갔다. 킹스로의 프레타망제 매장, 테이트모던, 대영박물관에 입점할 예정인 콘란 레스토랑 체인점, 프롬스 콘서트, 워터스톤스 서점까지, 중산층의 쉽사리 믿는 성향을 착취하는 모든 자들을 목표로. 인간을 타락시키는 환상을 제공해서 교육받은 계층 전체를 망상에 빠지게 만들고, 뭐든 수동적으로 받아먹는 인텔리겐치아를 중독되게 하는 위험한 자양분을 제공하는 자들이었다. 샌드위치에서 여름학교에 이르는 그 모든 것이 예속의 증표이자 자유의 적이었다.

국립영화극장은 고요했다. 차가운 푸른 조명이 무채색의 복도를 가득 메웠다. 나는 접수대 뒤편의 거울을 보고 재킷의 매무새를 가다듬었다. 내 가슴 주머니에 꽂힌 이름표는 피가 섞인 토사물이 스며들어 말라붙어 가는 중이었다. 내가 당황해서 구역질까지 했었나, 아니면 경비 중에서 내가 짐작한 이상으로 부상당한 사람이 있었나.

나는 스키 마스크를 뒤집어쓰고 지배인실로 향했다. 포로들은 책상 옆 양탄자에 널브러져 있었다. 학생 두 명은 정신이 들어서 등을 맞대고 누운 채로, 서로의 수갑을 풀려던 시도를 숨기려 하고 있었다. 나이 많은 경비는 토사물로 얼룩진 양탄자에 머리를 늘어트리고서 힘겹게 숨을 쉬고 있었다. 완전히 의식을 잃은 모양이었고, 피로 물든 잇새로 희미하게 숨결이 드나드는 소리가 들렸다.

지배인실 바깥 복도는 자욱한 연기에 천장의 조명이 뿌옇게 산란해 있었다. 나는 베라가 화재경보기 차단을 끝내고 가볍게 담배나 한 대 피우기로 한 것이라 여겼다. 어딘가 밤하늘을 향해 창문이 열려 있는지 서늘한 공기가 밀려와 내 몸을 휘감았다. 거리의 냄새가, 디젤연료와 비와 워털루 역 근처의 24시간 카페에서 흘러나온 식용유 냄새가 바람 속에 감돌았다.

나는 지배인실을 나와 복도를 가로질러 1번 상영관으로 향했다. 커튼을 밀어젖히자 무대에서 화학물질의 증기가 구름처럼 솟아오르는 모습이 보였다. 매캐한 안개가 괴기 영화에서 해방된 망령처럼 빈 관객석 위로 밀어닥치는 중이었다. 증기는 천장 아래에 갇혀 맴돌다가 출구를 찾았는지 휘몰아치며 내 주변으로 흘러나갔다.

나는 플라스틱 타는 악취를 들이마시지 않으려 애쓰며, 문을 닫고 2번 상영관으로 달려갔다. 그리고 케이나 베라를 찾아서 통로 사이를 헤맸다. 내 위에 드리운 스크린이 기억이 전부 빨려 나가 흐릿해진 거울처럼 보였다. 금속처럼 번들거리는 그 표피 위로 나 자신의 희끄무레한 그림자가 사로잡힌 유령처럼 떠올랐다. 산성 가스가 상영관을 가득 채웠고, 무대 위에서 빛이 치솟았다. 벽은 아크 전기로처럼 하얀 섬광을 내뿜었고, 수백 개의 그림자가 관객석 뒤에서 꿈틀거렸다.

입구 로비에는 유리문이 밖으로 활짝 열려 있었다. 연기가 내 머리 위를 지나 허공으로 빨려 나가서 헤이워드 갤러리의 야외 산책로 쪽으로 피어올랐다. 두 명의 학생이 등 뒤에 수갑을 찬 채로 비틀대며 연기를 뚫고 걸어왔다.

"도망쳐! 뛰라고!" 한 명이 걸음을 멈추고 수갑을 나를 향해 쳐들었지만, 나는 그의 어깨를 붙들고 말했다. "달려!"

지배인실에서 나는 나이 든 경비 옆에 무릎을 꿇고 앉아서 묵직한 몸을 들어 올렸다. 눈은 뜨고 있었지만 의식은 없다시피 한 상태였고, 볼과 셔츠에는 피가 진득하게 엉겨 있었다. 나는 그의 발목을 붙들고 양탄자 위로 끌었다. 묵직한 다리가 내 허벅지에 부딪쳤다.

문가에서 잠시 멈춰서 연기로부터 얼굴을 가리려 하다가, 순간 경비의 발을 놓치고 말았다. 다시 발을 잡으려고 몸을 숙인 순간, 경비는 가죽 부츠를 뒤로 끌어당기며 바닥에서 몸을 둥글게 굽힌 다음 내 가슴팍을 걷어찼다.

순간 폐에서 공기가 빠져나갔고, 나는 문에 몸을 기대며 무너졌다. 충격에 숨을 쉴 수가 없었다. 경비는 제대로 정신이 들었는지 시선을 내 얼굴에 고정하고 있었다. 손목은 등 뒤로 수갑을 찬 채, 그는 양탄자를 가로질러 조금씩 움직였고, 한쪽 무릎을 뒤로 빼서 내 머리를 걷어찰 기회를 노렸다.

부츠의 발길질이 내 왼쪽 귀를 스치고 지나갔고, 나는 몸을 굴려 복도 쪽으로 피했다. 그는 문짝에 몸을 기대어 방향을 바꾼 다음 자리에서 일어났다.

"당장 여기서 나가요!" 나는 지배인실을 가득 메우는 연기 속으로 소리쳤다. "로비로 달아나란 말입니다……"

그는 양발로 균형을 잡고 선 다음, 어깨를 낮추고 나를 향해 돌진했다. 안개를 뚫고 달려 나오는 모습이 마치 뿌연 수증기의 스크럼에서 튀어나오는 럭비 포워드 같았다. 그는 머리로 로버트 테일러와 그리어 가슨의 영화 포스터 액자를 들이받아서 바닥에 떨어트렸다. 그는 유리판을 밟았고 앞길을 막는 파편을 걷어찬 다음 연기를 뚫고 내게 돌진했다.

그는 로비 문을 통해 헤이워드 갤러리 진입로로, 밤 속으로 나를 쫓아 나왔다. 등 뒤로 수갑을 차고, 옷에서는 연기가 피어오르는 채로. 나는 겨우 6미터 정도 앞서 달리며, 주차되어 있는 보안 회사 차량을 빙 돌아 퍼셀 음악당으로 통하는 계단을 찾았다. 학생들은 서로 등을 마주 대고 서서 아직도 수갑을 풀려고 애쓰는 중이었다. 경비는 그들에게 정면으로 달려들어 튼튼한 어깨로 두 사람을 날려 버렸다.

헤이워드 갤러리의 산책로에 도착하자 그의 부츠 소리가 콘크리트 계단을 울렸다. 경비 두 명이 유리문 뒤편에서 내가 달려가고 부상당한 동료가 그 뒤를 쫓는 모습을 지켜보았다. 두 사람의 시선이 국립영화극장 지붕에서 솟아오르는 연기 기둥으로 향했다. 두 사람은 제각기 무전기에 대고 지껄이기 시작했고, 웨스트민스터교 근처 제방을 따라 처음으로 경찰 사이렌이 들려왔다.

나는 습기 찬 강둑의 공기를 헐떡이며 페스티벌홀을 끼고 위편 테라스를 가로질렀다. 가까스로 비틀거릴 수는 있었지만, 경비 쪽은 추격을 포기한 모양이었다. 그는 금속 조각상 하나에 기댄 채 허리를 굽히고 기진맥진해했다. 입에서 가래를 뱉으면서도 여전히 시선은 내게 고정하고 있었다.

나는 밀레니엄 휠 대관람차 쪽으로 걸음을 옮겼다. 하늘로 솟아오른 곤돌라들이 서리로 조각한 순백색 격자 같은 캔틸레버식 팔을 따라 허공을 회전했다. 곤돌라 중 세 개에서는 사업체의 연회가 벌어지는 중이었고, 손님들은 유리 곡면에 얼굴을 바싹 들이민 채로 국립영화극장 지붕을 뚫고 솟아오르는 최초의 불길을 지켜보고 있었다.

나는 보안 회사 재킷의 옷매무새를 가다듬고 검불을 떨어낸 다음, 대관람차 아래 줄지어 늘어선 음식 트럭들을 지나쳤다. 여종업원들이 반쯤 먹은 카나페가 담긴 접시를 치우고 있었다. 나는 닭봉 하나를 질겅질겅 씹으며 페리에 병을 들어 물을 마셨다. 그리고 사람들과 함께 소방차 한 대가 사이렌을 울리며 벨버디어로에 진입하는 것을 지켜보았다. 경찰차 한 대가 페스티벌홀 밖에 서더니 스포트라이트를 꺼내헤이워드 갤러리를 비추었다. 소방관과 경찰들이 도보로 국립영화극장에 접근하다가, 이내 수갑을 찬 보안 회사 경비들을 발견했다.

빈 곤돌라 한 대가 문이 열린 채로 내 곁을 지나갔다. 사업체 연회는 한 시간 안에 끝날 테고, 손님들이 잔디밭을 가로질러 자동차로 돌아가기 시작하면 그 사이로 끼어들어 종적을 감출 수 있을 것이었다.

나는 곤돌라에 올라타서 난간에 기대 강을 내다보았다. 너무 지쳐서 제대로 숨조차 쉬기 힘들었다. 곤돌라가 탑승 구역을 따라 이동하는 동안, 비번인 웨이터 한 명이 샴페인 두 잔을 담은 쟁반을 든 채로 문을 통과해 들어왔다. 그는 쟁반을 자리에 내려놓고 그 옆에 앉은 다음, 주머니를 뒤적거려 담배를 찾았다.

카운티홀 위로 곤돌라가 상승하자, 밤하늘을 밝히고 템스강의 검은 물 위에서 타오르는 불길이 눈에 들어왔다. 워털루교 옆에 커다란 칼데라 구멍이 열려서 사우스뱅크센터를 집어삼키고 있었다. 연기구름이 강물 위로 기울었고, 멀리 국회의사당 건물의 창문마다 불길이 반사되어 반짝이는 모습이 보였다. 웨스트민스터궁 전체가 내부에서부터 타들어

꿈의 저장고

가는 것만 같았다.

웨이터가 쟁반에 놓인 샴페인 잔 하나를 가리켰다. 나는 감사를 표하지도 않고 미지근한 와인을 입에 머금었다. 탄산 거품이 닿자 상영관의 강렬한 열기에 갈라진 입술이 따끔거렸다. 나는 은막 세계 최고 스타들의 초상화가 줄지어 늘어선 복도가 연기에 휩쓸리던 모습을 떠올렸다. 베라 블랙번이 지른 불길은 제대로 타올라서 국립영화극장을 격렬하게 휩쓰는 중이었다. 제임스 스튜어트와 오슨 웰스, 채플린과 조앤 크로퍼드의 웃음을 집어삼키면서. 그들에 대한 나의 기억도, 그 영혼들을 밤으로 풀어 놓고 있는 꿈의 저장고로부터 도망쳐 나오면서 대관람차와 함께 솟아올랐다.

나는 곤돌라를 가로질러, 담배를 피우는 웨이터와 템스강을 등진 채 카운티홀 주변의 거리를 훑어보았다. 경찰차들이 한밤에 사이렌을 울리며 빠르게 달려가는 사이로, 케이와 조앤 창이 문에서 문으로 재빨리 움직이는 모습이 보이기를 거의 기대하면서. 두말할 나위도 없이 그들은 내게 알리지 않고 극장 카페로 통하는 강가 출입구를 통해서 도망친 것이었다. 외풍을 타고 불길이 번지도록 문을 열어 놓고서.

처음으로 연기 한 줄기가 곤돌라까지 도달해 곡면 유리에 내려앉았다. 나는 지배인실 밖에서 소용돌이치던 매캐한 증기의 맛을 느끼고 기침을 시작했다. 그리고 그대로 난간에 대고 구역질을 하며 샴페인을 발치 바닥에 쏟았다.

웨이터는 걱정이 되었는지 내 곁으로 다가왔고, 내가 목청을 가다듬자 고개를 끄덕이며 공범자의 묘한 미소를 지어 보였다. 너무 가까이 있어 거의 귓가에 속삭이며 거래를 제안할 것처럼 느껴져서, 나는 순간적으로 밀레니엄 휠이 게이들의 픽업 장소로 인기 있을지도 모른다는 생각을 했다.

나는 손을 내저어 그를 떨쳐 내려 했지만, 그는 내 손에서 유리잔을 받아 들 뿐이었다. 홀쭉하고 늘씬한 몸매에, 널찍한 이마와 수척해 보일 정도로 골격이 튀어나온 얼굴을 가진 남자였다. 폐결핵 환자 같은 안색 때문에 웨이터로서는 부적격으로 보였다. 나는 그가 사람들의 눈에 띄지 않는 업체들이 도사린 황혼의 세계에서 살아가는 사람일 것이라고 상상했다. 내가 알아 온 다른 수많은 웨이터들처럼 친절하면서도 약간 공격적이었고, 피부 한 장 두께의 매력으로 좀처럼 숨길 생각조차 없는 오만함을 포장하고 있었다.

내 뒤편으로 걸음을 옮기는 그에게서는 어딘가 파악하기 어려운 면모가 느껴졌다. 나는 그 모습에서, 내게 얼굴을 숨겼던 또 다른 수수께끼의 남자를 떠올렸다. 두 사람 모두 잊힌 병동과 쇠약해지는 어린아이의 냄새를 풍겼다. 그러나 빠르고 과감한 움직임에서 나는 한 손에는 주사기를, 다른 손에는 주의를 돌리기 위한 장난감을 들고 작은 환자들과 굼뜬 간호사 사이를 헤치고 나가는 그의 모습을 상상할 수

꿈의 저장고

있었다.

"굴드 박사?" 나는 사람 좋은 미소의 뒷면을 꿰뚫어 보려 노력하며 그를 돌아보았다. "예전에 만난 적이 있지요."

"케이 처칠의 집에서 만났지요. 맞습니다." 연기구름과 열기를 품은 구름이 곤돌라를 흔들자, 그는 내 몸을 붙들어 주었다. "오늘 밤에는 잘하셨더군요, 데이비드."

"저를 기억합니까?"

"물론이지요. 적절한 시간과 장소를 골라서 만나고 싶었습니다. 보여 드릴 것이 정말 많으니까요." 곤돌라가 내려가기 시작하자 그는 내 팔을 단단히 붙들었다. "하지만 일단은 당신을 기억하는 사람이 더 생기기 전에 이곳을 벗어나도록 할까요……"

템스강을 따라 늘어선 건물들에 반사된 불길이 그의 불안한 눈빛을 달뜨게 만들었다. 그의 손길을 벗어나고 싶었지만, 그는 나를 강하게 붙들고 놓치지 않았다.

어두운 불길이 내 곁으로 다가왔다.

16 / 아이들의 성역

깨어나 보니 아이들의 그림으로 이루어진 경쾌한 벽 장식이 나를 굽어보고 있었다. 텅 빈 병동의 벽에서 벗겨져 떨어져 나온 팔 없는 남자와 다리가 두 개뿐인 호랑이, 성냥갑 같은 집들의 생생한 패치워크가 마치 난도질당한 꿈을 묘사한 스케치처럼 보였다.

나는 오래된 소변과 소독약 자국이 남아 있는 낡은 매트리스 위에서, 이 사랑스러운 전시회가 잠든 나를 지켜봐 줘서 다행이라 생각하며 누워 있었다. 빅토리아 시대풍 창문에 두텁게 쌓인 먼지가 히스로 공항에 착륙하는 비행기들의 나른한 울림에 맞추어 끊임없이 떨리고 있었다. 늘어선 침대들을 차지하고 있던 장애 아동들은 분명 자신들의 세상을 항상 두통에 시달리는 곳이라 여겼을 것이다.

　나는 일어나 앉아 바닥에 발을 디뎠다. 네 시간 동안 푹 잤지만 국립영화극장에서 겪은 격렬했던 하룻밤을 떠올리자 허벅지가 후들거렸다. 밀려오는 영상들이 카세트를 빠르게 돌리는 것처럼 내 정신을 가로지르며 나아갔다. 복도를 헤집던 망령 같은 연기, 베라 블랙번의 거친 주먹질, 관객석에서 움츠리던 수많은 그림자들, 자포자기하여 밀레니엄 휠로 도피, 웨이터 복장을 걸친 리처드 굴드, 템스강에 불을 질렀을 때 내게 샴페인 한 잔을 권하던 모습까지.

　나는 자리에서 일어나서, 고르지 못한 바닥에 살짝 비틀거리면서 골격이 제자리를 찾아들기를 기다렸다. 그리고 샐리와 세인트존스 우드의 뜨거운 목욕물을 생각하며 닳아 해진 매트리스 사이로 걸음을 옮겼다. 여기 머물던 지적장애 아들은 부모의 방문을 거의 받지 못한 모양이었다. 그러나 벽의 그림들은 감동적일 정도로 희망찼는데, 장애를 가진 이 아기들이 결코 알 수 없었을 세계의 긍정적인 메아리처럼 보였다. 인내심 많고 친절한 어느 교사가 크레용과, 마음속에 존재하는 화려한 색채의 오솔길로 아이들을 이끈 것이었다.

　문을 열고 나가니 석조 층계참을 지나 다음 병실이, 먼지로 가득한 높직한 지붕 아래 공간이 이어졌다. 짙은 색의 머리에 하얀 가운을 걸친, 생각에 잠겨 고개를 숙인 남자가 잠간 나타나 내게 손을 흔들더니, 위층으로 이어지는 계단을 급히 올라갔다.

"굴드 박사! 우리 잠깐……" 나는 그를 소리쳐 불렀지만, 내 목소리는 버려진 병원의 끝없이 펼쳐진 공간 속으로 빨려 들어가 버렸고, 옥상으로 올라가는 굴드의 발자국 소리만 내 귓가에 울렸다. 낡았지만 여전히 장중한 건물이, 위압적인 코벨 아치마다 깃들어 있는 도덕적 판단이, 정의를 배부하는 다른 널찍한 홀을 생각나게 만들었다. 수수께끼투성이인 첼시마리나 반란의 대본 작가, 굴드 박사에게 경고를 하고 싶었다. 머지않아 경찰이 우리를 추격해 잡을 것이며, 이후 5년을 교도소에서 보내는 신세가 될 것이라고.

나는 허벅지를 철썩 때리며 후들거리는 신경을 진정시키려 노력했다. 영화와 내 첫 아내의 기억의 박물관을 습격하는 중범죄에 가담한 것은 분명했지만, 흥미롭게도 그 모든 일은 나와는 관련이 없다는 생각만 들었다. 나는 세인트존스 우드에서 샐리 곁에 누워 있는 진짜 나를 연기하는 대역 배우에 지나지 않는 것이다. 내가 꾼 폭력적인 꿈이 머릿속에서 도망쳐서, 변화가 찾아올 것이라는 약속에 힘을 얻어 근처 거리를 돌아다니고 있는 것이었다.

고작 몇 시간 전에 런던을 가로질렀던 우리의 여정을 떠올려 보았다. 옛 카운티홀에 자리한 메리어트 호텔 바깥 골목에 굴드의 자동차가 서 있었다. 후방 창문에 오스피스 드

아이들의 성역

본* 스티커가 붙어 있는 시트로엥 세단이었다. 굴드가 계기판을 훑어보는 모습으로 미루어 첼시마리나의 프랑스 취향 거주자가 넘겨준 이 물건처럼 복잡한 유압식 자동차는 몰아 본 적이 없는 듯했다. 날카로운 사이렌 소리와 웨스트민스터교를 막고 있는 경찰차들에 동요해서 내가 운전하겠다고 청했지만, 굴드는 손을 저어 나를 물리치면서 무심하지만 친절한 미소로 나를 진정시켰다. 계기판과 시동 잠금장치 해제 버튼을 뒤지는 그를 보니 문득 샐리가 떠올랐다. 개조한 사브에 처음 앉았을 때의, 자신의 장애를 기하학적 형상으로 옮긴 기계를 처음 마주했을 때의 그녀가.

우리는 연석을 따라 뛰어넘으며 덜컹거렸고, 2단 기어를 거의 바꾸지 않으면서 강 남단의 어둑한 거리로 들어서며 속도를 올렸다. 굴드의 눈에 깃든 공포를 보니, 그가 밀레니엄 휠에서 사업체 사람들에게 음료를 서빙 하던 모습이 떠올랐다. 연기와 불길을 헤치고 나온 내가 그의 감시 초소로 비틀대며 기어든 셈이었지만, 그는 내가 등장해서 차라리 안도한 것처럼 보였다. 램버스궁 앞의 환상교차로에서 급회전을 하는 바람에 차창 기둥에 머리를 부딪치자, 그는 마치 축제 한복판에서 겁에 질린 아이를 다루듯이 내 팔을 붙들

* 백년전쟁 이후 프랑스 본에 설립된 구빈원. 현재는 병원으로 쓰이지 않으며, 1859년부터 매년 부르고뉴 와인을 판매하는 자선 경매가 개최되고 있다.

며 놀랍게도 염려해 주기까지 했다.

　우리는 첼시교를 건너 킹스로로 이어지는 더욱 어둑한 거리로 접어들었다. 자동차 전조등이 갈림길의 미로를 조심조심 나아갔다. 주방용품과 침실 가구, 사무실 설비와 욕실용품으로 가득한 상점 창문을 비추고, 우리 뒤에서 불탔던 런던을 대체할 새로운 도시의 풍경을 그리면서. 굴드는 생각에 잠긴 채 얼굴에 드러난 골격의 윤곽 속으로 물러앉았다. 백미러를 들여다보는 그는 다 떨어진 정장을 걸친, 제대로 끼니도 때우지 못하고 자기 몸을 돌보지도 않는 대학원생처럼 느껴졌다.

　우리는 사우스켄징턴의 고요한 스투코 벽이 굽어보는 가운데 어렴풋이 보이기 시작하는 박물관들 앞을, 수많은 시간의 창고들 앞을 가로질러, 크롬웰로를 따라 서쪽으로 방향을 틀었다. 이윽고 해머스미스 입체교차로와 호가스 하우스를 지나 히스로 공항으로 향하는 고속도로에 접어들자, 런던 중심부는 우리 뒤편으로 모습을 감추었다. 20분 후에 우리는 공항의 작전구역으로, 항공 화물 사무소와 렌터카 창고의 지역으로, 수많은 착륙등이 자기장처럼 펼쳐진 곳으로, 사무 및 공업 지구의 흔적이 망령처럼 서린 장소로, 보안요원과 경비견들이 망령처럼 헤매고 돌아다니는 밤의 땅으로 들어섰다.

　우리는 공항 근처에서 거대한 공사 현장 옆에 모여 서 있는 높다란 빅토리아풍 건물들 사이로 들어갔다. 굴드는 진흙이 튀어 점점이 박힌 땅 고르는 기계와 트랙터를 지나 조심조심 시트로엥을 몰았고, 나무 말뚝 위에 이동식 건물과 공사용 경량 블록을 가득 세워 놓은 공터에 차를 세웠다.

우리는 차에서 내렸고, 굴드는 나를 이끌고 버려진 건물로 들어갔다. 병원이 이전한 장소를 알리는 표지판들로 가득한 무너져 가는 현관이 우리를 맞이했다. 우리는 철제 계단을 타고 5층으로 올라갔다. 탈진한 나는 굴드를 따라 흐트러진 먼지투성이 침대로 가득한 병실로 들어섰다. 지쳐서 저항할 수도 없는 상태에서, 나는 이 괴팍한 남자가, 부드러운 손길을 가진 사색하는 광신도가 골라 주는 매트리스를 그대로 받아들였다. 그리고 지적장애 아동들의 그림에 파묻혀 깊이 잠들어 버렸다.

나는 옥상까지 올라가서야 굴드를 따라잡았다. 그는 빼곡히 들어선 빅토리아풍 굴뚝들 뒤에 숨어 바람을 피하면서 햇살 속으로 얼굴을 높이 들었다. 한쪽 귓가에 휴대전화를 대고 있는 모습이 어젯밤 국립영화극장 습격 사건에 대한 최신 정보를 듣고 있는 듯했다. 그러나 그의 흥미는 난간 아래로 보이는 건설용 크레인 쪽으로 기울어 있었다. 그의 누르께한 얼굴에서는 구내식당에서 서둘러 식사를 해치우고 밤마다 병원 휴게실에서 쪽잠을 자며 보낸 수년의 세월이 고스란히 드러나 보였다. 백의에는 의사의 이름표가 붙어 있었다. 여전히 그가 이곳을 떠난 아이들을 보살피는 소아과 의사인 양.

나는 고속도로를 따라 날아가는 경찰 헬리콥터를 지켜보며 이 폐병원에서 벗어날 방법을 생각해 내려 애썼다. 내 눈길이 거대한 건물을, 부서진 석재 무더기와 전함의 골조처럼 보이는 박공지붕을 훑었다. 이것은 교도소나 방적 공장이나 강철 제련소풍의 건축물로, 벽돌의 내구성과 빅토리아 시대의 확실성을 증명해 보이는 기념물이었다. 한때 환자들이 녹말에 집착한 항공 보조대가 밀어 주는 휠체어를 타고 산책을 즐기던 방치된 공원 옆에는 세 채의 건물이 여전히 남아 있었다.

"데이비드?" 굴드는 통화 도중에 전화를 끊고는 몸을 돌려 나를 살폈다. 마치 예상치 못한 환자를 마주하게 된 바쁜 상담원처럼 보였다. "훨씬 나아진 모양이로군요. 딱 봐도 알겠습니다."

"그렇습니까? 다행이네요……"

굴드에게는 지금의 내 모습이 지치고 짜증으로 가득하며, 심각하게 커피가 필요하고 주말 혁명가치고는 지나치게 낯선 곳까지 나온 듯이 보일 것이라 짐작했다. 반면 그는 놀랍도록 차분했는데, 마치 자기 전에는 독한 진정제를, 일어난 후에는 독한 자극제를 맞은 것 같았다. 얼굴 근육은 피부 아

아이들의 성역

래 골격을 붙드는 손아귀 힘을 다소 늦추었고, 고요한 일요일 풍경 속을 거니는 걸음은 사뿐하게만 보였다. 한때 정신병원이었던 이곳이 그에게는 고향 같았고, 그래서 문득 그가 이곳에서 의사가 아니라 환자였던 것은 아닐까 하는 생각을 했다. 병원이 문을 닫고 사회로 방출되자마자, 첼시마리나의 주민들을 손쉽게 설득할 만한 새로운 신원을 만들어 낸 것이다. 그 웹사이트와 백화점 방화 이야기는 교묘한 마무리라 할 수 있을 것이다. 다소 지나치게 친절한 데다, 곁눈질로 나를 주의 깊게 살피고 있었지만, 그 안에는 친밀하다시피 한 정직성과 첼시마리나의 모든 사람들이 반응하는 신경질 섞인 권위가 있었다.

그는 경찰 헬리콥터가 시야에서 사라질 때까지 충분히 기다렸다가, 손을 뻗어 내 팔을 두드렸다.

"불안한 모양이군요, 데이비드. 어젯밤 같은 작전을 치르고 나면 며칠 동안 심장이 쿵쿵거리며 뛰죠. 회복된 후에는 전보다 강해진 기분이 들 겁니다."

"다행이네요. 평생 이런 기분으로 살고 싶지는 않으니까요."

"그런 일은 없을 겁니다. 진실한 신념을 행동으로 옮기는 것만큼 몸에 좋은 일은 또 없지요."

"제가 진심이었던 건지는 모르겠습니다." 나는 쓸려 욱신거리는 손바닥을 내려다보았다. "거의 경찰에 자수할 뻔했는데요."

"다른 사람들이 당신을 기다려 주지 않았던 거지요? 그렇군요……" 굴드는 내 감정에 동조하는 듯 고개를 저었다. "저 중산층 혁명가들은 오랜 세월을 억압당해 왔습니다. 그러다 이제 잔혹한 배신을 한번 시도해 보고는 입맛이 동한 거지요."

"그거 안타까운 일이네요. 그 맛을 알기도 전에 식은 죽만 먹게 될 테니 말입니다."

"감수해야 할 위험이지요. 기습의 이점을 유지하는 동안에는 안전할 겁니다." 굴드는 사건을 주재하는 그 효율성에 분개하며 태양을 노려보았다. 이어 자기 배지를 만지작거리면서 자신의 신원을 되새겼다. "교도소 걱정은 하지 마세요. 적어도 아직은 괜찮습니다."

"전부 도망쳤다는 말이로군요. 국립영화극장 상황은 어떻습니까?"

"완전히 박살 났습니다. 애석하게도 프리츠 랑의 초기작 필름 일부가 유실되었고요. 베라 블랙번은 적어도 자기 일에서는 솜씨가 좋지요."

"불안정한 사람입니다. 그 여자는 항상 지켜보고 있어야 해요."

"베라를요?" 굴드는 고개를 돌려 나를 바라보더니, 이윽고 완전히 동의한다는 듯 고개를 끄덕였다. "어딘가 망가진

아이들의 성역

채로 세상을 이해하려 애쓰는 어린아이지요. 저는 그녀를 도우려 최선을 다하고 있습니다."

"그녀를 끌어들여서 말입니까? 천부적인 재능에 집중하게 해 주면서요?"

"그런 셈이지요." 내 목소리에 서린 빈정대는 투가 자못 즐거웠는지, 굴드는 우리 주변에 늘어선 폐건물들을 향해 허연 손을 흔들었다. "데이비드, 국립영화극장 따위에 누가 신경이나 쓸까요? 저들이 여기다 뭘 했는지 한번 보세요. 이곳은 300명의 아이들에게 있어 세상에 하나뿐인 집이었습니다."

핏기가 가신 손가락이 고립된 별관 병동을 가리켰다. 건물마다 주변을 둘러싸며 자란 철쭉 관목이 높이 솟은 담장을 가리고 있었다. 정원 안쪽의 정원이, 창살이 박힌 상층 창문이 눈에 들어왔다.

"담장에 창살이라니." 나는 지적했다. "교도소처럼 보이는데요. 여기가 대체 어딥니까?"

"베드폰트 병원입니다. 히스로에서 남쪽으로 1.6킬로미터 떨어져 있지요. 정신병원 입지로는 좋은 편이에요, 비명 소리가 들리지 않으니까." 굴드는 조롱하듯 깊이 고개를 숙이며 인사해 보였다. "마지막 남은 빅토리아풍 거대 정신 질환자 수용소에 잘 오셨습니다."

"정신병원요? 그럼 이곳 아이들도—?"

"뇌 손상을 입은 아이들이었지요. 뇌염, 심각하게 악화된 홍역, 수술 불가능한 종양, 뇌수종. 심각한 장애 때문에 모두 부모에게서 버려진 아이들이었습니다. 사회복지 기관에서 보살피기를 거부한 아이들이지요."

"끔찍하군요."

"천만에요." 굴드는 내 반사적인 대구에 놀란 모양이었다. "일부 아이들은 행복했습니다."

"여기서 근무하셨던 겁니까?"

"2년 동안 있었습니다." 굴드는 텅 빈 옥상을 건너다보면서, 마치 굴뚝 사이를 오가며 뛰노는 아이들을 볼 수 있는 양 웃음을 머금었다. "그 아이들을 조금이라도 행복하게 해 줄 수 있었던 거라면 좋겠군요."

"왜 떠나셨나요?"

"정직 처분을 당했지요." 굴드는 손으로 파리 한 마리를 잡았다가 바로 허공에 풀어 주고는 비틀대며 날아가는 모습을 지켜보았다. "종합의료협의회에서는 사방에 첩자를 심어 둡니다. 게슈타포 같은 종자들이지요. 아이들 몇 명을 소프의 놀이공원에 데려가곤 했습니다. 낡은 밴에 꽉꽉 들어찬 채로 가는데도 정말 좋아했지요. 저는 아무 감시도 없이 아이들을 풀어놓았습니다. 몇 분이지만 경이를 맛볼 수 있었겠지요."

"무슨 일이 벌어진 겁니까?"

"길을 잃은 아이들이 생겼습니다. 경찰에서 사회복지 기관에 찔렀지요."

"안된 일이군요. 하지만 그렇게 심각하게 들리지는 않는데요."

"그럴 리가요. 요즘 같은 세상에서 말입니까?" 그는 관료주의의 어리석음에 눈을 감으면서 고개를 뒤로 젖혔다. "다른 문제가 하나 더 있었습니다. 우리 사회 최고의 터부 말입니다."

"성적인 문제인가요?"

"훌륭한 추측입니다, 데이비드. 그쪽에서는 생식기 추행이라고 칭했지요. 충격을 받았나 보군요."

"그렇습니다. 제 생각에는……"

"그럴 사람으로 보이지 않는다고요? 사실 제가 아니었습니다. 하지만 벌어지고 있다는 건 알았지요."

"다른 의사였습니까?"

"간호사 중 한 명이었습니다. 자메이카 출신의 아주 사랑스러운 젊은 여성이었지요. 그 아이들의 진짜 어머니였습니다. 뇌종양 때문에 생이 몇 주밖에 남지 않은 아이들이 있었어요. 그녀는 성적인 자극을 약간 준다고 해서 해될 게 없다는 것을 알았지요. 그 아이들이 한 조각의 행복이라도 느낄 수 있는 유일한 방법이었습니다. 그래서 소등 후에 가벼운 수음 행위를 해 준 겁니다. 죽기 전에 손상된 뇌에 몇 초의 기쁨을 전달해 주고 싶었던 거지요."

"당신이 담당 의사였나요?"

"그 간호사를 변호했지요. 위원회 사람들에게는 선을 넘은 것 같았나 봅니다. 6개월 후에 보건 당국이 병원을 폐쇄했습니다. 베드폰트 정신병원에는 재개장 예정 푯말이 붙었지요." 굴드는 공원 건너편을 가리켜 보였다. "그러고는 부동산 회사에 전체 부지를 팔아넘겼습니다. 잘 보면 진군해 오는 미래가 보일 겁니다."

나는 공원의 서쪽 경계선을 이루는 포플러 장벽의 너머를 바라보았다. 줄지어 늘어선 목골 구조의 건물들이, 대형 주택단지의 선봉대가 풀밭을 가로질러 오고 있었다. 벌써 최초의 차도가 깔렸다. 시멘트로 그린 기하학적 구획을 따라 간이 차고와 소형 정원들이 들어설 것이다.

"신혼부부용 주택이지요." 굴드가 설명했다. "꿈에 부푼 부부들을 위한 토끼굴입니다. 중산층의 삶을 처음 맛보는 곳이지요. 예전에 저희 아버지가 운영하던 회사에서 조제해 낸, 원금 보장도 안 되고 이율도 낮은 꿈입니다. 언젠가는 저런 단지가 잉글랜드 전역을 뒤덮을 겁니다."

"꽤나 대단한 장소를 골랐군요."

"옛 정신병원 터라서요?"

"히스로 공항 얘깁니다." 눈을 가리면서 나는 항공 화물 터미널 지붕 너머로 여객기 꼬리날개를 볼 수 있었다. "공항의 교외 지역에 사는 셈이지 않습니까."

"도리어 좋아하지요. 소외 효과를 즐기는 사람들이니까요." 굴드는 명민한 제자를 발견하고 안심한 교사처럼 내 팔을 붙들었다. "이곳에는 과거도 미래도 없습니다. 사람들은 가능하다면 아무 의미도 없는 지역을 찾아갈 겁니다. 공항, 쇼핑몰, 고속도로, 주차장 따위 말이지요. 현실로부터 도주하는 중이니까요. 제가 커피를 끓이는 동안 생각해 보세요, 데이비드. 그런 다음에 런던까지 태워다 드리겠습니다."

"좋습니다." 옥상에서 내려갈 수 있다는 데 기뻐진 나는, 우리 사이 난간에 놓여 있는 굴드의 휴대전화를 향해 손을 뻗었다. "아내한테 지금 어디 있는지 알려야겠습니다."

"걱정 마십시오." 굴드는 휴대전화를 자기 주머니에 넣고 나를 층계 문 쪽으로 이끌었다. "어젯밤에 전화 드렸습니다. 당신이 잠들어 버려서요."

"샐리한테요? 아내는 괜찮던가요?"

"완벽하게 아무 문제도 없습니다. 당신이 첼시마리나에서 자고 갈 거라고 설명했고요. 물론 경찰에 연락했을 수는 있겠지요." 굴드는 좁은 계단을 내려가는 내 등을 두드렸다. "부인께서는 흥미롭게도 당신이 케이 처칠 집에서 자는지를 물어보더군요."

나는 발을 헛디디지 않으려고 계단 가운데에서 발을 멈췄다. "그래서 뭐라고 했습니까?"

"글쎄요…… 저는 딱히 비밀을 간직하는 취향이 아니라서요, 데이비드."

그의 사람 좋은 웃음소리가 돌벽에 반사되어 울리며 고요한 병실로 퍼져 나갔다. 마치 죽은 아이들의 유령을 다시 일으켜 함께 놀자고 불러 모으는 것처럼.

"샐리는 목소리가 아주 사랑스럽던데요, 데이비드."

"실제로도 사랑스러운 여자입니다."

"잘됐군요. 교통사고를 당하면 때론 사람들의 가장 추악한 내면이 드러나곤 하지요."

"그…… 얘기도 했습니까……?"

"장애가 있다고요?" 굴드는 천천히 고개를 저었다. "끔찍한 단어 선택입니다, 데이비드. 부인이 장애자라고 생각하지는 않을 텐데요."

"그렇습니다. 아내의 '장애'는 육체적인 문제가 아니니까요. 아내는 당신이나 저처럼 제대로 걸을 수 있습니다. 세상에 다가가는 그녀의 자세일 뿐이지요. 세상이 행할 수 있는 악을 항상 자각하기 위한 겁니다."

"감탄했습니다. 정말로 강인한 정신을 가진 여성이로군요."

우리는 5층의 조제실 탁자에 자리를 잡고 앉았다. 굴드는 의자에서 일어나지 않은 채로 나란히 늘어선 냉장고 안을 뒤졌다. 몇 달 동안 전기가 들어오지 않았던 터라 냉장고는 전부 썩어 가는 케이크와 지나치게 화려한 코디얼 음료 병으로 가득한 알라딘의 동굴이 되어 있었다. 그는 봉인을 뜯지 않은 생수병 하나를 찾아내고, 고체 연료 캔을 이용해 냄비를 데우기 시작했다.

"그래서……" 굴드는 인스턴트커피를 숟가락으로 냄비에 떠 넣더니 잠시 후 디즈니 캐릭터가 그려진 종이컵에 검은색의 액체를 따랐다. "부인을 만나 보고 싶습니다. 첼시마리나로 데려와 보세요."

"아마 힘들 겁니다." 나는 굴드가 입술에 상처를 입다시피하며 델 정도로 뜨거운 커피를 걸신들린 듯 홀짝이는 모습을 지켜보았다. "아내의 마음에 들 만한 장소가 아닙니다. 거기다 아내의 취향이……"

"의사인가요?" 굴드는 관대하게 고개를 끄덕였다. 그는 내 몫의 커피를 힐끔거리며 손등으로 입가를 문질렀고, 커피가 하얀 피부에 핏자국처럼 번졌다. "당신의 진단용 컴퓨터와 가상 의사를 선호한다고 했지요. 신경쇠약 증상이 있다면 B 버튼을 누르시오 따위 말입니다. 그렇지요?"

"그렇기도 하고 아니기도 합니다. 흥미롭게도 사람들은 전반적으로 영상 화면과 대화하는 쪽을 선호합니다. 훨씬 정직해지지요. 실제 의사와 대면하면 절대 자신이 성병에 걸렸다고 인정하지 않습니다. 반면 누를 버튼을 주면 방어 자세를 풀지요."

"대단하군요." 굴드는 진심으로 기쁜 것처럼 보였다. 그는 내 손에서 커피를 가져가더니 격려하듯 홀짝였다. "데이비드, 본인은 모를지 몰라도 당신은 새로운 부류의 자기 소외의 사도입니다. 당신은 저런 신혼부부용 저택으로 찾아 들어가야 합니다. 텔레비전 시리즈에서 당신을 본 적이 있는데, 제목이 뭐였더라—조물주를 DIY적으로 해석하는 프로였는데요."

"안일한 내용이었지요. 〈뇌신경학자에게 신에 대해 묻다〉 말이지요? 텔레비전의 언변을 최대한 살린 프로였어요. 게임 쇼였습니다."

"신에 대한 게임이란 말입니까?" 굴드는 천장을 향해 미소를 지었다. "제법 괜찮은 생각이에요. 하지만 저는 당신이 입에 올린 한두 가지 말을 기억합니다. 거대한 가상의 공허로서의 신이라는 개념에 대해서, 인간의 정신이 만들어 낼 수 있는 가장 큰 무無라고 언급했지요. 인지 너머의 거대한 존재가 아니라 거대한 부존재일 뿐이라고요. 거기다 소수점이하 백만 자리라는 개념을 감당할 수 있는 인간은 반사회적 성격장애자뿐이라고도 했습니다. 나머지 우리는 그저 그 공허를 피하려 움찔거리며, 찾아낼 수 있는 다양한 무게추로 그 자리를 채우려 할 뿐이라고. 시공간이라는 속임수나, 수염을 기른 현명한 노인이나, 도덕 체계나……"

"동의하지 않으시나요?"

"사실 그런 셈이지요." 굴드는 내 커피를 마무리하고 빈 컵을 내 쪽으로 밀었다. "절대적인 무라는 개념을 받아들일 수 있는 사람은 정신 질환자만이 아닙니다. 의미 없는 우주라는 개념 자체에도 의미가 존재하지요. 그 점을 받아들이면 세상 모든 존재가 새로운 종류의 의미를 가지게 됩니다."

"자신의 집착을 끌어들이지 않고는 어려운 일이지요." 나는 쓰레기로 가득 찬 싱크대로 종이컵을 던졌다. "우리 모두는 짐을 끌고 다닙니다. 반사회적 성격장애자는 자기 자신을 두려워하지 않는다는 점에서 독특한 존재지요. 무의식적으로 애초부터 무를 믿고 있는 겁니다."

"그건 사실이지요." 굴드는 패가 말린 사람이 카드를 던지듯이 탁자 위로 손을 흔들었다. "당신 말이 맞습니다, 데이비드. 나는 너무 바닥과 가까운 곳에 있지요. 게다가 바로 여기, 작은 두개골 안의 무한한 공간에 진짜 공허가 존재하지 않습니까. 신을 찾아다니는 일은 지저분하게 마련입니다. 어린아이의 배설물 속에서도, 퀴퀴한 복도에서도, 지친 간호사의 발걸음에서도 신을 찾을 수 있습니다. 정신 질환자는 그런 일을 그리 쉽사리 해내지 못하지요. 베드폰트 병원 같은 장소가 진짜 신전인 겁니다. 세인트폴이나……"

"국립영화극장 같은 장소가 아니라?" 굴드가 대꾸하기 전에 나는 말을 이었다. "불타는 건물은 꽤나 장엄한 모습이지요. 특히 그 안에 갇힌 신세가 되면 말입니다. 그냥 흥미 삼아 물어보는 건데, 애초에 그걸 태울 필요가 있었던 겁니까?"

"아뇨." 굴드는 가볍게 질문을 물리쳐 싱크대 아래의 환자용 변기로 던져 버렸다. 커피 덕분에 얼굴에 차가운 색조가 돌아오기는 했지만, 피부는 아직도 닦지 않은 타일처럼 창백했다. 몇 년 동안 영양 상태가 좋지 않았던 이 사람을 지탱하고 있는 것은 전문가로서의 분노와 잃어버린 아이들에 대한 집착뿐이었다. "국립영화극장 말이지요? 당연히 아닙니다. 한심한 일이었지요. 사실 완벽하게 아무 의미도 없습니다. 위험하기도 하고요."

"그럼 왜 소이탄을 사용했습니까?"

굴드는 나른하게 손을 들어 허공을 둥글게 휘저었다. "가속도의 문제지요. 바퀴가 계속 구르게 만들어야 합니다. 야망은 스스로를 좀먹게 마련입니다. 케이나 베라 블랙번이나 첼시마리나의 다른 사람들은 세상을 바꾸고 싶어 합니다. 항상 그게 가장 쉬운 일이니까요. 보잘것없는 사람들조차 성공하는 일이지요. 그 때문에 당신 같은 사람들이 필요한 겁니다, 데이비드. 당신은 성급한 사람들을 진정시킬 수 있어요. 게다가 당신은 다른 목적을 가지고 있잖습니까."

"그런 말을 듣게 되니 기쁘군요. 관심사에 대해서 말인데, 그럼 제 목적이 뭐라는 겁니까? 경찰이 신문할 때를 대비해서 미리 알아 두는 편이 좋을 것 같군요."

"글쎄요……" 굴드는 탁자를 치우고 자기 종이컵을 싱크대에 넣은 다음 냄비와 고체 연료를 찬장 하나에 넣었다. "당신 목적은 꽤나 명백하지요. 히스로 공항에서 목숨을 잃은 전처 아닙니까. 그 사건이 당신에게 제법 깊은 영향을 끼쳤지요."

"그게 다인가요?"

"그 영향을 과소평가하지 말아요. 첫 아내란 성인의 삶으로 진입하는 통과의례입니다. 여러 측면에서 첫 번째 결혼은 안 좋게 흘러가야 합니다. 그래야 우리 자신에 대한 진실을 배울 수 있으니까요."

"이혼을 했습니다만."

"첫 아내로부터의 이혼이란 제대로 매듭지어지는 법이 없습니다. 죽음까지 지속되는 점진적인 과정이지요. 그녀가 아니라 당신의 죽음 말입니다. 히스로 폭탄 테러는 비극이었지만, 당신을 첼시마리나로 이끈 것은 그 사건이 아니에요."

"그럼 뭡니까? 당신은 아는 것 같네요."

"훨씬 더 일상적인 요소지요." 굴드는 뒤로 몸을 기대며 공감하는 자세를 취해 보이려 했지만, 무수한 작은 찡그림으로 구성된 무심한 얼굴은 그와는 정반대의 효과를 낳고 있었다. "거울을 잘 들여다봐요, 데이비드. 무엇이 보입니까? 당신이 딱히 좋아하지 않는 사람의 얼굴이겠지요. 스무 살 무렵에는 결점을 포함한 당신 자신의 모든 것을 받아들였을 겁니다. 시간이 흐르며 마법도 풀립니다. 서른이 되면 당신의 포용력도 한계에 이르지요. 자신이 제대로 신뢰할 수 있는 부류가 아니며, 쉽사리 굴복하고 타협하는 사람이라는 것을 깨닫게 되었을 겁니다. 벌써부터 미래는 멀어져 가고, 밝은 꿈은 수평선 너머로 가라앉고 있지요. 이제 당신은 무대 소품에 지나지 않습니다. 살짝 밀어 주기만 하면 모든 것이 발밑으로 무너져 내리겠지요. 때론 타인의 삶을 살고 있다는, 실수로 임대한 괴상한 집에 머물고 있다는 생각이 들 겁니다. 자신이 되어 버린 '자신'은 진짜 자신이 아니라고."

"하지만 왜 첼시마리나인가요? 일등석에서 발 뻗을 공간 때문에 투덜대는 전문가들의 집단일 필요가 있습니까? 충격요법으로 부르주아의 배변 훈련을 끝내려는 케이 처칠일 필요가 있을까요?"

"바로 그겁니다." 굴드는 나를 동지로 맞이하려는 것처럼 몸을 앞으로 빼며 팔을 들었다. "이 저항운동은 그 자체가 터무니없는 겁니다. 처음에 시작할 때부터 알고 있었지요. 이중 황색 선에, 사립학교 등록금에, 관리비 따위…… 소문도 심고, 뒷소리도 했지요. 맞싸우는 일에 아무 의미가 없다는 것을 알면서도 일일이 반응을 했습니다. 이번이 마지막 주사위 던지기였고, 의미가 없을수록 좋은 거였지요. 그 때문에 당신이 첼시마리나에 끌려온 겁니다. 미지의 패니까, 불가능한 도박이니까, 일종의 메시지를 보내려는 정신 나간 손짓이니까. 비디오 대여점을 날려 버리고, 국립영화극장에 불을 지르고—완벽하게 말도 안 되는 짓거리지요. 그러나 바로 그 때문에 당신은 자유롭다고 느끼게 되는 겁니다."

"하지만 케이나 다른 사람들의 주장에도 일리는 있습니다. 그들 수준의 중산층은 꽤나 빡빡하게 살아가게 마련이니까요." 내 손목을 노리고 다가오는 굴드의 창백한 손을 피하려 시도하며, 나는 자리에서 일어섰다. "싸구려 휴일에, 과도한 주거비에, 더 이상 안전을 담보할 수 없는 교육까지. 30만 파운드 이하의 연봉은 거의 아무 의미도 없습니다. 정장을 걸친 프롤레타리아일 뿐이지요."

"그리고 그 때문에 자신을 혐오하게 되지요. 저도 그렇고, 당신도 마찬가지입니다, 데이비드." 굴드는 어지러운 싱크대의 수도꼭지를 틀려고 애쓰는 나를 지켜보고 있었다. "오늘날의 사람들은 자기 자신을 좋아하지 않습니다. 우리는 지난 세기에서 넘어온 불로소득 생활자입니다. 모든 것을 용인하지만, 동시에 자유주의의 가치란 우리를 무력하게 만들려고 고안된 것임을 알고 있습니다. 우리는 신을 믿는다고 생각하면서도 삶과 죽음의 수수께끼를 대면하면 겁에 질립니다. 지극히 자기중심적이면서도 유한한 자신이라는 개념을 받아들이지 못합니다. 진보와 이성의 힘을 믿으면서도 인간 본성의 어두운 측면이라는 망령에 시달립니다. 성에 집착하면서도 성적 상상력을 두려워해서 터부로 만들어진 거대한 체제의 보호를 필요로 합니다. 평등을 믿지만 하층민은 혐오합니다. 자신의 육체를 두려워하고, 다른 무엇보다도 죽음을 두려워합니다. 자연 속에서 우연히 탄생한 존재일 뿐인데도 스스로를 우주의 중심이라 생각합니다. 망각으로부터 고작 몇 발짝 떨어져 있을 뿐인데도 어떤 식으로든 불사의 존재라 여깁니다……"

"그리고 그 모든 것이…… 20세기 탓이라는 겁니까?"

"어떤 면에서는 그렇지요. 우리가 자신에게 돌아가는 문을 잠그도록 도왔으니까요. 우리는 과거 세대의 수감자들이 지은 유화적인 정권의 교도소에 살고 있는 겁니다. 때론 탈옥을 할 필요가 있지요. 2001년의 세계무역센터를 향한 공격은 미국을 20세기로부터 해방시키기 위한 위대한 시도였습니다. 사망자가 발생한 것은 비극이지만, 그 밖의 점에서는 의미 없는 행동이었으니까요. 바로 그게 본질인 겁니다.

국립영화극장에 대한 공격과 동일하지요."

"히스로하고도요?"

"히스로…… 그렇지요." 굴드는 나와 시선을 마주치지 않으려 조심하며 눈을 내리깔았다. 그는 외과 의사의 하얀 장갑처럼 자기 앞에 놓인 자신의 손을 응시하다가, 커피 자국을 발견했다. 그는 엄지를 입으로 빨아 자국을 지우려 시도했는데, 너무 집중하느라 나를 알아채지 못하는 것처럼 보였다. "히스로 말이지요? 그에 대해서 생각하는 일은 꽤나 힘들겠지요. 이해합니다, 데이비드. 하지만 당신 아내의 죽음이 무의미했던 건 아닙니다."

나는 그가 떠날 시간이 되었는지 확인할 때 손목시계를 힐끔거리면서 뒤로 물러나 앉는 모습을 지켜보았다. 이자가 히스로 폭탄 테러에서 뭔가 역할을 수행한 것일까? 자신의 너저분한 세계에, 이 폐병원과 아이들에 대한 기억에 지독하게 사로잡혀 있는 것을 보면 그렇지는 않을 듯했다. 애초에 첼시마리나의 저항운동 전체를 의료 체계에 대한 반항심 때문에 고안해 냈다고 믿을 수 있을 지경이었다. 동시에 나는 그가 마음에 들었고, 그의 고집스러운 착상에 끌리고 있음을 깨달았다. 다 떨어진 정장과 제대로 간수하지 않은 육체는, 복도 정치가 우리 삶을 장악하는 기업 세계에서는 보기 드문 특정 종류의 진실성을 이야기하고 있었다.

그는 내 감정을 알아차렸는지, 함께 철제 계단을 내려가다 갑자기 걸음을 멈추고 나와 악수를 나누었다. 열정적이고 거의 소년처럼 보이는 웃음을 머금으면서.

그의 손이, 그리고 모습을 드러낼 순간을 기다리는 뼈의 감촉이 느껴졌다.

18 / 검은 밀레니엄

세인트존스 우드에 도착했을 때는 한낮이 다 되었고, 《선데이 타임스》 후판에는 국립영화극장 화재의 선명한 컬러 사진이 실려 있었다. 해머스미스와 나이츠브리지의 뉴스 가판대에서도 동일한 지옥의 불길이 타올랐다. 신호에 걸린 택시에서, 나는 격렬한 주황색 화염을 내다보면서도 나 자신이 그 광경에 부분적으로나마 책임이 있음을 거의 인지하지 못했다. 동시에 내가 한 일에 기묘한 자부심이 느껴지기도 했다.

하이드파크 코너 역에 도착하자, 나는 즉흥적으로 기사에게 트래펄가 광장과 템스 강둑 쪽으로 돌아서 가 달라고 주문했다. 꿈을 잃은 잿더미 퇴적물처럼 보이는 국립영화극장의 잔해에서는 마지막 남은 연기가 피어오르고 있었다. 숯이 된 목재 위로 소방 호스가 물을 뿌려서 일어난 수증기 구름이 헤이워드 갤러리 쪽으로 흘러갔다. 워털루교 밑단의 버팀대에는 한 무리의 기술자들이 올라앉아 교각에 피해가 없는지 확인하는 중이었다. 곤돌라가 연기에 그을린 밀레니엄 휠은 카운티홀 옆에서 깃을 내리간 백조처럼 꼼짝도 않고, 서 있었다. 군중은 아무 말도 없이 강둑을 따라 늘어선 채로 더러운 강물을 건너다보았다. 마치 시간과 죽음을 빨아 내는 히로니뮈스 보스의 그림 속 기계 같은 대관람차가 다시 돌아가기를 기다리는 것처럼.

택시는 세인트존스 우드를 향해 출발했고, 채링크로스 대로의 매점에도 동일한 재앙의 장면들이 널려 있었다. 런던 중심부 전체가 대재앙의 날을 추도하는 상복을 걸친 것 같았다. 영화 필름 도서관의 방화가 사람들 내면 깊은 층위의 불안을 자극한 것이 분명했다. 수천 편의 할리우드 영화에 투영된 무의식적인 공포가 마침내 현실로 기어 나온 듯했다. 나는 가운을 걸친 케이 처칠을, 텔레비전 뉴스를 바라보며 스크램블드에그를 포크로 찔러 입으로 나르는 그녀를 생각했다. 베라 블랙번은 자기 아파트에서 우울하게 도화선과 시한장치를 가지고 놀면서, 중산층의 굴종을 이끌어 내는 다른 요새를 습격할 준비를 하고 있을 것이다. 해처즈 서점이나 포트넘스 백화점이나 빅토리아 앤드 앨버트 박물관 따위를. 물어뜯어 엉망이 된 손톱을 가진 신경증을 앓는 젊은 여성들이 심판의 날을 계획하는 중이었고, 죽어 가는 모친과 죄책감 콤플렉스에 시달리는 심리학자들이 숨을 헐떡이며 따라와 그 계획을 현실로 옮기는 것이었다.

택시는 우리 부부의 집에 도착해서 샐리의 차 뒤에 정차했다. 나는 국립영화극장 습격에서 수행한 역할에 대해서는 입을 다물기로 결정했다. 샐리는 절대 이해하지 못할 테고, 머지않아 친구들에게 상담할 것이 분명했기 때문이다. 월요일 아침에 연구소에 도착하면 아널드 교수가 마이클스 경정을 대동한 채로 나를 기다리고 있을 것이 뻔했다.

나는 문간에 놓인 신문을 들고 집 안으로 몸을 이끌었다. 샐리가 나를 맞이해 주기를 기다렸지만, 적막한 공기 중에는 그녀의 아침 샤워의 흔적도, 수건과 갓 내린 커피 냄새도, 나로 하여금 침입자가 된 느낌이 들게 만드는 부드럽고 살가운 세계의 분위기도 존재하지 않았다. 부엌에는 혼자 오믈렛에 와인 한 잔을 곁들여 저녁 식사를 하고 남은 설거지 거리가 쌓여 있을 뿐이었다.

자신이 얼마나 지쳤는지 새삼 깨달으며, 나는 계단을 올라갔다. 격렬한 여성 경찰관과 하룻밤을 보낸 것처럼 온몸이 상처와 멍투성이였다. 우리 침대에서는 아무도 자지 않았지만, 샐리의 몸의 윤곽이 실크 시트 위에 음영으로 남아 있었다. 내 베개에는 전화가 당당하게 올라타고 앉아서, 남편으로서의 내 역할을 일련의 숫자와 응답 없는 메시지로 거의 대체해 버리고 있었다. 나는 샐리가 늦은 시간까지 나를 기다리고 있었고, 심야 뉴스에서 국립영화극장 사건을 보고도 자기 남편이 방화범 무리에 섞여 있으리라고는 짐작도 못 했을 것이라고 추측했다. 하지만 리처드 굴드의 전화를 받고는 크게 동요했을 것이다. 그 개성 강한 의사로 인해 혼란에 빠진 나머지, 여자 친구 집에서 밤을 보내기로 결정한 것이 분명했다.

나는 그녀의 전화를 기다리며 한 시간 정도 욕조에 누워 있다가, 일어나서 점심시간의 뉴스 단신을 시청했다. 국립영화극장 습격이 여전히 방송의 첫머리를 장식했다. 설득력 있는 동기는 아직 발견되지 않았지만, 할리우드 영화에서 아랍인을 악당으로 그리는 데 항의한 이슬람 단체가 언급되었다. 이번에도 행운과 서투른 수사 덕분에, 우리는 무사히 빠져나간 셈이었다.

나는 깨끗한 구두를 고르다가 샐리의 외박용 가방이 벽장 바닥에 놓여 있는 것을 발견했다. 그녀의 잠옷 또한 내 잠옷 옆에 걸려 있었지만, 침대 옆 탁자에 둔 진통제와 은박지 봉투에 넣어 놓은 피임약은 그녀가 가져간 듯했다.

나는 침대에 걸터앉아 열린 서랍을 응시했다. 그리고 수화기를 들고 재발신 버튼을 누른 다음, 떠오르는 숫자들을 샐리의 메모장에 끼적였다.

숫자들은 고통스러울 정도로 익숙한 모습으로 배열되었다. 종종 전화를 걸었던, 오랫동안 내밀하게 상실과 후회의 감정을 불러일으켜 온 번호였다. 변호사의 손에서 지지부진하게 진행되던 이혼 과정을 놓고 로라와 상의할 때마다 입력했던 번호, 그녀가 헨리 켄들과 동거를 시작한 다음 해부터 사용한 전화번호였다.

나는 사브를 이리저리 복잡하고 힘들게 움직여 포석에 딱 붙여 주차한 다음, 기꺼이 몸을 뒤로 누이고 운전대 위에 세운 신문지 뒤에 얼굴을 숨겼다. 스위스코티지에 있는 헨리의 작은 테라스 주택까지 15미터 떨어진 자리였다. 항상 마음에 들지 않던 붉은 벽돌 건물이었다. 세인트존스 우드에서 차를 몰고 오는 짧은 여정은 북부 런던의 교통 시스템과 내 성질 양쪽을 동시에 시험에 들게 만들었다. 그러나 이 다루기 힘들고 고집 센 차를 복종시키는 일은, 어떻게 보면 제자리를 벗어난 그 주인에게 영향력을 행사하는 것과 같은 효과를 나에게 주었다.

메이다 베일을 가로지르며 기어를 바꾸려다가, 근처에 있는 경관이 나를 바라볼 때 시동을 꺼트리면서 핸드브레이크를 당겼다. 그는 내 쪽으로 걸어와서 진지하게 내 얼굴을 바라보다가 이윽고 개조한 주행 장치를 알아챘다. 그는 나를 장애인 운전자로 간주하고 다시 시동을 걸 때까지 주변 차들을 멈춰 준 다음, 나에게 얼른 가라고 손짓해 보였다.

스위스코티지 지역에 도착했을 즈음에는 나 자신이 장애인이 된 듯한 기분이 들 지경이었다. 샐리보다 심한 장애인이 된 것 같았다. 그녀라면 분위기가 맞으면 지팡이를 내팽개치고 내 레인지로버도 능숙하게 몰 수 있을 테니까. 나는 상대방의 리듬에 맞춰 탱고를 추는 숙련된 사교댄스 댄서와 닮아 있었다. 부정을 저지른 아내의 자동차에서 고뇌에 시달리는 남편처럼 앉아, 무릎과 팔꿈치를 긁어 대는 조작계 한가운데 이제 나는 달콤하리만큼 다정하고 문란한 아내에 의해 뒤틀린 모습으로 재형성되었다.

나는 한 시간 동안 헨리의 쓰레기통 옆에서 노랗게 타오르는 개나리꽃에 시선을 고정한 채 기다렸고, 그러는 동안 일요일의 교통 행렬은 꾸준히 일가족을 햄프스테드 히스로 날랐다. 나를 찾으려고 그에게 전화를 걸었을 가능성도 있지만, 나는 샐리가 그와 밤을 보냈으리라 생각했다. 폭탄 테러 이후로 그녀는 홀로 자기를 두려워했다. 그러나 그녀는 전화로 택시를 부르지 않았다. 그 말은 누군가 세인트존스 우드까지 차를 몰고 와서 그녀를 태우고 갔다는 뜻이었다.

나도 아주 잘 알고 있듯이, 샐리는 정사를 즐길 자유가 있다고 주장했다. 몇 년 동안 다 해 봐야 몇 번이었고, 대부분 일주일을 넘기지 못했으며, 일부는 파티에서 동행인이 없는 남자를 붙들고 밤하늘 아래로 사라져 버리는 정도로 끝났다. 때론 그녀가 나보다 먼저 귀가할 때도 있었다. 그녀는 항상 사과를 하며, 사교계의 흔한 실수일 뿐이라는 듯 어쩔 수 없다는 미소를 지어 보였다. 마치 내 차에 흠집을 내거나 새 전기면도기를 망가트렸을 때처럼.

그녀는 자신이 당연히 그런 충동적인 행동을 할 자격이 있다고 생각했다. 프리다 칼로처럼, 그 노면전차 사고로 인해 충동을 탐닉할 자격을, 포용적인 남편에 맞서 운을 시험해 볼 권리를 얻은 것이었다. 이런 부정에 빠져드는 것은 내 친절하고 포용력 있는 행동에 대한 보답이었다. 그녀의 마음속에서 자신은 영원히 요양 중인 사람이므로, 세인트메리 병원에서 그랬듯이 사소한 잔혹 행위를 자유롭게 저지를 자격이 있었다. 나는 그녀가 하마터면 목숨을 잃을 뻔했던 사고에 대한 그럴듯한 설명을 찾아낼 때까지는 이런 정사를 계속할 것임을 알았다.

비좁은 운전석에 들어앉은 나는 운전대 위로 몸을 뻗으면서 나를 위한 것이 아닌 조작계 사이로 파고들었다. 그리고 도착적인 성적 욕망의 세계를 모사한 듯한 뒤틀린 세계 속에서 내 무릎과 팔꿈치를 가지런히 정돈했다. 나는 가속 페달을 조작하는 손잡이를 붙든 채로 연결 장치가 달각거리며 튀어나오는 소리에, 붙었다 떨어졌다 하는 소리에 귀를 기울였다.

내 삶은 여러 측면에서, 원격 조작계를 장착하고 보조 장치와 긴급 제동기를 손이 닿는 곳에 배치한 이 자동차와 비슷했다. 나 자신을 애들러 연구소의 전문직이라는 비좁은 조종석에 맞춰 왜곡해 버린 것이었다. 무의미한 적대 관계와 경직된 감정적 요구로 가득한 그곳에.

반면 국립영화극장을 소이탄으로 공격했을 때는 훨씬 현실적인 세계가 어렴풋이 비쳤다. 강박적인 꿈처럼 내 머리 위에서 맴도는, 불운한 관객석의 연기의 맛을 아직도 느낄 수 있었다. 페스티벌홀까지 염소처럼 돌격하며 나를 쫓아온 사람이 내뿜던 뜨거운 숨소리가 귓가에 들리고, 대관람차의 곤돌라에서 샴페인 한 잔을 권하던 웨이터의 차분한 미소가 눈앞에 선했다. 로라를 살해한 범인을 찾아다닌 여정은 보다 강렬하고 충동적인 존재 방식을 발견하기 위한 여행이었던 셈이다. 마음속 어딘가에서는, 이미 내 일부가 히스로에서 폭탄 설치를 도왔다고 간주하고 있었다.

사브에서 6미터쯤 떨어진 곳에 택시가 멎었다. 헨리 켄들이 택시에서 내리면서 기사에게 요금을 지불했다. 지쳤지만 고양된 느낌이었고, 잘생긴 얼굴은 괜찮은 점심 식사 때문이라고만은 보기 힘들 정도로 혈색이 좋았다. 그는 조수석 문 안으로 손을 뻗어서 머리카락이 어깨까지 내려오는 매력적인 여인이 차에서 내리는 것을 도왔다. 여인의 손에서는 긴 나무줄기가 뻗어 나와 있었다. 택시에서 그녀를 부축해

데리고 나오던 그는, 문지방을 넘는 신랑이 신부를 들어 올리듯이 그녀를 들어 포석 위로 올려놓았다.

샐리는 그의 팔을 붙든 채로, 둘이서 교묘한 마술 속임수를 성공시킨 양 공모자의 미소를 머금었다. 두 사람은 함께 웃음을 터트리더니, 잠시 걸음을 멈추고 헨리의 집을 바라보았다. 마치 즐거운 와중에도 자기들이 어디 있는지 모르는 것처럼.

헨리가 자기 집 열쇠를 찾는 동안 샐리는 보도를 이리저리 거닐었다. 그러나 그녀의 눈은 내 얼굴을 가리고 있는 신문의 전면 헤드라인에 붙들렸다. 그녀는 자신의 차를 알아보고 걸음을 멈추었고, 앞 유리에 붙어 있는 장애인 스티커를 가리켰다.

"데이비드……?" 그녀는 내가 창을 내릴 때까지 기다린 다음, 낯선 사람처럼 나를 바라보고 있는 헨리를 향해 가까이 오라고 손짓했다. "방금 점심을 먹고 오는 참인데."

"잘됐군." 나는 미동도 않고 서 있는 헨리를 향해 손을 흔들었다. "별일 없는 거지?"

"무슨 일이 있겠어? 차 가져다줘서 고마워." 그녀는 고개를 숙여 진짜 애정을 담은 입맞춤을 했다. 내 얼굴을 봐서 기쁜 것이 명백했다. "내가 여기 있는 줄은 어떻게 알았어?"

"추측했지. 그리 어렵지 않았어. 나는 심리학자라고."

"헨리처럼 말이야. 집까지 태워다 주고 싶기는 한데……"

"택시 타면 돼." 나는 몸을 옥죄던 조작계에서 몸을 빼고 자동차에서 내린 다음, 그녀에게 열쇠를 건넸다. "너무 늦지 마. 온갖 일이 벌어지고 있으니까. 국립영화극장하며……"

"나도 알아." 그녀는 내 얼굴을 살피다가 이마에 난 작은 상처를 만졌다. "또 경찰하고 싸우고 있는 건 아니지?"

"그런 일은 아니야. 아직도 히스로 폭탄을 조사하고 있을 뿐이지. 새로운 단서가 몇 개 드러났는데, 중요한 것 같아. 헨리한테 그렇게 말해 줘."

"그럴게." 그녀는 내가 남편답게 분노를 터트리기를 기다리면서 헨리 앞으로 가는 직선 경로를 열며 한발 물러났다. 내가 반응하지 못하자 그녀는 말했다. "좋아, 나중에 집에서 봐."

"그래. 당신이 원할 때면 언제든……"

나는 그녀가 고개를 숙여 보도에 시선을 고정한 채 서둘러 멀어지는 모습을 지켜보았다. 이번에는 나를 도발하는 일에 실패한 셈이었다. 헨리는 자기 집 현관에 서 있다가 한 손을 들어 올렸다. 나를 향해 손을 흔들었지만, 나는 그를 무시하고 지나쳐 걸었다.

세인트존스 우드로 걸어가면서, 나는 조금씩 보폭을 넓혔다. 남성으로서의 자존심을 작은 대가로 지불하기는 했지만, 그래도 가치 있는 투자였다. 국립영화극장 습격으로 내 감방의 문이 열렸다. 애들러에 들어가서 전문직이라는 프리

메이슨 결사의 일원이 된 후 처음으로 자유를 다시 찾은 기분이 들었다. 나를 숨 막히게 만드는 결사의 예복, 죄책감과 억울함과 자기 회의는 여전히 내 정신의 옷장에 걸려 있었다. 당장 꺼내 입고, 시민의 의무와 책임감을 되새겨 줄 가장 가까운 거울 앞에서 퍼레이드를 벌이라고 종용하고 있었다. 그러나 그 예복은 쓰레기통으로 향하는 중이었다. 나는 더 이상 어머니의 퉁명스러운 이기심이나 연구소 동료들이 세상에 끼치는 끔찍하게 고통스러운 지루함에 혐오를 느끼지 않았다. 또한 사소한 불륜을 저지르는 샐리를 증오하지도 않았다. 나는 그녀를 사랑했고, 설령 내가 그녀 아버지의 개인 간호사일지언정 그 사실은 변하지 않았다.

나는 메이다 베일을 지나가며 근무 중인 경관에게 손을 들어 인사를 건넸다. 춤추듯 발걸음을 옮기는 나의 모습에 깜짝 놀란 듯했다. 나는 첼시마리나와 사우스뱅크의 화재를, 그리고 폐허를 굽어보며 돌아갈 준비를 마친 검게 그을린 밀레니엄 휠을 생각하고 있었다. 나는 케이 처칠과 베라 블랙번과 조앤 창을, 다른 누구보다 리처드 굴드 박사를 떠올렸고, 그들을 다시 만나야만 한다는 것을 아주 분명하게 깨달았다.

검은 밀레니엄

19 / 방송국 포위전

항상 예측할 수 없는 집단인 경찰은 이번에는 개입하지 않기로 결정했다. 나는 방송국 밖의 시위대 가운데 서서, 사이렌이 울리고 진압대 차량이 인파 사이로 거칠게 밀고 들어오기만을 기다리고 있었다. 그러나 경찰청장의 명령에 따라 차분한 상태가 지속되고 있었다. 랭엄 플레이스를 따라 달리는 2층 버스에서 관광객들이 런던의 유서 깊은 명물인 기관 조직에 대한 저항 시위를 자세히 살피며 우리를 내려다보았다.

도로 건너편 중국 대사관 근처의 보도에서 두 명의 경관이 순찰을 돌고 있었다. 세 번째 경관은 랭엄 호텔의 문 앞을 지키고 서서 리무진 운전사와 잡담을 나누었다. 그들 중 어느 누구도 BBC 본부 건물 입구를 막고 서 있는 100명이 넘는 시위대에는 관심을 주지 않았다. 하지만 경찰이 움직여서 첨예하게 대치해 주지 않으면 우리 계획을 실행에 옮길 방도가 없었다. 우리는 분노에 사로잡혀 보안 요원들을 밀어내고 건물을 점거해야만 했으니까.

"우리가 그냥 팬이라고 생각하나 본데요." 나는 옆에 서 있던 양가죽 외투를 걸친 오십 대 여성에게 중얼거렸다. 그녀는 덱스터 목사의 이웃 사람으로, 수의사이자 첼시마리나 예배당의 자원봉사 교회지기이기도 했다. "템플턴 부인, 경찰은 대체 왜 필요할 때면 모습을 보이지 않는 걸까요? 우리가 무슨 팝 스타나 구경하려고 여기 모인 줄 아는 모양입니다……"

"마컴 씨? 또 혼잣말을 지껄이기 시작하는 건가요……"

대부분의 시위대 사람들과 마찬가지로, 템플턴 부인 또한 그날 시위를 해설 중인 BBC 라디오 4에 주파수를 맞춘 휴대용 라디오를 듣고 있었다. 입술에 마이크를 댄 기자는 방송국 현관의 보안 요원들 뒤편에 서 있었는데, BBC 앞에서 시위를 벌이는 목적에 대해 그가 말도 안 되는 논평을 할 때마다 일제히 폭소가 터졌다.

내 주변에서 라디오에 귀를 기울이는 면면을 살피던 나는, 문득 우리가 시위의 대상이 되는 조직으로부터 지령을 받는 셈임을 깨달았다. 지난 사흘 동안 1시 뉴스 프로그램에서 첼시마리나의 소요 사태를, 그리고 브리스틀과 리즈에서 벌어지는 비슷한 중산 계층의 동요와 폭발을 취재해 왔던 것이다.

예상대로 언론에서는 가장 중요한 점을 이해하지 못했다. 그들은 직업군마다 침투해 들어오는 젊은 세대에 맞서 직위를 유지하기 힘들게 된, 방종하고 과잉교육의 수혜를 입은 베이비 붐 세대가 깊은 불만을 품었기 때문에 이런 반란이 일어났다고 설명했다. 전문가들, 의회 뒷줄의 국회의원들, 심지어 내무부 차관조차도 비슷한 고견을 제시했다. 부엌에서 샐러드용 오이를 써는 케이의 곁에 앉아서 그 소리를 듣고 있자니, 나 또한 첼시마리나에 발을 들이지 않았더라면 비슷한 헛소리를 유창하게 지껄이고 있을 것이라는 생각이 퍼뜩 들었다.

BBC의 아이를 타이르는 어조에 격노한 케이는 오이 대신 손가락에 칼집을 냈고, 결국 시위를 조직하기에 이르렀다. 우리는 시위대로 포틀랜드 플레이스를 가득 메우고, 고색창연한 아르데코풍 건물로 몰려들어 〈월드 투데이〉 스튜디오를 점거한 다음, 잉글랜드 중부 여기저기서 고개를 드는 반란의 실태에 대해 직접 방송을 할 생각이었다.

폭약 무더기처럼 가득 쌓인 분노가 불붙기만을 기다리고 있었다. 케이는 확성기로 집 밖의 군중에게 BBC가 60년이 넘도록 중산층 세뇌의 첨병 역할을 해 왔다고 설명했다. 온

건과 상식을 통한 치세와, 교육과 계몽을 목적으로 하는 리스주의*의 기치는, 모두 수동적인 태도와 자제력이라는 이데올로기를 강요하는 용도의 화려한 연막에 지나지 않았다. BBC는 국가를 지배하는 문화를 규정했고, 중산층은 그 속임수에 넘어가서 절제와 시민 도덕이 전부 자신들의 이익을 위한 것이라 생각하게 된 것이었다.

부엌 의자 위에서 몸을 왔다 갔다 하는 케이를 지탱하면서, 나는 확신을 갖고 그녀의 장광설에 고개를 끄덕였다. 그녀는 동료 거주자 두 명을 소개해 주었는데, 최근 정리 해고를 당한 BBC의 예술 PD들이었다. 그들은 방송국 내부 구조를 잘 알고 있었으므로, 〈월드 투데이〉 스튜디오를 습격할 때 선봉을 맡아 줄 예정이었다. 다음 날 아침 산개해서 런던 시내를 가로지른 우리에게 부족했던 것은 단호하고 잔인한 적수뿐이었다.

그럼에도 나는 여전히 혁명의 흥분에 휩싸여 있었다. 헨리 집 앞에서 샐리와 헨리 켄들을 떠난 후, 나는 지나가는 콜택시 한 대를 불러 세웠고, 작은 여행 가방에 짐을 챙기는 동안 세인트존스 우드에 잡아 두었다. 첼시마리나에 얼마나 오래 머물게 될지, 또는 레닌이 얼마나 많은 짐을 들고 핀란드 역에 내렸을지는 짐작조차 할 수 없었지만, 나는 혁명가들은 그리 짐을 많이 챙기지 않는다고 가정하기로 했다.

킹스로에 도착하자 문득 안도감이 밀려들었다. 행복한 입양 가정으로 돌아가는 어린아이가 된 기분이었다. 나는 3주 휴가를 내면서 병상의 어머니가 함께 지내기를 원하신다고 아널드 교수에게 말했다. 교수는 어머니와 젊은 시절에 알고 지내던 사이였기 때문에 당연하게도 회의적인 태도를 표했다. 샐리와는 그녀의 콤플렉스에 의한 요구에 휘말려 헨리가 무력해진 다음에는 기꺼이 다시 만날 생각이었다. 지금 이 순간에는 서부 런던의 주택단지에서 일어나는 사건이 훨씬 더 많은 의미를 가지고 있었고, 어떤 면에서는 내 미래를 향한 열쇠를 쥐고 있었다.

이런 모든 상황에도 불구하고, 파키스탄인 운전기사는 단지에 들어가기를 거부하며 수위실 앞에서 차를 멈추었다.

"너무 위험합니다, 손님. 경찰이 우리한테 거리를 두라고 경고했어요. 해러즈 밴에다 돌을 던져 댔다던데요."

"돌을요? 뭔가 이유가 있었겠지요?"

"종족적 라이벌 아닐까요. 이곳 사람들도 자기네 나름의 시시한 카슈미르 분쟁을 겪는 거죠. 전통적인《가디언》지지자들과 금융업계에서 새로 부상한 중산층 사이의 주도권 다툼이지요."

• 존 리스(1889~1971)는 영국 BBC의 초대 총국장으로 공영방송의 초석을 다진 인물이다. '리스주의'는 특별히 그의 원칙, 곧 대중의 기호를 계몽하고 교육하는 방송의 책임에 대한 그의 신념을 이른다.

"흥미롭군요." 나는 앞자리에 놓인 《이코노미스트》를 발견했다. "그럼 저는 어느 쪽에 속하는 겁니까?"

기사는 몸을 돌려 나를 슬쩍 바라보았다. "두말할 나위도 없이 중립이지요……"

나는 요금을 지불하고 거스름돈을 거절한 다음, 판자로 창문을 막아 놓은 관리 사무소를 지나 도보로 움직였다. 경찰차 한 대가 보포트 거리를 순회하고 있었고, 찌그러진 미니를 탄 주민 두 명이 경고하듯 전조등을 깜빡이며 그 뒤를 따라다녔다. 나는 케이의 집이 엄중한 감시하에 있으리라고 생각했지만, 그녀의 집이 있는 막다른 골목은 평온하기만 했다. 정적을 깨는 것은 케이가 산울타리를 치는 전정가위질 소리뿐이었다.

그녀는 나를 열렬히 포옹하고는 내 손을 붙들어 자기 가슴에 대고 누른 다음, 내 여행 가방을 가져갔다. 우리는 와인 몇 병을 나누며 행복한 오후를 보내고, 국립영화극장을 습격한 이후 서로 겪었던 일을 털어놓았다. 케이는 나를 방치한 일은 이미 잊어버렸다. 나는 이제 내가 체포되어 자신을 배신하기를 바라고 그런 짓을 벌였으리라고 의심하고 있었다. 그녀의 야망 중에는 순교자가 되어 스타덤에 오르는 것도 포함되어 있었으니까. 그녀는 다음 사우스뱅크 습격 계획을 세세하게 설명했다. 새로운 폭정의 전초기지를, 브루

탈리즘의 장벽에 맞서 문화적 안식처를 찾으려는 모든 이를 노예로 만드는 그곳을.

"치장하지 않은 콘크리트 덩어리라고요, 데이비드. 감시의 눈길을 늦추지 않는 새로운 앨커트래즈*예요. 애나 니글이나 렉스 해리슨을 좋아한 사람들이 지은 건물이죠……"

나는 케이와 혼란스러운 열정을 함께 나누는 일이 즐거웠다. 밤이면 그녀 딸의 침실에 있는 어린이용 매트리스에서, 파스텔로 트로이전쟁을 묘사한 유쾌한 그림들에 파묻혀 편안하게 잠들었다. 나는 트로이가 첼시마리나와 명백한 유사점을 가지고 있다는 사실을 깨달았다. 목제 페니스를 장착한 목마는 이곳에서 처음 보기는 했지만. 동이 트고 얼마 지나지 않아서, 경찰 헬리콥터 소리에 깨어난 케이가 내 옆자리로 슬그머니 들어왔다. 그녀는 잿빛의 런던 하늘 아래 조용히 누워서, 자기 딸의 베개 냄새를 들이마시더니 내 쪽으로 몸을 돌렸다.

첼시마리나 혁명은 이어진 2주 동안 괄목할 만한 진전을 이루었다. 거주자의 절반 이상이 저항운동에 동참하고 있었

---

* 미국 캘리포니아주 샌프란시스코만 가운데에 있는 작은 섬. 1854년 처음으로 등대가 세워지고 군사 요새, 군사 감옥을 거쳐 1963년까지 연방 감옥으로 사용되었다. 높이 41미터의 절벽으로 이루어진 데다, 주변의 조류는 흐름이 빠르고 수온이 낮아 탈옥이 불가능하기 때문에, '악마의 섬' '더 록' 등으로 불렸다.

다. 혁명의 공식 언론이 된《데일리 텔레그래프》에서는 사설에서 행동가 중 많은 수가 베테랑 전문직이라는 점에 주목했다. 첼시타운홀을 점거한, 주차 요금 변동에 항의하는 시위에서는 의사와 건축가와 변호사들이 주요한 역할을 했다. 관리 회사의 사무실 바깥에서 벌어진 시위에서는 은퇴한 법정 변호사가 시위를 이끌면서 단지 부동산의 자유보유권을 포기할 것을 요구했다.

내가 돌아오고 일주일이 지났을 때 처음으로 경찰과의 대치 사태가 벌어졌다. 압류 집행관들이 젊은 회계사 부부와 네 명의 아이가 사는 집으로 강제 진입을 시도했다. 부부는 터무니없는 액수의 공공요금을 납부하는 것을 거부했고, 그결과 압류 위기에 처해 있었다.

그러나 얼굴마다 분노가 선연한 한 무리의 여성이 압류집행관들을 막아섰다. 그들은 집행관들이 대형 해머를 꺼내들기도 전에 밴을 공격했다. 20분 후 경찰이 프랑스 텔레비전 보도진을 대동하고 현장에 도착했다. 세이셸과 모리셔스와 유카탄반도에서 가져온 예쁘장한 돌멩이들이 투척 무기가 되어 빗발치듯 날아들었다. 경찰은 첼시마리나에 여동생이 사는 한 내무부 각료의 설득에 전략적 후퇴를 결정했다. 하지만 회계사의 겁에 질린 아이들이 침실 창문에서 비명을 지르는 광경이 텔레비전 전파를 탔고, 벨파스트에서 벌어졌던 계파 투쟁의 불안한 기억을 불러일으켰다.

많은 부모가 별도 수업료를 받는 학교로 찾아가 아이들을 데려왔고, 사교육의 정신 자체가 복종을 가르치는 거대한 음모라고 여기며 거부하기에 이르렀다. 가족의 안위를 염려하는 많은 주민들이 무급 휴가를 내고 숙고할 시간을 가지려 했다. 그 부인과 자식들은 킹스로의 슈퍼마켓과 식품점에서 들치기를 시도했다. 치안판사 앞으로 끌려간 그들은 벌금 납부를 거부했으며,《데일리 메일》에서는 그들에게 '최초의 중산층 집시'라는 칭호를 부여했다.

풀럼의 내국세 수입국이 주요 컴퓨터 관리자들의 파업 때문에 업무를 중단하기에 이르자, 마침내 관료들도 움직임을 보이기 시작했다. 중산층이 소비사회를 거부하는 일을 지속적으로 용인하면 세수에 치명적인 하자가 발생할 테니 말이다. 보건부의 조사관들이 설문지를 들고 첼시마리나를 돌아다니면서 불만의 근원을 판별해 내려 시도했다.

선택한 목표물이 너무 광범위하게 퍼져 있는 상황이라 공통된 심리 분석을 적용하기가 어려웠다. 피켓 시위대가 입구를 막은 피터존스 백화점과 런던 도서관, 레고랜드와 대영박물관, 여행사와 빅토리아 앤드 앨버트, 헨든의 쇼핑몰과 흔해 빠진 사립학교 사이에는 중산층의 삶을 거부한다는 것 외에는 아무런 공통점이 없었다. 셀프리지 백화점의 식료품 코너와 자연사박물관의 공룡 전시관에서 터진 두 개의 발연탄 사이에는 어떤 공통점도 찾을 수 없었지만, 양쪽 모두 하루 동안 폐관하게 만들었다. 마리네티를 추앙하는 미래파의 '박물관을 파괴하라'는 구호가 놀라울 정도로 공감을 받는 상황이었다.

지역 보궐선거가 진행되는 동안 투표함을 훼손하려는 생각으로 투표장을 방문한 케이와 베라는 시민의 협조 거부가 민주주의 체제에 심각한 위협이 될 수 있음을 발견했다. 국회의원 선거는 오랫동안 중산층 자원봉사자들에 의해 이루어져 왔다. 숙련된 집계원 몇 명이 참가 거부를 표한 것만으로도 선거가 연기되었고, 의회 민주주의를 중산층을 거세하려는 그리 교묘하지 못한 시도라고 간주하던 첼시마리나의 주민들은 이런 상황에 박수갈채를 보냈다.

이 모든 것에 만족한 케이는 일반판 신문을 사 오라고 나를 파견한 다음, 와인을 곁들여 걱정 섞인 사설을 음미했다. 《더 타임스》와 《가디언》에서는 구독자의 상당수가 사회로부터 유리되어 가는 상황에 영문을 모르고 당황했다. 양쪽 모두 텔레비전 방송국과 인터뷰를 한 첼시마리나 주민이자 지역 학교의 교감인 사람의 말을 인용했다.

"우리는 당연히 존재하는 취급을 받는 데 이제 질렸소. 이용당하는 일에도 질렸고. 우리가 이런 자들이 되었다는 것 자체도 마음에 들지 않소……"

방송국 밖에서는 시위대가 입구로 접근하면서, BBC의 보

방송국 포위전

안 요원들이 문 앞에 설치해 놓은 나무 장애물을 뒤로 밀어 내고 있었다. 이제 200여 명의 시위대가 모여 라디오로 BBC 창문 바로 아래에서 펼쳐지는 사건들에 대해 토론한 뉴스 프로그램에 귀를 기울이고 있었다.

나는 첼시마리나 주민들의 익숙한 얼굴들을 둘러봤지만, 케이나 베라 블랙번이나 리처드 굴드의 흔적은 없었다. 케이가 '문화적 환상의 진열장'이라 칭한 빅토리아 앤드 앨버트에서도 시위가 계획되어 있다는 것은 알고 있었다. 그들의 목표는 석고 복제품 전시실이었는데, 베를린 장벽이 무너진 이후 스탈린과 레닌의 동상을 끌어 내렸듯이 미켈란젤로의 다비드상 복제품을 좌대에서 끌어 내릴 예정이었다. 케이는 그 다비드상이, 세심하게 길러 낸 '문화적' 감수성 때문에 중산층이 축구 팬이나 정원의 난쟁이 조각상 애호가들에 비해 도덕적으로 우월하다는 환상을 불러일으켰다고 주장했다.

"이런, 세상에……" 템플턴 부인이 하이힐 뒷굽에 체중을 옮겨 실으며 말했다. 주변 사람들은 믿을 수 없다는 듯 웃음을 터트렸다.

"템플턴 부인? 뭔가 일이 터졌나요?"

"확실히 그렇죠." 그녀는 자기 양가죽 외투에 앉은 파리를 쫓으며 말했다. "첼시마리나가 '최초의 중산층 빈민굴'이라네요. 우리는 부르주아 속의 '하층민'인 거지요. 이런 세상에……"

나는 적절한 답변을 떠올리려 노력했지만, 보안 요원과 목제 장애물을 넘어트리려는 시위대 사이에 성난 대치 상황이 벌어지고 있었다. 사태는 즉시 주도권 다툼으로 번졌고, 보안 요원들은 장애물이 BBC의 재산이라 주장하면서 시위대를 운전면허 수수료 지불조차 거부한 사람들이라고 도발하기에 이르렀다.

입구 근처에서 섬광탄이 터지며 폭음에 귀가 먹먹해졌다. 충격에 휩싸인 침묵 속에서 푸른 연기가 구름처럼 우리 머리 위로 떠올랐다. 나는 템플턴 부인의 팔을 붙들어 주다가 포틀랜드 플레이스에 있던 방송국 보도 차량이 보도 위로 떠밀린 것을 보았다. 하얀색 경찰차들이 사이렌을 울리면서 교통 체증을 뚫고 들어와 랭엄 플레이스의 올솔즈 교회 앞에 멈췄다. 진압복을 입고 방패와 곤봉을 치켜든 경관들이 밴에서 뛰쳐나와 점심시간 동안 상황을 구경 중이던 군중을 헤집고 나아갔다.

발연탄의 검은 연기가 돌풍을 타고 허공을 휩쓸었다. 깜짝 놀란 경비 한 명이 장애물에 발이 걸려 넘어졌다. 시위대는 기회를 놓치지 않고 그를 지나쳐 문으로 돌진했다. 여전히 템플턴 부인의 팔을 붙들고 있던 나도 경찰의 압력에 함께 현관 쪽으로 밀려갔다.

접수 공간을 우리 쪽 사람들 100여 명이 빽빽하게 들어차

서 승강기를 지키려 드는 보안 요원을 제압해 버렸다. 특별 출연진 한 무리가, 마침내 현실을 직면하게 된 전문가들이 안락의자 사이에 웅크려 있었다. 연기가 우리를 따라 현관으로 들어와서, 시위대의 선발대를 상층으로 데리고 올라가는 승강기 기둥 속으로 소용돌이쳐 들어갔다. 우리 쪽에 합류한 BBC PD가 이끄는 선견대는 뉴스 스튜디오를 점거해서, 뮤즐리를 먹으려고 입을 벌린 전국의 시청자들에게 중산층 혁명의 선언문을 읽어 줄 예정이었다.

앵글로-인도 혼혈인 갸름한 얼굴의 다른 BBC 직원이 우리를 현관 왼쪽의 계단으로 인도했다. 우리는 한 층을 올라가서 '대회의실'이라는 명판이 붙어 있는 방으로 돌입했다. 드높은 천장과 반원형의 남쪽 벽이 인상적인 방 안에는 이 회사의 자비로운 폭정 위에 군림한 역대 BBC 총국장의 초상화들이 걸려 있었다.

앙시앵 레짐의 고상한 거실에 돌입해서 부패한 귀족들의 흉상을 마주한 혁명의 폭도처럼, 우리는 입을 떡 벌리고 초상화들을 바라보았다. 그중에서도 제일 눈에 띄는 것은 BBC의 현재 모습을 빚어낸 리스 경의 초상화였다. 나는 문득 시간이 흐르고 BBC의 권력이 증가함에 따라서 초상화 속 인물들의 머리도 점점 커져 간다는 사실을 깨달았다. 최근 지명자는 풍선 같은 얼굴에 미소를 띤 모습이 마치 자기만족으로 부풀어 오른 거대한 비행선처럼 보일 지경이었다.

조연출과 무대 기사들이 한 줄로 늘어서서 우리와 대치했지만, 이들은 자신들이 치러야 할 희생을 도저히 납득하지 못하고 있었다. 우리가 밀고 들어가자 그들은 무력하게 항복했다. 템플턴 부인은 핸드백에서 스프레이 깡통을 하나 꺼냈다. 아래층 현관에서 연기가 흘러드는 가운데, 그녀는 솜씨 좋게 스프레이를 조준해서 초상화마다 히틀러 콧수염과 이마에 늘어진 머리카락을 덧붙여 주었다.

5분 후에는 모든 일이 끝났다. 경찰 진압대에 거칠게 붙들려 로비로 끌려 나가면서, 우리는 〈월드 투데이〉 스튜디오 습격 작전이 실패로 끝났음을 알게 되었다. 우리가 도착하기 한참 전부터 제작진 전원이 지하에 있는 대피용 스튜디오로 이동해 있었던 것이다. 경찰 색출 체포대는 포틀랜드 플레이스 쪽 출입구를 통해 방송국에 진입했다. 그리고 곤봉을 예열해 놓고 우리를 기다리다가, 미로 같은 복도에서 길을 잃어버린 시위대를 손쉽게 진압했다. 경찰은 우리를 건물 밖으로 거칠게 끌어냈고, 방송사는 중산층을 회유하는 역사적 임무에 다시 복귀했다.

나는 경찰의 폭력은 경찰의 권태와 정비례 관계이며, 시위대의 저항 정도와는 아무런 연관이 없음을 깨달았다. 제대로 무자비한 진압을 당하지 않은 것은 우리가 무능한 데다 시위도 순식간에 끝나 버렸기 때문이었다. 발길질과 휘두르는 곤봉의 도움을 받아, 우리는 포틀랜드 플레이스의 연기 자욱한 공간으로 밀려들어 갔다. 30분이면 버스에 올라 웨스트엔드 경찰서로 이송된 다음, 유치장에 처박혔다가 치안판사 앞으로 끌려 나가는 신세가 될 것이다. 템플턴 부인 같은 초범은 사면되겠지만, 나는 30일 금고형을 받을 것이 거의 확실했다.

욕설을 내뱉는 경관에 밀려 문안으로 들어서던 나는 나무 장애물에 발이 걸리고 말았다. 여성 경사 한 명이 앞으로 나와서 내 팔을 붙들었다. 일어나도록 도와주는 그녀를 바라보면서, 문득 올림피아에서 내 다친 다리에 붕대를 감아 주던 시위꾼의 결의에 찬 얼굴을 알아보았다.

"앤절라……?" 나는 그녀의 눌러 쓴 모자 아래 얼굴에 시선을 고정했다. "올림피아 고양이 박람회에서……"

"고양이 박람회?"

"킹스턴에, 아이가 둘 있고……"

"그렇죠." 나를 어느 정도 알아보았는지, 그녀는 손에서 힘을 뺐다. "기억이 나는군요."

"경찰에 들어간 겁니까?"

"그런 모양이네요." 그녀는 포로들을 선별하고 있는 교회 쪽으로 나를 이끌고 가며 말했다. "올림피아에서 꽤 멀리까지 왔군요. 성함이—?"

"마컴, 데이비드 마컴입니다." 경찰 밴이 우리 옆을 스쳐

갔고, 나는 그녀의 냉정한 눈을 바라보며 대답했다. "상당히 극적인 심경의 변화로군요. 언제 경찰이 된 겁니까?"

"4년 전이죠. 정말 잘한 일이었어요."

"그러니까, 당신은…… 위장 잠입해 있었다는 겁니까?"

"그런 셈이네요." 그녀는 줄지어 늘어선 경찰견 조련사와 경찰차 운전사들 사이로 나를 이끌고 갔다. "당신은 완전히 푹 빠진 것 같은데, 다른 취미를 찾지 그래요."

나는 그녀를 구하려다 물게 된 100파운드의 벌금을 떠올리며 말했다. "끄나풀이었다고요? 정말 감탄스럽군요."

"거리를 수호할 사람은 언제나 필요한 법이니까요."

"동의합니다. 공교롭게도 저 역시 위장 잠입한 거라서요."

"정말로요? 어느 쪽이랑 일하는데요?"

"설명하기 힘들군요. 히스로 공항 폭탄과 연관되어 있습니다. 내무부에서 흥미가 있거든요."

"이젠 내가 감탄할 차례로군요." 그녀는 방송국에서 쫓겨나오는 마지막 시위대 쪽을 가리켜 보였다. 외투가 찢어진 템플턴 부인이 지친 표정의 경관에게 투덜대고 있었다. "오늘 일은 어떤가요? 이것도 당신네 계획의 일부인가요?"

"아닙니다. 겉보기보다 훨씬 심각한 일입니다. 증명해 보여야 하는 게 있거든요."

"당신네야 진지할지 몰라도 결국 아주 사소한 논점일 텐데요. 경찰이 시간을 낭비하게 만들어 진짜 피해를 입히려는 사람들에게 연막을 제공할 뿐이죠."

그녀는 진작 내게 흥미를 잃었다. 그녀의 눈이 주변 경찰
병력의 분위기가 변화했음을 감지했다. 조련사들은 경찰견
을 밴 뒤에 태우고, 운전사들은 차의 시동을 걸고 있었다. 교
회 계단에서 시위자들을 감시하고 있던 경찰 병력도 일부만
남고 자기 차로 뛰어 돌아갔다. 경찰차 한 대가 잠시 우리 옆
에 멈췄는데, 앤절라는 내게 한 마디도 건네지 않고 조수석
으로 뛰어올랐다.

호송대가 출발하자 어퍼리전트가를 따라 사이렌이 울부
짖었다. 거의 전 경찰 병력이 사라졌으며, 그 자리에는 느릿
하게 걸음을 옮기는 관광객들만 남아 우리의 사진을 찍기
시작했다. 교회 계단에 몰려 앉아 있던 시위대는 다시 라디
오를 들었고, 경관들이 꺼지라고 손짓하자 이내 뿔뿔이 흩
어졌다.

템플턴 부인이 귓가에 라디오를 댄 채로 내 쪽으로 걸어
왔다. 옷매무새는 헝클어지고 혼란스러워 보였는데, 외투가
찢어지고 턱에 페인트가 묻은 것도 알아채지 못하고 있었
다.

"템플턴 부인? 같이 택시를 타고 가지요. 무사히 빠져나오
게 된 것 같습니다."

"뭐라고요?" 그녀는 라디오에 집중한 채 성난 눈으로 나
를 바라보았다. 그녀의 오른쪽 신발 굽이 떨어져 나간 터라,

259

나는 내면의 중산층 반사작용에 의거해 그녀가 단정치 못한 모습을 보여서 당황한 것이라 추리했다.

"안전해진 겁니다, 템플턴 부인. 혹시 경찰이 거칠게 다루던가요?"

"이걸 들어 봐요……"그녀는 거의 사팔뜨기처럼 눈을 뜨면서 라디오를 나에게 건넸다. "테이트모던에서 폭탄이 터졌어요. 세 사람이 죽었대요……"

나는 리포터의 다급한 목소리에 귀를 기울였지만, 나를 둘러싼 주변 거리에서는 이미 모든 소리가 사라져 버렸다. 관광객들은 목적지도 없는 지도를 따라 방송국을 지나쳐 어디론가 사라졌다. 의류점의 배달원들은 신호등 앞에서 배기가스를 뿜으며 아무런 의미도 없는 직무를 수행하기 위해 달려 나갔다. 도시는 멈춰 있는 거대한 벨트컨베이어 그 자체가 되어, 수백만 명의 미래 승객이 자리에 앉아서 기다리다 하차하는 행위를 반복했다. 나는 다른 계몽의 신전을 습격한, 끝없이 이어지는 카페의 잡담을 일거에 가라앉힌 폭탄을 떠올렸다. 공모자의 희열이 차오르는 것을 억누를 수가 없었다.

20 / 백색 공백

"수단이 충분히 절박하면 결과는 정당화되는 거예요."

우리는 케이의 부엌에서 함께 아침 뉴스를 시청하고 있었다. 그녀는 내 뒤에 서서 내 어깨에 손을 올린 채 이렇게 말했다. 테이트 폭탄이 촉발한 친밀한 애정 관계에도 불구하고, 나는 그녀의 손가락이 내게서 떨어져 나가려는 듯 떨리는 것을 느낄 수 있었다. 나는 우리가 함께 보낸 깊은 밤을, 어둠 속에서 이야기를 나누며 지낸, 서로 평생 분량의 기억을 풀어놓았던 시간을 생각했다. 그러나 지나치게 많은 폭력에 대한 대화와 언젠가 환금해야 하는 공모자들의 백지수표로 인해 무뎌져 있던 신경은, 테이트에서의 파괴 탓에 다시 일거에 곤두서 버렸다. 시위 활동은 케이의 온갖 고고한 이상을 자극했지만, 폭력은 그 모두를 폄훼했다. 따라서 그녀는 불안에 사로잡힌 채로, 이미 활짝 열린 문밖에서 우리를 기다리고 있는 현실을 인지할 수밖에 없었다.

그녀는 내 어깨를 지그시 누르며 거실 창문을 통해 북런던의 임대료 파업을 지원하러 줄지어 나가는 이웃의 차들을 지켜보았다.

"케이?"

"나는 괜찮아요. 너무 온갖 일이 벌어지고 있어서."

"밀 힐 시위에 참여하고 싶은 건가요?"

"가야겠죠." 그녀의 무뎌진 손가락이 내 목에 튀어나온 뼈를 어루만졌다. "생각할 것들이 많아서 그래요."

"우리 둘이 함께할 수도 있잖아요?" 나는 그녀를 안심시키려 시도했다. "케이?"

"우리가 누구죠?"

"당신과 저. 뭔가 이야기를 나누어야 하지 않겠습니까?"

"또? 느린 화면 재생은 볼수록 짜증만 나요. 영화는 플래시백을 발명한 순간 사망한 거라고요." 그녀는 나를 불쌍히 여기며 집게손가락으로 내 관자놀이를 문질렀다. "이제 시작인 거예요. 당신도 우리가 임계점에 도달했다는 걸 느끼고 있는 거겠죠."

"그런 셈입니다. 10년 징역형을 받기 직전이니까요."

"농담이 아니거든요." 그녀는 나를 보호하려는 듯 가슴으로 내 머리를 품었다. 아기를 안는 어머니처럼. "당신도 진짜로 뭔가를 해 봐야 돼요. 나는 항상 당신이 경찰의 끄나풀일수도 있다고 생각해 왔어요. 그렇게 계속 위험에 처해도, 아예 우리가 위험 속에 내팽개치고 와도 당신은 항상 돌아왔죠. 아주 무모하거나, 뒤를 봐주는 특별한 친구들이 있는 게분명하잖아요. 하지만 그게 전부가 아니에요. 어제 그걸 깨달았죠. 당신은 너무 몰입해 있는 거예요."

"괜찮은 이야기로군요. BBC 시위 말입니까?"

"아뇨. 그건 장난이었으니까. 심지어 페기 템플턴조차 체포되지 않았잖아요. 테이트모던의 폭탄을 말하는 거예요."

"케이……?" 나는 몸을 돌려 손가락으로 그녀의 입을 막고는, 고통이 떠올라 있는 그녀의 얼굴을 바라보았다. "테이트모던요? 끔찍한 사건이잖습니까. 저는 그 사건과는 아무연관도 없어요."

"끔찍한 사건인 것은 맞지만, 당신은 이미 연관되어 있어요." 케이는 나와 직각을 이루도록 앉아서 내 옆얼굴을 바라보았다. 내 이마의 각도로부터 내 인물상을 읽어 내려 시도하는 골상학자처럼. "어젯밤 침대에서…… 당신은 그 사건의 폭력성에, 그 죽음의 끔찍함에 완벽하게 사로잡혀 있었어요. 덕분에 인생 최고의 섹스를 했죠."

"케이……"

"솔직히 말해요. 그랬잖아요. 몇 번이나 절정을 맛본 건가요? 나는 세는 것조차 잊었는데." 케이는 내 손목을 붙들었다. "나를 모욕하고 때리고 싶어 했지요. 원 참, 내가 남자의 불알이 달아올라 있는 줄도 모를 것 같나요. 당신은 활활 타오르고 있었어요. 그 폭탄에 대해서 생각하고 있었던 거죠. 갑자기 터져서 모든 것을 갈기갈기 찢어 버리는 폭탄을. 의미 없는 폭력을. 그게 당신을 흥분시키는 거예요."

"무의식 속에서? 그야 그럴 수도 있겠지요. 하지만 침대로 간 이후로는 폭탄 이야기는 한 번도 입에 담지 않았는데요."

"굳이 그럴 필요가 없었겠죠. 소변보러 간다고 일어서서 욕실 거울만 보면 되었을 테니까. 당신 눈빛 속에 들어 있었을 테니까." 그녀 자신에 대해, 스스로의 너무도 관대한 반응에 대해 암담해하며 케이는 텔레비전을 껐다. 그리고 텅 빈 화면의 탓인 양 손가락질을 했다. "세 사람이 죽었어요. 생각해 봐요, 데이비드. 불쌍한 경비원이 데이미언 허스트의 작품 따위에 목숨을 바친 거예요……"

그 전날 저녁, 여전히 BBC 시위와 테이트 폭탄 소식에 온몸 가득 아드레날린이 치솟은 채로, 우리는 끔찍하게 와인을 과음했다. 폭탄은 커다란 아트북 안에 숨겨 놓은 셈텍스 장치로, 오후 1시 45분에 서점 근처에서 폭발했다. 폭탄을 들고 있던 방문객은 즉사했고, 동시에 입구 상부의 석조 구조물도 상당 부분 날아가 버렸다. 프랑스인 관광객 한 명과 경비 한 명도 목숨을 잃었고, 스무 명에 달하는 방문객이 부상을 입었다. 경찰에서는 주변 지역에 저지선을 쳤고, 과학 수사대가 근방의 잔디밭과 주차된 차들을 뒤덮은 흙먼지며 잔해 속을 헤집고 다녔다.

자신들의 짓이라고 밝히고 나선 곳은 하나도 없었지만, 이 폭탄은 런던의 답답한 잿빛 공기를 더욱 첨예하게 만들었다. 지겨움과 휘발성은 미래성의 상징이다. 폭탄은 방송국 시위와 같은 날 폭발했고, 따라서 첼시마리나와 중산층 혁명과의 연관 관계를 암시하는 것으로 보였지만, 케이는 테이트 공격을 강하게 규탄했다. 그녀의 텔레비전 인터뷰를 지켜본 전화 응답 시청자들은 이 점을 인정했는데, 적어도 그 폭탄 제작자의 교활하고 능숙한 솜씨가 그녀와 아예 다른 세계에 속해 있다는 점은 명백했기 때문이다. 발연탄이나 섬광탄 따위나 다루는 첼시마리나의 건축가와 변호사들은 자신들이 사람을 죽이려 시도한 적은 한 번도 없다고 주장했다. 케이는 처음으로 절제와 중용의 목소리 취급을 받게 되었다.

그녀가 침대에 오르기 전에 옷을 벗으면서, 열여덟 살의 영화학과 학생부터 시작해서 아내의 짜증이 폭발해 정박지 근처의 자기 집에서 쫓겨난 알코올중독자 만화가에 이르는 지금까지의 하숙인 전원과 잠자리를 같이한 적이 있다고 말한 것은, 어쩌면 이런 고고한 모습을 벗어던지기 위해서였을지도 모르겠다. "40세가 넘은 모든 셋집 마나님들은 하숙인들과 성교를 나누거든요. 모권제 사회와 통하는 마지막 연결 고리 같은 거예요……"

케이는 냉장고에서 와인 한 병을 꺼내고 탁자 위에 유리잔 두 개를 내려놓았다. 그리고 자리에 앉아서 손바닥으로 얼굴을 괴고 나를 물끄러미 바라보았다.

"케이? 조금 이르지 않습니까?"

"당신에게는 필요할 텐데요. 그리고 왠지 나도 그럴 모양이고. 당신이 그리울 거예요."

"그냥 털어놔요."

"샐리한테 돌아가요. 당신 차에 올라타서 그대로 세인트 존스 우드로 돌아가라고요. 서류 가방에 쌓인 먼지를 떨어내고 다시 기업 자문 심리학자가 되는 거예요."

"케이……?" 나는 그녀의 차분한 말투 때문에 깜짝 놀라고 말았다. "대체 왜 그러는 겁니까? 어젯밤 일 때문에 그러나요?"

"부분적으로는 그렇죠." 그녀는 자기 와인을 홀짝이고는, 손가락을 쿵쿵거리며 냄새를 맡았다. 아직 내 성기의 냄새가 그녀의 손톱 사이에 들러붙어 있는 것처럼. "그게 전부는 아니지만요."

"지나치게 흥분한 것뿐입니다. BBC 시위 이후에 경찰에게 발길질을 당하며 굴러다녔다고요. 그다음에는 테이트에서 폭탄이 터졌고요. 발기불능이 되어도 이상하지 않을 상황 아닙니까?"

"나는 당신이 발기가 안 되기를 바랐어요. 차라리 그편이 나았을 테니까요. 그런 상황에서는 그편이 정상적인 반응이었겠죠. 하지만 당신은 신대륙을 목격한 콜럼버스 같다고요. 그 때문에 당신이 샐리에게 돌아가야 하는 거예요. 당신은 여기 속한 사람이 아니에요." 그녀는 팔을 뻗어 내 손을 붙들었다. "당신은 가정에 어울리는 남자예요, 데이비드. 항상 수백 가지의 작은 애정을 느끼는 사람이죠. 낯익은 베개나 안락의자 속에 가택신처럼 깃들여 있는 그런 애정들을요. 그런 작은 것들이 합쳐지면 커다란 사랑이 되는 거예요. 당신 아내의 치맛자락을 붙들고 돌아다니는 그 한심한 남자를 무시할 수 있을 정도로 커다란 사랑이."

"가정적이라고요……?" 나는 와인의 표면에 비쳐 일렁이는 내 모습을 내려다보았다. "그렇게 말하니 제가 꼭 평화로운 풀밭에서 풀을 뜯는 반추동물이라도 된 것 같네요. 첼시 마리나에서는 그런 모든 것들을 바꾸려 하는 줄 알았는데요."

"맞아요. 하지만 우리에게 있어 폭력은 목적을 이루기 위한 수단일 뿐이에요. 당신에게는 그 자체가 목적이죠. 폭력이 당신의 눈을 뜨게 만들어서 이제 훨씬 흥분되는 세계를 보게 되었다고 생각하고 있어요. 당신과 샐리가 나란히 앉아 심야방송을 시청하는 푹신한 쿠션이나 친숙한 소파는 이제 존재하지 않는 거죠. 어젯밤 내내 당신을 흥분시킨 것은 테이트 폭탄이 아니었어요."

"케이······" 나는 그녀의 손목을 붙들려 시도했지만, 그녀는 팔을 빼냈다. "제가 하려던 말도 바로 그거였습니다."

"히스로 폭탄이었다고요." 케이는 잠시 말을 멈추고 입술 위에 난 어린 시절의 상처를 잘근거리는 나를 지켜보았다. "그 사건이 당신을 계속 몰아대고 있는 거예요. 당신이 첼시 마리나에 오게 된 이유기도 하고요."

"당신이 저를 여기로 데려왔지요. 떠올려 봐요. 당신이 법원 밖에서 절 발견하지 않았습니까. 그 전에는 한 번도 이곳에 와 본 적이 없는데요."

"하지만 비슷한 장소를 찾고는 있었지요. 온갖 시위와 가두행진에 참석하면서요. 결국 머지않아 우리를 발견하게 되었을 거예요. 히스로 공항의 폭발이 아직까지 당신 머릿속에서 울리고 있어요. 세인트존스 우드에서도 들렸겠지요. 신대륙의 발견을 알리는 신호처럼요."

"케이······ 아내가 죽었어요." 나는 거듭된 말실수에는 신경 쓰지 않고 이렇게 말했다. "로라 말입니다. 저는 누가 폭탄을 설치했는지를 알고 싶을 뿐입니다."

"무슨 이유로요? 스스로는 모르고 있는 모양이지만, 당신

은 행복한 결혼 생활을 누리고 있었어요. 로라는 흘러간 과
거일 뿐이고, 당신은 애초에 그녀를 그 정도로 좋아하지도
않았잖아요. 당신이 샐리를 좋아하는 방식과는—굳이 말하
자면, 나를 좋아하는 방식과는 달랐다고요."

"누군가를 좋아하는 것은 그 사람에 대한 진짜 감정과는
아무 관계도 없습니다." 나는 케이를 바라보며 웃음을 지으
려 노력했다. "로라는 세상을 도발하는 사람이었어요. 그녀
의 거의 모든 행동이, 그녀의 가장 사소한 말조차, 저라는 존
재를 조금씩 바꾸었습니다. 괴상한 일이지만 어떻게 그런
일이 벌어지는지 파악할 수조차 없었지요. 그녀는 제 문을
열어 주었어요."

"그리고 히스로 폭탄이 가장 큰 문이었겠죠. 딱히 뭔가를
보여 준 것이 아니라요. 그저 거대한 백색 공백이 존재할 뿐
이었겠죠. 모든 것이자 아무것도 아니었던 거예요. 그 공백
이 당신을 사로잡았어요, 데이비드. 태양을 지나치게 오래
바라본 사람 같은 거죠. 이제 당신은 세상 모든 것을 히스로
로 연결시키려 하고 있어요."

"첼시마리나를 말입니까? 비디오 대여점과 석고상들까지
요?"

"그 모든 것들에 질려 있으니까요." 케이는 생각할 수 있
게 탁자를 치우면서 와인 병과 유리잔을 한쪽으로 밀었다.
"당신은 리처드 굴드와 같은 방식으로 질려 버린 거예요. 진

269

짜 폭력을 찾고 있고, 아마 언젠가는 발견하겠죠. 바로 그 때문에 지금 차에 올라서 샐리에게 돌아가야 하는 거예요. 당신이 진정하려면 이중 황색 선이, 주차 단속과 위원회 회의가 필요하니까."

"샐리에게요? 돌아가고는 싶지만, 아직은 안 됩니다." 나는 내 입술을 만졌다가 케이의 이마를 손가락으로 지그시 눌렀다. 그녀에 대한 감사를 담아서. "샐리도 샐리 나름대로 정리해야 할 문제들이 있습니다. 어떻게 보면 그녀도 저만큼이나 히스로 폭탄에 집착하고 있거든요. 그 사건을 이해하고 싶은 거지요."

"이해요? 이해할 수가 없을 텐데. 바로 그게 본질인데요."

"하지만 그렇게 납득하기는 쉽지 않지요. 그런 걸 납득할 수 있는 사람은 반사회적 성격장애자뿐일 겁니다. 리처드 굴드는 그 지점에서 제가 잘못 생각하고 있다고 여기지만요."

"리처드요?" 케이는 퍼뜩 놀라며 손톱을 씹다 말고 고개를 들었다. "그 사람한테 접근하지 말아요. 위험한 사람이에요, 데이비드. 여기 조금 더 머무르는 건 상관없지만, 그 사람과 엮이지는 말아요."

"위험하다고요?" 나는 그녀의 책상에 놓인, 아직 읽지 않은 학생들의 대본 더미에 파묻힌 낡은 컴퓨터를 가리켰다. "그 사람 웹사이트를 운영해 주기도 했잖습니까."

"초기에는 그랬죠. 그 사람은 이미 다음 단계로 넘어갔어요. 첼시마리나는 그 사람의 기대에 부응하지 못했거든요." 그녀는 와인 병에서 코르크를 빼내려 시도하다 포기했다. "리처드 굴드는 당신을 기다리고 있는 거예요, 데이비드. 이유는 모르지만 지금껏 계속 그래 왔어요. 법원에서 그 사람하고 통화를 했어요. 그 사람이 직접 당신을 이리 데려오라고 지시했다고요……"

나는 케이의 위장 재킷과 금속 장식이 반짝이는 파티 드레스 사이에 걸려 있던 트위드 정장을 꺼내 갈아입으면서 이 고백을 곱씹었다. 굴드 박사는 한때 카리스마 넘치는 태도로 첼시마리나를 휘젓고 다니며 권리를 지키려면 궐기하라고 주민들을 종용했고, 케이는 그 모든 언행에 매달려 살다가 실망해 버린 팬이었다. 그러나 이제 케이는 정치적 상징이 되어 토론 프로그램에 등장해 말다툼을 벌이고, 일요일 신문에 약력이 실리며, 시간이 남아도는 젊은 변호사들의 든든한 지원을 받고 있었다. 굴드는 자신의 정신병원이라는 섬에 정신적으로 난파한 피터 팬으로, 수천 채의 신혼 부부용 주택이란 형상으로 자신을 향해 밀려오는 현실에 빠진 채 잃어버린 아이들을 찾아 헤매는 사람이었다.

3주 만에 처음으로 애들러로 떠나는 나를, 케이가 문간으로 나와 지켜보았다. 그녀는 설득력 없는 플롯의 영화를 바라보는 극장의 좌석 안내원처럼 한쪽 발에 몸무게를 싣고 서 있었다.

"데이비드? 출근하는 사람치고는 상당히 좋은 표정을 하고 있네요."

"그렇지요. 비서의 기운을 북돋워 주고 고객을 한두 사람 정도 면담할 생각입니다."

"그 상처는 어쩌려고요?"

"옷을 벗을 일은 없을 테니까요. 그동안 스쿠버다이빙을 했다고 말할 겁니다. 그러다 괴상한 물고기와 마주쳤다고요."

"사실이긴 하네요." 그녀는 내 키스를 받아들이고 넥타이를 바로잡아 주었다. "당신 어째 가짜 같아 보이는데요."

"케이, 그건 지나치게 진실한 사람의 운명인 겁니다. 저 자신이 납득하는 이상은 상관없어요. 더 이상 납득하지 못하게 되면 그게 세인트존스 우드로 돌아갈 때가 되었다는 신호겠지요."

나는 샐리를 생각하며 햇살 속에 서 있었다. 스위스코티지에 있는 헨리 켄들의 집 앞에서 마주친 후로는 그녀를 만나지 못했다. 그녀가 그립기는 했지만, 그녀 또한 내가 버리고 싶은 과거의 삶의 일부로 빠져들어 가고 있었다. 중산층의 불안정한 담쟁이덩굴에 의지해 간신히 버티고 있던 의무의 성채 속으로.

21 / 빛의 온화함

나는 출근하는 남편처럼 케이에게 손을 흔들었다. 몇몇 입주자들이 마치 내가 메이폴 댄스 같은 움직임을 연습하는 배우라도 된 것처럼 영문을 모르겠다는 듯 쳐다보았다. 스스로의 비싼 트위드 정장 차림을 자각하면서, 나는 거리를 건너 레인지로버로 향했다. 그리고 문을 열었다가 승객이 있다는 것을 알게 되었다. 지저분한 흰색 셔츠 위에 검은 정장을 걸친 남자가 조수석의 가죽 시트에 앉아서, 아침 햇살을 받으며 꾸벅꾸벅 졸고 있었다. 그는 잠에서 깨어나 관대한 미소로 나를 맞이하면서 운전석에 오르는 것을 도와주었다. 일전과 마찬가지로 몸차림에는 아무 신경도 쓰지 않은, 얼굴의 골격이 햇살을 받기 위해 뚫고 나오려고 애쓰고 있는 모습이었다.

"굴드 박사?"

"타시죠." 그는 운동 가방을 뒷좌석으로 옮기며 말했다. "이렇게 만나게 되다니 반갑군요, 데이비드. 운전 좀 해 주실 수 있겠습니까?"

"제 차입니다만." 나는 열쇠를 꽂기 전에 잠시 머뭇거렸다. 안전장치에 고약한 장난질을 쳐 놓았을지도 모르는 일이니까. "어떻게 들어온 겁니까?"

"잠겨 있지 않아서요."

"그랬을 리가."

"사실입니다. 중산층은 자동차 절도 따위는 하지 않아요. 추레한 갈색 정장을 꺼리는 것과 마찬가지로 부족의 터부니까요."

"그런 모든 것이 변하게 될 줄 알았는데요."

"바로 그거죠. 혁명을 완수하면 중산층은 야망도 없고, 방종하고, 손버릇이 나쁘고, 몸을 씻지 않는 자들이 될 겁니다." 그는 뭔가를 볼 수 있다는 듯 내 눈을 들여다보았다. "의사로서 소견을 말하자면, 당신은 놀랄 정도로 경과가 좋아 보이는군요."

"놀랄 정도로? 방송국 사건을 말하는 건가요?"

"아뇨, 케이 처칠을 겪은 일을 말하는 겁니다. 케이와 하는 섹스는 살짝 잘못된 심폐 소생술 같지요. 정말 감사하면서

빛의 온화함

도 절대 예전의 자신으로는 돌아가지 못할 것 같은 기분이
드니까요."

굴드는 자기 말소리를 즐기듯 홀로 주절거렸다. 베드폰트
정신병원에서의 상념에 사로잡힌 소아과 의사보다는 훨씬
긴장을 푼 모습이었다. 추레한 검은 정장 차림이 마치 지식
인 카스트에서 떨려 나온 삼류 갱처럼 보였다. 내 차에 침입
해서 짜증을 불러일으키고 있지만, 그는 내가 자신을 보고
반가워한다는 것을 명확히 인지하고 있었다.

"출근해야 합니다만." 나는 이렇게 일렀다. "어디까지 태
워 드릴까요? 웨스트엔드?"

"제발…… 경찰이 사방을 배회하고 있는 상황입니다. 시
골로 나가서 하루쯤 보내야죠."

"리처드, 저도 고객들을 만나야 해요."

"당신 장인 말입니까? 내일 만나시죠. 지금 방문할 장소는
매우 중요한 곳이에요, 데이비드. 어쩌면 히스로 폭탄의 실
마리가 되어 줄 수도 있습니다……"

우리는 해머스미스로 이동해서, 양조장 환상교차로 방면
고가도로를 타고, 호가스 하우스를 지나서 M4 고속 국도를
따라 서쪽으로 달려갔다. 굴드는 뒤로 몸을 누이고 단층 공
장 건물들과 비디오 복제 회사들의 사무실과 이름 모를 경
기장의 조명 장치를 멍하니 바라보았다. 그의 진짜 영역은

이곳이었다. 과거도 미래도, 시민의 의무도 책임도 없는 영역, 비번인 여객기 승무원과 마권업소 관리자들이 텅 빈 주차장을 오가는, 자신의 과거를 기억하지 못하는 세계.

"그럼 들어 볼까요, 데이비드. 어제 하루는 어땠나요? BBC에서?"

"잠깐으로 끝났지만 침입하긴 했습니다. 다들 체포되고 싶어 안달이 나서 신나게 즐겼지요. 리전트가 전체가 도덕적 분노로 타올랐어요. 몇 명은 주의를 받았고요."

"안타까운 일이로군요. 대규모 구속 사태로 이어졌더라면 첼시마리나의 존재를 명확하게 알릴 수 있었을 텐데."

"경찰이 전부 다른 업무로 빠졌으니까요. 테이트 폭탄이 모든 일을 멈춰 버렸지요."

"애석하지요. 정말로 애석한 일입니다. 베라와 저는 던스터블에서 글라이딩 강습소를 알아보고 있었습니다." 굿드는 몸을 떨면서 손으로 눈을 가렸다. "BBC 방송국 시위를 돌이켜 보면 어떤 생각이 듭니까?"

"다들 정시에 도착했고, 우리가 무슨 일을 할지를 명확하게 알고 있었지요. 주차가 힘들었습니다. 아마겟돈이 일어나면 주차가 큰 문제가 되겠더군요."

"시위 계획 전체를 놓고 하는 소립니다. 무슨 생각이 들던가요?"

"방송국 말이지요? 애들 장난 같았어요."

"계속해 보세요."

"게다가 아무 의미도 없었습니다. 의무 정신이 투철한 사람들이 홀리건 흉내를 낸 것뿐이지요. 중년들이 모여서 학생처럼 가장행렬을 벌인 거예요. 경찰에서는 단 한 순간도 진지하게 받아들이지 않았을 겁니다."

"연좌 농성 따위는 질리도록 봐 왔을 테니까요. 아주 손쉽게 질려 버리는 작자들이지요. 우린 그 점도 고려해야 합니다."

"더 허황된 계획을 짜야 한다는 건가요? 국립영화극장 방화는 무책임한 짓이었습니다. 거기다 범죄였지요. 사람이 죽었을 수도 있어요. 알았더라면 애초에 거들지 않았을 겁니다."

"당신은 전체 계획을 제대로 전달받지 못했으니까요. 위법행위는 당신 같은 전문직 종사자에게는 엄청난 도전입니다, 데이비드. 바로 그 때문에 중산층이 진정한 프롤레타리아가 되지 못하는 겁니다." 굴드는 홀로 고개를 주억거리며 대시보드 위로 발을 올렸다. "어쨌든 저도 당신과 같은 생각입니다."

"국립영화극장 말입니까?"

"모든 것에 대해서 말입니다. 포트넘스, BBC, 해러즈, 레고랜드. 발연탄에 피켓까지. 전부 완벽한 시간 낭비일 뿐이지요." 그는 손을 뻗어 운전대를 붙들었다. "조심해요. 이런 장소에서 죽을 생각은 없습니다.”

　경적 소리가 뒤쪽으로 멀어졌고, 백미러 안에서 전조등이 껌뻑였다. 굴드의 말에 깜짝 놀라서 히스로 힐튼 호텔을 지나 베드폰트로 향하는 2차선 고속 주행로에서 브레이크를 밟아 버린 것이었다. 나는 다시 속도를 올리면서 저속 차선으로 나갔다.

　“리처드? 당신이 활동 전체를 조직했다고 생각했습니다만.”

　“그랬지요. 처음 시작했을 때는 말입니다. 그러나 이제 케이와 그녀 친구들이 목표를 선택합니다.”

　“그러면 혁명은 연기되었다는 건가요?”

　“아직 진행 중이지요. 뭔가 중대한 사태가 일어나고 있습니다. 당신도 느꼈을 겁니다, 데이비드. 첼시마리나는 시작일 뿐이에요. 하나의 사회 계급 전원이 창살을 감싸는 벨벳을 벗겨 내고 금속의 맛을 보고 있어요. 사람들이 급료가 좋은 직업에 사표를 던지고, 세금 납부를 거부하고, 아이들을 사립학교에서 끌고 나오고 있습니다.”

　“그런데 뭐가 잘못되었다는 겁니까?”

　“아무 일도 일어나지 않을 테니까요.” 굴드는 햇빛 가리개 안쪽의 거울로 자기 이를 살피다가, 감염된 잇몸의 끔찍한 상태에 눈을 감았다. “폭풍은 곧 잦아들 테고, 이 모든 사건은 텔레비전 쇼나 신문 사설의 헛소리로 졸아들 겁니다. 우리는 너무 정중하고 너무 경박한 존재니까요."

"그럼 우리가 진지했다면?"

"장관을 살해했겠지요. 아니면 하원 회의장에 폭탄을 반입하거나. 방계 왕족을 쏘거나."

"폭탄이라고요?"나는 차량 행렬에 시선을 고정하고 있으면서도, 히스로 공항의 경계 안쪽으로 수백 미터밖에 떨어지지 않은 곳에 앉아 있는 여객기들의 꼬리날개에 주의를 기울이고 있었다. "아무래도 그건 좀……"

"과감한 도약이기는 하지만 필요할 수도 있습니다." 굴드는 핏기 없는 손가락으로 내 손을 건드렸다. "그런 일을 할 수 있겠습니까, 데이비드?"

"내각 장관 암살 말입니까? 그러기엔 저는 너무 예의 바른 사람이지요."

"너무 순종적이다? 너무 유복한 환경에서 성장했다?"

"완벽하게요. 분노 따위는 먼 옛날에 교육을 통해 제거되어 버렸지요. 저는 아주 사랑스럽고 다정한 데다 저를 자기 아버지의 소작인 중 하나로 취급하는 부잣집 따님과 결혼했으니까요. 눈앞에 나타난 여우를 사냥하려고 조금도 망설이지 않고 말을 몰아 제 감자밭을 짓밟고 지나갈 사람입니다. 제가 할 수 있는 일이라고는 웃음을 지으면서 그녀의 하비 니콜스 외상 계정을 메꾸어 주는 것뿐이지요."

"적어도 당신은 깨닫고는 있잖아요."

"하원이든 어디든 폭탄을 설치하지는 못했을 겁니다. 타인을 해치기에는 너무 겁이 많거든요."

"그 정도는 극복할 수 있을 겁니다, 데이비드." 굴드는 환자의 사소한 걱정을 하찮게 무시하는 의사처럼 별것 아니라는 식으로 대꾸했다. "동기가 훌륭하다면 뭐든 할 수 있는 법이지요. 당신은 더 큰 도전을 기다리고 있을 뿐이에요. 아직 찾지 못했지만, 언젠가는……"

굴드는 앞으로 몸을 빼고 앉아서 창백한 얼굴을 손으로 문지르며 볼에 조금이라도 혈색을 되돌리려 애썼다. 우리는 공항 도로에서 방향을 틀어 이스트베드폰트로 진입해서, 작은 상업 지구를 지나 베드폰트 병원의 신생아를 맡고 있는 아동 호스피스로 향했다.

굴드는 조지 왕조풍 4층 건물로 이어지는 자갈길 진입로로 나를 이끌었다. 세심하게 손질한 관목과 인간의 발길이 닿지 않은 널찍한 정원이 눈에 띄었다. 잔디밭 위에는 화사하게 칠한 그네와 미끄럼틀이 있었지만, 아이들은 부재했다. 작은 좌석에는 낙엽이 쌓이고 빗물이 고여 있었는데, 나는 이 놀이터가 단 한 명의 아이도 놀아 본 적이 없는 곳이라 추측했다.

굴드는 아무 걱정 없는 얼굴이었다. 호스피스 뒷문에 도착하자, 그는 뒷좌석에서 운동 가방을 들어 올렸다. 무릎 위에 놓고 가방을 열자 다양한 플라스틱 장난감이 모습을 드러냈다. 그는 즐겁게 놀란 얼굴로 장난감들을 시험해 보기 시작했고, 인형 중 하나가 자신이 녹음한 목소리로 되받아 말하자 환히 웃음을 지었다.

그는 생일잔치에 도착한 헌신적인 대부처럼 경쾌하게 자동차에서 내려서, 운동 가방에서 하얀 가운을 꺼냈다. 그리고 자기 정장 위에 걸쳐 입은 다음, 주머니를 뒤져서 이름표를 꺼내더니 내 옷깃에 꽂아 주었다.

"전문의인 척해 보세요, 데이비드. 선임 의사라는 친구들은 놀라울 정도로 흉내 내기 쉬우니까요."

"'리빙스턴 박사'라고요?"

"항상 통하지요. 당신은 애슈퍼드 병원에서 일하는 제 동료인 겁니다. 그럼 가 볼까요…… 당신도 아이들이 마음에 들 거예요, 데이비드."

"우리가 들어가도 되는 겁니까?"

"당연하지요. 제 아이들입니다. 이 세계는 그 아이들에게는 아무 의미도 없기 때문에, 자신들이 실존한다는 것을 알기 위해서는 제 도움이 필요한 겁니다. 어떤 면에서는 아이들을 보면 당신이 떠오르기도 하고……"

우리는 부엌 옆의 후방 복도로 들어갔다. 직원 몇 명이 점심 식사를 준비하는 중이었다. 굴드는 작업을 총괄하는 매력적인 흑인 간호 수녀에게 살갑게 입을 맞추었다. 그리고 동료 공범자라도 되는 양 계단을 올라가는 내내 그녀와 팔짱을 끼고 있었다.

볕이 드는 세 개의 병실에 서른 명의 아이들이 있었다. 거의 대부분 침대 신세를 지는, 태어나자마자 죽음을 향해 발송된 무력하고 작은 소포 꾸러미들이었다. 그러나 굴드는 아이들이 자기 가족이라도 되는 것처럼 인사를 건넸다. 이어지는 한 시간 동안 나는 그가 젖먹이들과 어울려 노는 모습을, 낡은 양말과 크리스마스 리본으로 손가락 인형을 만들어 주는 모습을, 팔을 활짝 벌리고 병실 안을 휩쓸면서 수녀에게서 빌린 산타클로스 외투를 걸친 채 가방에서 장난감을 꺼내 나누어 주는 모습을 지켜보았다. 수녀는 그가 이번 주를 넘기기 힘든 아이들을 위해서 크리스마스를 앞당겼다고 설명해 주었다.

수녀가 신이 난 굴드를 놔두고 병실을 떠나자 나도 뒤를 따라 나왔다. 그녀는 내가 권하는 담배를 받아 들고 직접 불을 붙였다.

"솜씨가 정말 훌륭하시군요. 아이들이 매우 행복해 보였습니다." 나는 그녀를 칭찬했다.

"고맙습니다…… 리빙스턴 박사님이라고 하셨죠? 할 수 있는 일을 할 뿐입니다. 대부분의 아이들이 머지않아 우리 곁을 떠날 테니까요."

"굴드 선생은 얼마나 자주 여기 들릅니까?"

"매주 오죠. 절대 아이들을 바람맞히는 법이 없어요." 그녀의 널찍한 얼굴 위로 햇살을 머금은 구름 같은 미소가 흘러 지나갔다. "아이들과 유대가 깊은 사람이죠. 마지막 남은 아이가 세상을 떠나면 저 사람이 무슨 일을 할지가 가끔씩 궁금해져요……"

병실로 돌아가니 굴드는 머리를 전부 밀어 버린 세 살 아이의 침대 옆에 앉아 있었다. 두피에는 성기게 꿰맨 커다란 흉터가 보였다. 눈은 눈두덩 안으로 움푹 졸아들어 있었지만, 그래도 깜빡이지도 않고 눈앞의 방문객을 주시하고 있었다. 굴드는 어린이용 침대 한쪽의 가로대를 내리고 바싹 붙어 앉아서, 모직 담요 아래에 한쪽 팔을 넣고 있었다. 그는 나를 올려다보며 내가 자리를 피하기를 기다렸다. 내가 사적인 순간에 끼어들어 방해를 하고 있음을 명백하게 느끼게 하는 시선으로.

나중에 굴드가 주차장으로 나오자 나는 말했다. "감탄했습니다. 컴퓨터는 절대 그런 일을 할 수 없을 겁니다. 한두 명은 당신을 거의 알아보는 것 같더군요."

"그렇기를 바랍니다. 데이비드, 그 아이들은 저를 알아요. 사실 저도 그들의 일원인 셈이니까요."

그는 텅 빈 운동 가방과 백의를 레인지로버의 뒷좌석으로

283

던져 넣고 나서, 그네와 미끄럼틀이 조용히 서 있는 잔디밭을 응시했다. 날 선 태도 때문에 소년이나 다름없어 보였고, 국립영화극장 상공의 대관람차 곤돌라 위에서 만난 아마추어 테러리스트보다 젊고 거친 사람의 느낌이 들었다.

그를 안심시키려 애쓰며 나는 다시 입을 열었다. "당신은 아이들을 돕고 있잖습니까, 리처드. 그건 가치 있는 일입니다."

"천만에요." 굴드는 비쩍 마른 손을 차 지붕에 얹어서 온기를 찾았다. "사실 저 아이들은 절 인지하지 못합니다. 망막에 맺힌 모호한 형체일 뿐이니까요. 저 아이들의 뇌는 애초에 꺼져 있는 상태입니다."

"목소리를 들을 수는 있을 거예요. 적어도 몇 명은요."

"아닐걸요. 저 아이들은 이미 이 세상 사람이 아니에요, 데이비드. 자연이 저 아이들에게 죄를 범했어요. 게다가 세상에는 의미 없는 일이 존재합니다. 아무리 이 세상을 논리로 해석하려 애써도, 인과관계의 사슬을 연결해 봐도, 결국 그 핵심에는 무의미함이 존재할 수밖에 없습니다. 우리가 찾아낼 수 있는 의미란 결국 그게 전부일지도 모르지요……"

나는 시동을 걸지 않고 잠시 기다렸고, 굴드는 그동안 1층 병실의 창문을 바라보고 있었다.

"리처드, 하나만 물어보지요. 그 아이를 만져 준 겁니까?"

굴드는 고개를 돌려 나를 바라보았다. 명백히 실망한 얼

　　　　　　　　　　　　　빛의 온화함

굴이었다. "데이비드? 그게 무슨 상관입니까?"

"딱히 상관은 없지요. 논쟁의 여지가 있는 일이고."

"그런 건 스티븐 덱스터한테 상담하시죠."

떠나고 싶어서 견딜 수가 없는지, 그는 내 위로 손을 뻗어서 열쇠를 돌려 시동을 걸었다.

한 시간 달린 끝에 우리는 말버러 다운스의 고지대에 위치한 작은 글라이딩 강습소에 도착했다. 굴드는 이메일로 수강 코스 하나를 신청해 두었지만, 강습소의 접수원은 하얀 피부에 지저분한 정장을 걸친 이 이상한 젊은 의사의, 추레하고 영양 상태가 나빠 보이는 몰골에 놀란 모양이었다. 나는 굴드의 신원을 보증하겠다고 나섰지만, 그는 나를 차로 돌려보냈다. 그리고 내가 예측한 대로, 순식간에 자신의 비행을 향한 갈망을 접수원에게 납득시켜 버렸다.

나는 클럽하우스에 앉아서 굴드가 훈련용 글라이더의 2인용 조종석을 점검하는 모습을 지켜보았다. 잔디가 깔린 비행장 위로 바람이 펄럭이는 소리가, 묶여 있는 글라이더의 직물이 서늘한 바람에 몸을 떠는 소리가 들렸다. 굴드는 여성 강사에게 고개를 끄덕이고는 벌써부터 우주왕복선에 밀항해 날아갈 궁리를 하는 눈으로 하늘을 바라보았다.

"괜찮군요." 함께 자동차로 걸어 돌아가며 그는 이렇게 말했다. "다음 주에 연습 비행을 할 예정입니다. 당신도 와서 구경해도 좋습니다."

"생각해 보지요."

"이건 도전입니다, 데이비드." 그는 자기 귀를 매만지며 말했다. "저는 평형기관에 조금 문제가 있습니다. 묘하게도 비행기 납치범들이 이런 문제를 겪는 경향이 있더군요. 어쩌면 무의식적으로 이 문제를 풀려면 비행기 납치가 필요하다고 여기는지도 모르지요."

"비약 아닙니까?"

"어째서요?" 그는 글라이더가 하늘로 날아오르자, 견인 케이블을 풀고 콘도르의 차가운 우아함으로 비상하는 모습을 뒤돌아서 보았다. "게다가 이 모든 것이 궁극적인 탐색의 일부이기도 합니다."

"뭘 탐색하는 건가요?"

"이런저런 것들이죠. 일종의 가설일 수도 있고. 시공간의 수수께끼, 나무에 깃든 지혜, 빛의 온화함⋯⋯"

"글라이딩이요? 동력 비행이 아니라?"

"말도 안 되는 소리를. 비행기는 세상을 소음으로 바꾸어 놓습니다. 탑승 공간의 넓이로 삶과 죽음을 판가름하는 기구지요."

"그럼 글라이딩은?"

"하늘보다 높이 오를 수 있지요."

고속도로로 나가는 동안 그는 조수석에서 뒤로 몸을 누였다. 허리까지 셔츠 단추를 끌러, 태양 아래 자신을 풀어 헤치면서.

나는 방송국 습격 사건이 뉴스의 서두를 장식할 것이라고 자만하며 라디오를 틀었다. 그러나 한때 밀레니엄 돔이 맡았던 런던에서 가장 인기 있는 문화 중심지의 역할을 하는 테이트모던의 폭탄 뉴스를 지배했다. 공격에 책임이 있다고 입장을 밝힌 단체는 없었고, 대영박물관과 국립미술관은 바짝 경계 태세에 들어갔다.

"지금부터는 훨씬 힘들어지겠군요." 나는 이렇게 평했다. "과학박물관이나, 영국도서관도……"

"데이비드, 그런 것들은 잘못된 목표물입니다." 굴드는 햇살을 받으며 눈을 감은 채, 날개와 빛에 대한 백일몽에 잠겨 입을 열었다. "그런 것들은 사람들이 우리가 공격하리라 기대하는 목표물일 뿐입니다. 학교 근처에 과속방지턱을 설치해 달라고 교육 수준 높은 어머니들이 횡단보도 앞에서 벌이는 시위를 규모만 키운 꼴이지요. 중산층에 어울리는 일입니다."

"그게 뭐 문제라도 됩니까?"

"너무 예측 가능하고, 너무 합리적이에요. 우리는 이치에 맞지 않는 목표를 골라야 합니다. 당신의 숙적이 세계 통화 체제라면, 은행을 공격해서는 곤란합니다. 이웃의 옥스팜

중고 매장을 공격해야죠. 기념비 표면을 긁어내고, 첼시 의학식물원에 고엽제를 살포하고, 런던 동물원을 불태우는 겁니다. 우리의 목표는 소요 사태를 일으키는 거예요."

"그리고 의미 없는 목표야말로 최선이다?"

"바로 그거지요. 당신은 저를 이해하고 있어요, 데이비드." 굴드는 내 지원을 받아서 기쁘다는 듯 내 손을 건드렸다. "케이와 그녀의 군중은 아직도 정직성과 예절에 얽매여 있어요. 그곳의 건축가나 변호사들은…… 그들이 상상할 수 있는 가장 극단적인 행동이래 봤자 세인트폴 여학교를 불태우는 정도일 겁니다. 자기네 삶이 공허하다는 걸 깨닫지 못했으니까요."

"정말 그럴까요? 대부분 자기 아이를 사랑하지 않습니까."

"DNA의 힘이지요. 생물학의 제1계명입니다. 새들이 둥지를 짓는다고 점수를 따지 않는 것처럼, 자기 자식을 사랑한다고 점수를 따는 건 아닙니다."

"시민으로서의 자부심은?"

"유전자 풀에 존재하는 이웃 감시 기작이죠. 당신 스스로를 보세요, 데이비드. 걱정 많고, 사려 깊고, 친절하지만, 당신이 무슨 빌어먹을 행동을 하든 아무 의미도 없잖습니까."

"당신 말이 맞습니다. 종교적 믿음은?"

"사멸하는 중이지요. 가끔씩 자리에서 일어나서 장의사의 손목을 붙드는 정도입니다. 의미 없는 행동에는 그만의 특별한 의미가 있어요. 어떤 감정에도 휘둘리지 않고 차분히 수행하면, 의미 없는 행동은 그 주변을 둘러싼 우주보다도 거대한 텅 빈 공간이 됩니다."

"그래서 우리는 동기를 피해야 한다?"

"바로 그겁니다. 정치가를 죽이면 방아쇠를 당기게 만든 동기에 속박당합니다. 오즈월드와 케네디, 가브릴로 프린치프와 페르디난트 대공처럼. 하지만 무작위로 살인을 하면, 맥도날드 매장 문을 열고 리볼버를 쏘면—우주는 한 발짝 물러나 숨죽이게 되지요. 무작위로 열다섯 명의 사람을 죽이면 더 나을 테고요."

"낫다고요?"

"비유적으로 그렇다는 겁니다. 저는 아무도 죽이고 싶지 않아요." 굴드는 나를 안심시키고 싶은지, 햇빛 가리개의 거울을 향해 사람 좋은 미소를 연습한 다음, 나를 향해 완벽하게 찌푸린 쓴웃음을 지어 보였다. "당신도 이 모든 것을 이해하고 있을 겁니다, 데이비드. 당신은 제 말의 요지를 제대로 파악하고 있어요. 그래서 제가 당신을 신뢰하는 겁니다. 사람들은 폭력이 닥치면 초조해하죠. 당연히 흥분하겠지만 동시에 심하게 동요합니다."

"당신은 아니겠지요?"

"눈치챘습니까? 아무래도 그런 모양입니다. 폭력은 들불과 같아서 수많은 나무를 태우지만 동시에 빽빽이 들어찬 덤불을 제거해서 숲에 활력을 부여하고, 더 많은 나무들이 자랄 수 있게 해 주지요. 우리는 제대로 된 목표물을 떠올려야 합니다. 완벽하게 무의미한 목표물을⋯⋯"

"키츠 하우스나, 잉글랜드은행이나, 히스로나?"

"아니, 히스로는 아닙니다." 굴드는 길가 표지판에 시선이 끌렸는지, 손을 뻗어 운전대를 붙들었다. "속도 좀 줄여 봐요, 데이비드. 보고 싶은 게 있습니다⋯⋯"

우리는 고속도로 교차로에서 몇 킬로미터 떨어진 상쾌한 시골 마을을 지나고 있었다. 놀라울 정도로 교통량이 많아서 관광객들이 자동차 창문으로 밖을 기웃거렸다. 마을 외곽에는 시골길을 따라 높이 자란 플라타너스가 그림자를 드리웠고, 굴드는 새뮤얼 파머의 후기 작품처럼 멀리 보이는 나뭇가지 속에서, 그 사이로 열린 하늘의 창문으로 그 너머의 빛을 찾았다. 그의 창백한 손이 마치 미로의 탈출로를 그리듯이 겹겹이 수놓인 나뭇가지의 윤곽을 더듬었다.

그러나 마을 자체는 별 특색이 없었다. 이엉으로 지붕을 얹은 시골집은 세탁소나 비디오 대여점으로 개조되었고, 목골 외장의 주택에는 중국 음식 포장 전문점과 기념품 가게와 입식 카페가 입주해 있었다. 방문하는 운전자들을 주차장으로 친절하게 인도하는 표지판이 숲을 이루며 서 있었지만, 이 마을에 이렇게 많은 사람이 모여들어 주차를 하려 드는 이유는 불명확하기만 했다.

하지만 굴드는 만족스러운지 고속도로로 돌아가는 내내 어깨 너머를 돌아보며 웃음을 지었다.

"매력적인 장소 아닌가요, 데이비드. 어떻게 생각하십니까?"

"글쎄요…… 들판이 딸린 왓퍼드 같더군요."

"아닙니다. 아주 특별한 구석이 있지요. 관광객이 들끓고 있었잖습니까. 거의 신앙의 성지였어요."

"믿기 어렵군요." 나는 진입로를 따라 올라가서 고속도로에 합류했다. "어디에 있는 거죠, 정확히?"

"뉴버리로 가는 길에 A4 고속 국도에서 내리면 돼요." 굴드는 몸을 뒤로 젖히며 심호흡을 했다. 마치 한동안 숨을 참고 있었던 것처럼. "헝거퍼드…… 제가 생을 마감하고 싶은 곳입니다."

헝거퍼드? 차를 몰아 런던으로 돌아가는 동안, 그 이름은 사로잡힌 나방처럼 계속 내 마음속을 파닥거렸다. 굴드가 그 마을에 반응했다는 데 놀랐고, 글라이딩 강습소에 들른 것이 그 마을의 거리를 드라이브하기 위한 핑계일지도 모른다는 생각이 들었다. 만약 그가 글라이더 조종을 하게 된다면 그 마을의 주차장과 기념품 가게 상공을 날아다니면서,

목가적인 풍경의 꿈에 매몰되어 자족할 수도 있을 것이다.

어린 방화범이 그려 내던 종말의 환상이 성인의 삶으로 고스란히 옮겨 온 셈이었다. 굴드의 마음속은 화염과 비행으로 가득 차 있었다. 나는 그가 내 곁에서 졸다가, 히스로 공항 근처까지 가서야 깨어나는 것을 지켜보았다. 공항은 나와 마찬가지로 그에게 있어서도 상상력의 상당 부분을 차지하는 장소였고, 그로 인해 우리 사이에는 기묘한 협력 관계가 성립되었다. 나는 그가 자신의 모습을 보다 선명하게 드러내 보이기를 기대하며 시골길 드라이브를 시켜 주는 데 반나절을 낭비했다. 그러나 사실 그는 자신의 괴상한 세계에 나를 옭아매 버린 것이었다. 자기 인격의 파편 속으로 나를 끌어들이고, 그 자신이 내 삶에 부족한 필수적인 조각을 만들 수 있는 도구라도 되는 양 내밀면서. 임종을 앞둔 아이들에게 보이는 친절한 태도에 나는 그에 대해 절로 존경하는 마음이 일었고, 그는 그런 감정과 나 자신의 약점 양쪽을 교묘하게 이용했다. 나는 그에게, 그가 진실을 찾기 위해 모든 것을 희생한 자세에 이끌렸다. 지쳤으나 여전히 자기 배의 돛대까지도 아궁이에 집어넣을 각오를 한 선장 같은 모습에.

굴드를 첼시마리나에 내려 주고 연구소로 향하는 와중에, 이런 온갖 생각은 마음속에서 사라져 버렸다. 테이트 폭탄 테러를 헤드라인에 실은 석간신문을 한 부 사면서 기사에서

빛의 온화함

세 명의 사망자 이름을 읽었기 때문이다. 보안 요원 한 명, 프랑스인 여행객 한 명, 그리고 서부 런던에 사는 젊은 중국인 여성 한 명. 이름은 조앤 창, 다운재킷을 입은 덱스터 목사의 여자 친구였다……

22 / 벙커 방문

템스강은 블랙프라이어스교를 끼고 흘러간다. 다급하게 옛 부둣가를 지나가는 템스 강물은, 이미 첼시마리나를 지나칠 때의 고요한 개울이 아니라 대양의 냄새를 맡고 서둘러 달려갈 준비를 끝낸 거친 탁류다. 웨스트민스터 지구를 벗어난 템스강은 강어귀에 사는 사람들처럼 거친 폭력배가 되어, 돈이 흘러넘치는 시티 지구의 화려한 건물들 따위에는 아랑곳하지 않고 도도하게 흘러간다.

증권거래소는 모두 가짜이며, 실제로 존재하는 것은 강뿐이다. 신용거래로 처리되는 그곳의 돈은, 외환 거래소의 마루 아래 숨겨진 전선을 타고 꾸역꾸역 흘러가는 암호화된 전류의 흐름이다. 강 건너편에는 비슷한 가짜 건물이 두 채

추가로 서 있다. 셰익스피어의 글로브 극장의 복제품과, 옛 발전소 건물을 중산층의 디스코장으로 개조한 테이트모던 이다. 글로브 극장의 입구를 지나쳐 걸어가며 나는 이 풍경 속에서 단 하나뿐인 의미 있는 사건에, 조앤 창을 죽인 폭탄 의 메아리에 귀를 기울였다.

차는 섬녀가에, 테이트 후문에서 100미터 떨어진 곳에 세 워 놓았다. 경찰 차량이 미술관을 에워쌌고, 범죄 현장 테이 프가 일반인들의 출입을 막았다. 나는 파크가를 따라 글로 브 극장으로 들어간 다음 둑길로 올라가는 식으로 멀찍이 돌아서 갔다. 그리고 밀레니엄교에 올라서 이 번드레한 건 물을, 알베르트 슈페어*가 진심으로 자기 취향이라 인정했 을 법한, 박물관이라기보다는 벙커에 가까운 건물을 조망하 려는 관광객들을 헤치고 걸음을 옮겼다.

우리 부부의 친구들처럼 샐리와 나는 이 거대한 공간에서 열리는 모든 전시회를 관람했다. 이 건물의 강점은 시각적 속임수에, 파시스트 독재자라면 누구나 이해할 법한 심리적 트릭에 있다. 외부에서는 정교한 대칭 구조 때문에 실제보 다 작아 보이지만, 터빈 홀로 들어서면 광대한 공간이 눈과 뇌를 동시에 압도한다. 입구 경사로는 전차 부대가 전승 행

• 1905~1981 독일의 정치가이자 건축가. 히틀러의 측근으로서 나치 독일 의 군수 장관을 지냈으며, 후일 뉘른베르크 재판에 전범으로 회부되었다.

진을 벌일 정도로 널찍하다. 멀리 보이는 벽면에서는 킬로와트 단위 또는 구세주를 향한 찬송의 형태를 취한 순수한 힘이 빛을 발한다. 이것이야말로 총통 각하께서 주재하셨을 법한 찬란한 예술 공연이다. 어쩌면 교육받은 중산층이 파시즘으로 돌아설 것이라는 때 이른 경고였을지도 모른다.

나는 관광객들을 헤치고 입구로 걸어가서, 잔디밭 너머 폭탄의 피해 흔적을 훑어보았다. 폭발물은 오후 1시 45분에 터졌고, 당시 나는 앤절라 경사에게 붙들려 방송국에서 끌려 나오는 중이었다. 목격자들의 말에 따르면 젊은 중국인 여성이 서점 근처를 뛰어다니고 있었다고 한다. 그녀는 누가 봐도 제정신이 아닌 듯, 커다란 아트북 한 권을 진열대에서 빼 들고 터빈 홀로 달려 들어갔다. 직원들이 그녀를 추격했으나, 그녀가 주변 사람들에게 떨어지라고 경고하고 있음을 알아차리고 포기했다. 입구 경사로 끝에 도달했을 때 그녀의 손안에서 책이 폭발했고, 경사진 바닥 탓에 폭발력이 증폭되었다. 유리와 돌 부스러기가 잔디밭 위에 흩뿌려지고 홀랜드가에 주차되어 있던 차들을 뒤덮었다.

나는 즐거운 얼굴로 스티븐 덱스터의 할리데이비슨 뒷자리에 앉아 있던 조앤 창을 떠올렸다. 나는 그녀가 전시회를 보고 나오는 길에 서점에서 잠시 시간을 보냈고, 비극적인 불운에 의해 테러범이 폭탄을, 최대한 많은 사상자를 내려는 목적으로 만든 치명적인 장치를 설치하는 것을 목격했으리라 추측했다. 경찰에서는 부상자들의 신원을 공개했는데, 그 안에 스티븐 덱스터의 이름은 들어 있지 않았다. 그 성직자는 예배당 밖에서 비를 고스란히 맞도록 할리를 세워 둔 채로 첼시마리나에서 종적을 감추었다. 케이는 테이트의 영화 부서에 있는 친구에게 연락을 해 보았지만, 서점이나 전시관에서 덱스터의 모습을 보았다는 이야기는 들어오지 않았다. 중국인 여인을 애도하며 눈물을 흘리던 케이는, 덱스터가 런던을 떠나 어딘가로 숨어들어서 종교적 은둔에 빠졌으리라고 가정했다.

나는 히스로 폭탄을 떠올리며 이제 덱스터와 나 사이에 공통점이 생겼다는 생각을 했다. 테러범의 폭탄은 사람을 죽일 뿐 아니라 시공간을 격렬하게 비틀어 균열을 만들고, 세계를 하나로 붙들어 두던 논리를 부수어 버린다. 몇 시간 동안 중력은 우리를 배신하고, 뉴턴의 운동 법칙을 뒤엎으며, 강물을 거꾸로 흐르게 만들고 고층 건물을 뒤집으면서 우리 마음속에 오래 잠들어 있던 공포를 깨어나게 한다. 그 공포는 군중을 헤치고 나와 정면에서 얼굴을 갈기는 낯선 사람처럼 한순간에 부드럽고 평온한 일상생활을 뒤엎어 버린다. 입안에 피를 머금고 바닥에 주저앉은 사람은, 세상이 생각보다 위험하지만 동시에 생각보다 의미 있는 곳임을 깨닫게 된다. 리처드 굴드가 말했듯이, 폭력이라는 불가해한 행위에는 논리적 행동이 범접할 수조차 없는 강렬한 진실성이 존재한다.

점잔 빼며 흘러 내려가던 강이 쏘아 올린 소나기가 미술관의 전면을 때렸다. 군중은 근처 뒷골목으로 몸을 피했고, 경찰 과학수사대만 남아 잔해를 들추고 깨진 유리 조각을 디캔팅 하듯 세심하게 비닐봉지에 담는 작업을 계속했다.

경관 한 명이 범죄 현장 테이프를 넘어 경찰 밴 뒤편에서 비를 피하는 독일인 여성 두 명에게 소리를 질렀다. 그들은 먼지와 돌 부스러기를 뒤집어쓴 작은 자동차를 서둘러 지나치면서, 레인코트의 단추를 채우며 멀어졌다.

나는 그 뒤를 따라가다 자동차 옆에서 걸음을 멈추었다. 폭스바겐 비틀이었다. 먼지와 자갈이 덮인 아래로 조앤 창의 자동차와 동일한 색조가 눈에 띄었다. 나는 앞뜰을 지키면서, 발을 구르며 현관에서 비를 피하는 과학수사대원들과 대화를 나누고 있는 경관을 주시했다.

나는 이미 나만의 과학수사를 벌이겠다는 결심을 굳히고 있었다.

10분 후, 나는 아동 호스피스를 떠날 때 굴드가 레인지로버 뒤에 뭉쳐 두고 간 백의를 걸치고 섬너가에서 돌아왔다. 태양이 슬쩍 얼굴을 비치자마자 몰려나온 관광객들 때문에 경찰은 상당히 바빠졌고, 과학수사대는 천막 말뚝을 뽑고 밧줄을 치우느라 내게 제대로 눈길조차 주지 않았다. 아마 내무부의 수사관으로, 유해 조각을 찾아 헤매는 병리학자 정도로 생각했을 것이다.

나는 비틀로 접근해서, 팔꿈치로 운전석 창문을 깰 준비를 한 상태로 문손잡이를 잡았다. 그러나 팔을 올린 순간 엄지 아래에서 달칵하고 가볍게 문이 열리는 느낌이 들었다. 조앤이 차에서 내리면서 문 잠그는 일을 잊은 모양이었다. 어쩌면 지나가던 차량이나 여기서 만나기로 한 지인 쪽에 신경이 쏠렸을 수도 있을 것이다.

나는 조심스레 문을 열고 좌석으로 미끄러져 들어가며, 흐릿하게 남아 있는 재스민과 흰붓꽃 기름의 향기를 알아챘다. 창문에 두텁게 쌓인 굵은 먼지가 황토색 토사를 이루어 흘러내려 20미터 밖에 서 있는 경찰들의 시선에서 내 모습을 가려 주었다. 나는 몸을 돌려 뒷좌석을 훑었다. 티슈 뭉치, 다 쓴 향수 샘플 병과 중국 관광 안내 책자가 보였다. 닷새짜리 양쯔강 계곡 유람선 여행 항목이 펼쳐져 있었다.

나는 다리를 뻗어 브레이크와 클러치를 눌러 보았지만, 발이 간신히 닿는 정도였다. 조앤 창보다 다리가 긴 사람에게 공간을 맞추려 했는지 좌석이 뒤로 물려져 있었다. 체구가 작은 이 중국 여인은 비틀을 몰 때면 운전대에 턱이 닿을 정도로 바싹 다가앉곤 했으니까.

조앤을 테이트로 데려다준 다른 사람이 있었던 것이 분명했고, 그 사람이 스티븐 덱스터라는 것은 거의 확실했다. 다리를 쭉 뻗고 있기가 불편했던 나는 좌석 아래로 손을 뻗어 조절 손잡이를 찾았다.

전기장치가 들릴락 말락 하는 소리로 삑삑거리며 항의했다. 손에 닿은 물건은 휴대전화였다. 휴대전화가 울리기를 기다리며, 거기서 조앤의 새된 목소리가 흘러나오기를 거의 기대하며 귓가에 가져다 대었다. 전화기에서는 아무 소리도 들리지 않았다. 경찰 수사관들의 주의를 끌지 못한 채 지난 이틀 동안 운전석 밑에 놓여 있었던 것 같았다.

나는 흐릿한 앞 유리를 통해 과학수사대가 작업하는 모습을, 앞뜰을 좁은 구획으로 나누고 폭탄 장치의 파편이라도 찾기 위해 철저하게 해부하는 모습을 지켜보고 있었다. 그리고 마지막으로 통화한 번호로 다시 전화를 건 다음 신호음에 귀를 기울였다.

"여기는 테이트모던입니다." 지껄이는 것은 녹음된 목소리였다. **"전시관은 추후 공지가 있을 때까지 폐관합니다. 여기는 테이트모던입……"**

나는 전화기를 끄고, 조앤이 테이트에 입장하기 전에 미리 전화를 한 것이라 간주했다. 아마도 식당 좌석을 예약하기 위해서였을 것이다. 그녀의 휴대전화를 손에 들고 그녀의 차 안에 앉아 있노라니, 이 경쾌한 젊은 여인의 인생 마지막 순간을 내가 다시 경험하고 있는 느낌이 들었다.

손 하나가 운전석 문 앞에서 움찔거리며 창문을 덮은 젖은 먼지를 닦아 내기 시작했다. 나는 문을 안에서 잠그고 안전장치까지 걸어 놓은 상태였다. 손가락이 대형견의 앞발처럼 유리 위를 긁어 댔다. 검은 레인코트를 걸친 남자의 얼굴과 어깨가 흐릿하게 보였다. 아마도 사건을 담당하고 있는 형사 중 한 명일 것이다.

나는 손잡이를 돌려 차창을 내렸다. 다시 부슬비가 내리고 있었지만, 지금 나를 내려다보는 남자의 지저분하고 고뇌로 가득한 얼굴을 알아볼 수 있었다.

그는 손을 뻗어 나를 창문 기둥 쪽으로 끌어당겼다. "마컴? 여기서 뭘 하고 있는 겁니까?"

"스티븐…… 제가 돕겠습니다." 나는 그의 손을 어깨에서 떨쳐 냈지만, 문을 열기 전에 잠시 머뭇거렸다. 목사의 이마에서 흘러내린 땀방울이 크게 홉뜬 눈가에 구슬처럼 맺혔다. 성직자의 옷깃은 혼란 속에서 뜯겨 나갔는지 눈에 띄지 않았고, 제대로 면도하지 못한 뺨은 달아오르고 부어 있었다. 마치 밤새 아무도 없는 속된 거리를 달리며 흐느낀 것만 같았다. 그가 끔찍한 공허를 인지하며 차 안을 응시할 때, 나는 앞으로 밤마다 강을 따라 달릴 그를, 영원히 어둠을 추적하는 여정에 나설 그를 상상했다.

그는 내 백의에 혼란스러운지 내 얼굴을 힐끔 쳐다보고는, 자동차 열쇠 묶음을 보여 주었다. 자신이 자동차를 잘못 찾았기를 바라는 것이 분명했다. "마컴……? 조앤을 찾고 있습니다. 차가 여기 있어서……"

나는 문을 밀어 열고 빗속으로 나섰다. 그리고 덱스터의 어깨에 손을 얹고 진정시키려 애썼다.

"스티븐…… 조앤 일은 유감입니다. 당신에게는 정말 끔찍한 일이었겠지요."

"그녀에게 그렇지요." 그는 나를 한쪽으로 밀치고는 파편이 쌓인 테이트의 입구를 바라보았다. "그녀에게 연락을 하고 싶었습니다."

"무슨 일이 벌어진 겁니까? 스티븐?"

"온갖 일이. 모든 일이 벌어졌지요." 그는 내 얼굴을 빤히 바라보고, 처음으로 내가 누구인지를 온전히 인식하고는, 한 걸음 물러섰다. 마치 내가 조앤 창의 죽음에 책임이 있는 것처럼, 움찔거리며 나를 피하려 들었다. 그는 무수한 단어를 쏟아 내어, 다가올 위험을 경고하며 소리쳤다. "당신 아내한테 돌아가요. 리처드 굴드한테서 떨어지란 말입니다. 도망쳐요, 데이비드……"

그는 한 손으로 내 어깨를 잡은 채로 몸을 돌려 자동차 지붕 너머를 가리켰다. 우리에게서 10미터쯤 떨어진 강변 산책로에, 머리카락이 비에 흠뻑 젖은 젊은 여성이 한 명 서 있었다. 강에서 바로 나왔거나, 수면 아래 깊숙한 조류를 타고 움직이는 어둠의 바지선에서 내린 듯이 에나멜가죽 코트에 물방울이 맺혀 흘렀다. 그녀는 부당한 취급에 대해 복수에 나선 교구민처럼, 목사를 처벌하고 싶어 하는 시선으로 지켜보고 있었다.

덱스터가 내 팔을 강하게 쥐었다. 저 젊은 여인에게, 그에게 한 번 벌을 내렸으며 다시 벌을 내릴 듯 보이는 사람에게 겁먹은 것이 분명했다. 목사 이마의 부어오른 흉터 자국을 바라보면서, 나는 그의 신념을 파괴한 필리핀 게릴라들의 채찍을 떠올렸다.

"거기 둘…… 당장 나가!" 테이트 입구 쪽에서 경관 한 명이 우리를 향해 소리치며, 압수 차량에서 물러서라고 손을 흔들었다. 나는 그에게 손으로 인사하고는, 덱스터를 범죄 현장 테이프 건너편으로 데리고 나가려고 몸을 돌렸다. 그러나 목사는 이미 그곳에 없었다. 그는 고개를 숙이고, 레인코트 주머니에 손을 깊숙이 찌른 채로, 섬녀가를 따라 반쯤 달리다시피 움직여 블랙프라이어스교 쪽으로 사라져 버렸다.

머리에 아무것도 쓰지 않은 젊은 여성은 글로브 극장을 향해 서두르고 있었다. 그녀를 뒤에서 주시하던 나는 그 독특한 걸음걸이를, 반쯤은 까다로운 여학생 같고 반쯤은 지겨움에 몸부림치는 여행 가이드 같은 느낌의 정체를 깨달았다. 움직임은 경쾌했지만 옷은 홀딱 젖어 있었고, 나는 그녀가 몇 시간 동안 테이트 주변 거리를 걸어 다니면서 스티븐 덱스터가 모습을 드러내기만 기다렸으리라 짐작했다.

예인선의 경적이 강 위로 울려 퍼졌다. 깊은 허파에 들어
찬 공기를 비우는 소리가 위협적인 굉음이 되어 세인트폴
대성당 근처의 사무 건물들에 부딪혀 되돌아왔다. 깜짝 놀
란 베라 블랙번은 자기 하이힐에 걸려 비틀거렸다. 나는 그
녀가 넘어지기 전에 팔을 붙들고는, 글로브 극장 입구로 데
려가서 비를 피하고 있는 소규모 미국인 관광객 무리로 파
고들었다.

베라는 조금도 저항하려 들지 않았다. 그녀는 내게 몸을
기대고 다정하게 웃었다. 스스로에 심취하고 감정적으로는
죽어 있는, 거칠고 치명적인 어린아이의 웃음이었다. 내 능
력을 가늠하는 그녀의 모습에서, 나는 다시 한번 교외 골방
침실의 조숙한 화학 천재를, 이윽고 졸업해 국방부의 우상
이 된 여성을, 책상 앞에 붙박인 전사들의 몽상 속 여주인을
알아보았다.

"베라? 숨이 찬 모양이네요."

"'리빙스턴 박사님'? 꽤나 어울리는 모습인데요. 스탠리라
도 데려오지 않으면 못 알아보겠어요?"

"리처드 굴드의 변장용품 중 하나입니다. 제 차에 두고 갔
더군요."

"당장 버려요." 그녀의 손가락이 맨 위 단추를 풀었다. "사
람들이 내가 정신 병동에서 도망친 줄 알 거라고요."

"사실이지 않나요."

"진짜로요?" 그녀의 손길이 단추 위에서 멎었다. "그거 혹시 칭찬인가요, 데이비드?"

"당신한테라면 그렇습니다. 조앤 창의 일은 비극적이었지요."

"끔찍했죠. 정말 착한 아이였는데. 여기 와 볼 수밖에 없었어요."

"스티븐 덱스터 봤습니까?"

그녀의 표정은 조금도 변하지 않았지만, 왼쪽 눈썹에 맺혀 있던 빗방울이 은밀한 신호를 보내는 것처럼 떨어졌다. 그녀는 자신이 생각하는 이상으로 동요했고, 윗입술 한쪽 끝이 틱 증상처럼 옴찔거렸다. 이번만은 현실 세계가 그녀보다 큰 폭발을 일으킨 셈이었다.

"스티븐요? 확신은 못 하겠는데요. 차 옆에 있던 남자가 그 사람이었나요?"

"확신하고 있을 텐데요." 흠뻑 젖은 관광객 무리는 이제 글로브 극장으로 들어가서 폭우에 휩싸인 미술관을 바라보고 있었다. 나는 언성을 높였다. "당신 목사를 미행하고 있던 것 아닙니까. 왜 그랬지요?"

"우리는 스티븐을 걱정하고 있었어요." 그녀는 내 백의를 벗겨서 말끔하게 개킨 다음, 쓰레기통에 떨어뜨렸다. "상당히 혼란한 것 같아서요."

"그게 이유가 아닐 텐데요."

"그럼 또 뭐가 있는데요?"

"지금 추측하는 중입니다. 그 사람도 폭탄에 대해 알고 있었나요?"

"어떻게 알았겠어요?" 그녀는 내 턱을 슬쩍 건드리며 말했다. "알았더라면 조앤이 폭탄 근처에도 가지 못하게 했을 걸요. 사람들이 그 아이가 폭탄을 들고 달려가는 걸 보았다던데요."

"어떻게 발견했는지 정말 놀랄 일입니다. 수천 권의 책들 사이에서, 표지 사이에 셈텍스 1킬로그램을 끼워 놓은 책을 발견했다는 거지요." 나는 강 쪽으로 물러가는 소나기를 지켜보며 말을 이었다. "제 생각에 스티브는 차에 앉아 있었을 것 같네요."

"폭탄이 폭발한 순간에요? 왜요?"

"운전석이 뒤로 밀려 있더군요. 조앤이라면 발이 페달에 닿지도 않았을 겁니다. 그녀를 테이트까지 태워다 준 사람은 목사였던 것이 거의 확실합니다."

"계속해 봐요. 당신은 스티븐이 폭파범이라고 생각하는 건가요?"

"그냥 가능할 수도 있다는 거예요. 공범이었을 수도 있지요. 그녀는 서점으로 들어가서 서가에 폭탄을 놓고 올 계획이었을 겁니다. 그런데 왠지 모를 이유로 마음을 돌린 거지요."

벙커 방문

베라는 콤팩트를 꺼내 화장을 살폈다. 그리고 내가 순진한 것인지, 아니면 유도신문을 하는 것인지 확신하지 못하는 눈빛으로 나를 힐끔거렸다.

"마음을 돌렸다고요? 믿기 힘드네요. 게다가 대체 스티븐이 무슨 이유로 테이트를 폭탄으로 날려 버리려 들겠어요?"

"중산층의 주된 목표물 아니겠습니까. 그 사람은 신앙을 잃은 성직자고요."

"폭탄을 터트린다고 해서 그게……?"

"……신앙을 회복할 수 있겠지요. 고독하고 정신병적인 방식으로 말입니다."

"정말 슬픈 일이네요." 경관 두 명이 강변 산책로를 따라 걸어오자, 베라는 각진 이마를 숙이며 말했다. "적어도 당신은 내가 배후에 있다고는 생각하지 않네요."

"확신을 못 하겠습니다." 나는 베라의 팔을 붙들고, 팔꿈치께에서 격렬하게 뛰는 맥박을 느꼈다. "아주 위험한 일부 사람이 폭력이라는 놀이의 유혹을 받고 있습니다. 폭탄을 만든 사람은 당신일지 몰라도, 당신이 자기 작품을 한 쌍의 아마추어에게 넘겼을 리는 없지요. 그러기에는 지나치게 전문가니까요."

"국방부에서 훈련받은 덕이죠. 언젠가는 쓸모가 있을 줄 알았어요." 그녀는 만족했는지 구름 뒤에서 고개를 내미는 햇살을 받으며 활짝 웃음을 지었다. "그래도 스티븐은 참 안

됐어요."

"왜 여기서 만나려 한 건가요? 당신을 두려워하던데요."

"지금 그 사람은 정신 상태가 상당히 위험해요. 폭탄을 설치한 게 자기가 아니더라도 얼마나 죄책감이 심할지 생각해 보세요. 경찰에 기어들어서 이야기를 꾸며 낼 지도 모른다고요."

"그러면 당신에게 위험할 거라는 겁니까?"

"당신한테도 마찬가지예요, 데이비드." 그녀는 내 외투에 묻은 회반죽 조각을 털어 주었다. "그리고 첼시마리나의 우리 모두한테도……"

나는 그녀가 경관 앞을 지나칠 때 고개를 들고 걸어가는 것을 지켜보았다. 그녀의 냉정한 자기통제 능력은 존경스러울 정도였다. 리처드 굴드가 말했듯이, 테이트 폭탄은 그 무의미함 때문에 다른 테러 공격들과 궤를 달리했다. 전시관 안의 예술 작품 중에서 테러범의 폭탄에 깃든 무한한 존재감의 근처에라도 갈 수 있는 것은 단 하나도 없었다. 나는 베라 블랙번이 어떤 식으로 사랑을 나눌지 상상해 보려 했지만, 그 어떤 연인도 뇌관을 부착한 셈텍스의 고혹적이고 감미로운 잠재력에는 근처에도 갈 수 없을 것이 분명했다.

나는 섬너가로 돌아와서 레인지로버의 운전석에 앉은 다음, 앞 유리에서 펄럭이는 주차 단속 용지를 물끄러미 바라보았다. 첼시마리나에 도착한 이래 히스로 폭탄의 진실에 가장 근접한 것 같은 느낌이 들었다. 케이는 나와 함께 잠자리에 드는 일을 기꺼워하면서도 여전히 샐리의 품으로, 세인트존스 우드의 집으로 돌아가라고 종용하고 있었다. 그러나 나는 케이나 베라와, 그리고 다른 누구보다도 리처드 굴드와 더 많은 시간을 보내야만 했다. 첼시와 풀럼의 경계에서 태어난 기묘한 논리 구조가 훨씬 멀리까지 퍼져 나갔기 때문이다. 심지어 로라가 죽음을 맞이한 2번 터미널의 수하물 벨트컨베이어로까지.

나는 차내 전화를 들어 애들러 연구소의 번호를 눌렀다. 접수처에서 전화를 받자 나는 아널드 교수를 연결해 달라고 일렀다.

23 / 마지막 타인

"헨리가 이리 올 거야." 샐리가 말했다. "그래서 걱정되거나 하는 건 아니지, 데이비드?"

그녀는 내 안락의자에 앉아서 당당하게 다리를 뻗고 있었다. 지팡이는 오래전에 현관의 우산꽂이로 돌아가 버렸다. 그녀는 달콤한 분위기가 흐르는 방에서 최고로 예쁜 모습으로, 즐거움을 숨기지도 않은 채 나를 바라보며 웃었다. 내가 휴가를 받아 전선에서 돌아온 가장 좋아하는 남동생이라도 되는 것처럼. 나를 떠나 있는 것만으로도 건강이 눈에 띄게 나아졌음을 인정하지 않을 수 없었다.

"헨리? 아무 문제도 없지. 어제 이야기를 했고."

"나한테 일러 줬어. 테이트 근처에서 전화를 했다며. 정말 끔찍한 일 아니야?"

"끔찍하지. 아주 고약해. 짐작조차 할 수가 없어."

"그 중국인 여자는—알던 사이야?"

"조앤 창이야. 매력적인 여자였어. 클럽에 드나드는 부류의 히피 아가씨였지. 오토바이에, 아멕스 플래티넘 회원에, 목사 남자 친구가 있고."

"만나 봤으면 좋았을걸. 혹시 폭탄이 그쪽 계획의……?"

"첼시마리나 시위 말이야? 아니. 폭력은 우리 구미에 맞지 않아. 다들 너무 부르주아라서."

"레닌하고 체하고 저우언라이도 그랬다던데, 헨리 말로는." 샐리는 몸을 앞으로 빼면서 커피 탁자 너머에서 팔을 뻗어 내 손을 붙들었다. "당신은 다르잖아, 데이비드. 당신 살짝 엇나간 것처럼 보여. 당신한테 어울리는 일인지 잘 모르겠어. 집에는 언제 돌아올 생각이야?"

"곧." 그녀의 손가락은 따스했고, 나는 첼시마리나의 사람들은 하나같이 손이 차가웠다는 것을 깨달았다. "상황을 지켜보고 있어야 해. 온갖 일이 벌어지고 있거든."

"나도 알아. 통제를 잃은 놀이집단처럼 들리는 얘기잖아. 회계사와 변호사들이 직장을 포기하고 있다지. 세상에, 길퍼드 같은 곳들에서도 말이야. 이건 분명 뭔가 의미하는 바가 있어."

"그렇지. 혁명이 문을 두드리고 있는 거야."

"세인트존스 우드에서는 아니야. 최소한 아직까지는." 샐리는 몸을 떨면서, 창문의 안전 잠금 쇠를 바라보았다. "헨리가 당신이 연구소에 사표를 낼지도 모른다고 하던데."

"6개월 휴직이 필요할 뿐이야. 아널드 소장은 그게 못마땅한 모양이고…… 당신 아버지 상담 일도 내려놔야 할지 모르니까. 걱정하지 마, 장인어른이 당신 계좌를 두 배로 불려 줄 거야."

샐리는 자기 손가락 끝을 서로 만지며, 단순한 산수 이상의 뭔가를 계산하고 있었다. "이겨 낼 수 있을 거야. 적어도 당신이 정직하게 굴고는 있으니까. 항상 그게 문제였지. 안 그래? 아빠가 돈은 전부 내 주시니."

"'아빠가 돈은 전부……'" 나는 유니버시티 칼리지에서 그 문구를 들었던 기억을 떠올렸다. 중산층 신입생들이 부친의 재규어에서 비싼 짐 꾸러미를 내리는 일을 내가 도와주던 기억도. "어쨌든 이제 나도 자기 발로 설 때가 됐어."

"세상에 그런 사람이 어디 있어, 데이비드. 당신은 결코 이해하지 못하겠지만. 헨리 말로는―"

"샐리, 제발…… 그 친구가 내 아내와 잔다는 것만으로도 충분히 고약한 상황이야. 세상 모든 일에 대한 최신 견해까지 듣고 싶지는 않아. 그래서 그 친구는 어떻게 지내?"

"당신 걱정을 하지. 다들 당신이 연구소로 돌아오길 바라고 있어. 그 '혁명'이라는 것도 차차 잦아들 테고, 수많은 분별 있는 사람들의 삶이 파탄에 몰릴 거라고."

"그럴 수도 있겠지. 하지만 아직은 아니야. 아직 히스로 폭탄을 조사하고 있어. 슬슬 단서가 하나씩 맞아떨어지고 있다고."

"로라…… 당신 로라를 위해서는 정말 최선을 다했잖아." 샐리는 자기 시선을 피하는 나를 바라보며 기다렸다. "나는 실제로 로라를 만난 적이 없어. 헨리가 내가 모르던 여러 가지를 일러 줬어."

"로라에 대해서? 정말 용기가 넘치시는군."

"당신에 대해서도. 남편이란 최후의 타인이게 마련이거든. 당신 어머님 방문할 마음의 준비는 됐어? 요양원 관리소에서 여러 번 전화를 했어. 당신을 찾기 시작하셨대."

"그런가? 애석한 일이군. 제일 좋아하는 주제는 아니라서." 나는 자리에서 일어나 소파 주변을 걸어 다니며 바뀐 가구 위치를 확인하려 했다. 그러나 가구는 모두 원래 위치에 있었고, 바뀐 것은 내 시점뿐이었다. 자유를 맛본 나는 세인트존스 우드의 삶이 얼마나 비현실적인 것이 되어 있는지, 얼마나 불합리하게 상류층의 냄새를 풍기는지를 깨달은 것이다. 나는 샐리에게 말했다. "냉담한 소리 같지만, 나는 무거운 짐을 상당수 내려놓은 상태거든. 죄책감도, 가짜 애정도, 애들러 연구소도……"

"당신 아내도?"

"아니었으면 좋겠는데." 나는 벽난로 앞에서 걸음을 멈추고 거울을 통해 샐리에게 미소를 지어 보였다. 앨리스 같은 그녀의 분신을 향해서, 옛날처럼 남편의 미소를. "나를 기다려 줘, 샐리."

"노력해 볼게."

자동차 한 대가 집 앞에서 멎었다. 차는 레인지로버 뒤편 공간으로 간신히 끼어들어서는, 내 후방 범퍼를 건드리지 않으려고 열심히 앞뒤로 움직였다. 말쑥하지만 미심쩍은 표정의 헨리 켄들이 차에서 내렸다. 마치 완벽하게 다른 사회적 규칙이 적용되는 배타적인 동네로 진입한 부동산업자 같았다.

아널드 교수와 대화를 나눈 다음, 나는 테이트 근처에서 헨리에게 전화를 걸어 아직 내무부의 지인과 연락하고 지내는지 물었다. 폭파범이 폭발 직전에 테이트에 경고 전화를 했는지를 확인할 필요가 있었다. 전화를 끊을 수 있다는 데 안도하면서, 헨리는 자기 정보원에게 물어보겠다고 약속했다.

이제 우리는 가정의 화덕을 사이에 두고 마주 본 채로, 우리 중 누가 먼저 상대방에게 앉으라고 권해야 할지 결정하려 애썼다. 헨리는 내게 양보하고 싶은 마음이 간절했고, 자신에게 가장의 의무를 맡기려 안달하는 내 모습에 깜짝 놀

마지막 타인

라고 있었다. 그는 오쟁이 진 남편이 아내에 대한 온전한 소유를 너무도 행복하게 넘기려 한다는 것을 깨달은 정부의 갑작스러운 공포의 시선으로 나를 바라보고 있었다.

타협이 끝나자 샐리는 우리만 남겨 두고 자리를 떴고, 우리는 스카치와 소다수를 놓고 마주 앉았다.

"자네 변했군, 데이비드. 샐리도 눈치챘던데."

"다행이군. 정확히 어떻게 변했지?"

"더 강해 보여. 회피하거나 계산적인 모습은 안 보이고. 혁명이 자네한테 도움이 된 모양이야."

나는 그 말에, 지금껏 헨리가 얼마나 지루한 사람인지, 그리고 그와 함께 보낸 세월을 내가 얼마나 끔찍하게 혐오하고 있는지 제대로 돌아본 적이 없었다고 결론 내리면서 잔을 들어 올렸다. "자네 말이 맞아. 난 정말 엉망이었지. 지금 당장은 딱히 혁명에 제대로 참여하고 있지도 않지만."

"방송국 시위 때 거기 있었잖아."

"누가 말해 주던가?"

"내무부에서는 모든 일에 주의를 기울이고 있으니까."

"그쪽에서야 걱정이 되겠지."

"그 말이 맞아. 화이트홀*에서 주요 인사들이 사임해야 하는 사태니까. 연공서열도, 연금 수급권도, 훈장과 작위도 전

---

* 영국 정부 부처가 모여 있는 런던의 거리. 영국 정부의 별칭이다.

부 창밖으로 날아가 버린 셈이지. 그런 일이 생기면 사기에 심각한 영향을 미치고, 모든 체제를 유지하는 질투와 라이벌 관계의 사슬이 끊겨 버리거든."

"그게 목적이니까. 혁명에 감사해야 하겠는데."

"하지만 조금 웃기지 않나?" 헨리는 이해심을 만면에 머금고 웃음을 지으며 나를 바라보았다. "피터존스를 보이콧하고, 교복 가게에 발연탄을 터트리고……"

"중산층이 짜증을 내는 거지. 우리가 착취당하고 있다고 느끼니까. 보다 불운한 사람들을 위한 진보적 가치와 인도주의적 배려 따위에 말이야. 우리 역할은 보다 낮은 계층의 행동을 막는 거지만, 사실은 우리가 스스로를 규제하고 있었던 거지."

헨리는 참을성 있는 얼굴로 위스키 잔 건너편의 나를 바라보았다. "그런 말을 전부 믿는 건가?"

"누가 알겠나? 중요한 점은 첼시마리나 사람들이 믿는다는 거지. 아마추어적이고 유치하지만, 애초에 중산층이란 아마추어적이며 어린 시절에서 벗어나지 못한 존재들이야. 하지만 그보다 훨씬 중요한 일이 벌어지고 있어. 내무부의 자네 친구들이 걱정할 만한 사태라고."

"그 사태란?"

"점잖고 온건한 사람들이 폭력에 굶주려 있다는 거지."

"진실이라면 불길한 일이군." 헨리는 자기 위스키 잔을 내

마지막 타인

려놓았다. "무엇을 겨냥한 폭력인데?"

"목표는 뭐든 상관없지. 사실 이상적인 폭력 행위란 아무런 목적도 없는 것이니까."

"순수한 허무주의인가?"

"정반대야. 우리 모두 바로 그 지점에서 틀렸던 거지. 자네도, 나도, 애들러도, 자유주의 여론도. 무를 향한 탐구가 아니었던 거야. 의미를 향한 탐구였던 거지. 증권거래소를 날려 버리면 국제 자본주의를 배격하는 행위가 되지. 국방부에 폭탄을 보내면 전쟁에 반대하는 거야. 굳이 전단을 나눠 줄 필요도 없어. 하지만 정말로 아무 의미도 없는 폭력 행위는, 이를테면 군중에 무작위로 총을 쏘는 행동은, 몇 개월 동안 사람들의 주의를 사로잡지. 논리적인 동기가 부재하다는 사실 자체가 자기 나름의 중요성을 가지게 되는 거야."

헨리는 우리 머리 위 침실에서 울리는 샐리의 발소리에 귀를 기울였다. "공교롭게도 내무부 사람들도 비슷한 쪽으로 생각하고 있어. 첼시마리나의 반란은 지엽적인 문제라는 거지. 진짜 위험한 사람들이 공원의 다른 쪽 모서리에서 기다리고 있으니까. 이를테면 이번 테이트 폭탄은 분명 제대로 된 테러 집단의 행동이거든. IRA의 탈주 분파나, 발광하는 무슬림 집단이나. 조심하게, 데이비드……"

30분 후에 집을 나설 때쯤 샐리가 목욕하는 소리가 들려왔다. 나는 그녀가 헨리와 함께 길고 즐거운 오후를 보낼 준비를 끝마치고 파우더와 향취를 구름처럼 두르고 나오는 모습을 떠올렸다.

"헨리, 샐리한테 작별 인사를 전해 줘."

"샐리는 자네를 그리워하고 있어, 데이비드."

"나도 알아."

"우리 둘 다 자네가 돌아오기를 바라고 있고."

"돌아와야지. 지금은 알아낼 필요가 있는 일에 관여하고 있어서. 온갖 의무 때문에 벽돌을 넣은 배낭을 지고 다니는 기분이야."

"벽돌로 지은 대성당도 있으니까." 헨리는 이웃 사람 두 명이 지나가는 앞에서 넥타이를 바로잡았다. 언제나 침입자일 수밖에 없는 운명인 그는 아직도 불륜을 통한 쿠데타가 성공했음을 받아들이지 못하고 있었다. 내가 운전석에 앉자 그는 차창에 몸을 기대며 말했다. "그러고 보니 자네 말이 맞더군. 경고 전화가 있었어."

"테이트에?"

"폭탄이 폭발하기 몇 분 전에. 누군가 전시관 안내소에 전화를 걸었다던데."

"몇 분이라고?" 나는 서점을 바삐 달려 돌아다니는 조앤 창을 떠올렸다. "왜 건물에서 사람들을 대피시키지 않은 거지?"

"전화한 사람은 폭탄이 밀레니엄교 아래 있다고 했다더군. 직원들은 그게 유명한 다리 위 진동을 가지고 농담하는 장난전화라고 생각했고."

"전화한 사람은 누군가? 그 빌어먹을 전화를 역탐지했을 거 아냐."

"당연한 소리지만 대놓고 그런 말을 하면 곤란하지. 일주일 전에 램버스궁에서 도난 당한 휴대전화에서 왔다던데. 거기서 영국 국교회 대책 위원회가 중산층 소요 사태를 고찰하려고 회의를 하고 있었거든. 도난 전화의 주인은 치체스터 주교였고……"

나는 시동을 걸고 헨리가 다시 현관으로 들어가는 것을 지켜보았다. 샐리는 팔 아래 수건을 두른 채로 창가에 나와 서 있었다. 그녀는 긴 여행을 떠나는 부모를 배웅하는 아이처럼 나를 향해 손을 흔들었다. 나를 다시 보고 싶다는 바람과는 별개로 수심에 잠겨, 제아무리 그릇되고 아마추어적일지라도 작은 혁명이 마침내 자신에게 영향을 미치고 있음을 깨달았다는 듯이.

그녀는 나를 집으로 초대했으면서도 내 마음을 되돌려 얻으려는 시도는 조금도 하지 않고, 헨리와 단둘이서만 이야기하게 방치했다. 창가에 서 있는 그녀를 보면서 나는 그녀가 내 이해할 수 없는 행태를, 내 본성이라 할 수 있는 모든 것에 반하는 행동을 다시 확인하게 되어 기뻐하고 있다고 느꼈다. 자신의 남편처럼 꼿꼿하고 답답한 사람조차 본성에 반하는 행동을 할 수 있다는 사실이, 리스본의 거리에서 일어난 잔인하고 무의미한 사건을 설명하는 데 도움이 될 것이기 때문이었다. 분노와 혐오는 차츰 사그라지다 마침내 지팡이와 함께 우산꽂이로 들어가 버렸다. 어떻게 보면 나는 샐리가 그녀 자신에게서 해방되도록 돕고 있는 셈이었다. 한때 세상은 그녀를 도발했고, 그 도발의 위협을 완화시키는 유일한 방법이 바로 비합리적인 행동이었던 것이다.

마지막 타인

24 / 그로브너 플레이스 방위전

첼시마리나는 최후의 결전을 준비했다. 3주 후, 나는 케이의 거실 창문을 통해 그로브너 플레이스 방위 계획을 짜는 주민위원회를 지켜보고 있었다. 이 막다른 골목에 거주하는 거의 전원이라 할 만한 50명의 성인이 27번지 앞길에 모여서 저마다 자신만만하게 목청을 높이는 중이었다. 분노는 임계점을 향해 작용하고 있었고, 폭발하는 순간 첼시와 풀럼의 공공질서 전체가 위험에 처할 것이었다.

잠시 후 앨런과 로즈메리 터너 부부와 세 명의 십 대 아이를 퇴거시킬 생각으로 만만한 압류 집행관이 도착할 예정이었다. 부부는 양쪽 모두 런던 자연사박물관에 근무하는 곤충학자였다. 터너 가족은 관리비 지불을 거부한 수많은 가족 중 하나로, 자기 담보대출도 변제하지 않고 전기 및 수도 회사와 지방의회의 모든 요구도 무시했다. 이제 터너 가족은 일종의 시범 사례가 되어 버렸으며, 은행과 주택금융 조합, 의회 관료와 단지 경영진이 뭉친 강대한 연합이 본때를 보이려 벼르고 있었다.

터너 가족과는 알고 지내는 사이였다. 부부는 고상하지만 유쾌한 사람들이었고, 가끔 아들이 어머니가 낸 대수 과제 푸는 것을 내가 도와주기도 했다. 한 달 동안 물도 전기도 없이 살아온 셈이었지만, 이웃들이 힘을 합쳐 정원 벽 위로 전선과 수도 호스를 끌어다 주었다. 아이들의 학비를 감당할 수 없어진 터너 부부는 '우리가 신시대의 빈민층이다'라고 쓴 커다란 현수막을 침실 발코니에 내걸었다.

슬프게도 그 표어는 지나칠 정도로 진실이었다. 케이는 모금을 시작했지만, 일주일 후에 터너 부인과 딸이 킹스로의 세이프웨이에서 물건을 훔치다 체포되었다. 아침 식사용 시리얼에서 오렌지 주스에 이르는 도난 품목의 목록을 듣던 치안 판사들은 터너 부인에게 경고 조치만 내리고 훈방하려 마음먹었다. 그러나 그녀가 첼시마리나에 산다는 말을 듣자마자, 그들은 관대한 마음의 문을 굳게 걸어 잠그고는, 에르메스 스카프와 프라다 핸드백을 자랑하며 돌아다니는 소매치기 집단의 우두머리를 언급했다. 근처 종합 중등학교의 교장인 선임 치안 판사는 터너 부인의 면전에 대고 의무를 저버리는 중산층의 위험성에 대한 설교를 늘어놓으면서 50 파운드의 벌금을 부과했다. 이 돈은 내 주머니에서 나갔고, 터너 부인은 그로브너 플레이스 최초의 순교자로서 흥겨운 가두 행진을 벌이며 귀가했다.

공교롭게도 터너 부인만이 아니었다. 첼시마리나의 주민들은 주변 지역에 사소한 범죄의 파장을 퍼트리고 있었다. 중역이나 중간관리직들이 일자리를 포기하면서, 빵집에서 주류 판매점에 이르는 온갖 장소에서 좀도둑질이 이어졌다. 첼시마리나의 주차 계량기는 죄다 박살 나 버렸고, 뼛속까지 노동자 계급인 지방의회 소속 청소부들은 중산층의 악의 넘치는 분위기에 질려서 단지에 진입하기를 거부했다. 비싼 사립학교에서 떨어져 나온 십 대들은 지루함에 몸 둘 바를 모른 채 슬론 스퀘어와 킹스로를 쏘다니며 마약 거래나 차량 절도에 손을 대기에 이르렀다.

일본과 미국 텔레비전 방송국의 현장 중계 차량이 피 냄새를 찾아 첼시마리나를 맴돌았다. 그러나 정작 경찰에서는 대놓고 대치하거나 도발하는 일을 삼가라는 내무부의 명령에 따라 한 발짝 물러났다. 내각 각료들도 이제 중산층이 모든 선의를 거두면 사회가 무너질 것이라는 사실을 확실히 인지하게 된 것이었다.

그러는 동안 법과 질서가 돌아와서 슬쩍 힘겨루기를 시도했다. 케이의 창문으로 내다보니 그로브너 플레이스 입구에 경찰 밴 석 대가 서 있었다. 창가에 바짝 다가앉은 경관들이 근처 주민들에게서 차를 대접받고 있었다. 여경 한 명이 1파운드 동전을 '지역 자선함'이라 적힌 과자 깡통에 넣었다. 지휘를 맡은 경사가 터너 일가를 쫓아내러 온 불량배 같은 차림새의 압류 집행관 무리와 상의했다. 지역 보안 회사 직원들이 터너 가족이 쫓겨난 다음 자물쇠를 바꿔 달고 1층 창문에 못질을 하려고 대기하고 있었다.

〈뉴스나이트〉 텔레비전 쇼의 제작진은 터너 일가에 카메라를 향한 채 초조하게 기다리고 있었다. 터너 일가는 탄광 폐쇄 사태에 맞서는 광부 가족처럼, 창백하지만 당당하게 고개를 들고 용감하게 현관문 앞에 섰다. 이웃들은 일렬로 팔짱을 끼고 단지 입구를 막아섰고, 발코니에는 다른 현수막 하나가 펄럭이는 중이었다. '신시대의 프롤레타리아에게 자유를'.

경사가 확성기를 들고 군중에게 해산하라고 촉구했으나, 그의 목소리는 야유와 고함 속에 파묻히고 말았다. 케이 처칠은 주민들 사이를 헤치고 돌아다니며 여러 남편과 부인의 볼에 열렬히 키스를 퍼부었다. 그녀는 자부심으로 달아오른 얼굴로 자기 집을 향해 달려오기 시작했다. 언제나 그렇듯이 열정과 완고함이 존경스러운 여성이었다. 종종 고독에 사로잡히고, 오스트레일리아에 있는 딸에게 장문의 편지를 쓰는 사람이기도 했지만, 그녀를 진정으로 고양시키는 것은

그로브너 플레이스 방위전

눈앞으로 다가온 영웅적인 실패뿐이었다.

"데이비드? 여기 있어서 다행이네요. 당신 힘이 필요할지도 몰라요." 그녀는 격렬하게 나를 껴안았다. 그녀의 떨림이 온몸에서 느껴졌다.

"케이? 지금 뭘 하는 겁니까?"

"속옷 갈아입고 있잖아요. 내 말 믿어요. 경찰이 아주 난폭하게 나올 거라고요."

"지금은 딱히 난폭하지는……" 나는 팔의 땀을 훔치고 진을 한 잔 가득 따르는 그녀를 따라 부엌으로 들어섰다. "정확히 무슨 일이 벌어지고 있는 건가요?"

"아직은 아무 일도 없어요. 막 시작되려는 참이죠. 거칠어질 수도 있어요, 데이비드."

"너무 즐거운 것처럼 말하지 말아요. 그 말은 계획이 있다는 뜻이겠지요?"

케이는 공포와 섹스의 향기가 자극적으로 뒤섞인 수건을 내 쪽으로 던졌다. "몇 명밖에 몰라요. 오늘 밤 뉴스를 기대해요."

"연좌시위입니까? 단체 스트립이라든가?"

"당신 마음에 들 거예요." 그녀는 내게 키스를 날리고 끈 팬티를 벗었다. "처음으로 경찰하고 백병전을 벌이는 거라고요. 여기가 우리의 오데사 계단이자 톨퍼들*인 거예요."

"변호사와 광고쟁이들을 데리고 백병전을 벌인다고요?"

"직업이 뭐든 무슨 상관이에요? 중요한 건 뭘 할 수 있느냐죠. 우리 영역을 수호하는 최초의 싸움이라고요. 저들은 공동체 전체를 퇴거시키려 들고 있어요. 지금이야말로 당신이 진지하게 나설 때예요, 데이비드. 더 이상 관찰자로 남아 있을 수는 없다고요."

"케이……" 나는 그녀의 엉망으로 헝클어진 머리카락을 매만지려 애썼다. "자신에게 과도한 기대를 부여하지 말아요. 저 집행관들은 런던에서 매일같이 압류 작업을 수행해 온 자들이에요."

"하지만 우리는 주택 융자를 상환하지 **않겠다**고 결정을 내렸어요. 해로와 펄리와 윔블던의 모든 사람이 자기 자신을 진지하게 들여다볼 수 있도록 최후의 결전을 강요한 거라고요. 모든 교사와 지역 보건의와 지점장들에게요. 그 사람들도 이제 자기네가 새로운 부류의 농노에 지나지 않는다는 것을 깨달을 거예요. 운동복을 걸친 쿨리일 뿐이라는 걸 말이죠." 케이는 내 손에서 수건을 낚아채서 겨드랑이를 닦았다. "징징거리지 좀 마요. 이제 편하게 구경할 수 있는 장외 공간은 사라졌다고요, 데이비드. 더 이상은 구경만 하면서 멀거니 서 있을 수 없어요. 올리브 치아바타를 사는 것조차도 정치적 행동이죠. 우리에겐 모든 사람의 도움이 필요해요."

"좋습니다…… 상황이 시작되면 합류하지요." 나는 셔츠

그로브너 플레이스 방위전

주머니에 든 휴대전화를 툭툭 치며 말했다. "저는 리처드 굴드의 전화를 기다리는 중입니다. 그쪽도 그쪽 나름의 계획을 진행 중이거든요."

"그 사람도 여기 왔어야 하는데. 그 사람이 없으면 결속을 유지하기가 힘들 거예요." 굴드의 이름을 언급한 데 짜증이 났는지, 케이는 거실 구석을 힐끔 쳐다보았다. "그 사람 지금 어디 있나요? 며칠 동안 아무도 보지 못한 모양인데."

"여전히 우리를 지지하고는 있습니다. 하지만……"

"전부 너무 고풍스러워졌다는 거겠죠? 가두집회에, 피켓 시위에, 날것 그대로의 감정에. 그 사람은 지독하게 냉담하니까요."

"그는 경찰보다 먼저 스티븐 덱스터를 추적해 내려고 시도하고 있습니다. 테이트 폭탄 때문에 자칫 모든 것이 어긋났을 수도 있어요."

"조앤 말이죠? 세상이 미쳐 돌아가는 거죠." 케이는 얼굴을 찌푸리며 거칠어진 손을 얼굴에 가져다 대고 주름살을 펴서 없애려 했다. "불쌍한 스티븐. 그 사람이 폭탄을 터트렸다니 믿을 수가 없어요."

- 단체 임금 협상을 시도하다 오스트레일리아 유배형을 받은 여섯 명의 농부가 거주하던 잉글랜드 도싯주의 마을. 근대 노동조합의 효시가 된 사건으로 여겨진다. 격분한 80만 시민의 시위에 힘입어 석방돼 영국으로 돌아온 이들은 '톨퍼들의 순교자들'이라 불리게 된다.

그녀는 어서 옷을 갈아입고 자신의 시위대에게 돌아가려고 위층으로 뛰어 올라갔다.

창가로 돌아오니 여전히 확성기가 쩌렁쩌렁 울리고 있었다. 사려 깊은 메시지는 군중 속에 파묻히고, 과장된 경고는 지붕에 튕겨 나가 사라졌다. 경관들이 밴에서 내려 헬멧의 턱 끈을 조였다. 그들은 가죽 재킷을 걸친 여섯 명의 덩치 좋은 압류 집행관 뒤에 도열했다.

주민들은 팔짱을 낀 채로 몸을 돌려 그들을 마주했다. 집행관들이 어깨로 밀치고 들어오려 시도하면서 한바탕 주먹이 오갔다. 머리가 벗어지고 있는 치과 교정 전문의가 피투성이가 된 코를 부여잡으며 무릎을 꿇었고, 격노한 부인이 그를 보살폈다. 위층 창문에서는 전축에서 베르디의 〈나부코〉에서 발췌한 〈히브리 노예의 합창〉이 흘러나오기 시작했다. 이 신호에 맞춰서, 마치 국가 연주에 기립했던 청중처럼 주민들은 일제히 자리에 주저앉았다.

경찰 병력은 조금도 감동한 기색 없이 파고들며 거친 손길로 시위자들을 뜯어내 끌어냈다. 그로브너 플레이스 여기저기서 격렬하게 울부짖는 포효가 솟아올랐다. 고통이라고는 모르는 삶을 살던, 부드러운 육신을 밀치는 사람이라고는 연인이나 접골사밖에 없었던 전문직의 남녀들이 지르는 분노의 비명이었다.

그로브너 플레이스 방위전

나는 사람들과 합류하려 마음먹고 현관으로 향하다, 셔츠 주머니에서 울리는 휴대전화 소리를 들었다.

"마컴?" 희미하고 금속성이 섞인, 단조로운 목소리가 들렸다. 녹음한 소리를 다시 녹음한 것 같았다. "데이비드, 제 말 들립니까?"

"누구시죠?"

"무슨 일이 벌어지는 겁니까?"

"리처드······?" 굴드가 마침내 전화를 해 주었다는 데 안도하며, 나는 현관문을 닫았다. "별일 아닙니다. 케이가 작은 시위를 조직했어요. 경찰에서 터너 일가를 퇴거시키려 하고 있습니다."

"그렇군요······" 목소리가 커졌다 작아졌다 하는 것으로 미루어, 굴드는 다른 데 정신이 팔려 있는 듯했다. "당신 도움이 필요합니다. 스티븐 덱스터를 봤어요."

"스티븐을? 어디서요? 그 사람하고 대화할 수 있어요?"

"괜찮아 보이네요. 나중에, 기회가 되면 하지요."

배경음에 파묻혀 목소리가 제대로 들리지 않았다. 마치 부산스러운 공항 수하물 투하구 소리 같았다.

"리처드? 지금 어딥니까? 히스로인가요?"

"저 빌어먹을 방범 카메라가······ 조심해야 합니다. 여긴 해머스미스예요. 킹가의 쇼핑몰이지요. 소비자의 지옥 말입니다."

"스티븐은 뭘 하는 겁니까?"

"해비탯 가구점에서 유리 제품을 보고 있어요. 조금 더 접근하려는 중입니다. 빌어먹을 카메라가 저기도 하나 있어서……"

나는 시끄러운 행인들의 소리를 걸러 내면서 휴대전화를 귓가에 대고 눌렀다. 굴드의 흥분한 목소리에는 흥미롭게도 몽롱한 느낌이 섞여 있었다. 마치 매력적인 아가씨와 함께 공중전화 박스에 들어간 것 같았다. 그는 조앤 창의 죽음에 충격을 받았고, 무의미한 행동에 대해 느긋하게 대화한 후에 발생한 진짜 폭력에 경악했다. 나는 그에게 폭력이란 결코 무의미할 수 없다고 말해 주고 싶었다. 지금 나는 스티븐 덱스터를 생각하고 있었다. 조앤에 대한 비탄을 떨쳐 내기 바라면서, 어쩌면 다른 폭탄을 가지고 쇼핑몰을 배회할 이넋이 나간 성직자를.

"리처드? 덱스터가 아직도 거기 있나요?"

"대낮같이 또렷합니다."

"확실한가요? 얼굴을 알아볼 수 있습니까?"

"그게…… 맞습니다. 당신이 이리 와 줬으면 해요. 당신 레인지로버까지 갈 수 있나요?"

"근처 길모퉁이에 세워 놨습니다."

"잘했군요. 한 시간만 주십시오. 레인빌로의 리버 카페 근처에서 기다려 줘요. 풀럼펠리스로 쪽입니다."

그로브너 플레이스 방위전

"알겠습니다. 조심해요. 지나치게 접근하면 알아챌 겁니다."

"걱정 말아요. 요즘 세상에는 카메라가 너무 많군요……"

몇 분 후 집을 나설 즈음에는 시위는 거의 끝난 상태였다. 케이가 첼시마리나를 집어삼키기를 원했던 폭동은 경찰과 일부 공격적인 주민 사이의 국지적인 몸싸움으로 줄아들어 버렸다. 다른 이들은 땅바닥에 주저앉아 거리를 확보하려 드는 경관들과 욕설을 주고받는 중이었다. 항상 말다툼과 사회적 입장에 지나치게 의지해 온 첼시마리나의 폭도들은 제대로 된 진압반의 적수가 되지 못했다. 이번에는 1960년대의 반핵운동이나 크루즈미사일 반대 운동과는 달리 재산권이 얽혀 있는 문제였다. 영국이란 위대한 구명보트의 자리는, 끔찍하게 비좁고 지금 다른 엉덩이가 걸터앉아 있더라도 언제나 신성불가침이어야 하는 것이다.

압류 집행관들은 터너 가정의 앞문에 도착해서 만능열쇠 꾸러미를 꺼내 들고 자물쇠를 따고 있었다. 나는 케이가 전위에 서서 경사에게 모욕을 퍼붓거나 여성 하급 순경을 질책하고 있을 것이라 기대하며 그녀를 찾아 주변을 둘러보았다. 터너 일가가 이웃으로 피난해서 집은 텅 빈 것처럼 보였지만, 언뜻 앞쪽 침실에서 어른거리는 회색 머리카락이 시야에 잡혔다. 나는 케이가 정원 쪽 창문을 통해 집으로 돌아갔으며, 압류 집행관들의 주머니 속으로 사라지기 전에 터너 부인의 소중한 기념품 몇 가지를 챙기려 한다고 생각했다.

자동차 열쇠를 들고 보포트 거리를 향해 걸음을 옮기던 와중에, 나는 경찰 밴 근처에 서 있는 텁수룩한 콧수염과 연한 적갈색 머리카락을 가진 듬직한 체구의 남자를 발견했다. 로라를 화장할 때 조문객들 사이에서 마지막으로 목격했던 남자였다. 전직 지브롤터 경찰 소속이자 헨리의 내무부 지인인 털럭 총경이 첼시마리나를, 고집 센 부인들과 게으른 남편들을 주시하고 있었다. 얼굴에는 삼류 럭비 팀을 맡은 야심찬 감독이 보일 법한, 지루함에 시달리는 자존심 강한 사람의 표정이 떠올라 있었다. 그는 무의미한 범죄행위에 직면한 모든 경찰이 공유하는 지친 인내심을 담은 눈으로, 파손된 주차 계량기를, 청소가 되지 않은 거리를, 침실 창문에 달린 아마추어스러운 현수막을 훑었다.

순간 뒤편의 군중이 조용해지고 경사의 확성기 소리도 멎었다. 압류 집행관들이 거리로 나와서 지붕을 올려다보았다. 터너 일가의 주택 위층 창문에서 연기가 솟아오르고 있었다. 검은 연기가 밧줄을 이루며 창문 가로대를 빠져나와 서로 얽히더니 두껍게 똬리를 틀고 모조 튜더 양식의 박공 지붕 위를 수놓았다. 침실에서 노란 불길이 격렬하게 타오르며 천장을 따라 번져 나갔다.

그로브너 플레이스 방위전

처음으로 첼시마리나의 주택이 그 거주자의 손에 의해 불타올랐다. 털럭 총경과 내무부 사람들의 어안을 벙벙하게 만드는, 진짜 혁명의 증표였다. 나는 보포트 거리에 도착해 마지막으로 뒤를 돌아보며, 우리가 중요한 한 걸음을 내디뎠음을 깨달았다. 이제 이곳의 저항운동은 더 이상 화려하게 포장한 임대료 분쟁이 아니라, 전면적인 폭동으로 승격된 것이었다. 그 사실을 아주 명확하게 알고 있는 케이 처칠은, 자기 집 현관에서 승리자처럼 양팔을 높이 들고는 압류 집행관과 경찰 무리를 향해 날 선 소리를 지르고 있었다.

나는 리버 카페 입구에서 50미터 떨어진 레인빌로에 차를 세웠다. 리처드로저스 설계 사무소의 유리로 만든 원통형 둥근 천장이, 런던의 미래를 위한 건축가의 고집스러운 계획을 교묘하게 숨긴 유리 덮개가 템스 강변에 솟아 있었다. 4시 정각이었지만 그 식당의 우아한 고객들은, 텔레비전 거물들과 15분어치의 명성을 즐기는 정계의 유명 인사들은 이제야 점심 식사를 마치고 떠나고 있었다. 둔감한 서부 런던의 거리에 달콤하고 중독성 있는 명성의 향기를 흩뿌리면서.

나는 첼시마리나에서 피어오르는 연기의 모습을 찾아 카페의 낮은 지붕 너머를 두리번거렸다. 희극과 비극이 오래전 헤어진 친구들처럼 포옹을 나누는 상황에서도, 터너 일가는 분위기를 제대로 읽어 냈다. 중간 정도의 수입을 벌어들이는 주민들은 이미 한참 전에 단지에 어울리지 않는 존재가 되어 버렸다. 내무부에서는 사회불안을 야기할 수 있는 이런 사태를 두려워하겠지만, 런던 경제를 좌지우지하는 부동산 개발업자들은 첼시마리나의 주민 전원이 따분한 교외 지대로, 히스로나 개트윅 주변의 음침한 벽돌 건물들로 추방당하는 사태를 쌍수를 들고 반길 것이다. 그러기만 하면 끝없이 이어지는 비행기의 굉음이 모든 혁명의 꿈을 머릿속에서 몰아내 버릴 것이다.

리처드 굴드의 말이 옳았다. 대중의 관심을 끄는 유일한 방법은 불가해하고 무의미한 저항이다. 지난달 내내 리처드에 감화된 행동 집단들이 '말도 안 되는' 목표물을 공격해 왔다. 런던 동물원의 펭귄 풀, 리버티 백화점, 존손 박물관, 하이게이트 공동묘지에 있는 카를 마르크스의 무덤까지. 내무부 관료들과 신문 사설 담당자들은 당황해서 그런 공격들을 그릇된 장난질로 치부했다. 그러나 루베트킨*이 만든 지나치게 비싼 펭귄용 통로부터 리버티의 북적이는 상점에 깔린 온갖 무늬가 지나치게 들어간 직물까지, 이 모든 목표물은 중산층의 집단 사고방식을 유지하는 데 지대한 영향을 끼치는 요소들이었다. 아무도 다치지 않았고, 베라 블랙번의 발연탄과 페인트 폭탄에 의한 피해는 거의 없었다. 그러나 동기도 없고 동료를 원하지도 않는 정신 나간 제5열**이 자신

　　　　　　　　　　　　　그로브너 플레이스 방위전

들 사이에 끼어들었다는 것을 알아차린 대중은 동요했다. 다다이즘이 찾아온 것이다.

마지막으로 굴드를 본 것은 앨버트홀에서 발연탄이 터진 날 저녁이었다. 다운증후군을 앓는 십 대들에게 해변에서 휴일을 보내게 해 주려는 자원봉사자들을 돕느라 그가 일주일 정도 자리를 비운 후였는데, 투팅의 호스텔까지 와서 자기를 태워 달라고 내게 부탁했다. 아이들이 유원지의 기념품을 들고 괴물 가면을 쓴 채로 즐겁게 귀가하자, 굴드는 레인지로버에 털썩 주저앉았다. 밤마다 화장실 청소를 하면서 보낸 때문인지 석탄산 냄새가 진득한 데다 탈진한 상태였다. 그는 폐결핵 환자처럼 창백한 얼굴로 창문에 기대어 잠들었다.

요즘 머물고 있는 베라의 아파트에서 샤워를 하고 옷을 갈아입으니 한결 기운이 나는지, 그는 차를 몰고 켄징턴가든스로 나가자고 제안을 해 왔다. 우리는 첼시마리나에서 나가면서, 프롬스 콘서트 마지막 밤 행사에 참가하러 가는 길이라는 젊은 주민 두 명을 태워다 주었다. 유니언잭 모자와 로빈후드 망토를 걸치고 엘가의 합창단과 영국적인 무언

- 베르톨트 루베트킨(1901~1990). 조지아 출신의 영국 건축가. 1930년대 영국의 국제양식을 개척했다.
- •• 내부의 적성 동조자 집단을 가리키는 말로, 스페인 내전 때 반란군 부사령관이었던 에밀리오 몰라가 처음 사용한 용어이다.

극 사이로 끼어들 만반의 준비를 마친 모습이었다.

우리는 그들을 내려 준 다음 저녁나절의 공원을 거닐었고, 굴드는 스티븐 덱스터에 대한 자신의 우려를 차분히 털어놓았다. 목사는 아직도 정박지 근처에 있는 자기 집으로 돌아오지 않은 상태였고, 검시소에서 해방된 조앤 창의 유해는 외로이 싱가포르로 돌아가는 비행기에 올랐다. 굴드는 테이트 폭탄 테러의 누명이 첼시마리나에 덮어씌워져 혁명을 깎아내리는 일에 사용될까 두려워하고 있었다. 이제부터는 무의미한 목표물만 골라서, 매번 공격할 때마다 대중이 수수께끼를 풀려고 애쓰게 만들어야 하는 시기인데 말이다.

라운드 연못 주변을 거닐고 있자니 소방차 소리가 들리고, 앨버트홀의 지붕에서 선홍색 연기가 솟아오르는 광경이 눈에 들어왔다. 우리가 켄징턴 고어에 도착했을 때쯤에는 축제 마무리 의상을 걸친 참가자들, 악기를 챙겨 든 오케스트라 연주자들, 경찰과 소방관들이 거리를 가득 메우고 있었다. 축제 참가자들은 콘서트홀의 위층 관객석에서 연기구름이 피어오르고, 정체된 차량들이 경적을 울리며 난리 법석을 떠는 동안, 조금도 수그러들지 않는 애국심을 피력하며 힘차게 노래를 불렀다.

나중에야 나는 첼시마리나에서부터 태워다 준 두 명의 세입자가 굴드의 지령하에 행동하고 있었다는 것을 알았다. 발연탄을 관객석까지 밀반입해서 화장실에 놔두고 온 것이

었다. 〈희망과 영광의 땅〉 첫 소절이 시작되는 순간 작동하
도록 맞춘 채로. 그러나 굴드는 이 유치하고 우스꽝스러운
장관을 즐기기에는 너무 지치고 걱정에 사로잡힌 듯 보였
다. 그는 나를 앨버트 기념비의 계단에 놔두고는, 축제 음식
배달 차량의 운전사를 졸라 차를 얻어 타고 군중 속으로 사
라졌다. 나는 그가 보그너 마을에서 흥겹게 고개를 주억거
리고 있을 다운증후군 아이들을, 그리고 결코 해답을 얻어
낼 수 없는 대자연의 부조리를 생각하고 있으리라 짐작했
다.

리버 카페에 마지막 남은 손님이 리무진에 오르는 순간까
지도, 나는 여전히 굴드를 기다리고 있었다. 주차 계량기 시
간이 끝나 버렸고, 나는 동전을 추가로 넣느라 울려 대는 휴
대전화 소리를 놓칠 뻔했다.

"데이비드? 무슨 일이 일어났나요?" 굴드는 마치 자기 목
을 붙들고 있는 것처럼 헐떡이며 새된 소리로 물었다. "마
컴……?"

"리버 카페 밖에 있어요. 아무 일도 벌어지지 않았습니다
만. 덱스터는 확인한 건가요?"

"그 사람이…… 도망쳤습니다. 카메라가 너무 많더군요."

"잡지 못한 겁니까?"

"카메라 근처로 가지 말아요, 데이비드."

"알겠습니다. 지금 어딘가요?"

"풀럼궁입니다. 지금 거기서 만나지요." 그는 숨을 헐떡이며 대답했고, 자동차 소리를 뒤덮는 구급차 사이렌과 줄을 선 여성들의 목소리가 배경에서 울렸다. "데이비드? 덱스터가 이 근처에 있어요……"

나는 5분 만에 풀럼궁에 도착해서, 풀럼팰리스로를 오가는 차량의 시끄러운 소리를 들으며 방문객 주차장에서 기다렸다. 속도를 올려 퍼트니교를 건너는 경찰차의 사이렌이 공기를 갈랐다. 경찰 차량을 위해 차선 하나를 완전히 비워 놓았고, 교각 위에 줄줄이 서 있는 버스 창문에서는 승객들이 밖을 내다보고 있었다.

굴드가 경찰에 신고를 한 걸까? 굴드는 스티븐 덱스터를 붙잡기에는 너무 마르고 영양 상태도 좋지 못했다. 테이트 모던 바깥에 세워 둔 조앤 창의 비틀에서 목사를 만났을 때, 그가 나를 붙들고 거칠게 흔들던 모습이 떠올랐다. 목사는 굴드가 무능력한 탐정처럼 배후에서 어슬렁거리는 것을 보고 쇼핑몰을 떠나 풀럼팰리스로로 가는 버스를 탔을지도 모른다. 주교의 궁의 경역에서 피신처를 찾고자 하는 일종의 회귀적인 충동에 휩쓸려서.

레인지로버에서 내린 나는 미쓰비시 쇼군을 세워 놓고 그 뒷문 앞에서 소풍을 즐기는 일가족에게 다가갔다. 부모들은 지난 한 시간 동안 굴드나 스티븐 덱스터와 인상착의가 비슷한 사람이 주차장 진입로에 접근하지 않았다고 확인해 주었다.

나는 풀럼궁과 템스강 사이에 있는 비숍스 파크에 들어서서, 어쩌면 아직 해비탯의 텀블러가 가득 든 쇼핑백을 들고 있을지도 모르는 고뇌에 빠진 성직자를 찾아 널찍한 정원과 나무 벤치를 둘러보았다. 노부부 한 쌍이 따뜻한 9월 날씨 속에서 단추를 끝까지 잠근 채 공원 둘레 길을 돌고 있었다. 그 외의 방문객은 강둑 근처에 있는 검은 정장 차림의 키 작은 남자뿐이었는데, 강가를 따라 늘어선 너도밤나무와 단풍나무 사이를 어슬렁거리고 있었다. 그는 몇 걸음을 내딛더니 발길을 멈추고 손이 닿는 가장 높은 가지를 찾았다. 공원 맞은편에 있는데도 햇살 속으로 들어 올리는 창백한 손을 알아볼 수 있었다.

나는 둘레 길을 따라서, 노부부 뒤편에서 모습을 숨기며 그쪽으로 다가갔다. 10미터 거리까지 오자 그 남자가 굴드라는 것을 확인할 수 있었다. 그는 내게 등을 돌리고 서서, 고개를 빼고 흔들리는 나뭇가지를 바라보며, 대성당에서 둥근 스테인드글라스를 바라보는 신실한 신학생처럼 손으로 허공을 헤집고 있었다.

산책하는 노부부가 신경에 거슬렸는지, 그는 두 사람이 지나갈 때까지 기다리다가 문득 내 쪽으로 시선을 돌렸다.

나무줄기 사이로 희미한 등불이 흔들리듯 뼈만 남은 앙상한 얼굴이 햇빛에 비쳤다. 시선은 내 머리 너머, 그의 눈이 집중할 수 있는 한도를 한참 벗어난 허공 어딘가에 붙들려 있었다. 마치 두개골이 빛을 갈구하는 듯이, 날카로운 굴곡이 투명한 피부를 밀어내면서 얼굴의 뼈가 전부 앞으로 나온 것 같았다. 다 해진 정장은 땀에 흠뻑 젖었고, 셔츠는 너무 축축해서 지저분한 면직 사이로 갈빗대를 볼 수 있을 정도였다. 표정은 먹먹하지만 동시에 희열에 차 있었으며, 눈은 어린 아이처럼 바람에 휘도는 나뭇가지의 움직임을 좇았다. 간질 발작을 일으키기 직전의 초조한 분위기가 느껴졌다.

"데이비드……" 그는 나직한 목소리로 내게 나무와 햇빛을 권했다. 그의 뒤편에서, 우리를 둘러싼 거리 전체가 곡하는 것처럼 사이렌이 차량의 행렬을 뚫고 날카롭게 울렸다.

25 / 유명인 살해

　사이렌은 며칠 동안 울려 댔다. 서부 런던의 상징으로 변한 그 우울한 경종이 첼시마리나 혁명의 흥분을 가려 버렸다. 수도에 존재하는 모든 뉴스 보도진과 신문 사진사가 해머스미스의 주택가인 우들론로로 모여들었다. 내가 옆에 차를 대고 있던 리버 카페에서 수백 미터밖에 떨어지지 않은 곳이었다. 젊은 텔레비전 출연자가 잔혹하게 살해당한 사건은 영국이라는 국가의 민감한 신경세포 하나를 거세게 자극했다. 학교 등록금이나 개인 의료비 납부를 거부하는 중산층 문제 따위는 순식간에 하찮은 농담거리로 추락했다.

　피해자는 삼십 대 중반에 호감 가는 인상의 금발 여성 진행자로, 텔레비전 화면에서 가장 사랑받는 인물 중 하나였다. 그녀는 10년 동안이나 아침 방송에 출연해 시청자에게 인사말을 건네고 가족 토론회 패널이나 보육 시설 수사 내역을 소개해 왔고, 언제든지 합리적인 조언과 쾌활한 매력을 선사할 준비가 되어 있었다. 나는 그녀의 얼굴을 화면에서 본 적도 없고 이름도 기억할 수 없었지만, 그녀가 자기 집 현관에서 목숨을 잃은 사건에 터져 나오는 사람들의 비탄은 다이애나 왕세자비를 떠오르게 할 정도였다.

킹가 쇼핑몰의 방범 카메라에는 그녀가 4시를 조금 넘은 시각에 해비탯 매장을 떠나는 모습이 찍혀 있었다. 그녀는 에스컬레이터를 타고 내려가 몰 뒤편의 입체주차장에서 닛산 체리에 올라탔다. 출구에 있던 관리인은 그녀의 얼굴을 기억하지 못했으나, 출구 장애물 통제기에 삽입한 주차장 이용권에는 그녀의 엄지 지문이 찍혀 있었다. 그녀는 홀로 거주 중인 3층 테라스 건물이 있는 우들론로로 차를 몰았다. 근처 이웃은 공무원이나 배우나 첼시마리나 사람들 같은 중산층 전문직이었고, 따라서 낮에는 거의 전원이 출근한 상태였다.

살인을 직접 목격한 사람은 없었지만, 옆집 이웃인 프리랜서 영화 기술자는 4시 30분 전후로 오토바이 배기음이 터지는 소리를 들었다고 경찰에 진술했다. 그리고 몇 분 후에 충격받은 얼굴의 여성 두 명이 정원 문가에서 현관을 가리키며 서 있는 것을 목격했다. 그는 밖으로 나가서 현관문 앞에 쓰러져 있는 텔레비전 진행자를 발견했다. 그녀의 하얀 색 리넨 정장은 이미 피로 흠뻑 젖어 있었지만, 그래도 그는 피해자를 살리려 시도했다. 풀럼팰리스로의 채링크로스 병 원에서 조산사로 일하는 이웃집 사람이 합류해 구강 호흡법 을 시도했지만, 결국 사망을 확인할 수밖에 없었다.

피해자는 현관문을 연 순간 뒤통수에 총격을 받아 거의 즉사했다. 현관문 열쇠가 그때까지도 자물쇠에 꽂혀 있었으 며, 경찰은 범인이 안전하게 복도로 따라 들어가지 않고 백 주 대낮에 근처 수십 가구에서 정면으로 보이는 위치에서 살인을 저지른 이유를 짐작조차 하지 못했다.

범인이 사건 현장에 도착하는 광경이나 피해자가 차를 몰 고 나타나기를 기다리며 우들론로를 어슬렁거리는 용의자 를 목격한 사람은 아무도 없었다. 범인이 주변 사람들의 주 의를 완벽하게 돌리기 위해 사용한 방법은 영영 풀리지 않 을 수수께끼로 남았다.

목숨을 잃은 텔레비전 진행자에게는 이성 친구가 여러 명 있었으며, 그녀는 종종 현장 촬영을 하느라 며칠씩 출장을 가곤 했다. 그녀가 킹가의 쇼핑몰에서 돌아오는 바로 그 순 간에 범인이 등장했다는 말은 가해자가 그녀의 움직임을 정 확하게 파악하고 있다는 뜻이었다. 화이트시티의 BBC 텔레 비전센터에 근무하는 직원과 동료들은 철저한 신문을 받았 지만, 그날 그녀의 일정을 알고 있던 사람은 하나도 없었다.

사건 전날 노팅힐에 있는 자기 아파트에서 함께 밤을 보낸 오랜 연인은 그녀가 오전에는 쇼핑을 할 예정이었고, 그 후에는 즐겨 찾는 나이츠브리지의 미용실에 손톱 손질 예약을 해 두었다고 진술했다.

범인은 살인을 저지른 다음 도보로 이동했거나 대기하던 공범의 차를 타고 사라진 것이었다. 여러 명의 목격자가 총격 한 시간 전에 검은색 레인지로버 한 대가 근처 거리를 빙글빙글 돌고 있었다고 증언했다. 퍼트니하이가에 설치된 방범 카메라에는 비슷한 레인지로버가 인근 버거킹을 지나가는 모습이 찍혔지만, 컴퓨터로 영상을 처리해도 번호판을 읽어 낼 수는 없었다.

며칠 후 간조에 드러난 퍼트니교 아래 강바닥에서 웨블리 리볼버 한 정이 발견되었다. 제2차 세계대전 당시의 제식 권총으로, 바람 빠진 고무보트에 엉킨 고기잡이 그물에 걸려 있었다. 총신의 금속에 남은 흔적과 피해자의 두개골에서 발견된 탄환 파편을 비교해 본 결과, 이 웨블리 권총이 범인이 사용한 흉기일 가능성이 지극히 높다고 발표되었다.

충실한 삶을 누리던 매력적인 젊은 여성이 냉혹하게 살해당한 사건은 대대적인 경찰 수사를 불러왔다. 성공한 텔레비전 유명 인사답게, 그녀는 시청자들이 다른 무엇보다 귀중하게 여기는 미덕인 선량하고 단조로운 삶을 영위하고 있었다. 숭배자는 수백만 명에 달하지만 적은 하나도 없었다.

그녀의 죽음은 불가해한 사건이었다. 무작위적인 살인이 그녀의 유명세에 힘입어 훨씬 더 무의미해진 셈이었다.

살인 사건이 일어난 지 3주째 되던 날, 나는 케이 처칠의 부엌에서 텔레비전으로 장례식 장면을 지켜보고 있었다. 다른 사람들과 마찬가지로 슬픔에 사로잡힌 케이는 브롬프턴 오라토리 성당의 장례식 장면이 중계되는 내내 탁자 위에서 내 손을 붙들고 있었다. 케이는 희생자가 진행하는 프로그램을 본 적은 한 번도 없으며, 따라서《가디언》의 1면을 장식한 그녀의 사진도 알아보지 못했지만, 명성이란 스스로 필요성을 창조해 내는 법이다.

"누가……? 대체 누가 이런 짓을……?" 케이는 축축해진 티슈로 볼에 앉은 소금기를 훔쳐 냈다. "대체 어떻게 그런 식으로 사람을 죽일 수 있죠? 같은 인간을 총으로 쏘다니……?"

"미치광이겠지요…… 쉽사리 상상하기 힘들군요. 적어도 누군가 체포하기는 했지 않습니까."

"옆 골목에 사는 사회 부적응자 말인가요?" 케이는 싱크대로 티슈 뭉치를 던졌다. "그건 못 믿어요. 희생양이 필요했을 뿐이잖아요. 대체 그럴 동기가 뭐가 있겠어요?"

"경찰 발표에도 그 내용은 없었습니다. 요즘은 동기 따위는 필요하지 않은 것 같더군요." 나는 화면을 가리키며 말을 이었다. "저 사람입니다. 경찰 밴 뒤쪽에요."

텔레비전 유명 인사들의 퍼레이드가, 오라토리 성당 바깥에 몰려든 군중을 향해 웃음을 보내야 할지, 아니면 음울한 표정으로 자기 발만 내려다보고 있어야 할지 확신하지 못하는 사람들의 모습이 잠시 끊기고, 경찰서로 끌려가는 용의자가 화면을 가르며 등장했다. 웨스트엔드 중앙서의 옥상에 설치된 줌 렌즈에 무장 경찰차에서 묶인 채 끌려 나오는 남자가 잡혔다. 기름기가 번들거리는 허연 팔을 가진 과체중의 젊은이로, 머리에는 담요를 덮고 있었다. 잠시 발이 걸려 비틀거리는 순간 투실한 볼과 깎지 않은 턱수염이 얼핏 드러났다.

"끔찍하네요……" 케이는 역겨운 듯 몸을 떨었다. "아직 사춘기 소년같이 생겼잖아요. 커다란 아이 같아요. 저 사람은 대체 누구죠?"

"이름은 못 봤습니다. 우들론로에서 골목을 돌면 바로 저 사람 아파트가 있다더군요. 총기 애호가고. 경찰에서 상당수의 모조 총기를 찾아낸 모양이에요. 거기다 리버 카페를 떠나는 유명 인사들을 사진으로 찍는 것도 좋아했다고 하고요."

"명성이…… 너무 가까웠던 거죠. 계산대 줄에서 바로 옆에 서 있으니 말이에요. 아마 그녀가 차에서 내리는 걸 본 거겠죠. 명성이라는 개념 자체를 못 견뎌 하는 사람들도 있으니까……"

케이는 내게 기댄 채로 리모컨을 붙들었다. 당장이라도 화면으로 던질 것 같은 분위기로. 그녀는 이번 살인 사건에 깊은 충격을 받았다. 길 건너편에 보이는 터너 일가의 불타 버린 집이, 항상 악이 존재한다는 사실을 그녀에게 일깨워 주는 동시에 자기 손이 닿는 곳에 존재하는 모든 불의를 바로잡겠다는 결심을 굳히게 만드는 역할을 수행하고 있었다.

나는 수심에 여윈 케이의 손을 내 볼에 가져다 대며 이 정열적인 여인, 이룰 수 없는 꿈과 방종한 성생활로 무장한 사람에 대한 애정이 솟아오르는 것을 느꼈다. 케이의 삶은 수많은 모습을 동시에 취하고 있었다. 연인, 방화범, 소규모 혁명 주동자. 그녀는 교외의 잔 다르크로, 거친 수말처럼 날뛰는 혁명을 제어하려고 안간힘을 썼다. 만약 내가 그녀의 삶에서 사라지면 그녀는 나를 격렬하게 그리워할 것이다. 고작해야 10분 정도겠지만. 그런 다음에는 다른 세입자가 등장해서 감정을 판돈으로 걸고 뱀과 사다리 게임을 즐기다 그녀의 침실로 향하게 될 것이다.

장례식이, 텔레비전의 가장 끔찍한 욕망에 인도되는 근엄한 의식이 시작되었다. 적당히 종교적이지만 격렬한 반성직주의자인 케이는 텔레비전을 꺼 버렸다. 그녀는 거실을 서성이며 불타 버린 터너 일가의 주택 잔해를 바라보았다. 복수해야 할 죽음이, 폭탄을 터트려야 할 비디오 대여점이, 노예 상태에서 벗어나도록 충격을 주어야 할 반스와 윔블던의 가정주부들이 있었다.

나는 부엌에서 적막한 화면을 동반자 삼아 앉아 있었다. 이미 텔레비전 진행자를 죽인 범인을 알 것 같다는 생각이 들었다. 리처드 굴드는 폴럼궁의 공원에 모습을 드러낸 다음 넉넉하게 힌트를 주었다. 런던 어딘가의 셋방에서 다른 텔레비전으로 장례식을 바라보고 있는 어떤 성직자가, 마음속에서 자신이 저지른 무의미한 살인에 대한 모든 기억을 짜내 버리려 애쓰고 있을 것이다. 스티븐 덱스터가 테이트에서 목숨을 잃은 조앤 창에 대한 기억을 지우려고 젊은 진행자를 살해한 것은 아닐까? 그리고 킹가의 몰에서부터 그를 추적하느라 탈진해 버린 굴드가, 범죄가 일어난 순간 살인 현장에 들어서게 된 것은 아닐까?

폴럼궁의 공원에서 발밑에 느껴지던 단단한 흙의 감촉이 떠올랐다. 그때 나는 굴드의 팔꿈치를 붙들고 수많은 잔가지로 하늘을 붙드는 거대한 나무들 사이에서 그를 인도해 나왔다. 그가 신은 싸구려 구두가 돌부리에 걸려 비틀거렸고, 나는 그의 어깨에 팔을 두르며 축축하게 젖은 정장의 천을, 피부 아래에서 타오르는 차가운 열을 느꼈다. 노부부는 걸음을 멈추고 우리를 지켜보았다. 굴드를 금단증상의 막바지에 도달한 마약중독자로 여기는 것이 분명했다.

레인지로버의 뒷좌석에 털썩 주저앉은 굴드는 잠시 정신

을 차리고 퍼트니교를 가리켰다. 우리는 공원을 떠나 풀럼 팰리스로 접어든 다음, 빽빽한 차량 행렬에 뒤섞여 다리를 건넜다. 경찰차들은 사이렌을 울리며 우리를 지나쳐 해머스미스 방면으로 속도를 올렸다. 우리가 어퍼리치먼드로를 따라 달리다 원즈워스교를 타고 첼시마리나로 돌아오는 동안, 굴드는 쭉 잠들어 있었다. 나는 커더건 환상교차로까지 와서 관 같은 승강기로 그를 이끌었고, 그의 축축한 주머니 속에서 열쇠를 확인하고는, 베라 블랙번의 아파트 문 밖에 두고 왔다. 텅 빈 승강기의 흐릿한 거울에 땀이 흥건했던 그의 손바닥 자국이 번들거렸다.

헤어지기 직전, 그는 나를 알아차렸고 흐릿한 눈에 갑자기 초점이 돌아왔다.

"데이비드, 스티븐 덱스터를 조심해요." 그는 나를 깊은 잠에서 깨우려는 것처럼 내 손을 붙들었다. "경찰은 안 돼요. 그는 사람을 죽일 겁니다, 데이비드. 또 살인을 저지를 거예요……"

이게 내가 마지막으로 본 리처드 굴드의 모습이었다. 그날 저녁 그와 베라는 첼시마리나를 떠났다. 케이의 집으로 돌아와 보니, 그로브너 플레이스의 주민 전원이 아무 말 없이 거리에 서서, 소방차 두 대가 터너 일가 주택의 남은 불똥을 완전히 잠재우는 것을 지켜보고 있었다. 벌써부터 해머스미스 살인 사건의 속보가 소방관의 라디오를 통해 흘러나왔다. 피해자가 누군지를 듣자 사람들은 뿔뿔이 흩어졌다. 마치 그 살인과 첼시마리나의 온갖 사건이 무의식 속에서 연결되어 있다고 생각하는 것처럼.

다음 날 경찰과 압류 집행관은 그로브너 플레이스에서 철수했다. 커더건 환상교차로 바깥의 이웃 한 명이 굴드와 베라가 시트로엥 세단을 타고 떠났다고 내게 말해 주었다. 케이에게는 아무 말도 하지 않았지만, 나는 굴드가 피해자를 쏘는 덱스터를 목격했으리라고 가정했다. 젊은 여인을 구하기에는 너무 늦었기에, 그는 정신 나간 성직자를 쫓아 풀럼 궁으로 향했으며, 그곳에서 덱스터는 리볼버를 템스강으로 던져 버리고 광역 런던의 무한한 공간 속으로, 그 어떤 지도에도 담을 수 없는 지형 속으로 사라져 버린 것이다.

순간 경찰서로 가고 싶다는 유혹을 느꼈다. 헨리 켄들을 이용해서 스코틀랜드 야드의 경찰 간부와 면담을 하는 것이다. 그러나 스티븐 덱스터와 나눈 친분, 우들론로와 퍼트니하이가 근처에서 목격된 레인지로버, 테이트에서의 만남 등을 생각해 보면 결국 나는 땅으로 추락한 성직자 겸 비행사의 주요 공범 취급을 받게 될 것이 뻔했다. 시간이 지나면 덱스터의 양심이 되살아날 테고, 그는 브로드무어에서 수십 년을 보낼 각오를 하고 자수하게 될 것이다.

얼마 지나지 않아 비만에 무기력한 외톨이 유명 인사 스토커가 텔레비전 진행자의 살인범으로 구속되었다. 범인은 재판정에서 자신을 상대하는 치안판사에게 아무 말도 하지 않았는데, 마치 과도한 수동성 때문에 뇌사 상태에 빠진 텅 빈 인간처럼 보였다. 모든 정황이 그가 아스퍼거 증후군일 수 있다는 암시를 주었다. 스타들의 사진으로 가득한 카메라, 강박적으로 모아들인 모조 총기 컬렉션, 그리고 인간적으로 너무 공허한 성품이라 살인을 저지른 바로 그 순간에 나와 서 있어도 아무도 목격하지 못했으리라는 점까지도.

살인범의 구속 소식은 이후 며칠 동안 헤드라인을 떠나지 않았다. 유명하다는 것만으로도 분노와 복수심을 촉발할 수 있으며, 수면 아래를 떠다니는 무력함과 적개심이라는 검은 빙산을 자극할 수 있다는 식으로, 명예와 유명 인사들이 다시 한번 도마에 올랐다.

그러나 나는 내내 비숍스 파크의 나무 아래 탈진한 채로 서서 몸을 떨던 리처드 굴드를 떠올리고 있었다. 베드폰트 호스피스에서 죽어 가는 아이들과 그가 휴가 동안 보살피던 다운증후군을 앓는 십 대 아이들, 그리고 자연의 실수에서 필사적인 의미를 찾으려던 그의 시도를 생각했다. 세계는 스티븐 덱스터는 저버리고 떠났지만, 리처드 굴드를 향해서는 시공간의 모든 굶주림을 품은 채로 돌진했던 것이다.

26 / 아내의 염려

그러는 동안 사소한 대치가 연이어 일어났다. 조용하고 은밀하게, 첼시마리나 안에서는 바리케이드가 세워지고 있었다. 해머스미스 살인 사건 때문에 경찰의 행동은 소강상태에 접어들었고, 주민들은 방어 태세를 정비할 시간을 얻었다. 압류 집행관이 터너 주택을 확보하려 진입한 사태는 단지 내의 모든 부동산에 대한 위협이나 다름없었다. 우리 모두는 경찰이 과거에도 그랬듯이, 이번에도 상대방을 분열시키고 자신들의 특권을 강제하려 계급 체제를 이용하는 잔혹한 자본주의 사업가들을 위해 더러운 일을 도맡아 나선 것이라 간주했다.

커더건 환상교차로를 건너 베라 블랙번의 아파트로 향하

던 나는 거리가 거의 모두 주민들의 자동차로 봉쇄되어 있다는 것을 알아챘다. 원하는 차량만 들여보내고 바로 막아 버릴 수 있는 통행을 위한 좁은 공간만 남겨 둔 채. 수십 군데의 발코니에 현수막이 걸렸다. 피터존스에서 구입한 최고급 이집트산 면직물이, 혁명을 위해 기꺼이 몸을 바쳤다.

'도심에 가장 가까운 구빈원, 첼시마리나를 방문해 보십시오'

'영혼은 압류할 수 없나니'

'런던의 최신 빈민굴에 어서 오세요'

'자유에는 바코드가 없다'

포석을 따라서 파괴된 주차 계량기가 늘어서 있었다. 나는 어떤 가족이 자신들의 부족의 토템을 가득 실어 놓은 금속 적재함 하나를 지나쳤다. 교복 블레이저 상의에 승마용 바지, 엘리자베스 데이비드의 요리 책들, 로트와 오베르뉴 지방의 관광 안내 책자, 크로케 망치 한 세트까지.

예전에는 위기에 처한 봉급생활자의 자기희생에 감동을 받기도 했지만, 이젠 과거의 일이었다. 4층에 있는 베라의 아파트로 올라가는 승강기에서 나는 리처드 굴드만 떠올리고 있었다. 나는 그들이 돌아왔기를 기대하며 매일 오후 그곳에 들러서, 베라가 있었으면 짜증을 폭발시킬 정도로 충분히 오래 초인종을 눌렀다. 가장 큰 걱정은 아직도 열에 달뜨고 탈진해 있는 굴드가, 해머스미스 살인 사건이 스티븐 덱스터를 구하기 위한 사심 없는 행동이었다고 고백할지도 모른다는 것이었다.

승강기에서 내리는데 베라의 아파트 문이 열려 있는 것이 보였다. 나는 복도를 가로질러 텅 빈 휴게실을 기웃거렸다. 누군가 공기를 휘젓고 지나갔는지 허공에서 나풀거리는 먼지 조각에 햇빛이 반짝였다.

"리처드……? 굴드 박사……?"

나는 휴게실로 들어가며 한쪽에 내팽개쳐진 여행 가방들과 소파에 쌓여 있는 의학 잡지 무더기를 바라보았다. 문득 침실 쪽에서 맹인이 지팡이로 주변을 확인할 때의 탁탁 소리가 명확하게 들려왔다. 아련하지만 익숙한, 잊을 수 없는 과거에서 들려오는 소리였다.

"섈리?"

그녀는 금발 머리카락을 트위드 코트의 옷깃 위로 내리고, 장갑 낀 손으로 지팡이를 쥐고서 침실 문 옆에 서 있었다. 첼시마리나를 방문하려고 애써 간편한 차림을 했는데, 마치 유죄판결을 받은 다세대 단지를 점검하러 온 공공 도덕의 대행자처럼 보였다. 깔끔하게 다듬은 머리카락, 절제했지만 값비싼 화장, 자부심 넘치는 태도를 마주하니, 첼시마리나의 주민들이 얼마나 퇴락했는지 명확히 깨달을 수 있었다.

분노와 불안을 섭취해 온 까닭에 우리는 생각보다 훨씬

하층민이 되어 버렸다. 나는 케이를 좋아했지만, 샐리에 비하면 전직 영화 강사는 지적인 하층민, 블룸즈버리의 매춘부나 다름없었다. 무의식중에 가죽 소파 위에 걸린 거울로 시선이 돌아갔다. 뺨은 대충 면도하고 머리카락은 직접 자른 어딘지 구린 데가 있는 허름한 나 자신이 보였다.

"데이비드……?" 나를 발견하고 깜짝 놀랐는지, 샐리는 퀴퀴한 방 안을 가로질렀다. 내가 자기 남편인지 확신하지 못하는 것처럼. "당신 지금 여기 살아?"

"친구들 아파트야. 지금은 케이 처칠하고 살고 있어. 세입자를 한두 명씩 받거든."

"케이?" 샐리는 고개를 끄덕이며 아내다운 염려를 담은 눈으로 내 수척한 얼굴을 훑어보았다. "승강기 타고 왔지?"

"그건 왜?"

"지쳐 보여서. 완전히 탈진한 것 같네." 그녀는 머리카락에 햇빛이 비치는 것처럼 진심을 담은 따스한 미소를 머금었다. "이렇게 보니 좋네, 데이비드."

우리는 잠시 포옹을 나누었다. 그녀에게 애정을 느낄 수 있다는 것이 기뻤다. 여학생 같은 비뚤어진 태도와 세계를 삐딱하게 바라보는 관점이 그리웠다. 마치 사파리에서 휴가를 보내다 처음 알게 되었던, 절친한 오랜 친구를 만나는 것만 같았다. 우리는 어떤 부자의 거대한 언덕 사면에서 함께 캠핑을 하며, 방음 처리가 된 텐트를 공유하고 그녀의 질병이라는 거친 도랑을 함께 건넌 사이였다. 우리의 결혼은 진짜 위험이나 진짜 가능성 따위는 존재하지 않는, 모험을 즐기라고 만든 놀이터 안에 존재했다. 첼시마리나의 혁명이 적대하는 대상은 지대나 관리비만이 아니었다.

이곳에 우리만 있는지 확신하지 못한 채로, 나는 샐리를 지나쳐 침실 문을 기웃거렸다. 검은색 침대보 위에 빈 여행 가방이 놓여 있었다. 옷장에 남성 느낌의 정장들이 삐딱하게 튀어나와 걸려 있었다.

"여긴 아무도 없어." 샐리가 말했다. "그냥 뒤적거리던 중이야. 사람들의 침실에는 온갖 단서가 넘쳐 나거든."

"뭘 찾았는데?"

"딱히 대단한 건 없어. 좀 이상하긴 하네…… 굴드 박사하고 이 베라라는 여자 말이야." 그녀는 검은색 커튼을 보며 얼굴을 찌푸렸다. "SM에 빠져 있던 건 아니겠지?"

"물어본 적은 없는데." 나는 주도권을 되찾으려고 이렇게 물었다. "내가 여기 있는 줄은 어떻게 알았어?"

"자선함을 들고 있는 어머니한테 수표를 써 줬지. 먹여 살릴 애들이 둘쯤 딸린 건축가의 아내라던데. 내 이름을 보더니 당신이 굴드 박사의 심부름꾼이라고 말해 줬어."

"그렇군. 혼자 온 거야?"

"헨리가 태워다 줬어. 지금은 킹스로에서 저만치 떨어져서 차를 대는 중이지만. 당신네 첼시마리나 사람들을 보면 불안해진대."

"우리가 좀 그렇지. 그 친구는 좀 어때?"

"항상 똑같지 뭐." 그녀는 소파의 먼지를 떨어내고 자리에 앉아서, 의학 잡지 하나를 힐끔 쳐다보았다. "헨리는 그게 문제야. 언제나 똑같거든. 당신은 좀 어때, 데이비드?"

"바쁘지." 나는 그녀가 지팡이 한 쌍을 챙기는 모습을 지켜보며 말했다. 지팡이가 다시 등장했다는 말은 헨리 켄들과의 관계도 시한부에 접어들었다는 뜻이었다. "온갖 일이 벌어져서."

"나도 알아. 조금 두려운 느낌이 들어. 직접적 행동은 솔직히 당신에게 어울리지 않잖아."

"그래서 여기까지 온 거야? 나를 구조해 가려고?"

"너무 늦기 전에. 우리 모두 당신을 걱정하고 있어. 당신 연구소에 사직서를 냈다며."

"거기서 시간을 보내는 것도 아니니까. 아널드 교수한테 미안하다고 생각했거든."

"아빠가 당신 상담료를 올려 주고, 연구를 하거나 책을 쓸 기회를 주겠다고 하셨어."

"쓸모없는 행동을 늘릴 뿐이지. 감사드린다고 전해 드려. 하지만 나는 바로 그런 것들로부터 벗어나려고 노력해 온 거야. 게다가 여기 너무 깊이 개입해 있고."

"이 혁명에 말이야? 애초에 얼마나 진지한 건데?"

"아주 진지하지. 치과 의사나 변호사가 필요한 상황인데 죄다 피켓을 들고 시위에 나가 있다고 생각해 봐. 사태는 이미 폭발 직전이라고."

"나도 알아." 샐리는 몸을 떨더니 콤팩트를 열어서 감정이 드러나 화장이 일그러지지는 않았는지 확인했다. "엊그제 밤에 일어난 폭발 이야기 들었어. 피터 팬 동상 말이야. 당신들하고 관계가 있는 거야?"

"전혀 없어, 샐리. 나는 폭력을 싫어한다고."

"하지만 폭력에 끌리잖아. 히스로 폭탄 사건은 단순히 로라만의 문제가 아니었던 거야. 폭탄 때문에 어딘가 퓨즈가 나간 거라고. 피터 팬이 그 정도로 위협이 되는 존재야?"

"어떻게 보면 그렇지. J. M. 배리나 A. A. 밀른 같은 사람들은 중산층의 의지력을 흡수하고 뇌를 썩게 만드는 감상적인 독을 빚어낸 작자들이야. 우리는 뭔가 조치를 취하려 하는 중이고."

"폭탄을 터트려서 말이야? 그건 한 단계 더 유치하잖아. 헨리는 여기 있는 사람 중 많은 수가 교도소에 갈 거라고 하던데."

"아마 사실이겠지. 하지만 다들 진지해. 직업을 포기하고 집을 잃어버리는 사태도 각오하고 있다고."

"안타까운 일이네." 그녀는 간신히 흐릿한 미소를 유지하며 내 쪽으로 손을 뻗었다. "적어도 당신한테는 아직 집이 있잖아. 당신은 집으로 돌아올 거야, 데이비드. 모든 일을 마무리한 다음에."

"그럴게."

나는 소파에 앉아 그녀의 손을 쥐다가, 그녀가 얼마나 초조해 보이는지를 깨닫고 깜짝 놀랐다. 그녀와 함께하니 즐거웠지만, 세인트존스 우드는 첼시마리나에서 너무도 멀리 떨어진 곳에 있었다. 나는 변해 버렸다. 기니피그들이 실험자를 미로 속으로 유인해 끌어들인 것이다.

나는 다시 입을 열었다. "당신이 와 줘서 기뻐. 건축가 부인이 이 아파트 번지수를 말해 준 거야?"

"아니, 굴드가 일러 줬어."

"뭐?" 공기가 변하는 것이, 답답한 방 안으로 한랭전선이 밀고 들어오는 것이 느껴졌다. "언제 일인데?"

"어제. 우리 집 현관문을 두드렸어. 키 작고 묘한 남자던데. 아주 창백하고 강렬한 인상이었고. 그 사람 웹사이트에서 사진을 봤으니까 알아봤지."

"굴드가? 대체 뭘 원했는데?"

"진정해." 그녀는 내 어깨에 머리를 기댔다. "그 사람이 왜 그렇게 당신에게 영향력을 행사하는지 알 것 같더라. 특정한 강박관념에 사로잡혀 있어서 다른 무엇에도 신경을 안 쓰는 사람이니까. 자신에게 신경 안 쓰는 사람한테 끌리잖아, 당신은. 적어도 남자의 경우에는 말이야. 여자는 이기적인 쪽을 좋아하면서."

"집 안에 들였어?"

"당연하지. 정말 배고파 보였거든. 그대로 기절하는 줄 알았어. 한참 떨어진 곳을 지켜보는 눈으로 비틀거리면서 서 있었어. 내가 일종의 계시라도 되는 것처럼."

"당신은 계시가 맞아. 그래서?"

"들어오겠느냐고 청했지. 당신 친구라는 건 알고 있었으니까. 스틸턴 치즈하고 와인 한 잔을 걸신들린 듯 해치웠어. 그 베라라는 여자 친구는 끔찍하게 그 사람을 돌봐 주지 않은 모양이더라. 그 불쌍한 사람은 완전 굶주려 있더라고."

"베라는 그런 모습을 선호하는 거야. 항상 날이 서 있도록 하는 거지. 그거 말고는 또 무슨 소릴 했어?"

"아무것도. 상당히 묘한 눈빛으로 나를 바라보더라. 거의 나를 강간하고 싶어 한다는 느낌을 받았어. 조심해, 데이비드. 위험할 수도 있는 사람이야."

"실제로 위험하지." 나는 자리에서 일어나 거실 안을 이리저리 거닐었다. 굴드가 샐리와 접촉한 의도는 파악하기 힘들었다. 위협일 수도 있고, 심지어 내가 스티븐 덱스터를 숨겨 주고 있다고 의심하는 것일지도 모른다. 첼시마리나의 행동가들은 소유욕이 아주 강해서 외부를 향한 충성 관계를 혐오하니까.

창문 쪽을 힐긋 보니 헨리 켄들이 수위실을 지나 보포트

아내의 염려

거리를 따라 걸어오는 것이 시야에 잡혔다. 이 단지의 모든 전문직 방문자처럼, 그 또한 시위 현수막과 파괴된 주차 계량기를 보고 당황한 듯했다. 불우한 시기에 빠진 동료 전문직 종사자에게 위로의 말을 건넬 준비를 마치고 슬럼가 탐방에 나선 모습이었다.

"데이비드? 뭔가 문제라도 있어?"

"응. 당신 애인이 문제야. 저치의 온갖 친절하고 관대한 태도를 견딜 수가 없거든." 나는 몸을 숙여 그녀의 주름살 하나 없는 이마에 입을 맞추었다. "하루 이틀만 있다가 귀가할게. 리처드 굴드는 조심해. 문 열어 주지 말고."

"왜 안 되는데?"

"격렬한 시대니까. 경찰에서 당신이 피터 팬 폭파 사건의 공범이라고 생각할지도 몰라."

"한심한 사건이었지. 당신들은 대체 뭐가 문제인 거야?"

"아무 문제도 없지. 하지만 긴장이 고조되고 있어. 성급한 사람 한둘이 새뮤얼 존슨 자택 앞에 있는 고양이 호지의 동상을 날려 버리려 들었지."

"세상에…… 당신이 멈춰 줬겠지."

"아슬아슬했어. 간신히 하지 말라고 설득했지. 작가의 고양이 동상을 세워 주는 나라가 완전히 글러 먹었을 리는 없잖아."

나는 샐리가 소파에서 일어나도록 도왔고, 그녀는 지팡이는 잊어버린 채 나를 따라 문간으로 나왔다. 첼시마리나 시위의 무의미함이 그녀의 마음속에 도사린 혐오를 가라앉히고, 변덕스러운 세계와 다시 화해하도록 만들어 준 것이다.

"데이비드, 한 가지만……" 그녀는 내가 승강기 버튼을 두드리기를 기다렸다. "굴드 박사가 위험에 처해 있어?"

"아니. 그건 왜?"

"외투 속으로 뭔가 들고 있었거든. 묘한 냄새가 나서 가까이 가고 싶지 않기는 했는데. 하지만 내 생각에는 총이었던 것 같아……"

27 / 타오르는 볼보

새벽녘에 우리는 불길하게 덮쳐 오는 소음의 폭풍에 잠에서 깨어났다. 나는 케이와 함께 침대에 누워서 그녀의 가슴에 손을 올린 채, 씻지 않은 여인의 달큼하고 졸음을 불러오는 냄새를 들이마시고 있었고, 하늘에서 강림한 경찰 헬리콥터는 지붕 위 15미터에서 정지했다. 확성기들이 서로를 향해 고함을 질러 대며 알아들을 수 없는 명령과 협박으로 바벨탑을 쌓았다. 시소처럼 오르락내리락하는 사이렌이 창문을 뒤흔들다가, 그로브너 플레이스 상공을 날아가는 헬리콥터의 엔진 소리에 파묻혀 버렸다. 커튼 사이로 보이는 깜짝 놀란 사람들의 얼굴 위에서 스포트라이트가 번쩍였다.

"됐어!" 케이는 화장터 장작 위에 누워 있던 시체처럼 벌

떡 일어나 앉으며 말했다. "데이비드, 시작된 거예요."

케이는 침대에서 뛰어내리다 내 무릎을 세게 밟았고, 나는 꿈을 떨쳐 버리려 애쓰며 중얼거렸다. "케이? 기다려 봐요……"

"드디어!" 지독히 차분한 상태로, 그녀는 잠옷을 벗고 창가에 섰다. 커튼을 열어젖히고 적대적인 하늘을 향해 젖가슴을 드러낸 채로 굶주린 듯이 긁어 댔다. "얼른 일어나요, 마컴. 이번에는 당신도 앉아서 구경만 하지는 못할 테니까."

케이는 몸을 돌려 욕실로 들어가서 변기에 털썩 앉았다. 조금이라도 빨리 방광을 비우고 싶어 견딜 수 없다는 듯이. 그리고 샤워실로 들어가서 수도꼭지를 돌리고는, 힘없이 졸졸 흘러나와 발가락을 적시는 물줄기를 멍하니 내려다보았다.

"개자식들! 수도를 끊었잖아." 그녀는 조명 스위치를 눌렀다. "이게 말이 돼요?"

"또 뭡니까?"

"전기도 안 들어와요. 데이비드! 뭔가 말 좀 해 봐요……"

나는 겅중거리며 욕실로 들어가서, 그녀를 진정시키려는 생각에 어깨를 붙들었다. 그러고는 수도꼭지와 스위치를 쭉 돌려 본 다음 욕조에 걸터앉았다. "케이, 저쪽에서도 진지하게 나올 생각인가 본데요."

"물이 안 나오다니……" 케이는 거울 속 자신의 모습을 바

타오르는 볼보

라보았다. "우린 어떻게 살라고 이런……"

"그게 목적입니다. 조금 거칠기는 하지만 정신의학적으로 훌륭한 책략이지요. 중산층 혁명가들은 샤워와 라지 사이즈 카푸치노가 없으면 바리케이드를 지킬 수 없는 이들이니까요. 심지어 어제 입은 속옷을 그대로 입고 싸워야 하는 신세가 될지도 모르지요."

"옷 좀 입어요! 그리고 신경 쓰는 척이라도 좀 해 보라고요."

"하고 있는데요." 나는 거울을 때리는 그녀의 손을 붙들었다. "케이, 너무 많은 걸 기대하지 말아요. 여긴 북아일랜드가 아닙니다. 경찰이 결국……"

"당신은 패배주의가 지나쳐요." 케이는 청바지와 두꺼운 풀오버를 걸치며 나를 위아래로 훑어보았다. "이게 우리 기회라고요. 우리 혁명을 첼시마리나 밖으로 이동시켜 런던의 거리로 끌고 나갈 수 있는 거예요. 사람들이 합류하겠죠. 수천 명, 어쩌면 수백만 명이요."

"그래요, 수백만 명이라. 하지만……"

햇빛을 집어삼켜 소음의 형태로 내뱉는 흉측한 짐승인 헬리콥터의 소리가 멀어져 갔다. 어디선가 강철 궤도가 덜컹거리는 소리 위로 대형 디젤엔진이 가속했고, 뒤이어 도로에서 자동차를 끌어내는 금속 찢는 소리가 울렸다.

우리는 몇 분 후 집에서 나왔다. 그로브너 플레이스는 면도하지 않은 남자들, 파리한 얼굴의 젊은이들, 머리가 헝클어진 여자들로 가득했다. 아직 잠옷 차림인 어린아이들은 창문으로 밖을 내다보았고, 소녀들은 테디베어를 붙들고 있었으며, 형제들은 처음으로 부모와 어른의 세계를 확신하지 못하고 있었다. 대부분의 주민은 야구방망이나 골프 퍼터나 하키 스틱 따위의 손에 익은 무기를 들었다. 그러나 보다 실용적인 쪽을 선호하는 사람들도 있었다. 케이의 이웃이자 양궁 애호가인 늙은 변호사는 부르고뉴 병에 휘발유를 채우고 줄무늬 넥타이를 쑤셔 넣어 만든 화염병을 두 개 들고 있었다.

법과 질서의 병력이 새벽을 틈타 기습한 데다, 지역의 수도 및 전기 회사들이 겁을 집어먹고 저들과 공모했음에도 불구하고, 내 주변에 모인 사람들은 모두 정신이 또렷하고 결의가 확고해 보였다. 케이를 비롯한 구역 지도자들이 역할을 훌륭히 수행하고 있었다. 첼시마리나의 주민 중 적어도 절반이 거리로 몰려나왔다. 그들은 헬리콥터를 향해 제각기 자기 무기를 흔들어 댔고, 경찰 촬영기사가 주요 반란 수괴를 최대한 선명하게 찍기 위해 지상에서 15미터 상공까지 하강하자 조종사를 향해 환호성을 올려 댔다.

단지의 중심 도로인 보포트 거리에서는 수위실에서 20미터 거리에 있는 첫 바리케이드를 지키기 위해 거의 모든 주민이 보도로 내려와 있었다. 헬멧과 진압 장비를 장착한 대규모 경찰 병력이 입구 안으로 들어와, 폐쇄된 관리 사무소 옆에 자리를 잡았다. 그 뒤편에는 서른 명에 달하는 압류 집행관이 몰수 통보를 내린 열두 채의 주택에 진입하려고 몸이 달아 대기하고 있었다.

경찰 측에서는 성공을 확신하며 세 군데 방송국의 보도진에게 신호를 보냈고, 카메라는 벌써부터 사건의 진행 상황을 아침 식탁에 앉은 시청자들에게 전송하는 중이었다. 내무부 각료 한 명이 스튜디오를 순회하며 정부 측에서 이 어리석은 시위를 멈추기 위해 고뇌 끝에 결정을 내렸다고 강조하고 있었다.

불도저 한 대가 보포트 거리의 자동차 바리케이드를 향해 움직였다. 커다란 삽이 바리케이드에서 가장 작은 차인 피아트 우노 한 대를 힘겹게 퍼냈지만, 주민들은 자동차의 문짝과 창틀에 달라붙은 채 야유를 퍼부어 불쌍한 운전기사를 당황하게 만들었다. 여성 중 많은 수는 아이를 업고 있었다. 공중을 선회하는 헬리콥터와 확성기의 소음에 겁에 질린 아기들은 보란 듯이 울어 댔고, 그 울음소리는 불도저의 엔진음에 잦아들기는 했지만 아침 식탁에서 경악한 얼굴로 텔레비전을 보고 있는 시청자들의 귓가에는 빠짐없이 전달되었다.

선임 사회복지사의 재촉을 받은 경감 한 명이 부모들에게 항의하며 바리케이드를 기어오르려 시도했으나, 결국 사방에서 날아오는 하키 스틱에 손을 다치고 물러설 수밖에 없었다. 바리케이드를 뚫고 나갈 지름길을 발견한 한 젊은 경관이 볼보 세단의 조수석 문을 연 다음 차 안으로 들어가서, 곤봉으로 운전석 문을 열려고 시도했다. 그러자 열 명가량의 주민이 "나가라, 나가라, 나가라……!"라는 구호에 맞추어 차를 붙들고 격렬하게 흔들었다. 얼마 지나지 않아 정신이 나갈 정도로 흔들린 경관은 조수석에서 튕겨 나가 자기 동료들의 발밑에 엎어져 버렸다.

경찰 병력은 앞 유리에 철창이 달린 방탄 차량을 끼고 서서 상황을 차분하게 주시했다. 첼시마리나 소요 사태에도 이스트엔드의 낡아 빠진 주택 지구에서 사용하던 군중 제압 방식을 동일하게 적용할 것이라는 명확한 표시였다. 그리고 마침내 불도저가 피아트 우노를 빼내 허공으로 들어 올리는 순간, 전 병력이 저마다 턱 끈을 조이고 곤봉으로 방패를 두드리며 움직였다. 그들은 2열 종대를 구성하여 바리케이드가 뚫린 지점으로 돌입해서 시위자들을 제압할 준비를 마쳤다.

그러나 장난감처럼 들려 올라간 피아트가 삽날 위에서 기울어지며 야유를 보내는 주민들 위로 떨어질 것처럼 보이자, 경감은 팔을 들어 휘저어서 진입을 막았다. 너무 걱정된 나머지 모자도 쓰지 않은 채로, 경감은 사다리를 올라 불도저의 운전석으로 가서는 운전사에게 시동을 끄라고 지시했

타오르는 볼보

다.

잠시 소강상태가 이어졌고, 경감은 모자와 확성기를 되찾아 왔다. 피아트의 연료 탱크에서 흘러나온 휘발유가 그의 발치로 뚝뚝 떨어지고 있었다. 그는 모여든 시위대를 향해, 머리 위에서 흔들리는 자동차를 보며 행복하게 웃고 있는 아이들 생각을 하라고 소리쳤다. 이 말에 자동차를 제대로 보여 주고 싶어졌는지, 사람들은 깔깔거리는 아기들을 여기 저기서 번쩍 들어 올렸다. 사실 그보다는 토스트 받침대 앞에서 입을 떡 벌린 채 아침 뉴스를 지켜보는 시청자들에게 아이들을 보다 잘 드러내 보이려는 목적이었겠지만.

경감은 절망에 빠져 고개를 저었는데, 자식에 대한 중산층의 오래도록 뿌리 깊은 무자비함을 고려하지 못한 것이었다. 내가 경험을 통해 아주 잘 알고 있다시피, 자기 자식을 기숙학교의 기형적인 엄격함 속으로 기꺼이 유배 보낼 수 있는 사회 집단이라면 폭발하는 화톳불의 위험에도 태연하게 노출할 수 있는 법이다.

주변에서 끓어오르는 온갖 감정에 지쳐 버린 나는 시위대 가장자리로 나와서 포석 위로 올라섰다. 그리고 망가진 주차 계량기에 기댄 채 케이 처칠을 찾아 주변을 둘러보았다. 이내 나는 상황을 주시하는 관찰자가 한 사람 더 있다는 것을 알아챘다.

텔레비전 방송국 차량 뒤편에 털럭 총경의 익숙한 형상

이 보였다. 지난번과 다른 짧은 트위드 재킷 아래 투실한 가슴과 굵직한 팔뚝이 숨겨져 있고, 전투의 냄새에 연갈색 콧수염은 곤두서 있었다. 평소와 마찬가지로 주위에서 펼쳐진 시민 봉기를 따분하게 여기는 얼굴로, 100미터 떨어진 곳의 헬리콥터 하강기류에 수십 개의 쓰레기통 내용물이 쓸려 나가 행사용 색종이 조각처럼 지붕 위로 흩날리는 모습을 지켜보고 있었다. 나는 그가 내무부에서 파견한 현장 담당자라고, 그리고 아마도 경찰 작전을 총괄하는 사람일 것이라고 추측했다.

사람들은 첼시마리나 시위가 실질적으로 끝난 것이나 다름없음을 인식하는 모양이었다. 운전기사가 불도저를 후진시켜 바리케이드의 작지만 중요한 일부를 떼어 내자, 시위대의 소란이 잦아들었다. 경감은 시위대 앞에 근엄하게 서서, 어린아이들을 향해 웃어 보이며 명령이 허락하는 한도 내에서 최대한 인도적으로 행동했다는 데 만족한 표정을 지었다. 방패를 내세우고 도열한 진압 경관과 압류 집행관들에 직면하자, 시위대는 천천히 흩어지기 시작했다. 야구방망이와 크로케 망치를 내리고, 마지막 순간에 이르러 결국 절제와 상식에 따르라는 호소에 굴복한 것이었다.

그 순간 거리가 내려다보이는 창문 하나에서 함성이 들렸다. 무기를 들라는 신호처럼 경적을 울리며 자동차 한 대가 접근하자, 사람들은 길을 비키며 환호성을 질렀다. 케이 처

타오르는 볼보

칠의 작은 폴로가 우리를 향해 달려오고 있었다. 케이 본인이 운전대를 잡고서, 전조등을 있는 대로 켜고 열렬하게 경적을 두드리며, 모여선 사람들을 비집고 들어왔다. 회색 머리카락을 전선의 군기처럼, 패배한 병사들을 다시 일으키는 북유럽 운명의 여신의 반투명한 머리카락처럼 당당하게 휘날리면서.

그녀는 바리케이드에 도달하여 급브레이크를 밟으면서 피아트 우노가 뽑혀 나가며 생긴 공간으로 진입해, 보닛을 타고 넘으려던 경관 한 명을 뒤로 밀어냈다. 그리고 경찰을 향해 다부지게 고함을 지르면서, 양손으로 V 자를 그려 흔들고 자동차에서 뛰어내렸다. 폴로는 순식간에 뒤집혀서 타오르기 시작했다. 개릭 클럽의 라이터로 줄무늬 넥타이에 불을 붙인 나이 지긋한 변호사가, 드러난 엔진에 화염병을 던져 정확히 명중시킨 것이었다.

벌써 두 번째 자동차로 불길이 옮아갔다. 화염이 바퀴 사이에서 춤추더니 하늘 높이 치솟았다. 근처 헬리콥터의 바람에 거세진 오렌지색 불꽃이 전진하던 경찰 병력 쪽을 훑은 다음 들어 올려진 불도저의 삽날을 건드렸고, 피아트의 연료 탱크에서 새어 나와 고여 있던 석유가 폭발하면서 격렬하게 타올랐다.

모두 뒤로 물러서며 하늘에서 불도저의 삽날에 걸린 채 불타는 자동차를 바라보았다. 경찰 색출대는 자신들의 밴 뒤편으로 퇴각했고, 경관은 통신기로 상관에게 보고하느라 여념이 없었으며, 털럭 총경은 담뱃불을 껐다. 킹스로 쪽에서 사이렌이 울렸고, 양쪽 차선을 막고 상황을 구경하던 군중을 헤치고 소방차가 접근해 왔다. 타오르는 바리케이드의 불꽃이 자동차의 전조등 유리와 반짝이는 금속에 깃들어 일렁였다.

이제 전의를 다지고 볼보와 BMW가 남아 있는 한은 첼시 마리나를 지키겠다고 굳게 마음먹은 케이는 주민들에게 전략적 퇴각을 하라는 지시를 내렸다. 뺨과 이마에 묻은 기름때를 훔쳐 내고, 뒤집힌 자동차에서 타오르는 석유에 쏠린 팔에는 붕대를 감은 채로, 케이는 보포트 거리를 따라 50미터 들어간 곳에 있는 2차 바리케이드로 시위대를 이끌었다. 낙오자를 인도하려 잠시 걸음을 멈춘 그녀는 퇴각하는 행렬 끄트머리에 서 있던 나를 발견했다. 나는 주먹을 쳐들며 그녀에게 전진하라고, 혼란과 불안으로 가득한 그녀의 마법에 따라 행동하라고 종용했다. 거리는 화염에 휩싸여 있었지만, 첼시마리나는 임차료 체납과 신용카드 대금 문제를 스스로 초월하기 시작했다. 이미 나는 런던이 불타는 것을 볼 수 있었다. 런던 대화재처럼 모든 것을 정화하는, 잔고 증명서를 태우는 화톳불이었다.

소방관들이 타오르는 자동차를 향해 소방 호스를 움직이자 증기와 연기가 뒤섞인 매캐한 구름이 높이 솟아올랐다.

달아오른 차들의 문이 터져 나가며 화려한 꽃처럼 활짝 피어났다. 화염의 소용돌이가 헬리콥터의 하강기류를 타고 근처 집들의 처마 근처까지 퍼져 나갔다.

헬멧의 바이저를 내린 경관들이 바리케이드 옆의 정원 벽을 뛰어넘어, 우리를 향해 보포트 거리를 돌진해 왔다. 경찰 병력은 쏟아져 내리는 기왓장을 맞으면서도 곧장 두 번째 바리케이드까지 밀고 들어와서, 케이가 불을 붙이라고 지시한 적재함 뒤에 몸을 숨겼다. 불도저도 덜컥거리며 전진해서, 삽을 흔들어 불타 버린 피아트의 잔해를 떨구어 내고는, 연기를 뿜는 케이의 폴로를 보도로 밀쳤다. 불도저는 거리를 따라 내려갔고, 소방차와 방송국 차량들이 그 뒤를 따랐다. 털럭 총경 또한 그 모든 상황을 주시하며 불안한 표정의 언론사 카메라 기사들 뒤쪽에서 천천히 걸음을 옮겼다.

두 번째 바리케이드도 소방 호스에 돌파당했다. 첼시마리나를 뒤덮고 템스를 건너 배터시 강변까지 흘러가는 수증기와 거의 액체처럼 진득한 검은 연기를 뚫고, 경찰 병력이 진입했다. 그로브너 플레이스의 입구를 봉쇄하는 석 대의 가족용 세단으로 이루어진 허술한 바리케이드 뒤에서 크리켓 방망이를 들고 쭈그리고 앉아 있던 나는, 첼시마리나의 봉기가 거의 끝났음을 확신하고 있었다. 보포트 거리가 끝나는 지점에 도착한 경찰 병력이 머지않아 커더건 환상교차로도 점령할 것이다. 뒷골목을 하나씩 수색해서 주모자들을 구속하고 남은 주민들이 제정신을 차리기를 기다릴 것이다. 사회복지 공무원과 자원봉사자와 계약을 맺을 기회만 노리고 있던 뜨내기 부동산업자들이 순식간에 몰려들 것이다. 이중 주차선의 왕국이 재건될 것이고, 분별력과 터무니없는 사립학교 등록금의 왕국이 재림할 것이다.

그래도 변화가 있기는 했다. 나는 손수건으로 입을 막아 흘러드는 연기로부터 폐를 보호하려 시도하며, 케이의 이웃 중 한 명인 BBC 라디오의 여성 성우가 페리에 물통에 라이터 기름을 옮겨 담는 것을 주시했다. 정신이 몽롱하고 탈진 직전이었지만, 우리 사이에 존재하는 동지애는, 적을 공유하는 감각에 의한 흥분은 아직 가시지 않았다. 나는 처음으로 케이가 옳다고, 우리가 이 나라를 휘어잡을 사회혁명의 분수령에 올라 있다고 진심으로 믿게 되었다. 수증기와 연기 사이를 내다보면서, 나는 불도저 소리를 들으며 경찰 병력이 첼시의 뒷골목 제압이라는 무의미한 작전 전개를 끝마치기만을 기다렸다.

그리고 도착했을 때만큼이나 갑작스럽게, 경찰 병력이 철수하기 시작했다. 경사 한 명이 통신기에 귀를 기울이며 부하들에게 철수 지시를 내렸고, 나는 뒤집힌 토요타에 몸을 기댄 채로 케이와 그녀의 동료들과 함께 환호성을 올렸다. 불도저는 커더건 환상교차로를 돌면서 승리를 자축하는 일을 포기하고 수위실 쪽으로 돌아갔다. 수십 명의 경찰 병력

타오르는 볼보

이 바이저를 올리고 곤봉을 내리고는, 연기를 뚫고 킹스로의 대기 지점으로 퇴각했다. 그들은 밴에 올라 아침의 차량 행렬 속으로 떠나 버렸다. 헬리콥터도 떠났고, 연기가 흩어지며 공기도 맑아졌다. 15분 만에 모든 경찰 병력이 첼시마리나에서 철수했다.

두 번째 소방차가 현장에 도착했고, 뒤이어 지역 의회의 견인 트럭이 나타나더니, 거기서 내린 일꾼들이 보포트 거리의 불타 버린 바리케이드를 치우기 시작했다. 압류된 주택 두 채는 불타 버렸는데, 나는 그 때문에 경찰이 작전을 포기할 수밖에 없었을 것이라 짐작했다. 압류 집행관이 현관문을 부수고 들어가자, 집주인들은 거실 양탄자에 휘발유를 뿌리고 정원 창문으로 불쏘시개를 떨어트리는 식으로 여러 해를 함께한 정다운 집에 작별을 고했던 것이다.

대화재로 이어질 수도 있는 위기와, 첼시마리나가 거대한 장례식 화톳불로 변해 버린 장관이 저녁 뉴스를 탈지도 모르는 상황에 직면하자, 내무부에서는 결국 경찰에 재갈을 물리고 화의를 신청한 것이었다. 그날 오후 케이 처칠이 이끄는 주민위원회가 관리 사무소에서 경찰 및 지역 의회와 대면했다. 대화가 이어지는 동안 근처 보포트 거리의 주택 두 채에서는 긴급 소화 작업이 진행되었다. 경감은 방화죄를 적용하지 않겠다는 점에 동의했고, 압류 집행관들에게 강제집행을 미루도록 촉구하겠다고 약속했다. 수도와 전기도 다시 연결할 것이며, 내무부 소속 조정 사무관들이 주민들의 고충 사항을 확인해 주겠다고 약속했다.

그날 저녁 6시에 그로브너 플레이스로 돌아온 케이는 승리에 붉게 달아오른 얼굴로 피투성이 붕대를 우리 쪽으로 흔들어 보였다. 이어진 십수 번에 달하는 텔레비전 인터뷰에서 그녀가 설명한 대로, 그녀의 요구 사항 중 거부당한 것은 첼시마리나의 모든 거리에 새로운 이름을 부여하자는 것뿐이었다. 그녀는 허황된 메이페어나 나이츠브리지 느낌의 도로명을 전부 제거하고 일본인 영화감독들의 이름으로 채우고 싶어 했지만, 그녀보다 선견지명이 있는 동료 주민들이 그런 일을 하면 부동산 가치가 떨어질 수도 있다고 경고했다. 따라서 보포트, 커더건, 그로브너와 넬슨은 그대로 자리를 지키게 되었다.

그 외에 무엇이 바뀌었는지는 좀처럼 알아내기 힘들었다. 벌써부터 첼시마리나를 떠나는 가구가 있었다. 압류 집행관들이 마음을 고쳐먹었다는 것을 믿지 못하고, 협정이 지켜질 것이라고 확신하지 못하는, 어린아이가 딸린 주민 일부가 짐을 꾸리고 현관문을 걸어 잠근 채 친구 집에 신세를 지기 위해 길을 떠난 것이었다. 자신들의 힘이 필요하면 돌아오겠다고 약속하기는 했으나, 그렇게 떠난다는 것만으로도 어느 정도는 패배를 인정한 것이나 다름없었다.

케이는 이런 망명자들이 등장해도 조금도 굴하지 않고 현관문에서 주먹을 높이 쳐들어 보였다. 나머지 우리는 떠나는 이들을, 여행 가방과 함께 뒷좌석에 구겨져 들어간 아이들을 지켜보았다. 우리는 시민의 의무를 지켜 그로브너 플레이스에 설치한 하잘것없는 바리케이드를 철거하고, 뒤집힌 차들을 주차장으로 옮기고, 유리 조각을 쓸어 내며 거리를 깨끗이 만들기 위해 최선을 다했다. 무사히 살아남은 단 하나의 주차 계량기에 처음으로 동전이 들어갔다.

빗자루를 겨드랑이에 끼고 집으로 들어서자, 욕실과 부엌에서 수돗물이 흐르는 소리가 들렸다. 케이는 자기 안락의자에서 깊이 잠들어 있었다. 헐거워진 기름때 묻은 붕대를 팔에 감고, 껍데기만 남은 보포트 거리의 바리케이드 옆에서 승리에 취한 자신의 모습을 방송하는 텔레비전 뉴스를 틀어 놓은 채로. 나는 애정을 실어 그녀에게 입 맞추고 소리를 줄인 다음 위층으로 올라가 수돗물을 잠갔다. 그리고 맨해튼 전체를 잠재울 만큼의 진정제가 들어찬 의약품 찬장에서 새 붕대와 소독 크림을 찾아냈다.

단지를 떠나는 다른 가족의 자동차를 창가에서 바라보면서, 문득 케이도 저들에 합류해야 한다는, 적어도 경찰의 관심이 잦아들 때까지는 첼시마리나를 떠나서 런던 다른 곳에 사는 친구네 집에 머물러야 한다는 생각을 했다. 사복형사들이 단지 입구를 지키고 서서 그녀를 주시하고 있을 것이

거의 확실했고, 머지않아 내무부에서는 희생양을 찾을 것이었다. 자동차로 첼시마리나를 떠나려면 출구가 하나뿐이지만, 단지를 떠나 근처 뒷골목으로 숨어들 수 있는 보행자 통로는 제법 여럿 있었다. 뒷골목 중 하나에 내 레인지로버가 주차되어 있으니, 케이와 여행 가방 하나 정도라면 쉽사리 빼낼 수 있을 것이다.

나는 따뜻한 물을 담은 대야를 들고 거실로 돌아왔다. 화상 부위를 닦은 다음 붕대를 감아 줄 생각이었다. 그러나 내가 붕대를 풀려 하자 그녀는 살짝 잠이 깨서는 나를 밀어내고, 피에 젖은 보풀투성이 붕대 조각을 애착 이불처럼 그러쥐었다.

그녀가 자랑스러웠고, 그녀는 마땅히 전리품을 가질 자격이 있었다. 나는 샤워를 하면서, 조앤 창이나 스티븐 덱스터가 여기서 함께 승리를 나눌 수 없다는 사실이 그저 애석할 뿐이라는 생각을 했다. 무엇보다도, 리처드 굴드가, 첼시마리나 혁명의 영감을 제공했으나 이제는 흥미를 잃어버린 그 사람이 그리웠다.

타오르는 볼보

28 / 결정적 단서

보포트 거리의 불탄 집에서는 아직도 연기와 수증기가 가늘게 피어오르고 있었지만, 긴급 소방대는 주어진 임무를 완수했다. 우리의 전투가 민담이 되어 사라지기 전에 전장을 방문하고 싶어진 나는 수위실 쪽으로 걸음을 옮겼다. 불탄 처마에서 물방울이 뚝뚝 떨어지고, 실금이 간 유리창에는 조각난 하늘이 비쳤다. 주민들은 전형으로 회귀하여 질서와 깔끔한 살림살이를 갈구하는 본능에 따라 거리를 청소하고 헬리콥터의 바람이 헤집어 놓은 창문의 현수막을 바로잡았다. 주차장의 차들 중 많은 수가 뒤집혀 있기는 해도 이제 보포트 거리는 거의 평소의, 가벼운 숙취에 시달리는 중산층 주거지역과 비슷해졌다.

경관 한 무리가 새로 개장한 테마파크의 관광 안내인처럼 행인들의 질문에 답변하며 단지 입구를 순찰했다. 그들은 약탈당한 관리 사무소를 자신들의 파출소로 삼았는데, 지역 의회 직원이 깨진 창문 너머로 차를 담은 컵을 건네고 있었다. 경관들은 앙심을 품은 기색은 조금도 없이, 킹스로로 들치기를 하러 나가는 주민들에게 살갑게 손 인사를 했다. 텔레비전 보도진은 자신들의 밴에 탄 채로 베이컨 샌드위치를 먹으며 라디오로 가요 방송을 듣고 있을 뿐, 카메라와 음향 장비를 풀어 놓을 기미는 없었다. 이 신뢰할 만한 조치로 첼시마리나의 혁명은 끝이 났다.

커더건 환상교차로로 발길을 돌리면서, 나는 첼시마리나가 일주일 전까지만 해도 북아일랜드 사태 이후 가장 격렬한 시민 폭동의 현장이었다는 것을 믿기 힘들다는 생각을 했다. 벌써부터 케이 처칠이 이끌던 혁명은 학생들의 자선행사에 더 가까워진 듯했다. 케이가 무너지는 바리케이드에 폴로를 가져다 박은 것처럼, 유아화한 소비사회는 현 상태의 틈새를 빠르게 메웠다.

그로브너 플레이스의 교차로에서 열 살 소년 두 명이 위장복과 군장을 걸치고 공기총을 쏘면서 놀고 있었다. 이런 첼시마리나풍의 게릴라 의상은 진작 《이브닝 스탠다드》의 패션 지면을 장식했다. 녹아내려 타시슴 회화 작품이 되어 가는 축축한 현수막 아래에서, 열린 부엌 창문으로 부드러운 하이든의 교향곡이 흘러나왔다.

우리는 승리했지만, 정확히 어떤 전리품을 얻었는가? 나는 감정의 진공상태를 느끼며 고요한 거리를 바라보았다. 우리는 좀 지나치게 쉽게 승리해 버렸다. 케이와 마찬가지로 나 또한 법정에 서게 될 날을 고대하고 있었다. 자동차를 뒤집고 페리에 생수병에 휘발유를 채우는 일을 도왔는데도, 관대한 자유주의 사회는 그저 나를 향해 슬쩍 웃음만 짓고 걸어가 버린 격이었다. 적대적으로 얼굴을 찌푸리며 장난감 총을 겨누는, 위장복을 입은 소년 두 명에게 내 처리를 맡긴 채로.

이제야 리처드 굴드가 첼시마리나에, 자신이 시작한 혁명에 좌절한 이유를 알 것 같았다. 모든 것을 극단으로 몰아가는 그의 존재가 없으면, 이 단지는 원상태로 되돌아갈 것이다. 나는 매일 아침 굴드가 돌아왔기를 바라며, 그리고 정신 나간 성직자가 고요한 서부 런던의 거리에서 젊은 여인을 쏜 장면의 충격을 회복했기를 바라며 베라 블랙번의 아파트 초인종을 눌렀다. 그 사건 때문에 입을 벌린 단층선이 이성과 동정심을 전부 집어삼켜 버렸다. 여전히 스티븐 덱스터의 살인 동기는 범인으로 재판정에 설 예정인 그 토실토실한 무기 애호가와 마찬가지로 불투명했지만 말이다.

나는 베라의 초인종을 울리고 텅 빈 아파트 안쪽에 귀를 기울인 다음, 승강기를 타고 다시 1층까지 내려갔다. 오늘 케이는 런던 근교 중산층의 급진 성향을 다루는 텔레비전 다큐멘터리 제작을 돕기 위해 외출했다. 새로운 세계가 전진하고 있다는 데 자신감을 얻은 그녀는 그 프로그램이 바넷과 펄리에서도, 트위크넘과 윔블던에서도, 중용과 분별의 성채와도 같은 곳들에서도 봉기를 촉발하리라 기대하고 있었다.

샐리에게서는 더 이상 연락이 없었고, 나는 그녀가 세인트존스 우드에서 내가 돌아오기를 기다리고 있을 것이라 여기기로 했다. 그녀를 보고 싶기는 했지만, 문간을 넘는 순간 나는 다시 과거의 자신에, 끝없는 요구에, 장인어른에, 연구소와 아널드 교수에 충실하게 되리라는 사실을 잘 알고 있었다.

나는 넬슨 레인을 따라 정박지 쪽으로, 강가에서 올라오는 보다 깨끗한 공기 쪽으로, 검댕이나 헬리콥터 배기가스의 석유 냄새가 없는 쪽으로 걸음을 옮겼다. 한 고독한 여성 요트 조종자가 슬루프 덱 위에서 밧줄을 감고, 두 살배기 아들이 그 모습을 지켜보고 있었다. 보포트 거리의 바리케이드에서 본 적 있는 이들이었다. 경찰을 조롱하는 모친의 어깨에 목말을 타고 있던 아이였다. 나는 이제 그녀가 닻줄을 올리고 템스 강어귀로 항해를 떠날 것이라고, 첼시마리나와 이곳의 희망을 잃은 항구를 떠날 것이라고 추측했다. 그녀에게 손을 흔들면서, 나는 선원이자 항해심리학자로, 꿈의 물결을 타고 조수를 읽는 사람으로 승선할 수도 있겠다는 생각을 했다……

내 뒤편에서 넬슨 레인으로 통하는 정문이 벌컥 열렸다. 덱스터 목사의 예배당에 가까운 위치였다. 어떤 여자가 그 경계에서 움찔거리며, 어설픈 손놀림으로 열쇠를 꺼내더니 서둘러 계단으로 내려갔다. 문은 살짝 열어 놓은 채였다. 여자는 에나멜가죽 코트를 걸쳤고, 하이힐을 또각거리며 고상 떠는 발걸음도 눈에 익었다. 그녀는 서둘러 보도를 따라 걸어가다 학교 미니버스 뒤에서 잠시 멈춰서 내 눈길을 피하려 했다. 첼시마리나의 가장 부유한 주민인 소프트포르노 출판사 사장이 기증한 랜드크루저 차종의 미니버스였다.

"베라! 기다려요!"

나는 주차된 차들을 헤집고 그녀를 따라가다가, 단지에서 근처 뒷골목으로 나가는 보행자 보도로 발길을 돌리는 모습을 목격했다. 그녀는 고개를 숙이고 보안 철문으로 종종걸음 치더니, 슬쩍 빠져나간 다음 문을 닫아 버렸다.

철문에 도착해 보니 그녀는 골동품상과 작은 부티크 주변을 어정거리는 관광객 무리 사이로 사라진 후였다. 나는 주철 울타리에 몸을 기대고 숨을 돌렸다. 뾰족한 가시가 잔뜩 솟아 있는 남자 머리 높이의 철문은, 원래는 주민의 출입 카드로만 열 수 있었다.

누군가 장치에 손을 댄 것이 분명했다. 전동공구를 사용해서 황동 장식 부분을 말끔하게 잘라 낸 것이다. 드러난 금속 부분에서는 광택이 사라져 있었는데, 자물쇠를 절단하고 나서 최소 일주일은 지난 듯했다.

나는 철문을 안으로 당기며 거리로 나와서 지나가는 쇼핑객들을 지켜보았다. 15미터 떨어진 곳에 경찰 밴 석 대가 포석에 바짝 붙어 서 있었다. 각 차량마다 여섯 명의 경관이 창가에 꼿꼿이 몸을 세운 채 앉아 있었고, 운전사는 계속 무전기에 귀를 기울이고 있었다.

나는 내 뒤로 철문을 닫고 걸음을 옮겨 첼시마리나로 돌아왔다. 비좁은 골목에는 베라의 향수 냄새가 살짝 남아 있었다. 더 이상 추적할 생각이 들지 않는 자취였다. 나는 입구 철문을, 밴에 타고 대기 중이던 경관들을 생각하고 있었다. 폭동이 진행되는 내내 언제든 첼시마리나로 자유롭게 진입해서 주민들을 후방에서 습격할 수 있었던 셈이다. 전체 대치 상황은 몇 시간이 아니라 몇 분 만에 끝날 수도 있었다. 폭도들이 자동차를 뒤엎고 당당하게 폭력을 행사할 정도로 흥분이 달아오르기 전에.

나는 골목을 빠져나와 덱스터의 집으로 돌아와서, 앞문 아래의 보도에서 걸음을 멈췄다. 헬리콥터 한 대가 원즈워스교 위를 선회하는 중이었고, 선원들이 요트 정박지 입구를 주시하는 하얀 경찰대의 대형 보트 두 대가 강 한복판에 떠 있었다. 첼시마리나를 향한 육해공 강습 작전은 아주 간단하게 시도할 수 있었을 터였다. 그러나 경찰은, 또는 누군지 몰라도 경찰을 조종하는 작자는, 머뭇거리며 보포트 거리에서만 자신들의 힘을 과시하기로 결정한 것이었다.

우리의 사기를 그토록 고양시킨 대치 상황 전체가, 혹시 첼시마리나 주민들의 결의를 시험하기 위해 마련된 무대인 것은 아니었을까? 작전구역을 거리 하나로 제한함으로써, 경찰은 우리의 혁명을 용인할 수 있는 한계 안에 가두고 그 성질을 시험한 것이다. 나는 트위드 스포츠 재킷을 걸치고 내무부에 '연줄'이 있는, 털럭 총경의 모든 것을 주시하는 눈빛을 떠올렸다. 그는 명백하게 화염병이며 히스테리 따위에 질려 있었다. 스코틀랜드 야드에 있어 불타는 피아트와 볼보를 사이에 두고 대치한 상황 전체는 우리 주민들이 크로케 망치나 의분義憤보다 더 위험한 무기를 가지고 있는지 확인하려는 책략에 지나지 않았던 것이다. 나는 헨리 켄들이 보다 큰 규모의 경찰 작전이 진행 중이라는 것을 이미 알고 있었으며, 내게 주의를 주려고 샐리와 함께 첼시마리나를 방문했으리라고 추측했다.

나는 계단을 올라 현관문을 열고, 헬리콥터의 나지막한 소리에 잠시 귀를 기울이다가, 거실로 들어서며 문을 닫았다. 목사의 집은 약탈당해 있었다. 책상 서랍은 전부 뽑혀 나오고, 양탄자는 말려 구석으로 밀려 있고, 벽난로 위 성가 책들도 쓸어서 바닥으로 떨어트려 놓았다. 덱스터가 캠핑을 하던 소형 텐트와 휴대용 스토브와 침낭도 전부 벽난로 쪽으로 던져 놓았다. 바닥에는 통조림 깡통과 할리데이비슨 사용자 안내서와 필리핀에서 찍은 사진들이 흩어져 있었다. 부엌에는 덱스터의 오토바이 가죽 재킷이 나무 탁자 위에 활짝 펼쳐져 있었는데, 서랍에서 꺼내 온 조각도로 솔기라는 솔기는 모조리 갈기갈기 찢어 놓은 듯했다. 한때 그 주인이었던 사람을 겨냥한 분노의 대상이 된 것 같았다.

위층의 교도소 같은 방들도 마찬가지로, 베라의 휘몰아치는 사냥의 제물이 되어 있었다. 덱스터의 면직 비행복과 학위 가운은 옷걸이에서 잡아채 침대 옆 바닥에 팽개쳐 놓았다. 검소한 욕실과 변변찮은 은신처에 짜증이 났는지, 베라는 비싼 목욕용 소금을 세면기에 병째로 깨트려 풀어 넣었다. 교구 신도의 선물이 지나치게 선명한 청록색으로 고여 버렸다.

나는 오버올 비행복을 손에 쥐고서 매트리스에 앉았다. 베라의 향수 냄새가, 이국적인 폭발물의 자극적인 광물 냄새가 공기 중에 남아 있었다. 내 옆에는 덱스터의 사제복이, 검은 소맷부리를 얌전히 옆구리에 붙인 채로, 검게 남은 그림자처럼 펼쳐져 있었다. 나는 덱스터가 조앤 창이 죽은 다음에, 두 번 다시 이 검소한 침대에 함께 눕지 못할 것이라는 사실을 깨닫고 여기 사제복을 두고 갔을 것이라고 짐작했다.

결정적 단서

나는 동정심마저 느끼면서, 손을 뻗어 거친 직물을 만지며 내 손길을 받아들이지 않는 씨실과 날실 사이에서 어떤 식으로든 불운한 성직자의 모습을 불러내고 싶다는 생각을 했다. 그리고 베라 블랙번이 광란 상태에서 사냥한 귀중한 전리품이 대체 무엇일지도 생각해 보았다. 손바닥이 사제복 위를 오가다 가슴 주머니에 닿는 순간, 작은 금속 물체들의 감촉이 느껴졌다.

주머니 안에는 단단하게 접어서 고무줄로 묶어 놓은 노란색 실크 손수건이 들어 있었다. 이 작은 꾸러미를 열자 자동차 열쇠가 나왔다. 낡아서 변색되고 손때가 잔뜩 묻은 데다, 재규어 딜러의 메달이 연결되어 있는 열쇠였다.

나는 다시 주머니 안으로 손을 넣어 인쇄된 카드 조각을 꺼냈다. 빛에 비추어 보자 히스로 공항의 장기 주차장에서 발행한 주차권임을 알 수 있었다. 덱스터는 그 위에 녹색 볼펜으로 B41이라고 적어 놓았다. 그 뒤에 적힌 1487이라는 숫자는 내 생각에 주차 위치 번호인 듯했다.

덱스터가 낡은 재규어를 가지고 있었고, 뭔가 이유가 있어서 히스로에 주차해 놓은 것일까? 나는 주차권이 취소된 물건은 아닌지 확인하려 카드 위를 훑으며 펀치 구멍을 찾았다. 눈은 검은색 마그네틱 띠를 더듬었지만, 정신은 훨씬 쉽게 찾을 수 있는 다른 부분에 고정되어 있었다. 주차권 가장자리에 찍힌 타임스탬프에. 5월 17일 오전 11시 20분에.

2번 터미널에서 폭탄이 터진 날짜였다. 로라의 목숨을 앗아 간 수하물 벨트컨베이어의 폭탄이 터진 시각으로부터 정확히 두 시간 전이었다.

29 / 장기 주차장

혁명의 기억은 백미러 속에서 물러가는 주차선과 뒤엉켜 순식간에 멀어져 사라졌다. 나는 호가스 하우스 근처의 환상교차로에 도착해서 고속도로와 그 너머의 히스로를 향해 액셀을 밟았다. 처음으로 첼시마리나의 주민과 로라의 죽음을 연결하는 물증을 확보한 것이다. 반복적인 구타에 뇌 손상을 입은 성직자가, 자신의 삶에 절박한 의미를 유일하게 부여할 수 있는 더욱 심한 폭력 속으로 몽유병 환자처럼 걸어간 것이었다.

나는 도로 표지판 위에 달린 단속 카메라를 무시하고, 마침내 잠에서 깨어나는 거석의 꿈인 고가도로를 내달렸다. 머리를 거칠게 훑고 지나가는 바람이 모든 의심을 날려 버렸지만, 그런 와중에도 다른 설명이 가능하다는 점은 잘 알고 있었다. 주차권과 장기 주차장 1487번 자리의 재규어는 2번 터미널 사건 희생자의 것일 수도 있다. 로라와 같은 비행기를 타고 취리히에서 돌아오는 고위 성직자가 그 주차권을 덱스터에게 우편으로 부쳐서, 입국 터미널로 재규어를 몰고 와서 자신을 태워 달라고 부탁했을 수도 있다.

아니면 첼시마리나의 주민들이 아는 스티븐 덱스터 목사가 실은 성직자를 사칭한, 세관에 쫓기는 불법 이민자였을 가능성은 없을까? 수하물 찾는 곳에서 죽어 가는 성직자를 발견하고, 기회를 놓치지 않고 고인의 신분증명서와 첼시마리나 교구의 임명장을 손에 넣은 것이다. 다른 교구라면 오토바이나 중국인 애인이나 애매한 신앙 때문에 정체가 들통 났겠지만, 첼시마리나는 그런 성향이 정상으로, 거의 필수적인 요구 사항으로 간주되는 곳이었다.

어디서 온 것인지는 몰라도, 이 주차권과 자동차 열쇠는 덱스터의 사제복 주머니에 있었다. 해턴크로스를 지나 히스로 공항 주변 순환도로로 들어가면서, 나는 로라를 생각했다. 희미해져 가던 그녀의 존재가 내 마음속에서 되살아나서 이제는 공항 터미널을 안내하는 표지판 위 허공에 떠 있는 것만 같았다. 나는 트랙터가 747 한 대를 끌고 순환로를 지나 영국항공 정비 격납고로 들어가는 동안 차를 세우고 기다렸다. 방대한 주차장이, 무수한 비행기 승무원, 보안 요원, 출장을 떠난 사람들이, 기다리는 자동차들이 나를 둘러싸고 거의 행성을 뒤덮을 기세로 뻗어 있었다. 자동차들은 자기를 운전하던 사람들이 세계를 일주하는 동안 얌전히 축사의 철창 너머에 들어앉아 있었다. 그들이 무료 셔틀에서 내려 자동차를 찾으러 오는 순간까지, 이들의 시간은 영원히 멈추어 있는 것이었다.

여객기 한 대가 착륙했다. 동체를 활주로에 살짝 내려놓으며 터보팬이 시간에 쏠려 상처 입은 꿈의 속삭임처럼 한숨을 내쉬었다. 이 신기루로부터 로라가 마지막으로 잠시 모습을 비치더니, 이윽고 비행보다 더 큰 수수께끼 속으로 미끄러지듯 사라졌다.

나는 발급기에서 내 주차권을 뽑은 다음, 관리 사무소를 지나 주차장의 B 구역으로 차를 몰았다. 어마어마한 주차 요금에도 불구하고 거의 모든 공간이 꽉 차 있었다. 운집한 자동차들이 자신들의 메카인 히스로 관제탑을 향해 고개를 조아리고 있었다. 나는 B41 구역으로 진입해 늘어선 자동차들 사이를 훑으며, 아스팔트 위에 적힌 숫자를 확인했다. 그럴 리가 없다는 점은 알면서도, 살인자가 여전히 재규어에 앉아서 내가 도착하기를 기다리고 있으리라는 상상을 억누를 수가 없었다.

1487번 자리는 사용 중이었다. 우람한 메르세데스 세단이 번쩍이는 동체를 검은색 의식용 갑옷처럼 자랑하며 공간을 가득 메우고 있었다. 나는 레인지로버를 세우고 그쪽으로 걸음을 옮겼다. 창문 너머로 백색 가죽 덮개와 위성 내비게이션 화면이 달린 조작계가 보였다. 뒷좌석에는 일주일 전의 《이브닝 스탠다드》 한 부가 놓여 있었다. 이 메르세데스는 여기 온 지 며칠밖에 되지 않은 것이 분명했다.

E 구역 북쪽의 작은 보관소에서 재규어를 발견한 것은 그로부터 20분이 지난 후였다. 메르세데스에 좌절한 나는 출구 근처에 있는 관리 사무소로 돌아갔다. 친절한 아시아계 관리인은 두 달 동안 찾아가지 않은 모든 차량은 보관소로 견인해서 관리 회사의 법무 부서에서 소유주를 추적해 낼 때까지 그곳에 둔다고 설명해 주었다. 폭주족이나 해외로 도주하는 범죄자, 심지어 기한이 넘도록 해외에 머무르고 돌아와서 주차비를 내고 싶지 않아진 여행객마저도, 차를 이곳의 자동차 연옥에 버려두면 영원히 묻혀 버릴 것이라 생각하는 모양이었다.

나는 관리자에게 스티븐 덱스터의 사제복에서 나온 주차권을 보여 주고, 2번 터미널의 출국장 라운지에서 좌석 사이에 끼어 있는 것을 발견했다고 말했다.

"보상을 줄 수도 있잖습니까. 가능은 하잖아요." 나는 이렇게 주장했다.

"확인해 드리죠." 내 열의에 웃음을 머금으며, 그는 주차권과 주차 위치 번호를 컴퓨터에 입력했다. "어디 보자. 재규어 4 도어 세단, X 등록, 1981년형이로군요. 지금 면허등록 국을 통해 현 소유주와 연락을 시도 중인 상태입니다."

"이름이 있습니까? 이 주차권을 보면 기뻐할 텐데요."

"그럴 가능성은 낮습니다, 선생님. 주차비가 870파운드에 달하거든요. 부가세는 별도고요." 내가 얼굴을 찌푸리자 그는 자부심을 담아 덧붙였다. "주차는 사치 행위니까요. 사업이나 휴가 비용의 체계 안에 포함되어 있죠. 돈을 아끼고 싶다면 대중교통을 이용하는 편이 낫습니다."

"기억해 두지요. 혹시 소유주와 연락할 수 있는 전화번호는 있습니까?"

"전화번호는 없군요." 그는 책상 너머에서 슬쩍 20파운드 지폐를 밀어 놓는 내 손을 바라보며 잠시 머뭇거렸다. "주소는 킹스로, 풀럼, 런던 SW6 지구, 첼시마리나라는 곳입니다."

"이름은요?"

"굴드. 리처드 굴드 박사입니다. 운이 좋으시군요, 선생님. 의사들은 차를 두고 가는 일이 거의 없거든요."

나는 줄지어 늘어선 미회수 차량 사이에서 철조망 근처에 주차된 낡은 재규어를 발견하고 그 옆에서 걸음을 멈추었다. 많은 차들이 타이어에 바람이 빠지고, 새똥이나 히스로로 날아 들어오는 비행기의 기름방울로 뒤덮인 채 서 있었다.

재규어 옆에는 앞 유리에 성에처럼 실금이 가득하고 범퍼는 부서진 픽업트럭이 있었는데, 아무래도 운전자가 도주하며 두고 간 교통사고의 사상자가 아닐까 싶었다. 재규어의 창문은 먼지가 두텁게 쌓여 있기는 해도 말짱한 상태였고, 뒷좌석에 쌓인 의학 분야 소책자의 제목까지도 읽을 수 있었다. 팔걸이 근처에는 작은 곰 인형 두 마리가 돌아올 기한을 넘긴 부모를 기다리는 아이들처럼, 작고 동그란 눈에 희망과 불안을 품은 채로 나란히 앉아 있었다.

나는 차를 잘못 찾은 것이기를 빌면서 열쇠를 구멍에 끼웠다. 그러나 열쇠는 매끄럽게 돌아갔고, 검댕과 먼지로 봉인되어 있던 운전석 문은 열리고 말았다. 나는 조심조심 좌석으로 들어가며 운전대를 붙들었다. 너저분한 자동차 내부에서 굴드의 존재가 느껴졌다. 닳고 해진 가죽 시트에서도, 망가진 담배 라이터에서도, 흘러넘치는 재떨이에서도. 조수석 서랍에는 약품 전단지, 새로 나온 아동용 진정제 견본 상자, 입도 대지 않고 비닐에 싸인 채 숨 막히는 열기 안에서 말라붙어 버린 샌드위치 따위가 들어차 있었다.

열쇠를 꽂고 시동을 켜자, 거의 죽어 버린 배터리에서 잠깐 흘러나온 전류에 엔진 서보가 응답하듯 달각 소리를 냈다. 조수석에는 대형 페이퍼백 서적 한 권이 놓여 있었다.

BBC에서 방영한 텔레비전 시리즈를 책으로 펴낸『뇌신경학자에게 신에 대해 묻다』였다. 나는 이집트 신전과 힌두 신들과 전두엽 CT 스캔의 총천연색 사진을 뒤적였다. 기고자 사진 사이에 나 자신의 초상도, 고작 18개월 전에 화이트시티의 스튜디오에서 찍은 사진도 숨어 있었다. 나는 운전석 위 거울을 이리저리 움직여 핼쑥하고 이마에 상처를 입은 나의 모습을, 경찰서에서 목격자 앞에 일렬로 선 용의자 같은 눈초리를, 광택이 흐르는 책장에서 나를 올려다보는 자신감 넘치는 상쾌한 얼굴의 남자와 비교해 보았다. 책 속의 나는 열심히 연습한 언변을 언제라도 입에 올릴 수 있을 듯이, 젊고 현명해 보였다.

나는 누렇게 변색되어 가는 표지를 손으로 어루만지다, 제목 아래에 누군가 녹색 볼펜으로 전화번호를 하나 적어 놓은 것을 발견했다. 방어적으로 기울어진 숫자들과 원을 그릴 때마다 번진 잉크 자국을 보니 같은 손으로 적은 다른 숫자들이 떠올랐다. 아시아계 관리인에게 보여 주었던 주차권에 끼적여진 주차 위치 번호가.

책을 물끄러미 바라보며 스티븐 덱스터를 떠올리고 있는데, 계기판 위로 그림자가 드리웠다. 앞 유리에 앉은 먼지와 진흙 때문에 얼굴을 알아보기 힘든 한 남자가 재규어 주변을 어슬렁거리고 있었다. 그는 보닛을 열려고 시도하다가, 별안간 운전석 문으로 다가와서 창문을 톡톡 두드렸다.

"데이비드, 문 열어 봐요. 이 사람 정말, 또 그 안에 스스로 들어가 갇힌 겁니까……"

30 / 아마추어와 혁명

"리처드……?" 나는 어깨로 문을 힘차게 밀고 재회의 기쁨에 겨운 채 그의 손을 붙들었다. "스스로 갇혔다고요? 대체 그 이유가 뭘까요."

"그거야 당신이 직접 풀어내야 하는 질문이지요. 언제나 당신에게 달린 일이었습니다, 데이비드……"

굴드는 자신감 있게 인사를 건네고 내가 재규어에서 내리는 것을 도우면서, 그 와중에 뒷좌석의 곰 인형들에게 손을 흔들었다. 그는 차분하고 충분히 휴식을 취한 듯했고, 휘하의 무장 기병대를 살피는 대령처럼 줄지어 늘어선 자동차들을 힐끔거렸다. 괜찮아 보이는 모습에 안도감이 밀려왔다. 그는 전과 똑같이 닳아 해진 검은 정장을 걸치고 있었다. 풀럼의 주교의 궁에서 땀에 젖은 채 흙바닥을 굴러다니던 바로 그 정장이었다. 그러나 이제 그 정장은 세탁에 다림질까지 끝낸 후였고, 마치 공항 상주 의사가 되려고 면접을 보러 온 양 흰 셔츠와 넥타이까지 갖추고 있었다.

우리는 햇살 속에서 서로를 향해 웃으며, 착륙하는 여객기의 소음이 터미널 건물들 사이로 사라지기를 기다렸다. 나는 이 초조하고 불안정한 남자가 주변 모든 것을 안정시키는 모습에 다시 한번 충격을 받았다. 등유에 찌든 공기를 쿵쿵대는 그를 보면서도, 나는 그가 온전히 자신의 의지력만으로 주변의 세계를 말이 되게 만들고 있다고 느꼈다. 아프리카의 황폐한 한쪽 구석에서 홀로 구호 활동을 이끌어 가는 의사처럼, 존재만으로도 원주민들에게 희망을 가져다주는 그런 사람처럼. 착륙하는 여객기를 바라보는 그의 모습이, 마치 그 자비로운 눈빛으로 앞으로 영원히 이어질 라운지에 도착할 승객들을 축복하는 것만 같았다.

"리처드, 대화를 좀 해야겠습니다. 기분이 좀 나아진 것 같아 다행이군요." 나는 태양을 등진 채, 들어 올린 그의 손 너머를 살피려 애쓰면서 말했다. "풀럼궁에서는 상당히 초조해 보였는데요."

"지칠 대로 지쳐 있었으니까요." 굴드는 기억을 떠올리며 얼굴을 찌푸렸다. "나무들이 너무 많았어요. 죄다 감시 카메라 같은 것들입니다. 꽤 힘든 날이었지요. 그 기묘한 총격 사건도 그렇고."

"해머스미스 살인 사건 말인가요? 우리가 근처에 있었지요."

"그래요. 아름다운 여성이었다고 하더군요. 당신이 절 도와줘서 다행이었습니다." 굴드는 재규어에 기댄 채 나를 위아래로 훑어보았다. "당신은 진이 빠진 모습이군요, 데이비드. 첼시마리나는 가혹한 동네지요. 지난주에 힘겨루기가 벌어졌다고 들었습니다만."

"경찰에서 쇼를 했을 뿐입니다. 제 생각에는 함정에 빠진 것 같아요."

"그렇다고 해서 나쁠 건 없지요. 일점에 집중할 수 있도록 해 주니까요. 적어도 다들 힘을 합치지 않았습니까."

"물론이지요. 우리는 함께 바리케이드를 지켰습니다. 마침내 혁명이 시작된 거지요. 국가의 권력에 맞서고 끝까지 싸워서 전진하지 못하도록 만들었습니다. 이유는 아무도 모르지만, 경찰이 물러섰고요."

"당신들을 시험하고 있었던 겁니다. 예전에 프롤레타리아를 상대로 벌이던 장난질인데, 이제 중산층에 대해서도 똑같은 깡패 짓거리를 시도하는 거지요. 어쨌든 그날은 승리를 거두지 않았나요." 굴드는 학교 운동경기의 결과를 전해 듣는 자랑스러운 부모처럼 내게 환히 웃어 보였다. "우리 부디카•는 어땠나요?"

"케이요? 전차를 몰고 불타는 용광로로 돌진해 들어갔지요. 당신도 자랑스러워했을 겁니다. 정말 당신 취향의 쇼였어요. 당신이 꿈꾸던 광경 아닌가요, 리처드."

"그렇지요……" 굴드는 햇빛을 지휘하려는 것처럼 허공에 손짓을 했다. "저는 온갖 것들에 집중해야 해서 말입니다. 전체 전략에, 이제는 스티븐 덱스터까지. 그 사람은 위험할 수 있어요."

"여기 있었더군요." 나는 하늘을 휩쓸며 내려앉는 캐세이퍼시픽의 걸쭉한 굉음을 이기려 목소리를 높여 소리쳤다. "스티븐이 당신 차에 타고 있었습니다."

"언제요?" 굴드는 날카롭게 주의를 기울이며 내 어깨 너머를 슬쩍 확인했다. "오늘 있었던 일입니까? 데이비드, 정신 차려요."

"오늘은 아닙니다. 오늘 아침에 그 사람 집에서 당신 자동차 열쇠를 발견했지요. 5월 17일 날짜가 찍힌 주차권도 있더군요. 2번 터미널에서 폭탄이 터지기 두 시간 전쯤에 당신 차를 타고 여기로 온 것이 분명합니다. 제 생각에는 그가—"

"그렇습니다." 굴드는 냉정하게 대꾸했다. "덱스터가 히스로로 오는 재규어를 몰았지요. 그 사람이 경찰에게 가기 전에 경고를 해야 합니다."

"경고를 해요? 그가 바로 수하물 컨베이어에 폭탄을 놔둔 범인입니다. 제 아내를 죽였어요. 이유가 뭡니까?"

아마추어와 혁명

"상상하기 힘든 주장이군요." 굴드는 나를 차분히 관찰하며, 내 얼굴의 찰과상 주변으로 시선을 움직였다. 첼시마리나의 전투가 우리 사이를 갈라놓기라도 한 것처럼, 나를 미심쩍게 여기는 모습이었다. "스티븐이 어떻게 보안을 통과했다는 겁니까?"

"사제복을 입고 있었으니까요. 죽어 가는 승객이 있다고 말하면 경찰에서 통과시켜 줬겠지요. 오늘 아침에 그 사제복이 침대 위에 널려 있는 것을 보았습니다. 꼭 흑미사에서 사용한 물건 같더군요."

"묘한 일이로군요. 그 사람은 자기 신앙을 잃은 줄 알았는데."

"다른 신앙을, 갑작스러운 죽음이란 신앙을 찾은 거지요. 베라가 그 사람의 집을 털고 있었어요. 어쩌면 베라와 스티븐이 이 사건의 공범일지도 모릅니다." 나는 굴드의 의욕을 돋우려 애썼다. "리처드, 당신도 위험에 처해 있을지 모릅니다. 스티븐은 제 아내를 죽이고 뒤이어 그 방송인까지 죽였어요. 당신이 그 광경을 직접 보지 않았습니까……"

"그래요, 그 여인이 죽는 모습을 봤지요." 굴드의 목소리는 흐릿해졌다. 일부러 다른 생각을 하려 애쓰는 어린아이

• 고대 브리튼인들의 전설적인 여왕. 60년경 네로 황제가 로마 제국을 통치하고 있을 무렵, 영국의 동남부에 거주하고 있던 이케니족을 이끌고 반란을 일으켰다.

처럼, 그는 앞 유리에 쌓인 먼지 위에 선으로 사람 모양을 그렸다. "그래도 경찰에 갈 수는 없습니다."

"왜요?"

"우리가 모든 사건의 근처에 있었기 때문이죠." 그는 보관소 입구 밖에 세워 놓은 내 레인지로버를 가리켰다. "퍼트니하이가에 설치된 보안 카메라에 우리가 돌아다니는 모습이 잡혔습니다. 번호판을 식별하지 못한 것이 다행이지요. 우리는 공범이에요, 데이비드."

그의 무력한 태도에 깜짝 놀란 나는 어떻게든 항변하려 애썼다. 자동차 한 대가 순환로를 따라 다가왔다. 회색 시트로엥 세단이, 마치 순찰하는 것처럼 천천히 움직이고 있었다. 자동차는 보관소에 잠시 멈추었는데, 한 여성이 운전대를 잡고 있었다. 나를 살피는 여자의 화려한 눈 화장과 튀어나온 이마, 보라색 립스틱을 칠하고 보일락 말락 웃음 짓는 입매가 눈에 익었다.

"베라 블랙번?"

"그렇습니다." 굴드는 손을 흔들었고, 베라는 다시 차를 몰고 순찰을 재개했다. "월마트로 떠나는 맥베스 부인이지요."

"리처드, 제발……" 상황에 어울리지 않는 유머에 짜증이 난 채로, 나는 물었다. "당신은 여기 어떻게 온 건가요?"

"오늘 말입니까? 베라가 태워다 줬지요. 히스로 공항까지 왕복 드라이브를 즐기거든요."

"제가 재규어를 찾아낼 거라고 확신한 겁니까? 그러니까 여기서 만난 게 우연이 아니라는 거지요?"

"그럴 리가 없지요." 굴드는 나를 진정시키려 내 팔을 붙들었다. "미안해요, 데이비드. 당신을 속이는 일은 고역이었습니다. 당신은 항상 정직한 사람이었지요…… 적어도 자신을 제외한 다른 사람들에게는 말입니다. 당시에는 일을 악화시킬 때가 되었다고 생각했습니다. 이제 경찰들이 부산스레 움직이며 보안 관계자들이 포위망을 좁히고 있지요. 논의할 일이 아주 많습니다."

"그렇겠지요." 나는 도로 저편으로 사라지는 시트로엥을 마지막으로 바라보았다. "그러니까 베라가 스티븐의 집에서 저를 기다리고 있었다는 겁니까? 제가 매일 정박지까지 걸어갔다는 걸 알고 있던 거로군요."

"그런 셈이지요. 당신 일정은 매일 놀랍도록 똑같으니까요. 매일 기차가 정각에 다니는 것을 목격하며 살아온 끝에 획득한 형질, 부르주아의 훈련 결과지요."

"집을 뒤진 척하면서, 열쇠와 주차권을 사제복에 넣어 두고 온 거군요. 당신은 제가 그걸 찾아내리라 생각했고요."

"찾아내길 바란 거지요. 베라가 당신에게 도움을 조금 주기는 했습니다. 사제복은 그녀 생각이었으니까요."

"깔끔한 마무리더군요. 여자들은 그런 일에 솜씨가 좋지요.”

“입어 봤습니까?”

“사제복을요? 유혹을 받기는 했습니다. 일단 저는 다른 신을 섬기는 사제라고만 해 두지요.” 굴드는 마침내 진실이 드러나서 안도하는 학생처럼 슬쩍 웃음을 머금었고, 나는 말을 이었다. “스티븐 덱스터는 아직 살아 있나요?”

“데이비드……?” 굴드는 놀라서 나를 돌아보았다. “그 사람은 아무도 모를 곳으로 숨어들었습니다. 자살을 하지는 않을 거예요. 제 말을 믿어요. 그 사람은 자살하기에는 너무 죄책감이 강합니다. 2번 터미널에서 일어난 사건으로 거의 신앙을 회복할 뻔했지요.”

“실제로 무슨 일이 벌어진 겁니까? 당신은 알고 있겠지요, 리처드.”

“그래요, 알고 있습니다.” 굴드는 고개를 숙이고 지저분한 신발을 내려다보았다. “항상 당신에게 털어놓고 싶었습니다. 당신은 이해하고 있으니까, 우리의 행동의 본질을 볼 수 있으니까……”

“히스로 공항에서 일어난 죽음은 이해 못 합니다. 살인을 이해한다고요? 세상에……”

“그게 문제지요. 가볍게 건너기에는 너무 깊은 강이니까요. 하지만 다리가 있기는 합니다, 데이비드. 우리는 범주라는 장벽에 사로잡혀서 모퉁이 건너편도 보지 못하고 살아

아마추어와 혁명

요." 굴드는 부서진 픽업트럭을 가리키며 말을 이었다. "우리는 정당화되기만 하면 죽음을 받아들입니다. 전쟁, 에베레스트 등정, 고층 건물이나 교각 건설에서 벌어지는 죽음 따위 말입니다."

"그건 맞는 말입니다……" 나는 2번 터미널을 가리켰다. "하지만 저곳에 다리는 안 보이는데요."

"마음의 다리가 있지요." 굴드는 허연 손을 들어 활주로 쪽을 손짓했다. "저 다리를 건너면 보다 현실에 가까운 세계로 넘어가서 우리가 누군지를 보다 풍요로운 방식으로 감지할 수 있습니다. 일단 다리가 만들어진 다음에는 그걸 건너는 것이 우리의 의무예요."

"젊은 중국인 여성을 날려 버리면서 말입니까? 덱스터가 히스로 폭탄에도 연루되어 있나요?"

지저분한 정장 속에서 굴드의 어깨가 처지는 것처럼 보였다. "그래요, 데이비드. 연루되어 있습니다."

"그 사람이 폭탄을 설치한 겁니까?"

"아뇨. 당연히 아니지요."

"그럼 누가 그런 건가요?"

"데이비드……" 굴드는 고르지 못한 치아를 드러내며 말했다. "회피하려는 건 아니지만 이건 꼭 알아줘야 합니다. 히스로 폭탄은 보다 큰 그림의 일부였을 뿐이에요."

"리처드! 아내가 2번 터미널에서 죽었어요."

"저도 압니다. 비극이었지요. 하지만 우선……"그는 내게 등을 돌리고 녹슬어 가는 자동차들을 바라보다가, 갑자기 몸을 돌려 나를 마주했다. "첼시마리나에서 무슨 일이 벌어지는 중이라고 생각하십니까?"

"중산층 혁명이지요. 당신이 애써 일군 혁명입니다. 아닙니까?"

"조금 다릅니다. 중산층의 저항운동은 그저 하나의 증상에 불과해요. 훨씬 더 큰 움직임, 우리 삶의 모든 부분을 관통해 흐르는 조류의 일부일 뿐입니다. 대부분의 사람은 알아차리지 못하지만요. 우리 마음속에는 무의미한 행동을 향한 깊은 갈망이 존재합니다. 폭력적일수록 더욱 좋지요. 사람들은 자기네 삶에 의미가 없다는 것을 알고 있고, 그걸 바꿀 도리가 없다는 것도 깨닫고 있는 겁니다. 적어도 거의 없다는 정도는요."

"그건 사실이 아니에요."낯익은 논의에 짜증이 치민 나는 이렇게 대꾸했다. "삶은 의미가 없지 않습니다. 종합의료협의회에서 당신 혐의를 취소해 주면 당신은 다시 소아 병동을 거닐 수 있게 될 겁니다. 고통을 잊게 해 줄 더 나은 방법도 고안하고……"

"쾌락을 통한 보살핌 말이죠. 그 관계에서는 제가 아이들보다 더 많은 것을 얻었습니다."

"글라이딩은요? 강좌 신청을 하지 않았습니까."

아마추어와 혁명

"취소했습니다. 작업요법과 너무 흡사하더군요." 활주로에서 여객기가 이륙하는 것을 보며 굴드는 눈을 가렸다. 강철과 의지력으로 만들어진 거체가 창공을 향해 날개를 다부지게 펼치고 있었다. 베드폰트 상공으로 떠올라 서쪽으로 날아가는 비행기를 보면서, 굴드는 감탄스럽다는 듯 손을 흔들었다. "영웅적이기는 하지만……"

"충분히 무의미하지 않다는 겁니까?"

"정확합니다. 저 안의 모든 승객을, 제각기 계획과 사업안을 들고 벌집 안에서 북적거리는 모습을 떠올려 보세요. 휴가, 사업 회의, 결혼식—목적과 에너지가 그득합니다. 아무도 기억해 주지 않을 작은 야심들이 들어차 있지요."

"비행기 사고가 일어나면 더 나을 거라는 건가요?"

"그렇지요! 그러면 가치가 생길 겁니다. 진심으로 경외하며 바라볼 수 있는 빈 공간이 생기는 거지요. 무의미하고, 설명할 도리도 없는, 그랜드캐니언처럼 수수께끼 그 자체인 공백이 말입니다. 온갖 이정표가 가득해서 도로가 보이지 않는 상황 아닙니까. 그러면 이정표를 전부 치워서 텅 빈 길이라는 수수께끼를 마주해야 하는 겁니다. 더 많은 것을 폭파해야 해요……"

"사람이 죽더라도?"

"애석하지만 그렇습니다."

"히스로처럼? 해머스미스 살인 사건처럼? 혹시나 해서 물어보는 건데, 덱스터가 그 여자를 쏜 건 맞습니까?"

"아뇨. 근처에도 있지 않았습니다."

"2번 터미널은?" 나는 지갑에서 주차권을 꺼내 굴드의 면전에 들어 보였다. "폭탄이 터지기 두 시간 전에 당신 차를 타고 도착했지요. 폭탄이 터졌을 때는 뭘 하고 있었습니까?"

"재규어에 앉아 있었지요." 굴드는 내가 왜 이리 진실을 알아채는 것이 늦는지 궁금한 표정으로 나를 힐끔 쳐다보았다. "어쩌면 당신 생각을 하고 있었을지도 모릅니다."

"리처드!" 나는 분노를 터트리며 그의 어깨를 밀쳤다. "당장 털어놔요!"

"진정 좀 해요……" 굴드는 자기 팔을 문지르고는 재규어 안으로 손을 뻗어 『뇌신경학자에게 신에 대해 묻다』를 꺼냈다. 그리고 책장을 넘기다 내 사진을 찾아, 그 안의 자신감 넘치는 표정을 확인하고 웃음을 머금었다. "그날 아침 스티븐이 저를 히스로까지 태워다 줬습니다. 저 나름의…… 처리해야 할 일이 있어서요."

"의료 분야의 일이었나요?"

"어떻게 보면 그렇지요. 그의 임무는 여기서 기다리는 것이었습니다."

"임무요? 정확히 무슨 임무입니까? 주차장에서 성찬식이라도 행한 건가요?"

"전화를 한 통 하는 것뿐이었지요." 굴드는 녹색 볼펜으로 끼적거린 숫자들을 가리켰다. "저 번호로 전화를 걸어 봐요, 데이비드. 당신 휴대전화가 있잖습니까. 그러면 상당히 많은 일이 설명될 겁니다."

나는 휴대전화를 꺼내 들고 공항이 조용해질 때까지 기다렸다. 굴드는 한때 유망했던 제자에게 벌써 질려 버린 스승처럼 손톱 밑을 긁어내며 차에 기댔다. 나는 BBC 단행본에 적힌 숫자를 물끄러미 바라보다가 휴대전화에 입력했다.

목소리가 즉시 응답했다. "히스로 공항 보안대…… 2번 터미널입니다. 여보세요, 전화 거신 분?"

"여보세요? 어디라고 하셨지요?"

"2번 터미널 보안대입니다. 도와드릴 일이 있습니까?"

나는 전화를 끊고 휴대전화가 수류탄이라도 되는 양 움켜쥐었다. 주변 공기가 조금 맑아졌다. 줄지어 주차되어 있는 자동차들이, 쇠사슬 철조망과 활주하는 비행기의 꼬리날개가, 하늘을 공격하려는 음모의 일부인 것처럼 한층 가까워졌다. 히스로는 거대한 환상에 지나지 않았다. 무를 가리키는 표지판으로 이루어진 세계의 중심일 뿐이었다.

"데이비드?" 굴드는 자기 손톱에서 고개를 들었다. "응답하지 않던가요?"

"2번 터미널 보안대라더군요." 나는 테이트모던 바깥에 세워 둔 조앤 창의 자동차에서 발견했던 치체스터 주교의 휴대전화를 떠올렸다. "스티븐은 왜 거기다 전화를 한 건가요?"

"계속해요. 생각해 봐요."

"스티븐의 임무는 경고 전화를 하는 것이었겠지요. 다른 사람이 폭탄을 설치하는 동안 말입니다. 보안 요원들이 2번 터미널의 사람들을 전부 대피시킬 시간이 필요했을 테니까요."

"하지만 경고 전화는 울리지 않았습니다. 경찰은 그 점만은 확신하고 있지요." 굴드는 격려하듯 고개를 끄덕였다. "스티븐은 보안대에 전화를 걸지 않았습니다. 왜 그랬을까요?"

"폭파범이 설치를 끝내고 연락하기로 되어 있었기 때문입니다. 하지만 폭파범은 전화를 걸지 않았어요."

"정확합니다. 그래서……?"

"스티븐은 계획이 지연되었다고 생각했습니다." 나는 아직도 손에 페이퍼백 서적을 들고 있다는 것을 깨닫고 차 안으로 던져 넣었다. "여기 앉아서 신과 뇌신경의학 이야기를 읽고 있었지요. 그러다 폭발 소리가 들렸습니다. 그는 폭파범이 전화를 걸기 전에 장치가 터져 버린 거라고 생각했어요. 그래서 자동차 라디오를 틀어 보니 사상자에 대한 이야기가 흘러나온 겁니다. 끔찍한 충격을 받았겠지요."

굴드는 차를 밀치면서 몸을 떼었고 내 주변을 반원을 그리며 돌았다. "그랬지요. 심하게 충격을 받았습니다. 사실 그 일을 결국 극복하지 못했지요."

"그때 신앙을 잃은 거로군요. 그래서 차를 여기 놔두고 어떻게든 첼시마리나로 돌아간 겁니다. 불쌍한 사람. 하지만 자기가 폭탄 공격에 협력했다는 사실을 어떻게 합리화한 건가요?"

"케이 처칠의 여행 반대 운동의 일환이었어요. 며칠이라도 히스로를 폐쇄하고 사람들이 제3세계에 대해 생각해 보게 만들려는 목적이었죠. 휴가 계획을 포기하고 옥스팜이나 국경없는의사회로 그 돈을 보내리라 생각한 겁니다." 굴드는 창백한 손을 들어 햇빛을 가렸다. "비극적인 실수였지요. 경고로 끝날 예정이었습니다. 우린 누굴 죽일 생각은 없었어요."

"실행범은 누구였습니까? 베라 블랙번인가요?"

"그러기엔 너무 예민한 성격이지요."

"그럼 케이가? 그녀가 하는 모습은 상상하기도 힘듭니다만."

"절대 불가능하지요. 스티븐과 내가, 단둘이서 여기 왔습니다."

"당신과 스티븐이 함께 도착했다고요? 그럼 당신이 폭파범이란 말입니까?" 나는 고개를 돌려 굴드를 물끄러미 바라보았다. 마치 그를, 괴팍한 집착을 가진 추레하고 키 작은 의사를 지금 처음 마주한 것처럼. "당신이 그 사람들을…… 제 아내를 죽인 거로군요."

411

"사고였어요." 풀럼궁에서 그랬던 것처럼, 굴드는 눈꺼풀 아래에서 눈알을 위로 향했다. "사망자는 발생하지 않을 예정이었습니다. 국립영화극장에서 직접 보지 않았나요, 데이비드. 비디오 대여점에 소이탄을 놓고 오기도 했고. 당신 부인이 비행기에 타고 있을 줄은 몰랐습니다."

"당신이 폭탄을 설치했다는 말이지요······" 나는 손가락으로 재규어의 앞 유리를 쓸며 몸을 돌렸다. 마치 먼지와 항공유가 엉겨 붙어 생긴 이 얇은 막이 로라의 죽음에 대해 알게 된 모든 것들로부터 나를 지켜 줄 것처럼. 나는 안간힘을 써서 분노를 다스렸다. 진실을 말하는 대가를 치르더라도, 굴드가 자유롭게 모든 것을 털어놓게 만들어야 했다. 나 자신에 충격을 받고 실망한 상태였다. 몇 달 동안 나는 첼시마리나의 일당 모두에게 놀아나고 있었던 것이다. 굴드와 가까워질 때마다 케이가 늘 초조해했던 이유도 알 수 있었다. 놀랍게도, 나는 여전히 그를 염려하고 있었다.

"데이비드?" 굴드가 내 얼굴을 들여다보았다. "몸을 떨고 있군요. 차 안에 들어가 앉지요."

"괜찮습니다. 저 재규어는······ 덱스터가 어떤 기분이었을지 알 것만 같군요." 나는 그를 밀쳤다가, 바로 소매를 붙들었다. "한 가지만 물어보지요. 당신은 어떻게 들어간 겁니까? 수하물 구역은 경비가 삼엄할 텐데요."

"도착 쪽은 그리 삼엄하지 않습니다. 첼시마리나의 건축

　　　　　　　　　　　　아마추어와 혁명

가 한 명이 공항 정비를 담당하는 회사에 근무했던 적이 있어요. 그 사람이 출입증을 제공해 줬지요. 저는 백의를 입고 의사 배지를 착용했고요. 폭탄은 왕진 가방에 들어 있었습니다. 저는 위력이 낮은 물건일 거라고 생각했지요. 하지만 베라가 지나치게 해 버렸어요. 언제나 그렇듯 그 분노 때문에요."

"그래서 수하물 벨트컨베이어에 두고 왔나요? 하필 왜 거기였습니까?"

"수하물 담당자가 취리히 비행기 편에 불법 밀항자가 있다고 알려 줬습니다. 승객들은 그대로 비행기에 타고 있고, 적어도 30분은 입국 심사대를 통과하지 못할 거라고요." 나직하게 말하는 굴드의 목소리는 순환로의 자동차 소리에 묻혀 거의 들리지 않을 지경이었다. "신관을 15분 후에 폭발하도록 맞춰 놓고 가방을 컨베이어 위에 슬쩍 내려놓았습니다. 취리히 항공편의 화물이 투하구에서 나오기 시작하는 순간에요."

"로라의 여행 가방 옆에 말이지요. 완벽한 우연으로."

"아뇨. 우연이 아니었습니다. 미안합니다, 데이비드." 내가 대꾸하기도 전에 굴드는 말을 이었다. "손잡이에 수하물 꼬리표가 달려 있었습니다. 거기 적힌 성을 알아봤지요. 다른 사람 짐이라고 생각했습니다."

"정확히 누구 말입니까?"

"당신입니다, 데이비드." 굴드는 일말의 동정심을 얼굴에 띠며 그 아래 웃음을 감추려 했다. "당시 저는 『뇌신경학자에게 신에 대해 묻다』를 읽고 있었습니다. 여행 가방에 붙은 호텔 스티커는 2년 전의 심리학 학회 것이었고요. 당신이라고 생각했습니다."

"저요? 그러면 제가……?"

"진짜 목표였습니다." 굴드는 일전에 실시한 불길한 검사 결과가 사실임이 확인되었다고 환자에게 통보하는 의사처럼 내 어깨에 손을 올리며 말했다. "저는 항상 그 폭탄이 우리를 만나게 해 주었다고 생각해 왔습니다. 어떻게 보면 우리 우정은 그 끔찍한 비극 속에서 점화된 셈이지요."

"저는 그렇게 생각하지 않습니다. 하지만 왜 전가요?"

"당신이 텔레비전에서 선택적 질병에 대해 말하는 모습을 보았습니다. 스스로 유발한 마비 증상, 가상의 장애, 자발적인 광기 등…… 저는 당신이 종교도 그 범주에 넣는다고 생각합니다. 제대로 미친 자들만이 두려움 없이 숙고할 수 있는 공허에 대한 공포라고요. 저는 당신의 그런 안주 상태에 충격을 주어 깨어나게 만들 수 있으리라 생각했습니다. 유용한 교훈이 될 거라고, 스위스의 학회에서는 겪을 수 없는 수업이 될 거라고요."

"어디서 잘못된 겁니까?"

"모든 것이 잘못되었지요. 이제 저는 왜 프로들이 혁명의 수행을 아마추어에게 맡기는지 알게 되었습니다. 세관에서는 마약 운반책이던 자메이카인 임신부의 여행 가방을 확인하고 있었지요. 그녀는 히스테리 발작을 일으키며 출산을 시작했습니다. 그들은 제게 도움을 요청했고, 저는 결국 애슈퍼드로 가는 구급차에 올랐습니다. 처음에는 덱스터에게, 다음에는 히스로 보안대에 전화를 걸려고 했지만, 차가 터널 속에서 멈춰 버렸어요. 게다가 수하물 담당자는 다른 비행기에 대해 말한 것이었던 겁니다. 취리히 항공편의 승객들은 폭탄이 폭발하는 시각에 맞춰 수하물 컨베이어에 도착했지요. 저도 충격을 받았습니다, 데이비드. 당신 성을 뉴스에서 듣고 당신이 죽었다고 생각했어요."

"그런데 제가 케이 집에 등장했군요."

"무덤에서 일어난 셈이지요. 어떻게 보면 그때 저는 가장 이상적인 이유로 당신을 살해한 셈이었습니다. 저는 당신을 좋아했어요, 데이비드. 당신은 진지하지만 유연하고, 모종의 진실을 추구하고 있었지요. 로라는 당신의 진실한 자아에 이르는 문이었고, 제가 그 문을 열어젖히고 싶었습니다."

"그런데도 꽤나 오랫동안 제 시야에 들어오지 않으려 했지요."

"당신을 주시하고는 있었습니다. 중산층 혁명은 궤도에 올라 진행 중이었고, 우리의 잔 다르크는 케이였습니다. 그녀는 머릿속에 울리는 목소리를, 온갖 너저분한 할리우드

영화의 수작을 전부 차단해 버렸지요. 15년쯤 전에 한 젊고 건강한 부목사와 결혼했고, 파트너를 바꾸는 놀이를 즐기며 성생활에 양념을 치기를 원하는 여성이었어요. 그녀는 제가 왜 비디오 대여점이나 여행사에 발연탄을 설치하는 일에 흥미를 잃었는지 결국 이해하지 못했습니다."

"하지만 히스로 사건 이후로 모든 것이 바뀐 거겠지요." 나는 여전히 자제력을 발휘하며, 손을 옆구리에 붙이고 굴드를 똑바로 쳐다보지 않으면서 계속 말하도록 부추겼다. "거기서 뭔가 중요한 것을 봤으니까요. 사람들이 목숨을 잃기는 했지만 말입니다."

"훌륭한 표현입니다, 데이비드. 아주 훌륭해요." 굴드는 내 어깨를 두드리다가, 문득 내게 줄 선물이 필요했는지 주머니를 뒤졌다. "이걸 기억하세요. 저는 아무 희망도 없는 아이들과 시간을 보내고 있었습니다. 저는 그 아이들의 대표로서 해답을 원했습니다. 뇌종양으로 죽어 가는 두 살배기 아기와 대면하면, 무슨 말을 할 수 있겠습니까? 자연의 위대한 설계를 언급하는 것으로는 부족하지요. 이 세상에 결점이 있거나, 아니면 잘못된 곳에서 의미를 갈구하는 데 지나지 않죠."

"그래서 히스로 공항을 회고하기 시작한 거로군요?"

"그렇습니다. 그곳의 수많은 죽음은 무의미하고 불가해한 것이었지만, 어쩌면 바로 그게 요지**일지도** 모르니까요. 동기

아마추어와 혁명

없는 행동은 우주의 움직임을 궤도 위에서 멈추게 합니다. 제가 당신을 죽이려 들면, 그건 여느 부랑자 범죄나 다를 바가 없을 겁니다. 하지만 제가 당신을 실수로, 또는 아무 의미도 없이 죽이면, 당신의 죽음은 단 하나뿐인 중요성을 획득하는 거지요. 우리는 세계를 제정신인 곳으로 인식하기 위해 동기에 매달리고, 인과관계에 의존합니다. 그런 지지대를 전부 걷어차 버리면 무의미한 행동이야말로 진정 의미가 있는 유일한 행동임을 깨닫게 돼요. 저도 깨닫기까지 한참 걸리기는 했지만, 당신의 '죽음'이야말로 제가 기다리던 청신호였던 셈이지요."

"그리고 제가 무덤에서 일어난 이상, 당신에게도 다른 희생양이 필요했겠군요."

"희생양이 아닙니다." 굴드는 손을 들어 올려 내 말을 정정했다. 마침내 긴장을 푼 모습이었다. 내가 그를 이해했고 그와 같은 편에 서 있다고 다시금 확신한 듯이. 녹슬어 가는 자동차 옆에서 낡아 빠진 정장을 입고 선 그는 만병통치약을 지니고 공항 주차장을 어슬렁거리는 탁발 의사나 다름없었다. 그는 내 말을 정정한 다음 말을 이었다. "'희생양'은 모종의 악의를 암시하는 단어잖아요. 데이비드, 적어도 저는 악의는 조금도 품고 있지 않습니다. 그저 동행이, 절대적 진리를 함께 탐구할 공모자가 필요했을 뿐입니다."

"알지도 못하고, 만난 적도 없는 사람 말이겠지요?"

"당연하지요. 가능하면 유명하지만 제가 들어 본 적도 없는 사람이 좋겠지요. 유명하지만 조금도 중요하지 않은 사람요." 굴드는 재규어의 앞 유리에 그린 아이들 그림 같은 막대 사람을 바라보았다. "이를테면 이류 텔레비전 진행자라든가……"

감상쩍인 테러리스트

굴드가 그 스스로에게 환상을 품은 것은 아닐까? 나는 먼지투성이 세단이 자신에게 진짜 임무를 받아들이기 전의 추레한 나날을 떠오르게 한다는 듯이, 번쩍이는 회사 중역 차들의 행렬에 시선을 고정한 채로 재규어에서 멀어지는 굴드를 주시했다. 아마도 자신을 진리의 전도사로 재포장하기로 마음먹고, 정장을 세탁소에 맡기고 깨끗한 셔츠와 넥타이를 꺼내 입은 것이리라. 내 레인지로버 앞에 도착하자 그는 멈추고서 검은 문짝에 비친 자신을 슬쩍 살폈다. 비숍스 파크의 나무 사이를 헤매고 뭉크의 〈절규〉를 영혼의 장기 주차장으로 옮겨 놓은 듯한, 셀룰로오스 표면 아래 떠오른 희끄무레한 후광 같은 자신을.

굴드는 주머니에서 작은 손수건을 꺼내 한쪽 구두코를 닦고는, 내게 추가로 시간을 할애할 준비가 되었는지 다시 재규어로 걸어 돌아왔다. 실제로 2번 터미널의 수하물 벨트컨베이어에 폭탄을 설치한 사람이 그인 것일까, 아니면 그 고백 전체가 꾸며 낸 것일까? 폭력을 지독하게 갈망해서, 정체 모를 집단의 테러 행위가 자기 짓이라고 주장하는 것은 아닐까? 자신이 폭파범이라는, 그리고 이제 해머스미스 사건의 살인범이라는 환상에 빠져서, 불가해한 현상을 말이 되게 만들려고 모든 미해결 사건들을 하나로 엮어 내는 것은 아닐까?

그러나 지금 내게 다가오는 남자는 수줍은 자부심을, 조금도 광신도로는 보이지 않는 살가운 시선을 담은 미소를 짓고 있었다. 그는 세계라는 병동을 돌보는 친절한 의사였다. 항상 기운을 북돋워 주고 모든 일을 설명하며, 언제라도 초조한 환자의 곁에서 복잡한 진료 기록을 일상 언어로 해설해 줄 수 있는 사람이었다.

"데이비드……?" 그는 파리한 손으로 내 팔을 토닥였다. "당신이 고뇌에 빠진 모습은 보고 싶지 않습니다. 받아들이기 힘든 일이겠지요. 당신은 세상 전부가 멈춰 버리기를 바라고 있겠지요. 왜 도로의 소음이 잦아들지 않는지, 왜 모든 행성이 땅으로 떨어지지 않는지? 경천동지할 사건들이 벌어지고 있는데, 사람들은 여전히 차를 끓이고 있고……"

"괜찮습니다. 들을 준비가 됐습니다."

"제가 고백해야 하는 문제가 아닙니다." 그는 올이 풀린 옷깃을 햇빛 아래서 매만졌다. "당신이 이해해야 하는 문제일 뿐이지요. 그 젊은 여인을 따라 현관까지 가면서, 저는 조금도 악의를 느끼지 않았습니다."

"당신이 어떤 사람인지는 압니다, 리처드. 그랬으리라 확신할 수 있어요."

"좋습니다. 갑작스레 떠오른 영감이었습니다. 거의 계시처럼요. 킹가의 쇼핑몰에서 그녀의 모습을 보고는, 생각이 떠올랐는데⋯⋯"

"스티븐 덱스터가 그 여성을 미행하고 있었나요?"

"아니요. 그 사람은 저를 미행하고 있었습니다. 무슨 일이 생길지 알고 있었던 거겠지요. 제법 여러 번 대화를 나누었거든요. 히스로 공항과 테이트 사건이 벌어졌으니, 논리적으로 생각하면 그녀가 다음 목표인 것이 당연했습니다. 제가 밀어붙이기 전에 멈추고 싶었던 것이겠지요. 이틀 전에 그 여성이 리버 카페에서 나오는 모습을 봤다고 말한 순간부터 그 사람은 걱정하기 시작했습니다. 저를 추적해 킹가의 쇼핑몰에 도착했고, 순간 모든 시계들이 일제히 울리기 시작했지요. 그 사람을 뿌리치기는 정말 힘들었습니다. 카메라들이 사방에서 우릴 지켜보고 있었거든요."

"일면식도 없었나요?"

"전혀요. 유명하다는 건 알았고, 베라가 그 여자가 뭘 하는 사람인지 알려 주었습니다. 모든 면에서 완벽한 목표물이었지요. 덕분에 수사망을 피할 수 있었습니다. 남은 죄책감도 없고, 배변 훈련 하는 것처럼 현장을 배회하지도 않았으니……"

"아무 흥미도 느끼지 못하는 순수한 살인자였다는 거로군요?"

"데이비드?" 굴드는 내 말에 영문을 모르겠다는 듯 고개를 저었다. "그건 조금 가혹한 표현 아닐까요. 저는 그녀의 조력자였습니다. 단 하나뿐인 프로젝트를 위해 함께 노력한 셈이지요. 다음 세상에서 만난다면 그녀도 이해해 줄 겁니다. 잊지 마세요, 우린 서로 조금도 알지 못하던 사이였습니다."

"어디 사는지는 알았지 않습니까."

"베라가 제3세계 여행 반대 서명 운동에서 그녀의 주소를 알아냈습니다. 리버 카페 근처라서 당신에게 뒷골목에서 기다려 달라고 부탁한 거지요."

"그 여자 집까지는 어떻게 갔습니까? 곧바로 귀가했는데요."

"몰 뒤편에 주차장이 있어요. 그리로 따라갔지요. 자기소개를 한 다음 서명 운동에 참여하는 의사라고 말했습니다. 그랬더니 절 채링크로스 병원까지 태워다 주면서, 가는 길

감상적인 테러리스트

에 베라의 서명 운동에 대해 들어 보겠다고 하더군요."

"그런 다음에 차에서 내려서 그대로 길을 따라 미행한 겁니까? 무기를 지닌 채로요?"

"물론이지요. 이런 날이 오리라 짐작하고 사격 훈련을 좀 받았습니다." 굴드는 거의 반사적으로 정장 재킷의 단추를 풀고 겨드랑이에 낀 작은 가죽 총집을 드러내 보였다. "등을 돌린 채 자물쇠에 열쇠를 꽂고 있더군요. 절호의 기회였습니다."

"왜 현관에서 쏜 겁니까?" 나는 거칠어지는 호흡을 간신히 억제하며, 굴드의 신경을 거스르지 않으려 애썼다. "혼자 살고 있었잖아요. 며칠 동안 아무도 시체를 발견하지 못했을 텐데요."

"집 안을 보고 싶지 않았어요. 응접실을 어떻게 단장해 놓았는지, 액자에는 어떤 그림이 걸려 있는지, 벽난로 위에는 누가 보낸 초청장이 놓여 있는지. 그걸 보면 그녀를 알게 되는 것 아닙니까. 그 죽음은 더 이상 무의미할 수 없었을 겁니다."

"그래서 쏜 거로군요." 나는 2번 터미널의 잔해 사이에 쓰러진 로라를 생각하며 굴드를 응시했다. "거리에는 아무도 없었고, 당신은 그대로 걸어서 떠난 겁니다. 풀럼궁으로 가는 버스를 타고서 공원에서 기다린 거지요. 당신은……"

"심하게 동요한 상태였지요. 일시적으로 광기에 사로잡혔습니다. 그 사건이 저를 부순 거지요." 굴드는 그와 내가 서로를 온전히 이해하는 공범자라도 되는 양 거의 즉답하듯 말했다. "그럴 가치가 있었어요, 데이비드."

"그건 받아들이기 힘들군요."

"받아들이게 될 겁니다. 당신에게는 감사하고 있습니다. 그 나무들을 볼 필요가 있었거든요."

"그리고 총은 강물로 던진 거군요. 경찰에서 공원의 노부부에게 탐문 수사를 했다면 당신을 용의자로 확인했을지도 모릅니다."

"저요? 당신도 마찬가집니다." 굴드는 혼자 고개를 주억거렸다. "도주 차량을 운전한 사람은 당신이잖습니까. 우린 공범이에요."

"사실이 아닙니다. 저는 절대 살인에 협조하지 않습니다."

"당시에는 그랬겠죠. 하지만 갈수록 그쪽으로 기울고 있습니다. 심지어 지금도 말이지요."

"절대 아닙니다." 굴드의 강렬하고 친밀한 시선을 도저히 견디지 못하게 된 나는 재규어 쪽으로 돌아섰다. 햇빛이 단행본 표지의 녹색 글자에 맺혀 반짝였다. "그럼 테이트 폭탄은? 그것도 당신이었나요?"

"마찬가지로 일을 망친 것뿐입니다. 아무도 다치지 않을 예정이었어요. 덱스터가 반드시 저와 함께 일해야겠다고 나서길래, 밀레니엄교에 폭탄을 놔두겠다고 했습니다. 이젤하고 화가들이 쓰는 잡동사니 따위와 함께요. 테이트모던이 상징하는 모든 것들에 대한 시위의 일환이었지요. 그곳에 불안을 다시 조성할 수 있다면 뭐든 상관없었습니다."

"그리고 스티븐의 역할은 미리 전화로 경고를 해서, 다리 위의 사람들을 대피시키는 것이었고요?"

"정확합니다. 하지만 경비 한 명이 그림을 못 그리게 하더 군요. 훗날 모네나 피사로가 될 새싹들에게는 불행한 일이 지요. 폭탄은 베라의 아트북에 들어 있었고, 그래서 저는 그 책을 테이트의 서점에 놓고 왔습니다. 나가 보니 조앤 창이 현장에 도착했더군요. 저를 감시하던 다른 충직한 혁명의 사도가 말입니다."

"그녀도 당신을 믿지 않았던 겁니까?"

"히스로 이후로는요. 그녀는 제가 진정으로 뭘 원하는지 알고 있었습니다. 스티븐은 신경이 곤두서 있었고요. 그 모 든 죽음을 자기 탓으로 돌렸으니까요."

"그래서 놀랐나요?"

"그렇기도 하고, 아니기도 합니다." 굴드는 앞 유리에 그 린 막대기 인간에 살을 붙이기 시작했다. 마치 베드폰트 호 스피스의 아이들이 알아볼 수 있도록 하려는 것처럼. "스티 븐은 양쪽 사이에서 어찌할 바를 모르고 있었지요. 히스로 사건 이후 그는 다시 신을 느낄 수 있다고, 잃어버린 사지의 환각이 현실로 돌아오는 느낌이라고 제게 고백했습니다. 더 많은 죄책감이 필요했던 겁니다. 그래서 테이트 임무에 자원한 거지요. 무의식 속에서는 누군가 죽기를 바라고 있었을 겁니다."

"하지만 그 대상이 조앤 창은 아니었겠지요. 그녀가 정신없이 사방을 돌아다니는 것을 목격하고, 그녀가 폭탄을 찾아냈다고 추측한 겁니다. 적어도 경비실에 전화를 걸기는 했더군요."

"조금 늦기는 했지만 말입니다. 모든 종교의 공통된 문제점이지요. 항상 현장에 너무 늦게 도착하거든요." 굴드는 내 재킷 앞주머니에서 손수건을 꺼내 자기 집게손가락을 닦았다. "조앤 일은 유감입니다. 그녀를 좋아했거든요. 그래서 경험을 망치고 말았죠."

"그리고 덱스터는? 언젠가 경찰에 고발하지 않겠습니까."

"아직은 아닐 겁니다. 그의 신이 돌아와서 구원해 주려면 더 많은 죄책감이 필요하거든요. 게다가 그 사람은 저를 이해합니다. 당신도 그렇지요, 데이비드."

"전 아닙니다." 나는 재규어의 운전석 문을 쾅 닫으면서, 전의를 북돋우려 애썼다. "리처드…… 이건 미친 짓입니다. 무의미한 폭력, 무작위적인 살인, 폭탄 공격, 이 모든 것이요. 잔혹한 범죄일 뿐입니다. 생명에는 그 이상의 가치가 있어요."

"애석하게도 생명에는 아무런 가치도 없습니다. 있더라도 터무니없이 미미하지요." 내 분노에 조금도 기가 죽지 않은 채, 굴드는 내 팔을 붙들었다. "신들은 죽었고, 우리는 이제 꿈을 믿지 않아요. 우리는 공허에서 태어나서 한동안 자신의 근원을 되돌아보다가 다시 공허와 합류할 뿐입니다. 한 젊은 여인이 자기 집 현관에 쓰러져 죽어 있습니다. 무의미한 범죄지만, 세계는 한순간 움직임을 멈춥니다. 우리는 귀를 기울이지만, 우주는 그에 대해 아무 말도 하지 않습니다. 오직 침묵을 지킬 뿐입니다. 그러니 우리 쪽에서 말해야 하는 거지요."

"우리요?"

"당신과 저 말입니다." 굴드는 이제 자신이 돌보는 죽어가는 아이에게 말하는 것처럼, 속삭이다시피 하고 있었다. 그는 내 팔을 붙들고 나를 진정시켰다. "할 일이 아주 많습니다. 다른 계획을 세워야 해요. 당신이 저를 실망시키지 않으리란 사실은 잘 알고 있습니다."

"당신을 실망시켜요? 리처드, 당신은 제 아내를 죽였어요."

"이해하게 될 겁니다. 당신에게 폭력적인 행동을 요구하지는 않겠습니다. 당신 성향을 거스르는 일이니까요. 적어도 아직은……"

그는 부드럽고 안심시키는 음성으로 말했지만, 손을 겨드랑이 아래의 권총집으로 움직이고 있었다. 그는 내 위로 몸을 숙였고, 서로의 얼굴이 50센티미터 거리까지 가까워졌다. 그의 눈동자가 위로 흘러가서 눈꺼풀 아래로 사라지며, 비숍스 파크에서 느꼈던 불길한 분위기가 감돌았다. 불현듯 그가 지금 나를 이 주차장에 남겨 두고 가는 일이 너무 위험하지는 않을지 판단하는 중이라는 생각이 들었다. 내가 주차권을 손에 든 채로 재규어에서 시체로 발견된다면, 경찰은 즉시 내가 2번 터미널 폭발의 범인이라고, 전처를 살해한 남자라고 간주할 것이다.

"데이비드, 한 가지 확인하고 싶은데……"

"당신과 함께하지요." 나는 세심하게 단어를 골랐다. "당신이 뭘 하는지 이해할 수 있으니까요."

"좋아요. 우린 계속 친구로 남아야 합니다."

"우린 친구입니다. 이 모든 일이 좀 충격적이기는 하지만요."

"자연스러운 일이죠. 한 번에 받아들이기는 힘들 겁니다." 굴드는 내 볼을 토닥이며 말했다. "걱정 말아요. 다음에는 결행 전에 상의를 하겠습니다."

"다음…… 목표는 골랐습니까?"

"아직입니다. 하지만 제 말을 믿어요. 제법 큼직한 목표일 겁니다."

그는 내게서 몸을 돌리고는 양손을 허공으로 들어 올렸다. 100미터 떨어진 곳에 주차된 자동차가 그에 답하듯 전조등을 깜빡였다. 구역에서 나와 우리를 향해 굴러오는 시트로엥 세단은 베라 블랙번이 운전대를 잡고 있었다. 굴드는 나보다 세 발짝 앞서 순환로 쪽으로 걸음을 옮기며, 자기 신발의 광택을 확인했다. 포석 위에 올라선 그는 심호흡을 하려고 멈추었다.

"앞으로 종종 연락할 겁니다, 데이비드. 아직 케이와 함께 살고 있나요?"

"당연하지요. 케이는 싸움 한복판에 있어서 아주 바쁘지만요. 첼시마리나는 무슨 역할을 하게 됩니까? 아니면 아예 논외인가요?"

"딱히 그렇지는 않습니다." 굴드는 자기 손을 내려다보면서, 쥐었다 폈다를 반복하며 조금이나마 혈색을 되돌리려했다. "좀 헛된 일이기도 하지요. 통제를 벗어난 학부모회 같은 느낌이지 않습니까. 부모들이 교무실을 엉망으로 만들고 교장을 화장실에 감금해 버린 셈이니까요."

"불공평하네요. 그곳 사람들은 진지하게 항의했는데 말입니다."

"당신 말이 맞습니다. 중산층 사람들은 아주 진지하지요." 시트로엥이 다가오자 굴드는 베라에게 손을 흔들었다. "그래서 그런 수많은 게임을 만들어 낸 겁니다. 당신이 떠올릴 수 있는 게임은 전부 중산층이 만든 거지요."

그는 조수석에 자리를 잡고 손을 뻗어 운전대를 쥔 베라의 손을 지그시 눌렀다. 그녀는 가볍게 미소를 지을 뿐, 그를 무시했다. 시트로엥의 번호판이 컴퓨터에 등록되기 전에 주차장을 떠나고 싶어 조바심이 나는 모양이었다.

굴드는 내 손수건을 돌려주며 말했다. "그건 그렇고, 지난주에 샐리를 만났습니다."

"저도 들었습니다."

"아주 친절하더군요. 당신이 돌아오기를 바라는 것 같았습니다."

"항상 그렇지요. 당신이 말한 중산층의 게임 중 하나일 뿐입니다. 거긴 왜 갔던 겁니까, 리처드?"

"저도 잘 모르겠군요. 당신을 찾고 있었습니다."

"총도 가져갔지요."

"어쩔 수 없었습니다. 위험한 시대니까요."

"당신이 위험하게 만든 시대지요. 그녀를 쏠 생각이었나요?"

"솔직히 말하자면……"

그가 대답을 짜내고 있는 동안, 베라는 브레이크를 밟고 있던 발을 뗐고, 시트로엥은 순식간에 멀어져 버렸다.

주차장 통로를 따라 달려가다 셔틀버스 앞에서 급하게 방향을 틀어 출구로 향하는 자동차를, 나는 계속 주시했다. 뒤편에는 재규어가 먼지의 망토를 두른 채 얌전히 서 있었다.

　　　　　　　　　　　　　감상적인 테러리스트

나는 휴대전화를 꺼내 들고 경찰에 전화를 할지 망설였다. 버튼에 아주 잠시만 압력을 가하면 2번 터미널 보안대로 연결될 것이고, 경찰은 즉각 시트로엥을 추적할 터였다.

예상대로 내 엄지는 머뭇거리기만 했다. 리처드 굴드는 애들러를 거쳐 간 그 어떤 환자보다도 정신이 나간 작자였지만, 언제나 그렇듯 그를 만나니 기분이 나아졌다. 그가 나를 죽이려 시도했다는 점을 인정했는데도 불구하고, 나는 보다 차분해졌고 자신감이 솟구치고 있었다. 마침내 로라의 살인범을 찾아 헤매던 기나긴 여정이 끝난 것이다. 그 정신 나간 소아과 의사는 자신이 살인범이라고 고백함으로써 나를 자유롭게 풀어 주었다.

32 / 부동산 가치 하락

런던으로 돌아왔을 때 첼시마리나는 불타고 있었다. 해머스미스 고가도로에서부터 나는 강에서 일어나는 연기와 증기 구름을 볼 수 있었고, 부상자를 채링크로스 병원으로 이송하는 구급차의 사이렌을 들을 수 있었다. 구경꾼 무리가 킹스로를 가득 채우고, 강철 장애물 뒤에 빼곡히 모여서 단지 안의 열 채가 넘는 건물들에서 타오르는 화염을 지켜보았다. 소방차와 경찰 밴이 거리를 봉쇄했고, 경고등 불빛이 랩댄스 클럽과 저가 항공 대행사를 휩쓸었다.

나는 단지에서 800미터 떨어진 폴럼로에 차를 세운 다음, 흥분한 학생 한 무리를 따라 가이포크스데이 불꽃놀이가 막 시작된 듯한 현장으로 향했다. 타다 남은 종잇조각이 하늘에서 떨어져 내려 소맷자락에 붙었다. 살펴보니 신용카드 명세서였다. 와인 상점 영수증과 의료비와 증권 조각이, 종막을 맞이한 중산층 삶의 목록이 허공에서 팔락거리며 내려왔다.

우려한 대로 휴전은 오래가지 못했다. 내가 히스로 공항으로 떠나고 얼마 지나지 않아, 대규모 경찰 병력이 첼시마리나에 진입해서 순식간에 단지 전체를 장악해 버렸다. 제복 경관들이 무리를 지어 미리 파괴해 놓은 보행자 통로로 달려 들어왔고, 수륙양용 색출대는 밀물을 이용해 강을 타고 들어와 정박지에 상륙했다.

세 시간 만에 경찰 작전은 전부 종료되었다. 십수 채에 이르는 집에서 결사 항전을 결의한 가족들이 불을 지르기는 했지만, 킹스로에서 대기하고 있던 소방차들이 즉시 진입했다. 화상을 입거나 경찰 진입대에 거친 취급을 당한 주민 일부는 텔레비전 카메라가 너무 가까워지기 전에 즉각적으로 구급차로 이송되었다. 보포트 거리의 허술한 바리케이드는 순식간에 제거되었다. 첼시마리나는 이제 경찰과 지역 의회가 공동 통치하는 이례적인 거주구가 되었다.

킹스로에 도착해 보니 경찰 진입대는 관리 사무소 밖에서 차를 만끽하는 중이었고, 텔레비전 보도진은 카메라를 챙기고 있었다. 주변 사방에서 들리는 야유 소리에, 나는 군중이 경찰을 욕하고 있다고만 생각했다.

그러나 야유의 대상은 단지를 떠나는 일가족이 탑승한 BMW였다. 부모와 세 자녀는 여행 가방 사이에 끼어 앉았고, 후방 창문에는 잔뜩 겁먹은 래브라도 한 마리가 있었다. 아크라이트 조명 덕분에 그로브너 플레이스의 이웃인 은행 지점장과 그 부인의 얼굴을 알아볼 수 있었다. 그들은 고개를 숙인 채 킹스로로 접어들었다. 군중은 그들을 향해 야유를 퍼부으며 동전을 던지고 강철 장애물을 흔들어 댔다. 내 옆에 서 있던 킹스로 영화관의 중년 좌석 안내원은 역겹다는 듯 연신 고개를 흔들었다.

"다들 어디 간 겁니까?" 내가 물었다. "단지가 텅 빈 것 같은데요."

"죄다 떠났어요. 전부 다 말이에요. 수백 대의 자동차들이 짐을 싣고 떠나 버렸다고요."

"어디로요?"

"알 게 뭐예요?" 그녀는 제복에 붙은 타다 남은 수표 조각을 떨어냈다. "들치기나 하거나 한도 초과한 신용카드로 휘발유를 사거나 그러고 다니겠죠. 집시 유전자라도 들어 있는 건지. 원 세상에."

"어디로 가는지 모르신다는 거지요?"

"알고 싶지도 않아요. 여길 어떤 꼬락서니로 만들어 놓고 가는지 좀 보세요. 깔끔하게 단장하기만 하면 정말 살기 좋은 곳일 텐데……"

또 다른 가족이 단지를 떠나고 있었다. 부인은 우울하게 운전대를 붙들고, 남편은 어눌한 손놀림으로 지도를 펼치고, 십 대로 보이는 딸 두 명은 겁에 질린 페르시아고양이를 감싸 안고서. 야유가 따라붙자 그들은 고개를 돌린 채, 이제 통행이 재개된 킹스로의 차량들 속으로 사라져 버렸다.

입구에서 소방차 한 대가 등장했다. 차에 탄 소방관들은 군중을 향해 헬멧을 들어 올리며 인사를 건넸다. 그 뒤로 경찰차 한 대가 따라왔는데, 뒷좌석에는 손목에 붕대를 감은 여성 경관 옆에 수갑이 채워진 포로가 있었다. 나는 방송국 바깥에서 마지막으로 만났던 앤절라 경사를 알아보았다. 그녀는 환호성을 올리는 구경꾼들을 날카로운 눈으로 바라보았고, 무슨 이유 때문인지 동요한 기색이 역력했다. 이내 나는 옆자리의 포로가 위장색 머리띠로 머리를 뒤로 묶고, 볼에는 전투용 화장처럼 검댕을 칠한 케이 처칠임을 알아차렸다. 그녀는 자신에게 주먹을 흔들어 대는 군중을 향해 가운뎃손가락을 들어 보였는데, 탈진한 상태지만 언제나 그렇듯 기운차게, 여전히 자기 머릿속의 바리케이드를 지키고 있었다.

나는 야유를 퍼붓는 좌석 안내원 여성을 밀치며 앞으로 나가서, 양쪽 강철 장애물 사이로 몸을 끼워 넣었다. 그리고 경찰차가 떠나기 전에 케이에게 도달할 수 있기를 바라며 킹스로를 가로질렀지만, 도중에 경관 한 명이 내 팔을 붙들

435

더니 거칠게 수위실로 데려갔다.

평복 차림의 남자 두 명이 관리 사무소 옆에 서서, 가득 쌓인 플라스틱 찻잔 사이에서 토론 중이었다. 한 명은 옅은 갈색 머리의 털럭 총경으로, 지루함을 이기지 못하면서도 모든 것을 주시하는 눈으로 보포트 거리의 불탄 집들에서 솟아오르는 수증기 구름을 바라보고 있었다. 그의 옆 사람은 라운지 정장 위에 노란색 경찰 재킷을 덧입은 헨리 켄들이었다. 조명의 반사광 때문에 자신감이 깃든 얼굴은 뱃멀미에 시달리는 것처럼 핼쑥해 보였고, 얼른 안전한 세인트존스 우드와 연구소로 돌아가고 싶어 몸이 달아 있는 것처럼 느껴졌다.

그는 나를 보더니 털럭 총경에게 뭐라 말을 건넸고, 총경은 경관에게 손짓을 하고는 경찰과 소방관들이 모여 있는 쪽으로 걸음을 옮겨 사라졌다.

"헨리, 솔직히 감탄했네." 나는 대공습 때처럼 관리 사무소의 깨진 창문 건너편에서 나눠 주는 플라스틱 찻잔을 받아 들며 말했다. "스코틀랜드 야드에 들어간 건가?"

"전문가로서 지원하는 것뿐이야." 헨리는 검댕이 날리는 공기 속에서 기침을 했다. 넥타이 매듭은 깔끔했지만, 오늘 하루 겪은 폭력 때문인지 흐트러진 모습이었다. "저들을 위해 전후 맥락을 잡아 주고 있지."

"잘된 일이군. 그래서 그 맥락이 뭔가?"

"이건 단순한 폭동이 아니야. 경찰이 그 사실을 파악하는 게 중요하지." 그는 처음으로 나를 인지한 듯했다. "데이비드? 자네 첼시마리나에서 뭘 하고 있는 건가?"

"난 여기 살거든. 기억하나?"

"그렇지." 그는 여전히 영문을 모르는 표정으로 말을 이었다. "다들 떠났는데. 자네 집주인은 여자 경찰을 물어뜯어서 구속되었고. 자네 혹시……?"

"이번 포위전에 참전했느냐고? 방금 히스로에서 오는 길인데. 일이 어떻게 흘러간 건지 전혀 보지도 못했어."

"30분 만에 전부 끝나 버렸지. 일부 완고한 작자들이 자기네 집에 불을 질렀고. 다른 자들은 짐을 꾸려서 떠났어."

"왜?"

"자기혐오 때문이겠지. 내 생각에는 부끄러웠던 것 같아." 그는 근처의 경관 두 명이 액턴에서 열리는 주말 자동차 경매에 대해 이야기를 나누는 소리에 귀를 기울였다. "정말 피곤해 보이는군, 데이비드. 샐리하고 대화는 해 봤나?"

"어디서? 자네하고 지내는 것 아닌가?"

"아니. 요즘은 만나는 일 자체가 드물어졌어. 몇 번인가 전화를 걸었는데, 친구들과 함께 여행을 간 모양이야. 자네는 히스로에서 뭘 하고 있었나?"

"2번 터미널 폭파범을 추적하고 있었지. 뭔가 단서를 찾은 것 같아."

"그렇기를 빌지. 스코틀랜드 야드에서는 여전히 로라에게 흥미가 있어. 아무래도 그쪽에서는 그녀가 목표였다고는 생각하지 않는 모양이지만."

"아니었다고 확신해."

"사실 아예 목표가 없었을지도 모르지. 요즘 부상하는 새로운 부류의 테러범 아닌가. 고전적인 목표는 먹히지 않으니까, 이제 무작위로 공격을 하는 거야. 감을 잡기가 힘들지."

"내 생각에는 그게 목적인 것 같은데." 수증기를 뿜어내는 집들을 불안하게 응시하는 그에 대해 걱정스러워하며, 나는 말을 이었다. "요즘엔 상당히 묘한 사람들이 돌아다니잖나, 헨리."

"특히 여기가 그렇지. 첼시마리나가 꾸준히 그런 자들을 품어 부화시키고 있었던 거야. 그 이단자처럼 생긴 의사 있잖아, 소아과 의사랬나……?"

"리처드 굴드 말인가? 샐리가 만난 적이 있다더군. 아주 매력적으로 보이는 사람이라 했어."

"정말로?" 헨리는 살짝 몸을 떨었다. "그자가 여기 우두머리였어. 발연탄이나 성가신 공격 따위를 지휘했던 말이야. 전부 그 작자의 생각이었어. 자네하고 같이 있는 걸 보았다는 목격담도 있고."

"경찰에서 우리를 구속하지 않는 이유가 뭔가?"

　　　　　　　　　　　　부동산 가치 하락

"할 예정이었지." 헨리는 내게서 시선을 떼지 않은 채 사무적으로 고개를 까딱했다. "샐리가 나더러 개입해 달라고 부탁했어. 그래서 내무부의 높으신 분들을 찾아가서, 자네가 우리에게 귀중한 인재가 될 수 있다고 설득했지. 첼시마리나 사태는 훨씬 큰 다른 뭔가의 시발점일 수도 있으니까. 노동자들이 공영주택단지에 불을 지르는 것도 충분히 고약하지만, 중산층이 거리로 쏟아져 나오면 정말로 심각한 문제가 벌어지지 않겠어."

"자네 말대로야, 헨리. 부동산 가격에 끼치는 영향이……"

"상상할 수조차 없겠지." 헨리는 매끄럽게 말을 이었다. "자네의 배경에 대해서 설명하고, 자네가 나를 위해 잠입 수사를 하고 있다고 일러두었어. 그쪽에서는 상황이 완전히 통제 불능이 되지 않는 한 자네를 그 자리에 박아 두겠다고 동의했고."

"감사할 일이군. 그래서 나는 그동안 내내 경찰의 프락치였던 건가? 깨닫지도 못한 채로?"

"실질적으로는 그렇지." 헨리는 전쟁터에서 훈장이라도 수여하는 것처럼 내 어깨를 두드렸다. "자네라면 아주 유용한 정보를 제공할 수 있을 거야, 데이비드. 혐오가 어떻게 자기 복제를 거쳐 타오르는지를 직접적으로 경험한 셈 아닌가. 우리는 한두 주 안에 내무 장관의 방문을 계획하고 있어. 자네를 그 안에 정식으로 끼워 넣을 수 있을지 확인해 보지.

샐리는 슬슬 자네의 재활을 시작할 때가 되었다고 생각하고 있어······"

우리가 첼시마리나를 떠날 즈음, 경찰은 차량 행렬에 신호해서 전진하도록 하고 있었다. 구경거리가 없어져 실망한 군중은, 길을 건너는 우리를 보며 환호성을 올리고 야유를 보냈다.

안온한 시대에 지은 견고한 무대장치답게, 세인트존스 우드는 조금도 변하지 않았다. 관광객과 비틀스 팬들이 애비로를 어슬렁거렸고, 자동차 운전자들은 주차 공간을 찾아 헤맸다. 나는 결국 빈칸을 찾지 못하고 이중 황색 선 위에 레인지로버를 세웠다. 에티켓에 어긋나는 이런 행동에 젊은 관리인은 순간적으로 할 말을 잃었다. 그녀는 나를 문명인의 삶을 보존하고 늑대와 노상강도가 인도로 올라오지 못하도록 막는, 공공 예절에 익숙하지 못한 다른 세계의 방문자로 여기고 다가왔다.

내게서 다섯 발짝 거리까지 다가온 그녀는, 문득 걸음을 멈추고 자기 몸을 지키려는 것처럼 기록 패드를 들어 올렸다. 내 움직임 어딘가에서 손쉽게 폭력을 행사하는 사람의 야성을 감지한 모양이었다. 찰과상을 입은 이마와 볼에 묻은 검댕에서, 그녀는 다른 부류의 낙오자를, 폭주족이나 포르쉐를 모는 외환 딜러나 유효기간이 지난 자동차세 납부

증명서를 들고 다니는 사람들을 떠올렸다. 꿈속에서까지 자신을 괴롭히는 그런 작자들을.

나는 그녀가 꼬리를 말고 도망치기를 기다린 다음, 집을 향해 걸음을 옮겼다. 샐리가 가장 좋아하는 프리다 칼로 책을 들고 소파 위에서 구르고 있기를 바랐다. 그런 행동은 내 관심을 원한다는 신호였으니까. 그러나 어젯밤 내린 비에 축축해진 채로 현관에 쌓여 있는 신문 뭉치로 미루어 짐작건대, 그녀는 아직 친구들과 여행 중인 듯했다.

나는 도착하기 직전에 배달된 석간신문을 집어 헤드라인을 살폈다.

'호화 세입자 반군 항복하다'

'사치를 누리는 이들의 초토화 작전'

'첼시마리나의 저택을 당신의 손에'

하지만 우리는 항복하지 않았다. 줄지은 탈주는 전략적 후퇴이며, 동시에 경찰과 압류 집행관들의 통치를 받아들이지 않겠다는 원칙적인 거부의 행동이었다. 주민들은 헨리와 나 같은 심리 상담사나 사회복지 공무원들의 박애주의적인 보살핌에 굴복하는 대신, 고개를 꼿꼿이 들고 타락하지 않은 채 물러나겠다는 선택을 한 것이었다. 추후 합의할 날짜에 혁명은 재개될 것이며, 이 땅에 늘어선 수백 군데 중산층 주택단지에, 다닥다닥 붙은 복고풍 튜더 양식의 주택들과 가짜 조지 왕조풍 빌라들에 그 씨앗을 뿌릴 것이다. 사립학교나 눈처럼 새하얀 좌변기가 있는 곳이면 어디나, 길버트 앤드 설리번 공연이 열리거나 애정을 담아 정비한 낡은 벤틀리가 서 있는 곳이면 어디나, 케이 처칠의 망령이 등장해 어둠을 밝힐 것이다. 그녀가 높이 쳐든 가운뎃손가락에서 희망이 샘솟을 것이다.

케이가 어디에 구금되어 있는지 알아내야 했다. 갈아입을 옷과 변호사 명단을 지참하고, 구치소에서 보내는 몇 주 동안 꾸준히 마리화나를 공급할 만큼의 돈을 준비해서 한시라도 빨리 방문해야 했다. 석간신문을 축축하게 젖은 신문 더미 위로 던진 다음, 나는 주차 관리인에게 손을 흔들면서 현관문을 열었다.

나는 현관에 서서 텅 빈 집에 귀를 기울였다. 깊이 쌓인 엔트로피가 만들어 내는 정적이 집 안 곳곳을 휘감고 있었다. 소모해 버린 애정으로, 주변 목소리를 흉내 내서 말하는 장난감의 건전지처럼 닳아 버린 감정으로 구성된 평화였다. 나는 샐리가 가정부에게 일주일 휴가를 주었으리라 생각했다. 햇빛 속에서 떠다니던 먼지가 생명을 얻어 움직이더니, 애정을 품은 유령처럼 내 주변에서 일렁였다.

위층의 우리 침실로 들어가서 옷장을 연 순간, 수많은 향수 냄새가 뒤섞인 노랫가락이, 무수한 레스토랑과 디너파티의 기억이 나를 맞이했다. 욕실에는 샐리의 육체의 향기가, 저릿하도록 달콤한 그녀의 정수리와 살결 냄새가 수건마다

부동산 가치 하락

남아 있었다. 그녀의 화장대에도 비슷한 수많은 파편들이, 병과 단지로 이루어진 작은 도시 속에 담겨 있었다. 나는 그녀에 대한 그리움에 사로잡힌 채로, 언젠가 그녀를 첼시 마리나로 데려가서 함께 살 수 있으리라는 희망을 품었다.

나는 자동 응답기를 켜고 샐리가 녹음해 놓은 메시지를 들었다. 그녀의 목소리가 2주 동안 친구들과 함께 브르타뉴를 여행할 예정이라 일렀다. 어딘가 공허하고 거의 더듬거리는 것처럼 들리는 목소리였다. 마치 여행을 떠나기로 결정한 자신의 동기를 확신하지 못하는 것처럼.

그녀가 걱정되기는 했지만, 그녀의 침대에 앉아 아직 희미하게 남은 그녀 몸의 윤곽을 손으로 훑으면서도, 나는 그녀가 아니라 리처드 굴드가 전화를 걸어오기를 기다리고 있었다.

히스로 공항에 착륙하는 비행기 소음이, 무의미한 폭력이라는 신조를 설파하는 리처드의 목소리를 거의 잠재워 버리면서 여전히 머릿속에 울리고 있었다. 그의 다림질한 정장과 광을 낸 구두, 창백하지만 봄을 맞은 새순처럼 혈색이 돌아온 살이 붙은 얼굴을 생각하노라니, 나는 그가 꿈을 따라 깨어나고 있음을 알 수 있었다. 그는 지금까지 뇌 손상을 입은 자기 아이들을 제외한 다른 누구도 믿지 않았으며, 네버랜드의 아이들을 보살피는 피터 팬처럼 암흑 속을 헤치고 다녔다. 그러나 비숍스 파크에서 마침내 높이 솟은 나무들 사이로 햇살을 본 것이다. 나는 리처드를 좋아하고 그의 상태를 걱정하면서도, 여전히 그를 믿어야 할지 확신하지 못하고 있었다. 그가 정말로 히스로 폭탄을 터트리고, 해머스미스의 어느 건물 현관에서 젊은 여인을 살해한 것일까? 혹시 절대적 폭력이라는 환상이 필요한 새로운 부류의 광신도로서, 자신이 잔혹한 범죄를 저질렀다는 상상을 할 때만 진정으로 삶의 기쁨을 느끼는 것은 아닐까?

나는 식탁 앞에 홀로 앉아서 미지근한 위스키를 홀짝이며 먼지구름이 나를 에워싸고 형체를 바꾸는 것을 지켜보았다. 경찰에 출두해야 한다는 사실은 알고 있었지만, 굴드의 논리에 깃든 힘이 여전히 주변 공간을 메우고 있었다. 그 막다른 골목에 몰린 무자비한 남자는 끔찍한 진실에 이르는 길을 안내하고 있는 것이다. 비존재의 군단이 0의 제곱수에 근간을 둔 새로운 수학의 계산표를 따라 무한하게 불어나면서, 자신들이 드리운 그림자로 가상의 정신병리학을 일구어 내고 있었다.

굴드는 결국 전화하지 않았다. 그러나 다음 날이 되자, 헨리 켄들의 비서가 전화를 해서 내무 장관이 조만간 첼시마리나를 방문할 것이며, 일군의 사회과학자와 공무원과 심리학자를 수행원으로 대동할 것이라 일러 주었다. 방문의 세

부동산 가치 하락

부 사항과 필요한 통행증도 이미 보냈다고 했다.

　나는 수화기를 내려놓다가 문득 그것이 얼마나 가볍게 느껴지는지를 생각하고 깜짝 놀랐다. 답답했던 방 안이 조금 밝아진 듯했다. 곧 내 진짜 집으로 돌아갈 수 있으리라는 깨달음 때문이었다.

태양에 내맡기다

"데이비드? 들어와요. 우리 모두 당신을 기다리고 있었습니다."

리처드 굴드는 마치 태양에 자신의 존재를 내맡기듯, 하늘을 향해 고개를 들고 양손을 올리면서 커더건 환상교차로를 굽어보는 최상층 아파트의 창문 근처에 서 있었다. 그를 둘러싼 거실 벽에는 안과 의사의 시력검사표들이, 주석이 붙은 과녁판을 닮은 둥그런 망막의 지도들이 걸려 있었다. 그는 차분하지만 어지러워 보였고, 그의 정신은 비숍스 파크의 높이 솟은 나무들 사이에서 오가고 있었다. 그는 나의 존재를 인지하고 스포트라이트에서 벗어나는 배우처럼 몽상에서 빠져나오더니, 내게 다가오라고 손짓했다.

"데이비드…… 와 줘서 기쁩니다. 당신한테는 시간이 더 필요하리라 생각했는데요." 그는 내 깔끔한 정장과 넥타이를 보고 얼굴을 찌푸렸다. "혹시 같이 온 사람이 있습니까?"

"혼자 왔습니다. 철거당하기 전에 이곳을 둘러보고 싶었거든요." 나는 그와 다시 만나 기쁜 마음에 악수를 하려 손을 내밀었지만, 그는 한 발짝 물러섰다. "리처드, 할 말이 있어요."

"당연히 그렇겠지요. 대화는 나중에 해도 되지만……" 그는 내 모습을 찬찬히 살피다가, 비싼 돈을 들인 헤어스타일에 이르러 고개를 저었다. "당신 변했군요, 데이비드. 며칠 정도 점잖게 사는 것만으로도 충분히 영혼의 일부가 죽을 수 있지요. 아무도 함께 오지 않은 게 분명합니까?"

"리처드, 정말로 혼자 왔습니다."

"아무도 연락을 하지 않았나요? 케이 처칠이나? 샐리 쪽은 어떻습니까?"

"아내는 친구들과 프랑스에 갔습니다. 아직 소식은 듣지 못했어요." 햇살에서 그의 관심을 돌리려고 애쓰며, 나는 말했다. "오늘 오전에 특별 방문이 있을 예정입니다. 상당히 중요한…… 그러니까, 내무 장관과 고위급 직원들이 이곳을 방문할 거예요. 첼시마리나에서 무슨 일이 벌어졌는지 알고 있다고 생각하는 다양한 분야의 전문가들을 대동하고요."

"무슨 일이 벌어진 걸까요?" 굴드는 시선을 돌려 적막한

단지 내 거리를, 아직도 연기가 피어오르는 불타고 남은 보
포트 거리의 집들을 바라보았다. "결과를 내지 못한 실험과
놀라울 정도로 비슷해 보이는군요."

"그럴 수도 있지요. 하지만 적어도 과거의 범주를 부수고
뭔가 긍정적인 것을 건설하려 시도하지 않았습니까."

"전문가처럼 말하는군요." 굴드는 안심했는지 표정을 폈
다. 마치 내가 다시 오랜 친구로 돌아온 것처럼, 나를 향해
활짝 웃으며 당장이라도 회포를 풀고 싶다는 듯 등을 두드
려 주었다. "이제 알겠군요. 내무부의 관광객들과 함께 온 겁
니다. 그래서 최고급 정장을 차려입은 거군요. 몸을 숨기기
위해서…… 그런데 당신이 변했다고 생각하다니."

"변한 것은 맞습니다." 그에게 거짓말을 하고 싶지 않았기
때문에, 나는 이렇게 덧붙였다. "당신이 저를 변화시켰지요."

"좋아요. 당신도 변하고 싶었던 거지요, 데이비드. 처절하
게 변화를 갈구하고 있었어요."

"그랬지요." 그의 주의를 붙들어 놓으려는 생각에, 나는
굴드와 태양 사이로 끼어들었다. "당신이 하던 말을 곱씹어
봤습니다. 당신이 꾼 꿈에 대해서…… 히스로 폭탄이나, 해
머스미스 총격 사건에 대해서요. 그건 전부 깊이 자리 잡은
갈망의 표현입니다. 어떤 면에서는 저도 같은 걸 느낀다고
할 수 있습니다. 제가 당신을 도울 수 있어요, 리처드."

"정말로? 저를 도울 수 있다는 겁니까?"

"모든 걸 터놓고 이야기합시다. 베드폰트 정신병원으로 돌아가서 해도 좋아요."

"정신병원? 그곳이 정신병원으로 사용되었던 건 50년도 넘었는데……" 내 말실수에 실망했는지, 굴드는 내 어깨에서 손을 내렸다. 그리고 어딘가 산만한 태도로, 마치 지친 응급실 의사가 목숨이 위험할 가능성이 있는 환자를 바라보듯 나를 주시했다. 그는 직접 다림질한 똑같은 해진 셔츠를 입고 있었고, 나는 바지의 평행한 주름을 셀 수 있었다. 친근하게 맞이하기는 했지만 벌써 내게 질렸는지, 시선이 거실 벽에 걸린 안과 의사의 도표로 돌아가고 있었다.

"리처드……" 나는 에둘러 사과하려 시도했다. "병원을 말하려던 겁니다. 아동 병동요."

"베드폰트요? 거기가 모든 일이 시작된 곳이라 생각하는 겁니까? 차라리 그랬다면 좋겠군요……" 케이 처칠의 집에서 다쳐 피투성이가 된 손을 알아채고, 그는 말했다. "그 손은 닦는 게 좋겠습니다. 요즘은 워낙 위험한 감염체가 많아서요. 에어인디아의 도움이 없어도 충분할 정도지요. 욕실이 깨끗한지 확인해 보고 오겠습니다."

그는 침실로 들어가며 문을 닫았다. 나는 경찰이 대충 수색을 마치고 떠난 거실 안을 서성거렸다. 안과 의사의 교과서와 카탈로그가 선반 위에 어지럽게 흩어져 있었고, 소파의 묵직한 정사각형 쿠션들은 돌덩이처럼 사방을 굴러다녔다. 광역경찰청의 문양이 찍힌 파란색 캔버스 가방을 건드려 보니 분해한 낚싯대 같은 물체가 만져졌다.

나는 굴드가 남쪽 해안에 사는 동조자의 집에 숨어 있었으리라 추측했고, 바다를 품을 수 있을 정도로 정신을 텅 비우고 자갈 해안에서 낚시를 하는 그를 상상했다. 육체적으로는 건강해진 것처럼 보였다. 케이의 집에서 내 뒤를 맴돌던 창백하고 회피적인 남자와는 완전히 다른 사람이었다. 폭력에 대한 몽상 덕분에 마음이 진정된 모양이었다.

"데이비드?" 굴드가 침실 문으로 고개를 내밀며 말했다. "손을 씻으면 제가 치료하지요. 욕실에 수건하고 과산화수소수가 있습니다. 경찰이 이렇게 많은 상황에서는 오해를 살지도 몰라요."

나는 어두컴컴한 침실로 들어섰다. 창문에는 두툼한 벨벳 커튼이 걸려 있었는데, 안과 의사가 이 방의 일부를 영사실로 쓸 수 있도록 암실용 물건을 걸어 놓은 것이었다. 눈이 어둠에 익숙해지자 더블베드의 양쪽에 여자 두 명이, 호퍼의 그림처럼 등을 맞대고 누워 있는 모습이 보였다.

커튼을 걷어 내자 가까운 쪽 여자가 일어섰다. 햇살이 각진 얼굴에 닿았을 때 나는 베라 블랙번을 알아보았다. 화장기 없는 눈가와 입술이, 마치 모든 감정을 지우고 최소한의 이목구비만 드러내 놓기로 결정한 것 같았다. 머리를 뒤로 바싹 끌어 묶은 터라 이마의 피부가 머리뼈에 달라붙어 눈

근처의 튀어나온 골격을 돋보이게 만들었다. 나는 처음으로 한때 학대받고 부루퉁한 십 대였던 그녀가, 자신을 막으려 드는 은행 경비원이나 창구 직원을 공포에 떨게 할 준비가 되어 있음을 목도했다.

"베라? 욕실을 좀 써야 해서요……"

그녀는 아무 말 없이 나를 밀치고 방을 나섰지만, 그녀의 육체에서 기묘한 냄새가, 긴장과 두려움이 뒤섞인 체취가 느껴졌다. 그녀는 손목을 거칠게 돌리며 문을 닫고 나갔는데, 그 힘찬 손길이 닿은 문고리가 떨리는 것을 볼 수 있었다.

나는 두 번째 커튼을 젖히고, 기업가 고객이 고용한 매춘부처럼 침대에서 나를 지켜보고 있는 여성에게로 돌아섰다.

"샐리? 당신 여기서 뭐 해? 당신……?"

"안녕, 데이비드. 우린 당신이 안 올 거라고 생각했어."

샐리는 베개 옆에 앉아서, 무릎 위에 양손을 올린 채로, 조명을 피하려는 듯 눈을 내리깔았다. 머리는 빗은 상태였지만 그녀의 어깨를 붙들고 볼에 입을 맞추는 동안에도 남은 잠기운이 느껴졌다. 그녀는 일어났지만 완전히 정신을 차리지 못하고 있다는 듯이 무력하게 내게 기댔다. 그녀를 향한 걱정이 물밀 듯이 흘러들었다. 세인트메리의 영역에 들어갈 때마다 내게 닿아 오던 애정과 동일한 느낌이었다. 온갖 일들에도 불구하고, 그녀를 다시 봐서 정말 행복했고, 머지않아 함께하게 될 것이라는 확신이 들었다.

"샐리, 당신 혹시……?"

"난 괜찮아. 우리가 걱정해야 할 사람은 당신 쪽이지." 그녀는 내 다친 손을 알아채고 햇살 쪽으로 들어 보이며, 핏자국이 그린 새로운 손금을 통해 내 미래를 읽으려 시도했다. "다쳤잖아, 불쌍한 사람. 유감이야, 데이비드. 당신 혁명이 실패해서."

"첼시마리나는 시작일 뿐이야." 나는 침대의 그녀 옆에 앉았지만, 그녀는 너무 가깝게 다가오는 남자의 몸이 마뜩지 않은지 뻣뻣하게 굳었다. "샐리, 당신을 찾으려고 애썼는데. 자동 응답기에는 당신이—"

"친구들이랑 여행을 갔다고 했지? 제법 자주 그러니까, 안 그래?" 그녀는 저도 모르게 쓴웃음을 머금었다. "리처드가 글라이딩 강습소 옆에 있는 자기 집으로 날 초대했어."

"리처드 굴드가? 그래서 당신은 갔고?"

"안 될 건 뭐야? 당신 친구잖아."

"거의 그렇지. 아무 문제도 없었고……?"

"사랑스럽고 아주 끔찍하게 이상한 사람이던데." 그녀는 내 핏자국이 묻은 자기 손을 내려다보며 말했다. "매일 오후 글라이딩 강습소에 함께 갔어. 어제는 그 사람, 혼자 날았다고."

"감탄스럽군."

"리처드도 그랬어. 어젯밤에는 유일신에 대한 자기 생각을 설명해 줬고. 좀 두렵더라."

"그럴 법하지."

"죽음에, 폭력에…… 당신네는 신을 그런 식으로 여기는 거야?"

"나는 잘 모르겠어. 그 사람 말이 맞을지도 모르지. 베라 블랙번도 당신들하고 함께 있었어?"

"주말마다 왔어. 아는 사이야? 리처드는 마음에 드는데 그 여자는 이상해."

"우리 발연탄을 만든 게 그 여자야. 폭탄이 그 여자의 세상이지. 그러고 보니 말인데, 당신 일행은 어떻게 경찰을 통과해서 첼시마리나에 들어온 거야?"

"내 차를 타고 왔거든. 내가 운전하고, 리처드는 백의를 걸치고 내 주치의 시늉을 했고. 장애가 있는 미녀니까, 거부할 수가 없었겠지."

"샐리……" 나는 그녀의 손을 붙들었다. "당신은 아름답기는 하지만 장애인은 아니야. 당신을 여기서 빼내서 집으로 데려가겠어."

"집? 그래, 아직 집이 있기는 하겠네. 내가 부주의했어, 데이비드. 모든 사람에게 부주의하지만 당신에게는 특히 더 그랬지. 리스본의 그 사고가…… 그 사고가 모든 규칙을 해체해 버려서 원하는 대로 뭐든 할 수 있다고 여겼어. 그러다 리처드를 만나고, 진짜로 모든 규칙을 해체하고 나면 무슨 일이 벌어지는지 직접 보게 된 거야. 0을 발명할 수밖에 없게 된다는 걸 봤지. 리처드가 하는 일이 그거더라고. 저 사람은 세상을 겁내지 않기 위해서 0을 발명한 거야. 세상이 너무 두려워서." 그녀는 간신히 미소를 머금다가 내 차림새를 알아차렸다. "당신 쭉 빼입고 왔네, 데이비드. 옛날 그 시절처럼 말이야. 공식 방문단의 일원으로 온 거구나."

"내무 장관 말이야? 그 방문에 대해서 알아?"

"그래서 여기 온 거니까. 베라 블랙번은 뭐든 알고 있어. 내무부의 그 전문가라는 작자들은 리처드를 만나 봐야 해. 그 사람이 영원히 입을 다물게 해 줄 테니까." 내 손에서 그녀의 무릎으로 피 한 방울이 떨어졌다. 그녀는 피를 핥은 다음 음미했다. "짭짤하네, 데이비드. 당신 물고기가 되어 가나 봐."

욕실에서 손바닥을 닦으며, 나는 세면대로 흘러 내려가는 피를 지켜보았다. 옆에 안과용품이 가득한 유리 찬장이 보였다. 첼시마리나를 서부 런던의 마약 거래 중심지로 만들 수도 있을 만큼 방대한 의약품 재고의 일부였다. 이곳의 중산층 거주자들은 충분히 숙련된 경험과 물자를 한데 모아서, 마약에 찌든 스탈린그라드를 건설하고, 뒷골목 하나하나를 걸고 사투를 벌일 수도 있었다. 대신에 그들은 수건을 던지고 코츠월즈와 케언곰스의 주말 별장으로 도망치는 쪽을 택했다.

그러나 적어도 이제 샐리가 내 곁에 있었다. 그녀가 리처드의 마법에서 그토록 빨리 벗어났다는 게 감탄스러웠지만, 그녀는 아마 그로부터 필요한 것만 받아 내고 떠나기로 마음먹었던 듯했다. 굴드는 리스본 사고가 무의미하고 불가해한 것이라고 그녀를 설득해 냈다. 그녀의 부상과 고통은 바로 그 이유 때문에 의미가 있는 것이라고. 마침내 자기 강박에서 벗어난 그녀가 처음으로 떠올린 것은 바로 남편이었고, 나는 그녀가 나를 구출하려고 첼시마리나로 찾아왔다는 데 감동을 받았다.

"좋아, 가 볼까. 리처드한테 작별 인사를 해야지. 샐리?"

나는 샐리가 자리에서 일어서기를 기다렸지만, 그녀는 베개에 몸을 기대고 침대 시트를 쓸어내리며 물결무늬를 찬찬히 살피고만 있었다.

"그건 힘들 것 같네." 그녀는 문을 가리키며 말했다. 손 하나가 문고리를 돌리면서 문이 제대로 잠겼는지를 확인하고 있었다. "갇혀 버렸어. 조심해야 할 거야, 데이비드."

나는 손목시계를 흘깃 보고 시간이 순식간에 흘러가 버렸다는 데 깜짝 놀랐다. 첼시마리나 입구에서는 경찰들이 바리케이드를 치우고 있었다. "샐리, 조금만 있으면 장관이 도착할 거야. 경찰이 쫙 깔릴 거라고. 리처드와 베라 블랙번이 여기서 기다릴 리가 없어."

"기다릴 거야. 여보, 당신 지금 무슨 일이 벌어지는지 짐작도 못 하지." 그녀는 순진한 남편이 제정신을 차리기를 기대하는 친절한 부인의 눈빛으로 나를 바라보았다. "리처드는 위험한 사람이야."

"이젠 아니야. 그 단계는 끝났어. 그 모든 환상은……"

"안 끝났어. 그리고 환상도 아니야. 리처드는 이제 막 시작하는 거야. 그 사람이 히스로에 폭탄을 설치했다는 건 알지?"

"그 이야기까지 했어? 당신 겁나지 않았어?" 나는 그녀의 손을 붙들려 했지만, 그녀는 내 손을 피해 시트 위에 내려놓았다. "말도 안 되는 소리지. 해머스미스의 텔레비전 진행자의 경우처럼 말이야. 그 여자도 자기가 죽였다고 주장하더군. 세상에, 내가 바로 옆 골목에 차를 세우고 있었다고. 5분도 안 돼서 그 사람을 봤어. 그랬다면 피 칠갑을 하고 있었을 거 아니야."

"아니야. 그 사람이 쏜 거 맞아." 샐리는 문 쪽에서 시선을 떼지 않으면서 대꾸했다.

"그런 일은 벌어지지 않았어. 그는 폭력에 대해 생각해야만 했고, 무의미할수록 좋았던 것뿐이지. 나는 그를 도우려

태양에 내맡기다

한 거야."

"당신이야 그랬겠지. 그는 더 많은 사람을 죽일 테고. 어제 헝거퍼드 근처의 사격장에 갔어. 나는 베라하고 차에 앉아 있었거든. 리처드 사격 솜씨가 아주 훌륭하다고 베라가 말해 주더라."

"베라가 자랑스러워했겠군. 믿기 힘든 일이지만." 나는 샐리를 놔두고 문가로 걸어가서, 나무 문에 귀를 가져다 댔다. 거실은 텅 빈 것처럼 느껴졌다. 벽난로 위 시계의 종소리가 간신히 정적을 깰 뿐이었다. "샐리…… 방금 헝거퍼드라고 했어?"

"M4 국도에서 조금 나가야 하는 데야. 리처드가 거기에 집을 한 채 빌렸어. 예쁘고 작은 집이야. 거기서 삶을 마치고 싶다고 하더라."

문을 바라보고 있는 동안, 킹스로 쪽에서 경찰 사이렌이 울렸다. 단순히 졸음을 깨우는 이상으로 정신이 들게 하는 소리였다. 나는 헝거퍼드에서 삶을 마감한 다른 사람이 있다는 사실을 기억해 냈다.

"데이비드? 왜 그래?"

내 머리 거의 바로 위 옥상을 가로지르는 발걸음 소리가 들렸다. 일광욕을 즐기러 매트 위에 드러누울 때의 소리도. 아니면 엎드려 사격 자세를 취하는 저격수의 소리일 수도. 헝거퍼드? 마이클 라이언이라는 이름의 젊은 사회 부적응자가 자기 어머니를 쏴 죽인 다음, 마을을 거닐며 행인들에게 닥치는 대로 총알을 선사한 곳이었다. 그는 무작위로 열여섯 명을 사살하고는 자기 집에 불을 지르고 총구를 돌려자살했다. 아무런 동기도 없는 살인이었고, 온 나라에 깊은 동요가 퍼져 나가며 '이웃'이라는 단어의 의미를 다시 정의했다. 누구도, 심지어 가족의 일원이라도, 믿으면 안 되는 것이다. 새로운 부류의 폭력이 무에서 태어난 것이다. 헝거퍼드에서 마지막 총성이 울림과 동시에, 마이클 라이언을 낳은 공허는 다시 그를 죄어들어 영원히 감싸 버렸다.

"샐리……" 경찰 오토바이 두 대가 보포트 거리를 따라 달려오고 있었다. 무전기가 지지직거리면서 그들은 환상교차로에서 멈추었다. 제복 경관들이 인도를 따라 걸어오며 빈집을 하나씩 수색하고 있었다. "파란색 캔버스 가방 말이야. 그 안에 뭐가 있는 거지?"

"리처드가 글라이딩 장비를 담아 두는 가방이야." 샐리는 자리에서 일어나서 침대를 돌아 다가왔다. 눈으로는 양탄자에 남은 내 발자국을 살피면서. "당신 무슨 생각을……?"

"무기라면 어떻게 하지? 산탄총이나, 아니면……?"

샐리는 아무 말도 하지 않고, 머리 위 옥상에서 들리는 소리에 귀를 기울였다. 나는 문 뒤편에 서 있던 플로어 스탠드의 갓을 벗겨 냈다. 그리고 금속제 대를 손에 쥐고 벽에서 플러그를 뽑았다.

"안 돼……" 샐리는 문에 스탠드를 찔러 넣으려는 내 팔을 붙들었다. "데이비드, 저격을 하려는 거야."

"당신 말이 맞아. 의미 없는 목표물이지. 자유주의 성향의 내무 장관이라니……"

"당신일 수도 있어!" 샐리는 내 손에서 스탠드를 뺏으려 애쓰며 말했다. "리처드는 당신이 온다는 걸 알고 있었다고."

"나는 죽이지 않을 거야. 나는 그 친구를 좋아하거든. 죽일 이유가 없지 않겠어?"

그러나 나는 질문을 끝맺지 못했다. 공무 차량이, 정부의 공용 주차장에서 끌고 나온 검은색 세단들이 줄지어 첼시 마리나로 들어서고 있었다. 자동차 행렬은 보행자의 속도로 보포트 거리를 따라 내려왔고, 승객들은 고요한 창문과 뜯겨 나간 현수막을 바라보았다. 조금만 기다리면 행렬은 커더건 환상교차로에 도착해서, 지금 내가 지켜보고 있는 창문 바로 아래에서 좌회전을 할 것이었다.

"샐리……" 나는 그녀를 문에서 밀쳐 내려 시도했다. "저 사람들이 우릴 여기서 발견하면—"

"포로라고 생각하겠지. 안전하게 보호받을 거야, 데이비드."

"안 돼." 나는 문고리를 힘껏 비틀었다. "리처드를 위해서 그럴 수는 없어."

샐리는 스탠드 대를 놓고 한 발짝 물러서서, 문짝을 찍어 내리는 나를 지친 표정으로 차분히 바라보았다. 그리고 셔츠 앞주머니에 손을 넣었다. 그녀가 다시 펼친 손바닥에는 열쇠가 하나 놓여 있었다.

"샐리?" 나는 그녀에게서 열쇠를 받아 들었다. "문은 그럼 누가 잠근 거야?"

"내가 잠갔어." 그녀는 자신의 거짓말에 조금도 부끄러움을 느끼지 않는 얼굴로 나를 똑바로 바라보았다. "당신을 보호하려 한 거야. 그래서 리처드와 함께 헝거퍼드에 간 거고. 난 당신 아내라고, 데이비드."

"나도 기억하고 있어." 나는 열쇠를 자물쇠에 밀어 넣으며 말했다. "리처드한테 경고를 해야 돼. 경호 팀에서 소총을 든 리처드를 발견하면 그대로 사살할 거라고. 이것도 다른 부류의 환상인 거야. 머릿속에 헝거퍼드에 대한 집착을 가득 품고 있어서……"

나를 포기했는지, 샐리는 피부가 까진 손등을 문지르며 창문 쪽으로 돌아섰다. "데이비드, 저것 좀 봐……"

보포트 거리에서 차량 행렬이 멈추었다. 내무 장관과 두명의 고위 관료가 리무진에서 내렸다. 다른 차들에서 내린 전문가 집단이 그들과 합류했고, 그들은 인도 위에 올라 첫번째 불탄 집을 바라보았다. 마치 그을린 박공지붕이 반란의 내면에 숨은 진실을 드러내 주리라 여기는 것처럼. 근엄하게 몇 마디 담소를 나누고, 알겠다는 듯 고개를 주억거리는 모습이 보였다. 텔레비전 보도진이 그 장면을 촬영 중이었고, 그 옆에는 기자 한 명이 손에 마이크를 든 채로 장관에게 질문을 던질 채비를 하고 있었다.

"데이비드? 무슨 일이야?" 샐리는 조바심에 입술을 떨면서 내 팔을 붙들었다. "저 사람들 뭘 하는 거야?"

"불가해한 일을 이해하려 애쓰는 중이지. 석 달 전에 들렀으면 뭔가 달랐겠지만."

"지금 들어오는 저 차들…… 어딘가 이상한데……"

정지한 차량 행렬 뒤편에서 전조등이 깜빡였다. 보포트 거리를 순회하던 경찰 오토바이들이 도로 한가운데 멈춰 서더니, 지붕에 짐을 가득 올리고 힘겹게 들어오는 먼지투성이 볼보를 막아섰다. 여성 운전자는 계속 밀어붙였지만, 장관의 리무진 옆에서는 멈춰야 했다. 볼보 뒤편으로 마찬가지로 엉망이 된 차량 석 대가 입구로 밀고 들어왔고, 나는 차들을 막으려 들던 경관들에게 물러나라는 지시를 내리는 체크무늬 스포츠 재킷을 입은 엷은 갈색 머리카락의 남자를 알아보았다. 언제나 그렇듯이, 틸럭 총경이 때맞춰 개입한 것이다.

"데이비드, 저 사람들 누구야? 낡은 차에 탄 사람들 말이야."

"알 것 같은데……"

"빈집을 점령하려는 노숙자 아니야? 히피 같기도 하고."

"노숙자는 아니야. 히피도 아니고."

내무 장관 또한 새로 등장한 사람들을 알아차렸다. 공무원과 전문가들이 불탄 집을 등지며 몸을 돌렸다. 바짝 긴장한 경감 한 명이 볼보를 모는 여성에게서 메시지를 받아 전달해 주었고, 순간 장관의 표정이 눈에 띄게 풀어지며 아주 잠시 발꿈치를 들고 볼보 쪽을 기웃거렸다. 그는 텔레비전 카메라를 힐긋 바라본 다음, 오토바이 경관들에게 길을 터 주라고 손짓했다. 그리고 교통경찰처럼 팔을 높이 들고 볼보에게 전진하라는 신호를 보냈다.

"데이비드? 저 사람들이 누군데? 노숙자 가족 아니야?"

"어떻게 보면 그렇지. 주민이거든."

"어디 주민?"

"이 단지 주민. 여기 사는 사람들이야. 첼시마리나의 주민들이 귀가하는 거라고."

나는 보포트 거리를 따라 구르기 시작한 볼보를 지켜보았다. 돌아오는 차들의 행렬이 그 뒤를 따랐다. 온통 먼지투성이에 애완견과 아이들을 가득 실은 차들이, 사이드미러는 테이프로 앞 유리 기둥에 붙이고, 하일랜드를 끝없이 드라이브하는 와중에 여기저기 움푹 파인 차체를 움직이며. 아무래도 스코틀랜드나 잉글랜드 서부를 무리 지어 유랑하다

캠프파이어를 하며 회합을 가진 다음, 집으로 돌아가자는 결정을 내린 모양이었다. 어쩌면 내무 장관의 방문을 뒤이어 철거용 불도저들이 밀어닥칠 것이라는 신호로 받아들였는지도 모르겠다.

내무 장관은 경쾌하게 웃으며 자기 리무진 뒷좌석에 올랐다. 그가 귀가하는 사람들에게 손을 흔들자 사람들 또한 화답하듯 경적을 울렸고, 열린 뒤 창문을 통해 그레이트데인이 큰 소리로 짖어 댔다.

커더건 환상교차로를 따라 울리는 메아리 때문에, 나는 머리 위 옥상에서 울린 소총 소리를 하마터면 듣지 못할 뻔했다. 내무 장관의 자동차는 바로 움직임을 멈추었고, 앞 유리가 성에가 앉은 것처럼 실금으로 가득 찼다. 순간 정적이 흘렀고, 이어 경찰과 전문가들은 제각기 자동차 뒤로 흩어져서 빈집 담벼락에 기대어 웅크렸다.

헬리콥터 한 대가 템스강을 가로질러 상공에 모습을 드러냈고, 첼시마리나의 지붕 위로 스포트라이트가 이리저리 오갔다. 나는 두 번째 총성을 기다렸지만, 귀가한 가족들이 저격수를 혼란에 빠지게 해서인지 내무 장관은 목숨을 건졌다. 경호원들이 몸으로 내무 장관을 가리고 리무진에서 내리게 하더니, 한 덩이가 되어 가장 가까운 집의 현관으로 향했다.

"샐리……" 나는 그녀를 끌어안으며 가슴뼈에 울리는 심장박동을 느꼈다. 이번만은 나와 같은 박자로 두근거리고 있었다. 옥상에서 달려가는 발소리가 들렸고, 헬리콥터에서 확성기로 내뱉는 경고는 사이렌과 오토바이 엔진음에 파묻혀 버렸다.

"데이비드, 기다려!" 샐리는 천천히 제정신을 차리는 남편을 걱정하는 아내답게 내 팔을 붙들며 말했다. "경찰이 체포하게 놔둬."

"당신 말이 맞아. 조심할게. 나는 그냥……"

그녀는 내가 침실 문을 여는 것을 지켜보았다. 거실은 텅 비어 있었다. 내 노트북은 소파에 놓여 있었지만, 파란색 캔버스 가방은 리처드 굴드와 함께 사라졌다. 샐리를 안심시키려 손을 들어 보이고는, 나는 아파트를 나와 복도를 가로질렀다. 그리고 수많은 텅 빈 층계참과 열린 문을 지나치며 계단을 달려 내려가서, 입구 로비로 나가 환상교차로 위를 맴도는 헬리콥터를 발견했다.

정신없이 휘몰아치는 소음의 폭풍을 뚫고, 지하실 차고 쪽에서 두 번의 연발 총성이 들렸다.

34 / 임무 완수

지하실 벽을 가로지르는 그림자가 광기를 전시하는 미술관의 벽화처럼 움직였다. 나는 방화문을 밀어 열고 시멘트 바닥으로 걸음을 옮겼다. 헬리콥터는 아파트 건물 뒤편 공터에 착륙하고 있었고, 진입 경사로의 열린 문을 통해 꼬리 날개가 보였다. 차고에 자동차는 한 대밖에 없었다. 샐리의 개조한 사브가, 쓰레기 투하구 근처의 바퀴 달린 쓰레기 적재함들 뒤에 숨어 있었다.

내가 주차장을 가로지르는 동안 헬리콥터 프로펠러의 그림자가 스치고 날아갔다가, 방향을 틀어 나를 제압하러 돌아왔다. 진동하는 콘크리트에 귀가 먹다시피 해서 나는 사브에 접근했다. 차는 채광창을 통해 들어오는 헬리콥터의 스포트라이트 때문에 번쩍이고 있었다.

눈부신 하얀 빛 속에서 나는 사브의 운전대 위로 엎드려 있는 남자를 보았다. 브레이크와 기어 손잡이로 왼팔과 어깨를 받치고, 오른팔은 급회전 신호를 보내는 것처럼 창밖으로 내민 남자를. 그의 뒤로 여자 한 명이 뒷좌석에 누워 있었는데, 각진 이마를 팔걸이에 댄 모습이었다.

굴드와 베라 블랙번은 차 안에서 함께 죽었다. 베라는 타탄무늬 깔개에 엎드려 있었고, 딱 붙는 치마 아래로 여학생처럼 가는 다리가 드러나 보였다. 뒤에서 총을 맞았으며, 에나멜가죽 재킷의 주름 사이에 피가 고여서 바닥 양탄자로 뚝뚝 떨어졌다. 최후의 순간에 양손으로 깔개를 긁어 대느라 손톱이 빠져 있었다.

운전석에 앉아 있는 리처드 굴드의 하얀 셔츠 위에는 총상 자국이 하나 남아 있었다. 축축하게 젖은 관통 탄흔은 착륙하는 헬리콥터의 조명에 거의 무색으로 반짝였고, 그 모습은 마치 단벌 정장을 입은 용감하지만 가난에 시달리던 민간인이 가슴에 장미 리본을 단 것만 같았다. 나는 그의 늘어진 팔에 손을 대고 피부의 감촉을 느꼈다. 살아생전보다 지금이 더 따뜻하게 느껴졌다. 갈라진 옷깃을 어설프게 수선한답시고 꿰맨 실밥이 목 근처에서 풀려 있는 것이 눈에 들어왔다.

그의 손을 마지막으로 잡아 준 다음, 차 안으로 밀어 넣었

임무 완수

다. 핏기가 가신 얼굴은 내가 알고 지낸 고뇌에 시달리던 의사보다 몇 년은 젊어 보였다. 그러나 그의 깨진 이는 가장 솔직한 찡그린 표정이 드러난 싸구려 치과 의사, 탄로 난 신용사기 같았다. 마지막 순간까지 리처드 굴드는 자기 생각은 감추고 상처는 드러냈던 것이다.

그는 자신을 향해 쏜 총알을 피하려 하는 것처럼, 사브의 온갖 장애인용 조작계 사이에 끼어 앉아서 작은 엉덩이를 뒤틀고 있었다. 왼손은 브레이크 레버를 찾아 더듬거리고, 무릎은 운전대 아래 금속 중계기 사이에 갇힌 채였다. 죽음과 함께 그의 육체는 뒤틀렸다. 그의 정신을 반영하는, 절망이 서린 기하학적 모습으로. 진정한 동료인 장애 아동과 다운증후군을 앓는 십 대들 사이로 그를 돌려보내려는 듯이.

그와 눈을 마주하려 애쓰며 나는 백묵처럼 창백한 얼굴을 들여다보았다. 자폐아만큼 단조롭고 세상에 무감동한 얼굴을. 그의 눈길은 떨리는 엔진 회전계의 바늘에 고정되어 있었다. 나는 문득 사브의 엔진이 돌아가고 있으며, 배기가스가 헬리콥터 쪽으로 빨려 들어가고 있다는 것을 알아차렸다. 나는 시동 장치에서 굴드의 손을 떼고 열쇠를 돌렸다. 마치 집중 치료실 호흡 장치의 전원을 끄듯이.

격렬한 헬리콥터의 프로펠러 소리가 주차장을 가득 메웠다. 굉음에 귀가 먹먹한 채로 고개를 든 나는 사브와 쓰레기 적재함 사이에 서 있는 오토바이용 가죽 재킷을 걸친 훤칠한 남자를 발견했다. 헬멧의 바이저를 내리고 있어 얼굴은 볼 수 없었다. 창문 같은 바이저 위로, 이제 헬리콥터가 착륙해서 한층 속도가 느려진 그림자가 회전하며 지나갔다. 목에는 성직자용 옷깃을 감고 있었고, 나는 그가 목숨을 잃은 두 남녀의 병자성사를 올리러 할리를 몰고 도착한 것이라고 생각했다.

그는 손에 들고 있던 검은색으로 반들거리는 묵직한 십자가를, 그게 두 사람의 죽음에 대한 설명이라도 되는 듯 내 쪽으로 내밀었다. 다음 순간 헬리콥터의 스포트라이트가 1층 창문을 둘러보려고 지하실을 떠났고, 나는 그 십자가의 정체가 자동 권총이라는 것을 알게 되었다.

"덱스터!" 나는 굴드에게서 떨어져 차를 빙 돌아 걸음을 옮겼다. "총을 찾은 건가요? 이 사람들 자살한 모양입니다. 아니면……"

혼란스럽게 움직이는 빛 속에서, 고통스러운 만큼 핼쑥하고 너무 완벽하게 무표정인 덱스터의 얼굴이 떠올랐다. 나는 그가 지난 몇 달간 정신은 눈앞의 임무에 매진하고 그 자신에게서 모든 감정을 빼내면서 보냈으리라 확신했다. 그는 굴드와 베라 블랙번에게 거의 신경도 쓰지 않은 채 나만을 차분히 바라보다가, 채광창 너머로 보이는 헬리콥터로 시선을 돌렸다. 비숍스 파크에서 높이 얽힌 나뭇가지 사이로 햇살을 좇던 굴드와 똑같은 방식으로, 목사는 내게 총을 겨눈

임무 완수

채 빛을 바라보았다.

"스티븐." 나는 권총의 사선에서 몸을 빼려 시도했다. "여길 떠나요. 경찰이 무장을 하고 있단 말입니다……"

목사는 걸음을 멈추고 안전화의 금속 앞부분으로 시멘트 바닥을 두드리면서, 멀어져 가는 헬리콥터 엔진음과 경관들의 고함에 귀를 기울였다. 그는 바이저를 올리고 권총을 든 채로 자동차를 빙 돌았다. 그가 언제나 나를 굴드와 가장 친밀한 공범이라 여겨 왔음은 익히 알고 있었다. 그가 나를 쏘기 직전이라는 것을 깨닫고, 나는 사브로 물러서며 조수석 문을 열었다. 운전석의 굴드와 함께할 마음의 준비를 하면서.

그러나 덱스터는 내 손에 권총을 쥐여 주었다. 그의 옷에서 거친 냄새가, 국립영화극장을 불태운 다음 내 피부에서 흘러나오던 것과 같은 공포의 냄새가 났다. 나는 권총을 쥐다가 뜨듯한 금속이 심장처럼 고동치는 느낌을 받고 깜짝 놀랐다. 다시 고개를 들어 보니, 덱스터는 쓰레기 적재함 뒤편 그림자 속으로 물러나고 있었다. 그는 보일러실과 관리인실로 통하는 직원용 철제문으로 걸음을 옮겼다. 소총 사격장에서 초보자의 기운을 북돋아 주는 교관처럼 나를 향해 손을 올려 보이고는, 문을 닫고 어딘가 다른 시공간으로 사라져 버렸다. 수개월 전에 히스로에서 스스로 부여한 임무를 마침내 완수하고서.

나는 권총을 손에 들고 차에서 기다리며, 한때 불가해한 세상을 그토록 맹렬히 주시했던 젊은 의사의 모든 기억이 사라지면서 저절로 비어 가는 굴드의 얼굴을 지켜보고 있었다. 그러나 내 머릿속을 채우는 것은 바이저를 들어 올렸던 그 짧은 순간의 스티븐 덱스터였다. 내가 본 얼굴에는 그를 처음 성직으로 이끈 열정과 신실함이 깃들어 있었다. 가해자들의 채찍 아래서 잃어버렸고, 자신만의 가혹한 혜안을 가졌지만 자격을 박탈당한 상담사의 격려를 받으며 이 서부 런던의 주택단지에서 찾아 헤맨 그 열정과 신실함이.

경찰들이 주차장으로 들어오기 시작했다. 경감 한 명이 내 가슴을 조준한 무장 경관 두 명에게 신호를 보냈다. 그는 내게 소리를 쳤지만, 어서 집으로 돌아오고 싶어 안달이 난 주민들의 경적 소리에 묻혀 알아들을 수가 없었다.

뒤이어 경찰 재킷을 걸친 떡 벌어진 체구의 남자가 앞으로 나오더니 사브 쪽으로 걸어왔다. 옅은 갈색 머리카락은 헬리콥터의 하강기류 때문에 잔뜩 흐트러져 있었다.

"마컴 씨? 그건 내가 받겠소……" 털럭 총경은 담뱃진에 찌든 손으로 내 팔을 붙들고 나를 차로 밀어붙였다. "생각보다 사격 솜씨가 훨씬 훌륭하시군……"

나는 그에게 권총을 넘기고 사고를 당한 비행기 조종사처럼 조작계 사이에 널브러져 있는 리처드 굴드를 가리켰다. "저 작자가 제 아내를 죽이려 했습니다. 내무 장관도요."

　　　　　　　　　　　　　　　임무 완수

"충분히 이해하오." 털럭 총경은 언제나처럼 무심하고 시큰둥한 눈초리로 나를 위아래로 보았다. 그는 사브에 몸을 기대고 시체를 살폈고, 무기가 없는지 몸을 훑은 다음, 형식적으로 맥박을 확인했다.

이제 경찰이 지하실에 가득 들어찼고, 과학수사대가 벌써 장비와 카메라와 범죄 현장 테이프와 하얀색 오버올을 꺼내고 있었다. 샐리는 굳은 얼굴에 머리카락은 헝클어지고, 그럼에도 자기 다리로 서겠다고 단호하게 결심한 채 방화문에서 기다리고 있었다. 그녀 뒤로는 헨리 켄들이 거의 정신이 흐트러진 모습으로 무장 경관들 사이를 이리저리 오가며, 침묵을 지키는 경사에게 연신 고개를 주억거렸다. 그는 샐리의 팔을 붙들고 정신을 차리려 했지만, 그녀는 가볍게 그를 뿌리치고 내 쪽으로 걸어왔다. 그녀는 온 힘을 기울여 그 온갖 소음을 뚫고 내게 미소를 짓고는, 아파트에서 가져온 젖은 노트북 컴퓨터를 들고 흔들었다. 그녀를 자랑스럽게 지켜보면서 나는, 이제 모든 일이 잘 풀릴 것임을 알았다.

털럭 총경은 무전기에 대고 퉁명스럽게 신원 확인이 끝났다고 말했다. 나를 구속하라고 경감에게 넘기면서, 그는 이렇게 덧붙였다. "마컴 씨, 요새 지나치게 운에 의존하지 않았소. 이번에는 제발 좀 조용히 살도록 해 보시오……"

바깥에서 헬리콥터 엔진 소리를 뒤덮을 정도로 축제의 소음이 울려 퍼졌다. 첼시마리나로 돌아오는 중산층 사람들이 경적을 울려 대는 소리였다.

35 / 그림자 없는 태양

시간이 자신들을 따라잡기를 기다리며 모든 시계가 멈춘 것만 같았다. 달력은 여름이 오기 전의 평온했던 시절로 돌아갔다. 샐리와 나는 함께 세인트존스 우드의 삶을 재개했고, 첼시마리나의 주민들은 계속 단지로 돌아왔다. 한 주도 지나지 않아 전체 주민의 3분의 1이 귀가했고, 두 달 후에는 거의 대부분의 주민이 다시 자리를 잡았다. 켄징턴·첼시 의회는 사회혁명이 부동산 가격에 미칠 영향을 걱정한 나머지 엄청난 수의 공공 근로자를 단지에 투입했다. 그 사람들이 불탄 자동차 잔해를 치우고, 도로에 아스팔트를 깔고, 부서진 집을 수리했다. 이곳에 들르는 한 줌의 관광객과 사회사학자의 눈에는 아무것도 달라지지 않은 것처럼 보였다.

거리를 다시 포장하는 일에는 언제나 아스팔트보다 더 견고한 자본의 도움이 필요했다. 의회에서 약속한 재정적 회유 수단 덕분에 관리 회사와의 협상은 우호적인 분위기 속에서 마무리되었다. 그 대가로 회사 측에서는 반란의 시발점이 되었던 관리비 인상을 연기해 주기로 했다. 저임금 노동자가 집세 때문에 런던 부동산 시장에서 쫓겨난다는 대중의 인식으로 호화 아파트 단지 건설 계획은 모두 연기되었다. 이제 첼시마리나의 중산층 전문직 종사자들도 간호사나 버스 기사나 주차 단속원처럼 돈은 별로 받지 못하지만 도시의 삶에 필수적인 기여를 하는 존재로 받아들여지고 있었다. 마침내 안도한 내무 장관이 텔레비전 인터뷰마다 나와서 반복한 이런 발언은, 결국 자신들이 신시대의 프롤레타리아라는 주민들의 기존의 믿음을 더욱 굳건히 해 주었다.

정신 나간 소아과 의사의 암살 시도에서 간신히 살아남은 장관은, 자비롭게도 주민들에게 방화나 폭행이나 공공 피해 혐의를 적용하지 말아 달라고 호소했다. 국립영화극장과 테이트모던과 피터 팬 동상과 수많은 여행사와 비디오 대여점에 대한 공격은 조용히 잊혔다. 히스로 공항 폭탄은 이름 모를 알카에다 과격파의 소행으로 떠넘겨 버렸다.

짧은 구류 판결을 받은 주민은 케이 처칠뿐이었다. 자기 집을 태우지 못하게 막으려던 앤절라 경사를 물어뜯었기 때문이었다. 전직 영화학 강사는 홀러웨이 교도소에서 60일을

그림자 없는 태양

복역하고 승리의 환호를 올리며 단지로 돌아왔다. 그녀의 대리인은 그녀가 집필할 '혁명의 서' 계약을 상당한 양의 선금을 받고 성사시켰고, 케이는 멈추지 않고 사설 기고가이자 텔레비전의 권위자로서 승승장구해 나갔다.

스티븐 덱스터는 영국을 탈출해서, 아일랜드에서 조용히 살다가 태즈메이니아로 이주했다. 신앙을 회복한 그는 호바트에서 80킬로미터 떨어진 작은 마을의 교구 목사가 되었다. 그가 보내온 우편엽서에는 잘생기고 사려 깊은 표정의 목사가 목사관 뒤편 헛간에서 타이거모스 복엽기를 조립하는 사진이 붙어 있었다. 이제 활주로를 건설하기 시작했으며, 잔돌과 덤불을 치워 벌써 50미터의 길을 냈다고도 적혀 있었다.

나는 분노를 이기지 못하고 총을 쏜 유일한 연구원이 되어 애들러 연구소의 원래 보직으로 돌아갔다. 동료 중에서 환자에게 상처를 입힌 사람은 제법 많았지만, 죽인 사람은 나뿐이었다. 헨리는 내가 연구소의 다음 소장이 될 수도 있으리라고 말했다.

솔직히 털럭 총경이나 내무부나 스코틀랜드 야드 쪽에서 내가 굴드 박사와 베라 블랙번의 살인범이라고 믿고 있으리라고는 도저히 생각할 수가 없다. 지나치게 세세한 질문을 하거나 손에서 초연 검사를 하지 않으려고 조심하는 모습이었으니까. 그러나 오늘날의 세계에서 모두가 받아들이는 진실은 언론의 추측을 통해 구성되며, 나는 내무 장관을 암살자의 두 번째 흉탄에서 구한 사람으로 널리 명성을 떨쳤다.

샐리는 내가 자신을 구했다고 증언했다. 취조실에서 그녀는 리처드 굴드가 자신을 납치했으며, 뒤이어 남편을 첼시마리나로 유인해서 함께 죽이려 했다고 말했다. 그 말이 사실일 수도 있겠지만, 나는 굴드를 따라 옥상으로 올라가지 못하도록 침실에 가두어 놓음으로써 샐리가 나를 구했다고 생각하고 싶다.

소소한 신화는 결혼의 자양분이 되어 주는 법이고, 이 신화는 결혼 초기에 우리 두 사람을 속박하고 있던 환자와 보호자 관계를 역전시키는 식으로 우리를 한데 묶어 주었다. 샐리는 지팡이를 버리고 새 차를 구입한 다음 충실하고 강인한 아내의 역할을 맡았다. 헨리 켄들과 그가 새로 사귄 약혼자와 함께 브리지를 즐기면서, 나는 샐리가 한때 눈앞의 남자를 연인으로 삼은 이유를 도저히 이해하지 못하는, 자신의 과거에 당황한 여자의 눈으로 헨리를 바라보고 있음을 알아챘다.

검시관의 수사가 끝나고 두 달 후에 경찰에서 샐리의 사브를 돌려주었다. 과학수사대가 작업을 끝냈는데도, 차를 청소하려는 시도조차 전혀 하지 않았다는 데 놀라고 말았다. 앞뒤 좌석 모두 혈흔이 고스란히 남아 있었고, 내부에는 굴드의 지문이 가득했다. 유령처럼 흐릿한 소용돌이들이 그가 세상을 거머쥐던 모습을 드러내 보이고 있었다.

그 사브는 하이바넷에 있는 어머니 집 차고에 보관해 두고 있다. 어머니가 돌아가신 후 사무 변호사는 그 집을 팔라고 조언했지만, 나는 그대로 간직해 두고 싶었다. 우리 어머니의 이기적인 본성과, 그보다 내게 더욱 지대한 영향을 미친 훨씬 강하고 훨씬 파괴적인 정신, 이 둘 모두를 기리는 신전으로서.

샐리는 바넷의 집에 유령이 돌아다닌다고 장담하면서, 아무도 기억하지 못하는 나이트클럽과 반핵 시위 사진 액자가 가득 걸린 먼지투성이 방에는 발도 들여놓지 않는다. 그러나 나는 한 달에 한 번씩 들러서 천장과 지붕을 확인한다. 그리고 떠나기 전에 차고에 들러서 사브를 내려다본다. 뇌 손상을 입은 아이들과 마찬가지로 굴드가 그토록 들어가려 애쓰던 평행 세계를 위해 설계된 듯한 조작계가 달린 사브를.

이제 리처드가 히스로에 로라를 죽인 폭탄을 설치했다는 사실을 받아들일 수 있다. 결국 이름을 기억하지 못했던 그 텔레비전 연예인 또한 그가 죽인 것이 거의 확실할 것이다. 유명하되 동시에 하잘것없는 사람이기 때문에, 진정으로 무의미한 죽음을 연출하기 위해 그녀를 고른 것이다. 헝거퍼드를 꿈꾸던 그라면 훨씬 심각한 범죄로 옮아갈 수도 있었을 것이다.

마지막 순간에 몰린 반사회적 성격장애자의 행동이기는

해도, 리처드 굴드의 동기 자체는 고결했다. 그는 가장 무의미한 시대에서 의미를 찾으려 했다. 존재의 오만과 시공간의 폭정에 굴복하기를 거부한, 절망에 빠진 신인류의 시초 같은 사람이었다. 그는 가장 무의미한 행동을 통해 우주와 같은 게임 판에 올라 도전할 수 있다고 믿었다. 굴드는 게임에서 패했고, 결국 다른 사회 부적응자들과 같은 부류로 추락했다. 학교 운동장이나 도서관에서 무작위로 사람을 죽이고 다닌, 세상을 정화하려 시도하다 잔혹한 범죄를 저지른 살인범들의 일원이 되었다.

심지어 첼시마리나조차 굴드의 이론을 뒷받침해 준다. 그가 금세 깨달았듯이, 그곳의 혁명은 시작부터 실패로 끝날 운명이었다. 자연의 법칙이 중산층을 순종적이고 도덕적이고 사회의 규율을 지키는 종족으로 만들었다. 자기부정이 유전자에 새겨져 있는 것이다. 그런데도 그곳의 주민들은 스스로 사슬을 끊고 해방되어 혁명을 개시했다. 비록 이제는 켄징턴가든스의 피터 팬 동상을 파괴한 자들로만 기억되고 있기는 해도.

한 가지 수수께끼가 남아 있다. 그렇게 많은 것을 이룩한 주민들이 왜 첼시마리나로 돌아온 것일까? 그들의 영문 모를 행동을 설명할 수 있는 사람은 아무도 없었다. 다른 누구보다 주민들 자신이 그 사실을 제일 이해하지 못했다. 사회복지사와 내무부의 심리학자들과 경험 많은 저널리스트들이 몇 달 동안 단지 내부를 어정거리며 주민들이 스스로 유배를 끝낸 이유를 찾아내려 했다. 첼시마리나에서 이야기를 나누어 본 사람들 중 누구도 돌아온 이유를 설명하지 못했을 뿐 아니라, 그 주제를 입에 올릴 때마다 묘하게 얼버무리기만 했다.

처음부터 첼시마리나의 저항이 실패할 수밖에 없는 운명이었다는 것을, 그 무의미성이야말로 애초에 반란을 시작할 가장 정당한 이유였다는 것을 깨닫고 있었던 걸까? 주민들은 그들의 반란이 국립영화극장 방화처럼 여러 면에서 무의미한 테러 행위나 다름없음을 알았다. 도주를 중단하고 단지로 돌아오는 행위를 통해서만 자신들의 혁명이 실제로 무의미했으며, 터무니없는 희생을 치르고 보잘것없는 이득을 얻었다는 사실을 명확하게 깨달을 수 있었던 것일지도 모른다. 영웅적인 실패는 성공으로 재정의될 수 있다. 첼시마리나는 미래의 사회 저항운동의, 무의미한 무력 봉기와 실패가 예정된 혁명의, 동기 없는 폭력과 터무니없는 시위의 청사진이 될 것이다. 리처드 굴드가 언젠가 말했듯이, 폭력은 항상 불필요한 것이어야 하며, 제대로 된 혁명이라면 항상 목표를 이루지 못해야 한다.

어제저녁에 샐리와 나는 첼시마리나와 제법 가까운 킹스로의 한 식당에서 친구들과 저녁 식사를 했다. 식사를 마친

후 우리는 정문을 통과해서 과거 관리 사무소였으며 지금은
단지 주민들의 안건 상담소로 사용되는 건물을 지나쳤다.
회계 및 납부처와, 주민들의 가스와 수도와 전기 사용량을
기록하는 계량기는 후면의 부속 건물로 눈에 띄지 않게 옮
겨 놓았다. 창문에서는 새로 단장한 항공사진이 첼시마리나
를, 범죄 없는 거리와 꾸준히 오르는 부동산 가격을 가진 새
천 년의 매력적인 공간으로까지 홍보하고 있었다.

샐리와 나는 서로 함께할 수 있어 행복하다고 느끼며 보
포트 거리를 따라 걸었다. 열 군데가량의 주택에서 디너파
티가 열리는 중이었고, 한번 불탔던 자리에 더욱 무성한 숲
이 자라듯 활기찬 대화가 오가고 있었다. 오후 승마 수업의
승마용 바지를 아직도 입고 있는 사춘기 소녀들이 가족의
지프와 랜드로버 근처에서 재잘거리며, 십 대 흑인의 최신
유행을 어설프게 따라 하는 품행 방정한 소년들에게 야유를
던졌다.

"전부 괜찮아 보이는데." 샐리는 내 어깨에 부드럽게 기대
며 말했다. "여기서 살면 정말 즐거울 것 같아."

"그렇겠지. 스포츠 클럽도 짓고 요트 정박지도 확장했던
데. 당신이 원하는 것들이 거의 전부 있을 거야."

"그런 것 같네. 이 사람들이 정확히 뭐에 대해서 반란을 일
으켰던 거야?"

"글쎄…… 그 주제로는 책을 쓰는 게 나을 것 같아."

　　　　　　　　　　　　　　그림자 없는 태양

그러나 나는 다른 시절을, 첼시마리나가 진정한 약속의 땅이었던 찰나의 시간을 떠올리고 있었다. 젊은 소아과 의사가 전례 없는 공화국을 세우자고 주민들을 설득했던 때를. 표지판 없는 도시를, 형벌 없는 법률을, 의미 없는 행사를, 그림자 없는 태양의 땅을 만들자고 선언했던 때를.

●

MILLENNIUM
PEOPLE
2 0 0 3

JAMES
GRAHAM
BALLARD

●

반복을 통해 다듬어져 오롯이 정수만 남은 고전적인 밸러드풍 방정식은, 이 작품에서도 여전히 충격을 주는 능력을 과시한다. 명백한 일을 우아하게 서술함으로써 특유의 효과가 유감없이 발휘된다. 그리고 전혀 예상하지 못한 곳에, 부동산업자의 광고 전단지에서 그대로 가져온 지도의 접힌 부분에, 아침 라디오 방송의 일부분에 특유의 독창성이 숨어 있다. 밸러드라면 위대한 20세기의 허무주의자들 중에서도 사뮈엘 베케트보다는 그의 스승이자 숨겨진 쌍둥이라 할 법한 윌리엄 버로스에 대해서 훨씬 할 이야기가 많을 것이다. 그러나 이 세 작가는 저마다 외피가 다르기는 해도 모두 천 년기의 끝에 서서 의식의 블랙홀을 바라보던 심연의 입회자였다. 그들은 심연을 들여다보았고, 심연은 그들을 마주했다. 베케트는 1931년에 마르셀 프루스트에 대한 에세이에서 '다른 무엇보다 먼저 파멸과 구원이라는 두 개의 머리를 가진 괴물, 즉 시간을 고찰해야 한다'고 썼다.

크게 힘들이지 않고 순식간에 시간 축의 양방향으로 여행하는 능력이야말로 당대의 대가를 판별하는 시금석이라 할 수 있을 것이다.

『태양의 제국』(1984)이 대중적인 성공을 거둔 이후, 평론가들이 밸러드의 암호는 모두 해석되었다고, 물 빠진 수영장, 비행장을 에워싼 경계 철선, 티끌 하나 없는 정원이 딸린 환상 속 저택을 배경으로 한 야만 행위가 이제 설명되었다고 단언했을 때, 밸러드는 그저 미소만 지었다. 그의 마지막 자서전『삶의 기적』(2008)에서, 그는 전체 그림의 세세한 부분에 수정을 가한다. 이제 그의 가족은 상하이 포로수용소에서 어린 지미와 함께 있다. 이제 그는 저녁 식탁 한가운데 놓인 커다란 합판 가리개의 구멍을 통해 여동생을 바라본다. '동생이 내 시선을 알아차릴 때마다 나는 작은 덮개로 얼른 구멍을 가려 버렸다.' 잔인성. 유머. 부뉴엘과 달리의 영화 시 〈안달루시아의 개〉에서의 저며진 눈 은유나 달을 가리는 구름과 비슷하다. 하지만 밸러드의 왜곡된 천재성에 어느 정도 길들여진 것이다.

전쟁 전 시대 상하이의 중산층 삶을 이루는 의식儀式은 서리보다도 더욱 서리다운 모습이다. 밸러드는 리버풀의 건축 요소를 지니고 요제프 폰 스턴버그가 화려하게 묘사한 무역항에서, 집단 거주지 내의 집단 거주지에서 해외 체류자로서 지내는 믿을 수 없는 특권을 누렸다. 미래의 작가에게 있어 국외자의 시점을 경험하는 것만큼 훌륭한 선물이 또 있겠는가. 그는 기록자의 눈이 되어 모든 것을 인지하면서도 아무것도 느끼지 않았다. 러시아계 백인 유모인 베라와 함께 영화관으로 가면서 그는 이렇게 기록했다. '〈노틀담의 꼽추〉를 개봉할 때 제복을 입고 도열해 있던 50명의 중국인 꼽추가 기억에 남는다.' 붐비는 도로를 뚫고 나아가면서, 소년의 마음속에는 현재의 특정 순간의 복합적인 일련의 심상이 고정되었다. 훗날 반복적으로 사용할 수 있도록.

필립 튜 교수는 『밀레니엄 피플』(2003)을 서로 연관된 '밀레니엄 이후'의 삼면 제단화의 가운데 그림으로 놓았다. 양옆에 위치한 작품은 『슈퍼칸』(2000)과 『나라가 임하시오며』(2006)이다. 장소는 변하지만 행위는 동일하다. 평범한 감각적 인간인 데이비드 마컴은 표류하는 두 번째 결혼 생활에서 상실과 아노미에 시달리며, 통제를 벗어난 과학자이자 구세주 같은 사이코패스가 꾸미는 체제 전복적이고 잠재적으로 치명적인 게임에 빠져든다. 리처드 굴드는 가죽 비행복이나 수면복 차림의 땀에 젖은 조종사로, 공항 진입로와 장기 주차장을 어슬렁거리는 사람이다. 내가 1998년에 밸러드를 인터뷰했을 때 그는 이렇게 말했다. "거대한 공항 주변의 땅은 세계 어느 곳에서나 똑같습니다. 3층짜리 공장, 땅에 바싹 붙은 주택, 창고들만 가득하지요."

『슈퍼칸』은 이 세계에서 밸러드의 물질적 상승을, 『태양의 제국』의 엄청난 성공 이후 변화한 작가로서의 위상을 반영한다. 모든 진짜 작가들과 마찬가지로, 휴일은 곧 룸서비스 딸린 취재 여행이 된다. 마티스의 예배당이나 피카소의 도자기 작업장을 방문하기 위해서 최고급 메르세데스를 대여한다. 사이언스 파크*의 식민지가 된 남프랑스로 가서 스콧과 젤다 피츠제럴드, 머피 부부**의 재즈 시대 놀이터를 차지한 효율적인 공항과 고속열차 서비스를 이용한다. 검시대를 살피는 밸러드의 시선은 청명한 햇살 속에서 날카로워진다. 글 속의 폴라로이드 사진에는 새로운 지형이 담긴다. 갑작스러운 폭력에 훼손당하는 해 질 녘의 안개가. '땅거미가 내리면 매춘부들이 등장한다. (⋯) 밤의 극장에서 자리를 일러 주는 안내원처럼.'

쇼핑몰과 공항 면세점을 경유하는 조건반사적인 여행은 밸러드의 잔혹한 희극 『밀레니엄 피플』의 주요 목표물 중 하나이다. 셰퍼턴의 작가가 돌아와 다시 런던을 무대로 삼자, 출판계의 일부 평론가들은 불편한 목소리를 냈다. 외부인 출입 제한이 걸린 주택단지에 대한 선견지명 있는 풍자, 텔레비전의 돌이킬 수 없는 획일화, 정치가들의 뻔뻔한 거짓 행동, 경찰과 국가 정보부에 뒤얽힌 흉악한 정신병리학까지. 그들은 밸러드가 세인트존스 우드나 국립영화극장이나 테이트모던이나 런던 아이에 대한 비평가로서 전혀 신뢰할 수 없는 사람이라고 느꼈다. 그러나 이는 잘못된 시각이다. 『밀레니엄 피플』에서는 **밸러드 본인이 런던 아이의 역할**을 하기 때문이다. 속지도 않고, 눈도 깜빡이지 않은 채, 조금씩 영혼을 잃어 가는 도시의 목격자로서 존재하고 있다. 템스밸리의 나른한 강가 주택 지구와 가상의 첼시마리나Chelsea Marina(첼시Chelsea에 있지도 않고, 요트 정박지marina도 아닌) 사이의 구별은 아무 의미도 없다. 밸러드는 마거릿 대처의 반메트로폴리스 기조와, 토니 블레어와 신노동당이 보이는 거짓 신실함 사이에서 휘둘리며 트라우마에 빠진 런던에 교외의 불안함을 이식해 온다.

채찍질을 당한 상처에 중독된 반쯤 미친 오토바이 목사는 런던 SW3 구역의 방화범과 문간 살인자들 사이에서 중요한 위치를 차지한다. 모든 부류의 근본주의자가, 심지어 과거 서리의 고급 주택가(이제는 러시아 집권 계급이나 프리미어 리그 축구 선수들에게 넘어간)에 존재했던 근본주의적 성향까지도 의심의 대상이 된다. 부르주아의 결혼은 거짓이다. 부동산은 부채이다. 밸러드는 '현시대 문명의 가장 큰 문제는 주차할 장소를 찾는 것'이라고 말한다. 그러니 여행사에 화염

- 연구 기관이 모여 있는 지역의 총칭.
- •• 1920년대 프랑스 리비에라에서 예술가들의 사교 단체를 이끈 부유한 미국인 부부. 부인 세라는 여러 차례에 걸쳐 파블로 피카소의 모델이 되기도 했다.

병을 던진다. 비디오 대여점을 불태운다. 핵분열성 아트북을 모든 것의 중심이라 할 수 있는 테이트모던 내부 서점의 진열대 위에 놔둔다. '인류 역사상 처음으로 잔혹한 지루함이 세상을 지배했고, 의미 없는 폭력 행위가 그 사이를 비집고 들어왔다.'

밸러드가 셰퍼턴에서 지낸, 흡사 유배당한 것처럼 보이던 시절―사실은 불필요한 접촉을 배제하고 수도사처럼 텍스트를 생산해 내기 위한 전략적 후퇴였다고 해야 할 것이다―을 구성하는 요소 중 하나는 전화의 넉넉한 사용이다. 그는 개인용 컴퓨터를 멀리하며 이와 관련된 작업은 전부 동반자인 클레어 월시에게 맡겼다. 그는 모든 글을 손으로 썼다. 그러나 그는 지루함에 대항하는 도구를 발명해 냈다. 예술의 한 형태로서의 인터뷰를, 이따금 대서양을 넘나들면서. 올드찰턴 대로에 수줍게 몸을 숨긴 채로, 그는 멀리 떨어진, 눈에 보이지 않는 심문관과 대화를 하며 오후를 보냈다. 밸러드는 쓸 소설의 내용을 읊거나, 미국 정치, 베트남, 이라크, 석유, 포르노에 대한 도발적인 관점을 피력하기도 하면서, 매끄럽고 우아하게 인터뷰를 연주했다.

그는 2004년 V. 베일과 한 인터뷰에서 이렇게 말했다. "가끔씩 어떤 면에서는 우리가 새로운 암흑시대에 들어서는 것이 아닐까 하는 생각이 듭니다. 조명은 훤히 밝혀져 있지만 **내면에 어둠**이 깃들어 있는 거지요. 이성이 비약하면 사람들은 어쩌면 **비논리**에 의존할 수 있지 않을까 하는 흥미로운 생각을, 부분적으로만 의식하면서 품게 됩니다. 정신병은 거짓과 허튼소리와 상품광고 따위의 일상의 매 순간을 가득 메우는 매질에 대해 보다 나은 보증인이 되어 주지요. 그 어떤 부류의 도덕적 억압도 없이 정신병적 행동에 탐닉하는 일이 거의 선택 가능하리라 봅니다."

도덕주의자 밸러드는 1960년대 《뉴 월즈》의 동료 마이클 무어콕이 주목했듯이 나이를 먹으며 한층 극단적인 모습이 되었다. 그의 장편소설은 겉보기에는 더 매끄러워졌지만 이제 장르 소설에 가깝다. 이런 가벼운 변장은, 즉 애거사 크리스티의 잉글랜드풍 **추리 게임**Cluedo과 심농의 정신을 섞어서 책장이 술술 넘어가게 하는 작전은, 매우 유효하다는 점이 입증되었다. 겉보기로는 파편화된 모더니즘 작품인 『잔혹 전시회』만큼이나 유효한 것이다. 어쩌면 그 이상일지도 모른다. 금속성 은빛 표지를 입어서 흡사 렌 데이턴의 테크노 스릴러처럼 보이는 밸러드의 2000년대 베스트셀러들은 평범한 독자들을 자기만족의 푸가 선율 속으로 유혹한다. 마취된 환자가 치명상을 입었다는 사실을 알아채기도 전에, 환경주의와 교육과 정치적 올바름에 대한 자유주의적 태도를 악의를 섞어 재배열해 버린다.

종종 본인이 언급했듯이, 밸러드는 언제나 추방된 화가로, 까다로운 이미지 생산자로, 선택적인 초현실주의자로 남았다. 그는 산문의 폴 델보이자 영국의 부뉴엘이었다.『밀레니엄 피플』의 화자인 데이비드 마컴은 부인의 심신증적 장애에 담긴 에로틱한 가능성에 시각적으로 중독되어 있다는 점에서 후자의 스페인 출신 영화감독과 공통점을 가진다. 마컴의 부인은 지팡이를 두 사람의 관계에서 권력의 무기로 사용한다. 〈트리스타나〉에서 드러난 카트린 드뇌브의 부목에 대한 부뉴엘의 집착 또한 마컴과 유사하다고 할 수 있을 것이다.

어린 시절 상하이에서 영화를 감상하러 먼 길을 떠나던 기억에서부터 케임브리지에서 오후의 의과 수업에 빠지고 보러 다니던 기억에 이르기까지, 밸러드에게 꾸준히 영향을 끼쳐 온 영화는 이제 그가 그려 내는 2000년대 런던을 규정짓는 요소가 되었다. 도심의 테러 행위를 촉발하는 역할을 맡은 것이다. 자동차처럼 영화 또한 20세기의 현상이다. 그 효용성은 끝났고, 영웅의 시대는 지나갔다. 이 소설에서 과거의 거장들에 대한 감상적인 집착은 부르주아의 자기만족의 휘장 취급을 받는다.《가디언》지면에서 평화롭게 풀을 뜯는 유해한 문화적 원리주의자가, 처벌을 자청하며 고백하는 셈이라 할 수 있을 것이다.

밸러드는 '내 기억 속에는 국립영화극장의 바에서 마주치고 안토니오니의 〈여행자〉의 심야 상영회에 초대했던 묘한 인상의 젊은 여인만이 남았다'고 썼다. 너저분한 아파트 벽에 구로사와의 사무라이와 〈전함 포템킨〉에서 비명 지르는 여인의 포스터를 붙여 놓은 영화학 강사의, 야생적이지만 파충류 같은 성적 매력에 넘어가 마컴은 다른 의미에서 여행자가 되어, 비디오 대여점 공격에 동참하기에 이른다. 국립영화극장에 폭탄을 설치한 조직의 외부 집단원이 되는 것이다.

몇 해 동안 밸러드의 작품 궤적을 따라온, 그리고 출판된 인터뷰를 액면 그대로 받아들이는 독자들이라면, 공항 주변부의 안내자로서 밸러드를 신뢰할 수 있을 것이다. 그 땅은 오카도에서 동일한 주문을 반복한 것처럼 그가 열거하는 목록의 물품으로 뒤덮여 있다. 사이언스 파크, 소매점, 요트 정박지, 골프 코스, 중역들의 주택, 제약 회사 연구소, 고속도로 교차로. 밸러드의 마지막 장편소설 『나라가 임하시오며』에서 M25 국도는 그 정점에서, 밸러드 작품 속 풍경이 대개 그렇듯 내면 심상의 역할까지 수행한다. 수퍼-몰로 가득한 스위프트적인 섬은 구세주적 소비주의라는 음울한 희극을 수행하는 배경이 된다. 『밀레니엄 피플』이 이보다 충격적인 이유는 밸러드가 항상 아무 흥미도 없는 폐허나 다름없는 땅이라 말했던 그 도시에서 운명의 장난을 수행하기 때문이다. 이 도시는 리처드 제프리스의 『런던 후』(1885) 이래 오랫동안 파국을 다룬 묵시록적 환상소설에 어울리는 무대로 취급되었다. 제프리스 또한 물에 잠긴 세계를, 왜소한 근친교배 종족이 살아가는 독을 품은 늪지대를 그렸다. 밸러드는 작가 생활 초창기에 극단적인 생태학적 대재앙이 어떤 모습을 품을지를 그려 내는 데 집중했다. 런던은 얼어붙고, 불타고, 중생대로 되돌아갔다. 그는 웨스트웨이 고가도로를 앙코르와트의 무너진 신전에 비유했다. '두 번 다시 깨어나지 않을 꿈에 빠진 돌덩이'라고.

데이비드 크로넌버그의 영화 〈크래시〉를 다루는 책을 집필하며 밸러드와 인터뷰를 가졌을 때, 그는 내게 이렇게 말했다. "저는 런던이라는 도시를 반쯤 사멸한 형태로 인식합니다. 런던은 근본적으로 19세기 도시입니다. 런던에 깃들인 19세기에 어울리는 습속과 정신은 런던을 배경으로 한 20세기의 소설에도 고스란히 살아 있는데, 이는 현재 벌어지는 사건을 이해하는 데 있어 그리 적합하다고 할 수 없을 겁니다."

테러와 예언. 정지 화면으로 진행되는 암살극에 대한 신문訊問. 입체파 화가들의 작품처럼 찢어진 신문지. 케밥 가게의 침묵에 빠진 텔레비전 화면. 다큐멘터리인가, 드라마인가? '재규어가 우리 차 옆에 섰고, 수녀가 나와서 (…) 응급실 출입구 앞에서 백색 레인코트를 입고 수염을 기른 인영을 발견했다. 경찰과 구급차 운전기사들의 머리 위 고요한 하늘에 시선을 고정하고 서 있는 모습이, 마치 오래 기다려

온 비행기가 병원 위를 날아가며 주술을 깨 주기를 기대하고 있는 것처럼 보였다. 가슴에는 여자 핸드백을 단단히 붙들고 있었다.'

도시란 이름의 폐소공포증을 부르는 미궁에서는 보이지 않게 영속하는 공포가 배양된다. 조지프 콘래드의『비밀 요원』(1907). 폴 서루가『가족의 무기고』(1976)에서 잡아낸 뎃퍼드의 미시적 풍경. 이제 밸러드의『밀레니엄 피플』이 대열에 합류한다. 런던에 도사린 측량할 수 없는 수수께끼를 이해하는 과정에서, 작가들은 허무주의적 폭력을 향한 경향성을 발견한다. 잔혹성을 동력으로 삼는 것이다. "넬슨 기념탑을 날려 버리는 게 미친 짓이라고 생각한다면, 유스턴 역에는 왜 폭탄을 설치한 건데?" 서루의 등장인물은 이렇게 묻는다. 밸러드의 창작 절차는 시간을 '파멸과 구원이라는 두 개의 머리를 가진 괴물'로, 과거와 미래를 동시에 포함하는 것으로 간주한 베케트의 관점을 준수한다. 온갖 무정부주의 사건, 버크셔의 어느 고요한 소도시에서 벌어진 무작위 살인이나 백화점 또는 기차역에 설치된 폭탄은 소설의 탄도를 지정해 주는 요소라 할 수 있다. 소설은 어떤 불가해한 마법에 의해 예언이, 예지가 된다. 그리고 미래의 대재앙을 **피할 수 없게 만든다.**

불타는 탑의 연기를 뚫고 떨어지는 형상을 찍은 사진을 소재로 나중에『추락하는 남자』(2007)란 소설을 쓴 작가 돈

드릴로는, 9·11 테러 공격으로부터 20년 전에 『플레이어즈』 (1977)에서 이 사건의 혼란을 예견했다. 드라마 〈매드맨〉의 낙오자들처럼 예민한 성격의 인물들이 옥상에 올라가 술을 마신다. 우두머리는 이렇게 말한다. "패미가 우울한 기분이 들 때마다 세계무역센터를 볼 수 있게 해 주려는 거야. 그럼 다시 일어설 수 있을 거라고." 후에는 이런 말이 이어진다. "우리 바로 앞에서 무너졌잖아. 일정보다 빨랐다고." "저 비행기, 그대로 가면 부딪치겠는데."

이런 식으로 미래의 신문 헤드라인을 환각에 가깝게 예지하는 것이야말로 밸러드의 가장 큰 재능이다. 고가도로 터널에서 교통사고가 일어나거나 여객기가 폭발할 때마다, 기자들은 조마조마한 그의 문장에 도사린 추측을 확인하기 위해 그에게 전화를 걸어 댔다. 『밀레니엄 피플』을 구성하는 재료는 최근의 폭동 사태를 세심하게 고찰한 결과 얻어 낸 것들이다. 풀럼의 자기 집 현관에서 목숨을 잃은 텔레비전 진행자 질 댄도의 미해결 살인 사건, 마이클 라이언이라는 젊은이가 1996년 3월 13일 던블레인 초등학교에서 학생 열여섯 명과 성인 한 명을 살해한 헝거퍼드 사건. 밸러드의 첼시마리나에 거주하는 불만 가득한 중산층 이교도들은 댄도 살인 사건을 텔레비전 재방송처럼 되풀이한다. 낙오한 소아과 의사인 리처드 굴드는 이들을 이끄는 이교의 예언자로서, 정기적으로 헝거퍼드 순렛길에 오른다.

밸러드가 등장인물에게 부여하는 이름은 항상 중요한 의미를 가진다. 런던의 고속도로 변경 지대의 혼란과 왜곡을 그린 가장 유명한 소설 『크래시』의 화자의 이름은 제임스 밸러드이다. 그는 애인 클레어 월시에게 크로넌버그의 영화에서 데버라 케라 엉거가 분한 등장인물 캐서린에게 그녀의 이름을 붙여도 되는지 물어보았다. 클레어는 싫다고 생각했다. 그러나 『밀레니엄 피플』의 강렬하고 독립적인 영화학 강사 케이 처칠은 클레어의 결혼하기 전 성을 가지고 있다.

그리고 밸러드의 포괄적인 분신이자 『밀레니엄 피플』의 여러 의식을 중재하는 인물인 데이비드 마컴은 어떤가? 그 이름이 혹시 크로넌버그를 향한 신호는 아닐까? 아울러 마컴 쪽은 밸러드의 초기 지지자이자 햄프스테드의 친구였던 킹즐리 에이미스를 의미하는 것은 아닐까? 에이미스는 '로버트 마컴'이라는 가명으로 원작자 사후에 제임스 본드 소설 『선 대령』을 썼다. 『태양의 제국』의 표지에 박힌 일본 국기에도 등장하는 선, 즉 태양은 『밀레니엄 피플』에서도 상징적인 역할을 맡는다. 풀럼의 어느 현관에서 댄도와 흡사한 인물을 쏜 후, 리처드 굴드는 기묘한 희열에 빠져 비숍스 파크의 나뭇잎 사이로 보이는 타오르는 구체를 향해 양팔을 들어 인사를 보냈던 것이다.

밸러드가 2000년대의 런던을 측정한 방식을 이해하기 위해서는, 세월이 흘러 발전과 재생의 정치학이 임계점으로

질주할 때까지 지켜보며 기다릴 수밖에 없다. 광기에 빠진 성직자는 리볼버 권총을 템스강에 던진 다음 '광역 런던의 무한한 공간 속으로, 그 어떤 지도에도 담을 수 없는 지형 속으로 사라져 버린'다. 시간과 공간이 만나는 교차점에서, 책과 도표를 더 이상 신뢰할 수 없게 되었을 때야말로, 밸러드의 벌거벗은 서술은 섬뜩할 정도로 정확해진다. 이 소설이 출판된 5년 후, 첼시에서는 『밀레니엄 피플』의 책장에서 바로 들어낸 것만 같은 비극적인 사건이 일어났다. 킹스로 근처의 조용한 주거지역에 살던 마크 손더스라는 이름의 변호사가, 이웃을 향해 산탄총을 난사한 것이다. 사람들은 경찰을 불렀다. 목격자 중 하나인 제인 윙크워스는 집에 딸린 정원에서 구두 디자인을 하고 있었다. 뉴스 보도에 따르면 다이애나 왕세자비도 그녀의 고객이었고, 지금은 케이트 미들턴이 고객이 되었다고 한다. 경찰 저격수가 대응 사격을 해서 손더스 씨는 치명상을 입었다. **이 사건이 벌어진 장소가 바로 마컴 스퀘어였다.**

'사이렌은 며칠 동안 울려 댔다. 서부 런던의 상징으로 변한 그 우울한 경종이 첼시마리나 혁명의 흥분을 가려 버렸다.' 밸러드는 이렇게 썼다. 새로운 천 년기의 이음매를 정확하게 짚어 내는 소설을 통해서, 그는 다시 한번 시간을 양방향으로 여행하는 재능을 보였고, 우리에게 마법의 룬 문자를 읽는 법과 우리 내면의 최선과 최악을 대면하는 법을 가

해제

르처 주었다.

2014년 런던에서
이언 싱클레어

옮긴이의 말

이언 싱클레어가 「해제」를 썼던 2014년의 런던은, 당연하지만 J. G. 밸러드가 『밀레니엄 피플』에 선보인 2003년의 런던과는 상당히 다른 곳이 되었다. 마컴과 굴드가 처음 대면한 '밀레니엄 휠'은 그 야심차고 시대착오적인 이름을 버리고 '코카콜라 런던 아이'로 개명했으며, 2003년 당시 발 빠른 확장으로 신드롬을 일으켰던 프레타망제는 10년 사이 미국과 유럽 각지에 뿌리를 내린 세계적 패스트푸드 체인으로 성장해서, 200여 개의 매장을 통해 런던 구석구석까지 유기농 샌드위치를 공급하게 되었다.

밸러드의 예언 중 일부는 분명 현실로 이루어졌다. 햄프스테드와 첼시는 러시아와 중동과 미국과 중국의 자본에 휩쓸렸으며, 전통적인 백인 중산층은 두 시간의 열차 통근이 필요한 교외 지역으로 쫓겨났다. 그러나 그가 예견했던 대로 모든 것이 절망과 무의미 속으로 함몰된 것은 아니었다. 과거 런던 근교에 삶의 터전을 만들었던 서아프리카와 인도

아대륙 이민자들은 부동산 가치 상승에 힘입어 새로이 중산층의 지위를 부여받았으며, 런던은 그 어느 때보다 코즈모폴리턴적인 활력이 넘치는 도시로 변모했다. 무료함에 질린 중산층의 혁명 대신, 명확한 종교적 함의를 지닌 테러가 런던 지하철을 뒤흔들었고, 민족과 문화 갈등이 얼핏 잔잔해 보였던 수면 위로 부상했다. 즉 2014년의 런던은 어디를 보더라도 밸러드가 언급한 '잔혹한 지루함'과 '의미 없는 폭력'이 지배하는 도시는 아니었던 셈이다.

따라서 2014년의 독자들은, 그리고 2011년에 이 작품을 처음 접했던 미국의 독자들은 의문을 품을 수밖에 없었을 것이다. 과연 밸러드가 고찰한 런던의 밀레니엄에 어떤 의미가 있는 것일까? 밸러드는 결국 20세기의 총아였다. 자신을 잉태한 시대를 해체하려 들었지만, 결국 온전히 주변인이 될 수는 없었던 포스트모더니스트였다. 캐딜락과 교통사고와 로널드 레이건을 해체했던 1970년대의 수술칼을 21세기의 중산층에 들이대는 그의 행태가 과연 온당한 것이라 할 수 있을까? 책장 곳곳에 스며 있는 신랄한 비판조차도 실은 21세기를 질투하는 구세대의 마지막 발악은 아니었을까? 혹은 근대의 모든 악덕을 독점해야 직성이 풀리는 런던의 지식인으로서, 새로운 시대에 어울리는 예스러운 악덕을 새로이 창조하려던 시도는 아니었을까?

이 작품이 주는 즐거움 또한, 20세기에 사로잡힌 이들의 사소한 레트로 취향을 만족시키는 데서 기인한 것은 아닐까? 터빈 홀을 바라보며 제3제국의 열병식을 떠올리는 20세기식 상상력을 통해, 독자들 자신도 21세기에 대한 은근한 질투를 해소하고 싶었던 것은 아닐까?

그러나 시간은 다시 흘러 2021년이 되었다. 전염병 사태와 기후변화와 트럼프 정권과 수많은 총기 사고 앞에서, 우리는 이제 21세기의 서두를 장식했던 화려한 시대의 종언을 두려워한다. 그리고 영국은 언제나 그랬듯이, 이번에도 브렉시트라는 소동을 통해 다른 제1세계 국가들보다 한 발짝 앞서 종말로 나아갔다. 백열전구를 사용할 권리, 야드파운드법을 사용할 권리가 유럽연합을 탈퇴할 이유로 진지하게 논의되었다. 중산층과 노동당 지지자들은 수십 년 동안 지지해 온 정당을 별다른 이유 없이 저버렸다. 밸러드보다 지적이고 교양 있는 런던의 안내자인 줄리언 반스 같은 작가조차도 동네 청소년에게 "Francophile(프랑스 취향자)!"이라는 야유를 들으면서 당황하기에 이르렀다. 오토바이 소매치기가 행인들 얼굴에 염산을 뿌리고, 가석방된 범죄자가 동네 자영업자나 경찰이 아니라 런던교 빈민 구호 봉사자들에게 단검을 휘두르는 시대가 찾아왔다. 2021년의 런던은 분명 밸러드가 묘사한 모습에 한결 가까워졌다고 할 수 있을 것이다.

이를 밸러드의 통찰력의 결과물이라고 할 수 있을까? 그렇게 생각하는 독자는 그리 많지 않을 것이다. 그보다는 우리 시대의 '벨 에포크'가 특이점이 아닌 하나의 역사 속 고점에 지나지 않았으며, 이제 그 고점에서 내려오는 과정에 들어섰다고 보는 편이 타당할 것이다. 밸러드가 묘사한 런던이, 현재는 에네웨타크 환초의 벙커나 노르망디의 토치카나 낡은 제2차 세계대전 복엽기나 상하이 조계에 한층 가까워져서, 작가의 내면세계를 투영하기에 적절한 곳으로 변한 것에 불과하지 않을까.

이런 시대이기 때문에, 우리는 한결 후련한 마음으로 밸러드의 안내에 따라 런던을 일주할 수 있다. 케이 처칠의 과격한 의견에도 얼굴을 찌푸리기보다 함께 웃으며 고개를 끄덕이게 된다. 템스강 북편의 증권거래소와 남편의 셰익스피어 글로브를 비교하는 통찰력에 웃음을 머금게 된다. '절반은 우주공항이고 절반은 판자촌'인, '좌초해서 해안으로 떠밀려 온 하늘의 도시'라는 지극히 밸러드스러운 히스로 공항의 묘사를 이제 집착이 아니라 현실의 풍자로 받아들일 수 있다. 과거로 침잠해 버린 세기 초의 런던에서는, '버밀리언샌즈'에나 어울릴 법한 뒤틀린 등장인물들조차도 자못 자연스럽게 느껴진다.

새로운 천 년기의 런던을 다룬 소설은 수도 없이 많다. 테러를 소재로 삼는 소설도 그만큼 많을 것이다. 밸러드의 전 작들에 비해 사뭇 조곤조곤하게, 때로는 스릴러의 형식마저 빌려 이야기하고 있음에도 불구하고 『밀레니엄 피플』은 그런 여러 소설과 달리 런던이나 테러나 폭력에 관한 의미 있는 고찰을 제공하려 들지 않는다. 이 '셰퍼턴의 현자'는 냉철한 이성으로 세상을 관조하는 부류의 예언가가 아니기 때문이다. 굳이 예언가에 비유하자면, 내면과 외부 세계의 만남, 그리고 폭력과 죽음과 쇠락에 대한 에로틱한 갈망을 신탁처럼 받아 춤추는 사제에 가까울 것이다. 또한 이 광기에 찬 신탁은 20여 년이 흐른 현재에 이르러 새로이 평가받을 기회를 얻게 되었다. 밸러드가 21세기를 따라잡았는지는 확신할 수 없지만, 적어도 21세기가 밸러드를 따라잡은 것은 분명한 사실인 듯하다.

조호근

J. G. 밸러드와 배너라 베넷의 대담

예전부터 작가가 될 것이라고 알고 있으셨습니까?

그렇습니다. 어릴 적에는 항상 뭔가를 쓰고 있었지요. 상하이에서 학교를 다닐 때 일어난 사건으로 재능이 발현된 것이 아닌가 생각합니다. 여덟 살인가 아홉 살 때, 벌로 베껴 쓰기를 한 적이 있었습니다. 베껴 쓰라고 준 책이 『서쪽으로 가자!』였는데, 베끼는 동안 그 책이 카리브해의 스페인 식민지와 해적 등을 소재로 했으며, 제가 직접 내용을 꾸며 내는 쪽이 훨씬 수월하겠구나 싶었습니다. 그래서 그 이후로는 그렇게 했습니다. 그러다 한번은 사감이 제가 쓴 글을 읽고는 그럽디다. "밸러드, 다음에 벌을 내리면 싸구려 대중소설은 고르지 마라. 고전을 택해야지." 덕분에 재능이 있다는 것을 알게 되었지요. 그래서 계속 이야기를 써 내려갔고, 마침내 1950년대 중반에 과학소설을 쓰면서 전업 작가로 입문했습니다.

제2차 세계대전 때 상하이 포로수용소에 억류되었던 어린 시절의 경험은 어떤 영향을 끼쳤습니까?

아주 큰 영향을 끼쳤지요. 2차 대전 동안의 상하이와 일본군 포로수용소에서 억류된 시간은 평범한 일상의 극단적인 형태라 할 수 있을 겁니다. 이를테면 제 아이들은 절대 겪지 못했을 다양한 경험을 했지요. 포로수용소에서 3년 가까이 지내는 일은 거대한 슬럼가에 사는 것과 동일합니다. 실질적으로 최근의 아프리카나 중동의 난민들이 영위하는 그런 식의 삶을 산 것이지요. 음식은 심각하게 부족하고, 공간은 비좁고. 게다가 주변 어른들은 심각하게 스트레스를 받는 상태인데, 오늘날 대부분의 아이들은 결코 목격할 수 없는 모습이지요. 또한 점령된 도시를, 거리를 행군하는 적군 병사들과 굉음을 울리며 지나가는 전차를, 폭격과 다른 모든 것들을 직접 목격했습니다. 극한의 세계였지요. 저는 그런 경험이 상상력에 불을 지핀다고 생각합니다. 비행기 사고를 겪는 것과 마찬가지지요. 무사히 살아남으면 결코 잊지 못하게 되는 겁니다.

중국에 돌아간 적은 있으십니까?

그래요, 1991년에, 떠난 지 45년 만에요. 시간 여행을 해서 어린 시절로 돌아간 것 같은 기묘한 경험이었습니다. 물론 고층 건물이 엄청나게 많았지만, 거리는 그대로 있었습니다. 우리 가족이 살던 집도, 수용소도, 거긴 이제 학교더군요, 그대로 있었습니다. 정말 기분이 이상했어요.

전쟁이 끝난 후에는 잉글랜드로 와서 상당히 다른, 극도로 잉글랜드적인 삶을 추구하셨습니다. 케임브리지에서 2년 동안 의학을 공부하고, 젊은이가 흔히 선택하는 다양한 직업을 경험하셨지요. 광고 문구를 쓰기도 하고, 코번트가든의 과일 시장에서 짐꾼 노릇도 하셨습니다. 이런 갑작스러운 삶의 양식의 변화가 작품 활동에는 어떤 영향을 끼쳤습니까?

아마 전쟁 동안의 경험 때문에, 가능하다면 이 세상에 무엇이 잘못되어 있는지, 왜 인간들이 그토록 열렬하게 서로를 죽이는지, 왜 그런 잔인함이 존재하는지를 발견할 필요성을 느꼈던 것 같습니다. 의학에 관심이 있어서 '의사가 되어야지'라고 생각했고, 그래서 의학을 공부하기 시작했습니다. 2년 정도 하니 더는 버티지 못하겠더군요. 작가가 될 수밖에 없다는 사실을 분명하게 깨달았지요.

처음에 과학소설을 했던 이유는 햄프스테드 소설을 쓰고 싶지 않아서였습니다. 그리고 참으로 훌륭하게도 과학소설에는 햄프스테드에 사는 등장인물은 단 한 명도 나오지 지요. 또한 과학소설은 변화를 다루기 마련이고, 저는 변화에 흥미가 있었습니다. 1950년대의 잉글랜드는 변화하기 시작하고 있었으니까요. 자동차, 텔레비전, 슈퍼마켓, 제트 여객기, 소비사회, 그 모든 것들이 등장하면서 잉글랜드는 아주 극적인 방향으로 변하고 있었습니다. 저는 변화에 대해 쓰고 싶었어요.

가장 영향을 많이 받은 작가와 예술가는 누구입니까?

그레이엄 그린의 영향이 컸지요. 카프카도. 그리고 제가 '내우주inner space'라 부르는 것을 화폭에 옮기는 초현실주의 화가들도. 제 과학소설은 외우주가 아니라 정신적 변화를, 정신 속 우주를 다룹니다.

최신작은 특정 공동체에서 고조되는 긴장에 초점을 맞추어 서술합니다. 현실의 어떤 사건이 이런 소설을 쓰도록 만들었습니까?

그저 뼛골이 시리도록 느꼈을 뿐입니다. 뭔가 묘한 일이 벌어지고 있으니 소설을 써서 표면 아래에 흐르는 무의식적인 논리를 찾으려 시도하고 숨어 있는 회로를 찾으면서 탐색하는 겁니다. 온통 괴상한 조명이 번쩍이고 있으니 배선과 두꺼비집을 찾아보자는 거지요.

셰퍼턴의 자택도 40년이 넘도록 살아오시는 동안 목가적인 전원에서 '런던 공항의 교외'로 변해 버렸습니다. 선생님의 신작이 교외 지역의 소외에 대한 풍경으로 가득한 것도 놀랍지는 않습니다만?

그래요, 철문으로 폐쇄된 공동체와 잉글랜드 M25 국도

근교의 심리학적 분석에 반해 버렸지요. 그런 곳에는 전통적인 잉글랜드도, 전통적인 런던도 존재하지 않습니다. 버스 정거장과 비싼 주택가, 폐쇄 회로 카메라, 공항이 존재할 뿐입니다. 제가 생각한 암울한 시나리오 중 상당수가 현실에서 이루어졌습니다. 지난 30여 년을 돌아보면, 무의미한 폭력은 매우 보편적인 현상이 되었습니다. 슈퍼마켓에 들어가서 닥치는 대로 총을 쏘기도 하고, 질 댄도의 살인 같은 폭력 사건들이 벌어지고, 심지어 마드리드에서 최근 발생한 끔찍한 폭탄 사건도 있지요. 이런 잔혹 행위를 실행하는 사람들이 마음속에서라도 자기 행동을 정당화하기는 했는지 확신할 수가 없습니다. 어쩌면 폭력을 위한 폭력을 행하는 것일 수도 있겠지요. 그런 행동은 예측할 수 없기 때문에 위험합니다. 어쩌면 사람들이 너무 지루하고, 현대인의 삶이 너무 공허해서, 살아 있다는 기분을 느끼기 위해 폭탄을 떨구거나 살인을 저지르는 것일 수도 있을 겁니다.

선생님의 개인사를 돌아보면 꾸준히 가족에 헌신하셨습니다. 가족 구성원 중에 작가나 예술가는 없습니까?

자식이 셋에 손주가 넷 있는데, 다들 자랑스러운 아이들입니다. 꽤 자주 만나고, 가족은 항상 제 삶에서 중요한 위치에 있지요. 아내가 1964년에 세상을 떠난 후로는 제가 직접 아이들을 키웠습니다.

시간 관리는 어떻게 하십니까? 시간표에 맞춰서 집필하십니까?

그렇지요. 규칙적으로 살지 않으면 결국 와인 병만 잔뜩 쌓이게 됩니다. 작가가 된 이후 저는 하루에 1,000단어씩 써 왔습니다. 심지어 숙취에 시달리는 동안에도요. 프로라면 절도를 지킬 줄 알아야 합니다. 다른 방도가 없어요.

2003년에 대영제국훈장CBE을 거절하셨지요. 이유가 뭡니까?

(가벼운 웃음) 자신을 밸러드 사령관이라고 부르고 다닐 만한 사람이었다면 받아들였겠지요! 거절한 일에 다들 너무 많은 의미를 부여하려 드는 것 같습니다.

셰퍼턴의 현자

어마어마한 창의력의 작가이자, 삭막한 건축물과 황량한 고층 빌딩과 죽음의 고속도로와 얼굴 없는 기술이 현대인의 의식에 만들어 낸 균열을 탐구하는 구도자. 그는…… 현대의 삶의 공허하고 박탈당한 공간을 상상의 보이지 않는 도시와 경이로운 세계로 채우는 놀라운 재능을 가졌다.

_1979년 맬컴 브래드버리가 평가한 J.G. 밸러드

제임스 그레이엄 밸러드는 1930년 11월 15일 상하이 종합병원에서 상하이 직물 회사 경영자의 아들로 태어났다. 1941년 일본의 진주만 공습과 중국 침공 이후, 밸러드와 가족은 3년 동안 수용소에 억류되었다. 상하이와 수용소에서 보낸 성격 형성기의 경험은 평단의 찬사를 받은 자전적 소설 『태양의 제국』(1984)의 근간이 되었으며, 밸러드의 상상력의 결과물에 깊은 영향을 끼쳤다. 그의 첫 주요 작품인 『물에 잠긴 세계』(1962)는 범람하여 태고의 늪지대로 변한 런던을 무대로 삼는데, 이는 임박한 환경 파괴로 인한 대재앙을 설득력 있게 그리는 작품인 동시에 양쯔강에 대한 어린 시절의 기억을 몰아내려는 시도라고 할 수 있다. 마찬가지로 그의 작품에 반복적으로 등장하는 물 빠진 수영장, 폐건물, 황량한 풍경, 부서진 자동차 등의 소재들의 근원도 상하이까지 거슬러 올라간다. 밸러드는 이렇게 말했다. "전쟁 동안의 경험에서 한 가지 배운 게 있다면, 현실은 무대장치에 지나지 않는다는 것이다…… 안락한 일상생활, 학교, 삶을 영위하는 가정이나 다른 모든 것들이…… 하루아침에 해체될 수 있다." 그리고 순식간에 파국을 불러오고 문명이라는 겉치레를 손쉽게 벗어던질 수 있는 인간의 역량이야말로 밸러드가 작가로서 골몰한 주제였다. 『물에 잠긴 세계』에 이어, 밸러드는 연속성은 없지만 '파국 3부작'으로 엮이는 『불타 버린 세계』(1964)와 『크리스털 세계』(1966)를 집필했다.

어떻게 보면 밸러드가 장편소설의 세계로 뛰어든 시기는 상당히 늦었다고 할 수 있다. 처음에 그는 《사이언스 판타지》와 《뉴 월즈》 같은 과학소설 잡지에서 단편소설 작가로 명성을 얻었다. 그의 장편에 등장하는 주제와 강박, 심지어 인물들조차도 이런 단편에서 먼저 모습을 드러냈거나 유사점을 가진다. 그는 2001년에 이렇게 썼다. "내가 쓴 모든 장편소설은 단편소설에서 시작되었다."*

밸러드는 케임브리지 대학교에서 의학을 공부하던 시절

처음으로 소설을 쓰기 시작했다. 그의 초기 단편 중 하나는, 그의 말을 빌리자면 "「한낮의 참극」이라는 제목의 헤밍웨이 풍 노력의 성과"로서 1951년에 대학의 연례 문학상 소설 부문에서 공동 수상했다. 덕분에 그는 의학을 버리고 문학으로 옮아가겠다고 결심했으나, 여기서 공부한 해부학은 훗날 밸러드의 창작물 속에서 빼놓을 수 없는 요소가 된다. (그는 "생각건대 소설가는 과학자처럼 시체를 해부할 수 있어야 한다"라고 주장하기도 했다.) 케임브리지를 떠난 밸러드는 런던의 퀸 메리 칼리지에 다니고 광고 기획사의 카피라이터와 백과사전 방문판매원으로 일했으며, 잠시 영국 공군에 입대하기도 했다. 짧은 군 생활 동안 그의 작가로서의 방향성에 중대한 전기가 찾아왔는데, 캐나다 서스캐처원주의 무스조 NATO 비행 훈련 기지에 배속되어 읽을거리를 찾아 헤매다가 기지의 카페테리아에 비치된 과학소설 잡지를 꺼내 들게 된 것이다. 당시 장르를 지배하던 장황한 우주여행 이야기가 지겹기는 했지만, 그는 곧바로 과학소설이 품은 역동성과 가능성에 주목했다. 2006년《옵서버》의 로버트 매크럼과 진행한 인터뷰에서 밝혔듯이, 그는 과학소설이 "과거의 전례를 조금도 따르지 않는 현재에 관한 소설…… 광고와 대중매체

• 현대문학 세계문학 단편선『제임스 그레이엄 밸러드』중「제임스 그레이엄 밸러드 후기」691쪽.

와 텔레비전과 핵전쟁의 위협을 다루는 소설"이라고 생각했다.

그가 처음 시도한 SF 단편인 「프리마 벨라돈나」와 「도주」는 각각 《사이언스 판타지》와 《뉴 월즈》의 1956년 12월 호에 수록되었다. 그리고 그의 말에 따르면, "이후로는 전진할 뿐이었다." 그의 초기 단편 중 많은 수는 전통적인 과학소설의 범주에 들어가지만, 밸러드가 시도한 독특한 장르 형식은 이내 많은 과학소설 추종자들의 저항에 직면했다. 그는 다음과 같이 주장했다. "대부분의 작가들은 나를 침입자로, 과학소설이라는 세포에 침투한 일종의 바이러스로 치부했다." 항상 과학소설을 "진정한 20세기의 문학"이라 칭송하면서도, 밸러드는 스푸트니크 발사 이후 시대의 과학소설은 외우주가 아니라 '내면의' 우주를 다루어야 한다고 주장했다. 그가 이야기하는 무의식의 우주는 현재 또는 근미래의 인간의 존재 조건을 다루기 때문에 훨씬 공포스러워질 수 있는 것이다. "근미래의 가장 큰 발전은 달이나 화성이 아니라 바로 이곳 지구상에서 일어날 것이다." 그는 1962년에 이렇게 주장하고는, 뒤이어 "진정한 외계 행성은 오직 지구뿐이다"라고 덧붙였다.

그 주장으로부터 얼마 전에 밸러드는 첫 장편소설인 『근원 모를 바람』(1961)을 집필했다. 훗날 밸러드 본인은 300파운드의 원고료를 받고 열흘 만에 쓴 이 작품을 부인하며, "돈

벌이로 쓴 잡문일 뿐"이라는 평가를 내렸다. 그러나 이 작품에도 그 나름의 애호가가 존재한다. 소설가 토비 릿은 2007년 《옵서버》의 잊힌 보물 같은 소설 목록에 이것을 포함시켰다. 창작자의 눈에 어떤 면이 부족해 보였는지는 몰라도, 이 소설은 도입부의 배경(A4 국도)과 주인공의 이름(메이틀랜드) 등 『콘크리트의 섬』(1974)에서 재등장하는 요소들이 포함되어 있다는 점만으로도 대단히 흥미롭다.

밸러드의 친구이자 동시대 작가인 마이클 무어콕은 이 소설을 평하면서 그를 초현실주의 화가에 비유했다. 무어콕은 밸러드의 작품에 대해 "다양한 문학적 의도를 표현해 내기 위해 반복적으로 재사용하고 변용하는 방대한 이미지의 어휘들로써, 인지할 수 있는 도덕성의 문제를 추구한다"라고 말했다. 여기서 밸러드의 도덕성을 강조한 것은 단순한 우연이 아니다. 무어콕은 『크래시』의 여파가 한창일 때 이 서평을 썼는데, 『크래시』에서 밸러드는 자동차를 몰고 엘리자베스 테일러와 정면충돌하는 일을 궁극의 자동차 에로티시즘으로 여기는 등장인물을 그려 냈고, 이는 오늘날까지 논란을 불러일으키고 있다. 그러나 1956년 《뉴 월즈》의 작가 약력에도 시각예술과 특별히 초현실주의가 언급되어 있었다는 점은 아무리 강조해도 지나치지 않을 것이다. 밸러드와 오랜 우정을 나눈 사람들 중에는 예술가인 에두아르도 파올로치도 있었다. 아울러 밸러드 본인은 『크래시』에 대해

"하나의 시각적 경험으로서, 시각적인 구조물로 간주해야 이해할 수 있도록 책 속의 여러 요소들을 결합시켰다"라고 이야기한 바 있다.

『크래시』의 전조라 할 수 있는 일군의 단편소설, 또는 '압축된 장편소설'들을 모은 『잔혹 전시회』(1971)가 뒤이어 출간되었다. 1960년대 후반에 집필하여 주로 문예 계간지 《앰빗》이나 당시 무어콕의 관리하에 있던 《뉴 월즈》에 수록된 이 작품들에서는, 밸러드의 방향성이 눈에 띄게 바뀌고 분위기도 극적으로 어두워졌음을 알아볼 수 있다. 이제 밸러드는 섹스와 폭력과 유명 인사에 집착하기 시작하며, 윌리엄 버로스의 실험적인 '컷-업'• 소설에서 영감을 찾았다. (그런 단편 중 하나인 「내가 로널드 레이건을 강간하고 싶은 이유」는 당시 주지사였던 로널드 레이건이 미합중국 대통령이 될 것이라 정확히 예언했으며, 동시에 너무 자극적이라 미국에서 출간된 『잔혹 전시회』 초판을 전량 폐기하는 결과로 이어졌다.)

하지만 이런 관심사의 변화를 직접적으로 촉발한 것은 1964년 아내 메리의 죽음이라는 개인적인 비극과 당대의 요동치는 사회상이었다. 밸러드는 이렇게 말했다. "내 관점에서 보면 1960년대는 1963년에 케네디 대통령이 암살당하면서 시작된 것이다. 그의 죽음과 베트남전이 1960년대 내내 군림하고 있었다. 텔레비전과 대중 통신을 통해 중계된 이 두 사건은 하나의 10년기 전체에 암운을 드리웠다. 마치

제도로 지정된 재난 지역처럼."

『태양의 제국』의 자전적 후속작인 『여인의 친절함』(1991)에서, 그가 내세운 주인공인 짐은 밸러드 본인의 의견을 그대로 입에 담는다. "1960년대의 방송 매체 전체가 내 모든 강박을 치료하기 위해 특별히 고안된 실험실이나 다름없었다. 폭력과 포르노그래피가 미리엄의 죽음과 중국에서의 전쟁에서 목숨을 잃은 무수한 희생양들에 의미를 부여할 가능성이 있는 최후의 수단으로 등장했다." (미리엄은 밸러드의 아내를 여러 면에서 본뜬 인물이다.)

『크래시』만큼 극단적인 책은 찾아보기 힘들지만, 그 뒤를 이은 『콘크리트의 섬』과 『하이-라이즈』(1975)도 그와 비슷하게 당대의 도시 모습을 정신적으로 해부하려는 대담한 시도를 이어 간다.

밸러드는 나중에 마틴 에이미스가 '콘크리트와 강철 시대'라고 명명한 이 시기도 벗어나지만, 이후로도 인간 정신의 보다 어두운 내면을 탐구하는 일을 멈추지 않았다. 런던의 교외 지역인 셰퍼턴의 자택에서, 그는 도발적인 문화 분석과 충격적이지만 선견지명이 있는 예측을 융합한 소설을 창작해 냈다. 『코카인의 밤』(1996)에서 겉보기로는 목가적

• 텍스트를 무작위로 잘게 잘라 새로운 텍스트로 다시 만드는, 우연성의 문학 기법 또는 장르.

인 상류층 리조트에서 벌어지는 야만 행위를 기록하기도 하고,『밀레니엄 피플』(2003)에서 신랄한 위트를 담아 중산층 혁명을 그려 내기도 하면서, 현대 세계에 내재하는 공포와 부조리에 대해 끊임없이 경종을 울렸다. 밸러드는 진정한 선각자이자, 제2차 세계대전 이후 시대의 가장 위대한 작가 중 한 명이라 할 수 있을 것이다.

트래비스 엘버러

작품 목록

■ 장편소설 단행본

1961	근원 모를 바람*The Wind from Nowhere*
1962	물에 잠긴 세계*The Drowned World*[1]
1964	불타 버린 세계*The Burning World*(한발*The Drought*)[2]
1966	크리스털 세계*The Crystal World*
1973	크래시*Crash*
1974	콘크리트의 섬*Concrete Island*
1975	하이-라이즈*High Rise*
1979	무한한 꿈의 회사*The Unlimited Dream Company*
1981	헬로 아메리카*Hello America*
1984	태양의 제국*Empire of the Sun*
1987	창조의 날*The Day of Creation*
1988	러닝 와일드*Running Wild*
1991	여인의 친절함*The Kindness of Women*
1994	낙원으로 돌진*Rushing to Paradise*
1996	코카인의 밤*Cocaine Nights*
2000	슈퍼칸*Super-Cannes*
2003	밀레니엄 피플*Millennium People*
2006	나라가 임하시오며*Kingdom Come*

■ 단편집

1962	시간의 목소리*The Voices of Time and Other Stories* 빌레니엄*Billennium*

■ 단편소설[5]

영원행 여권 Passport to Eternity

　《어메이징 스토리즈》 1962년 6월 호(제36권 제6호)

모래 우리 The Cage of Sand 《뉴 월즈》 1962년 6월 호(제40권 통권 119호)

감시탑The Watch Towers 《사이언스 판타지》 1962년 6월 호(제18권 통권 53호)

노래하는 조각상 The Singing Statues 《판타스틱》 1962년 7월 호(제11권 제7호)

99층에 선 남자 The Man on the 99th Floor

　《뉴 월즈》 1962년 7월 호(제40권 통권 120호)

잠재의식 인간 The Subliminal Man 《뉴 월즈》 1963년 1월 호(제42권 통권 126호)

셰링턴 이론 The Sherrington Theory(**파충류 사육장**The Reptile Enclosure)[12]

　《어메이징 스토리즈》 1963년 3월 호(제37권 제3호)

재진입의 문제A Question of Re-Entry 《판타스틱》 1963년 3월 호(제12권 제3호)

시간 무덤 The Time Tombs 《월즈 오브 이프》 1963년 3월 호(제13권 제1호)

바다가 깨어나는 시간 Now Wakes the Sea

　《판타지 앤드 사이언스픽션》 1963년 5월 호(제24권 제5호)

조우The Encounter(**금성인 사냥꾼**The Venus Hunters)[13]

　《어메이징 스토리즈》 1963년 6월 호(제37권 제6호)

최후의 한 수 End-Game 《뉴 월즈》 1963년 6월 호(제44권 통권 131호)

한 명 부족 Minus One 《사이언스 판타지》 1963년 6월 호(제20권 통권 59호)

갑작스러운 오후 The Sudden Afternoon 《판타스틱》 1963년 9월 호(제12권 제9호)

스크린 게임 The Screen Game 《판타스틱》 1963년 10월 호(제12권 제10호)

시간의 흐름 Time of Passage

　《사이언스 판타지》 1964년 2월 호(제21권 통권 63호)

산호바다의 죄수 Prisoner of the Coral Deep

　《아거시》 1964년 3월 호(제XXV권 제3호)

사라진 레오나르도 The Lost Leonardo

　《판타지 앤드 사이언스픽션》 1964년 3월 호(제26권 제3호)

종막의 해안 The Terminal Beach 《뉴 월즈》 1964년 3월 호(제47권 통권 140호)

빛살 속의 남자 The Illuminated Man

　《판타지 앤드 사이언스픽션》 1964년 5월 호(제26권 제5호)

평분시Equinox[14]

　《뉴 월즈》 1964년 5~6 · 7~8월 호(제47 · 48권 통권 142 · 143호)

해 질 녘 삼각주 The Delta at Sunset

　단편집 『종막의 해안』 영국판(빅터골랜츠),[15] 1964년 6월

거인의 익사체The Drowned Giant(기념품The Souvenir)[16]

 단편집『종막의 해안』영국판(빅터골랜츠), 1964년 6월

황혼 한낮의 조콘다The Gioconda of the Twilight Noon

 단편집『종막의 해안』영국판(빅터골랜츠),[17] 1964년 6월

화산이 춤추니The Volcano Dances

 단편집『종막의 해안』영국판(빅터골랜츠)[18], 1964년 6월

컨페티 로열Confetti Royale(해변의 살인The Beach Murders)[19]

 《로그》1966년 2~3월 호(제11권 제1호)

너와 나, 그리고 연속체You and Me and the Continuum

 《임펄스》[20] 1966년 3월 호(제1권 통권1호)

너 : 혼수상태 : 메릴린 먼로You: Coma: Marilyn Monroe《앰빗》27호 1966년

암살 무기The Assassination Weapon《뉴 월즈》1966년 4월 호(제50권 통권 161호)

영원의 날The Day of Forever 단편집『불가능 인간』미국판(버클리), 1966년 4월

불가능 인간The Impossible Man

 단편집『불가능 인간』미국판(버클리),[21] 1966년 4월

폭풍의 새, 폭풍의 꿈Storm Bird, Storm Dreamer

 단편집『불가능 인간』미국판(버클리), 1966년 4월

잔혹 전시회The Atrocity Exhibition《뉴 월즈》1966년 9월 호(제50권 통권 166호)

내일은 백만 년Tomorrow is a Million Years

 《아거시》1966년 10월 호(제XXVII권 제10호)

다운힐 자동차 경주로 살펴본 존 피츠제럴드 케네디 암살 사건The Assassination of

 J. F. Kennedy Considered as a Downhill Motor Race《앰빗》29호 1966년

재클린 케네디 암살 계획Plan for the Assassination of Jacqueline Kennedy

 《앰빗》31호 1967~1968년

죽음 구성 요소The Death Module(신경쇠약을 향한 기록Notes towards a Mental

 Breakdown)[22] 《뉴 월즈》1967년 7월 호(제51권 통권 173호)

희망을 외쳐라, 분노를 외쳐라!Cry Hope, Cry Fury!

 《판타지 앤드 사이언스픽션》1967년 10월 호(제33권 제4호)

산호 D의 구름 조각가들The Cloud Sculptors of Coral D

 《판타지 앤드 사이언스픽션》1967년 12월 호(제33권 제6호)

서커스The Recognition 앤솔러지『위험한 상상력』[23] 1967년

내가 로널드 레이건을 강간하고 싶은 이유Why I Want to Fuck Ronald Reagan

 1968년 유니콘서점 발행(소책자)

궁극의 도시 The Ultimate City 단편집 『저공비행』 영국판(조너선케이프), 1976년

엘리자베스 여왕의 코 성형술 Queen Elizabeth's Rhinoplasty

《트리쿼털리》35호 1976년 겨울 호

불감시간The Dead Time 《버내너즈》7호 1977년 봄 호

색인The Index 《버내너즈》8호 1977년 여름 호

집중 치료실 The Intensive Care Unit 《앰빗》71호 1977년

전장의 대본 Theatre of War 《버내너즈》9호 1977년 겨울 호

근사한 시간을 보내며 Having a Wonderful Time 《버내너즈》10호 1978년 봄 호

유타 해변의 어느 오후 One Afternoon at Utah Beach 앤솔러지 『예측들』[25] 1978년

조디악 2000 Zodiac 2000 《앰빗》75호 1978년

모텔 건축 Motel Architecture 《버내너즈》12호 1978년 가을 호

격렬한 환상의 숙주A Host of Furious Fancies 《타임아웃》1980년 12월 19일 자

태양에서 온 소식 News From the Sun 《앰빗》87호 1981년

J. G. B****의 비밀 자서전**The Secret Autobiography of J. G. B****** (J. G. B.의 자서전
The Autobiography of J. G. B.)[26] 《에투알 메카니크》[27] 1~3호 합본 1981년 7
월~1982년 3월 호

우주 시대의 기억 Memories of the Space Age 《인터존》2호 1982년

근미래의 전설 Myths of the Near Future

단편집 『근미래의 전설』 영국판(조너선케이프), 1982년 9월

미확인 우주정거장 조사 보고서 Report on an Unidentified Space Station

《시티 리미츠》1982년 12월 10~16일 자(통권 62호)

공격 대상 The Object of the Attack 《인터존》9호 1984년

설문지 답변 Answers to a Questionnaire 《앰빗》100호 1985년

달 위를 걸었던 남자 The Man who Walked on the Moon 《인터존》13호 1985년

제3차 세계대전 비사 The Secret History of World War 3 《앰빗》114호 1988년

혹독한 시대의 사랑 Love in a Colder Climate

《인터뷰》1989년 1월 호(제XIX권 제1호)

세상에서 가장 큰 테마파크 The Largest Theme Park in the World

《가디언》1989년 7월 7일 자

거대한 공간 The Enormous Space 《인터존》30호 1989년 7~8월 호

전쟁 열병 War Fever

《판타지 앤드 사이언스픽션》1989년 10월 호(제77권 제4호)

제인 폰다의 유방 확대 수술 Jane Fonda's Augmentation Mammoplasty

앤솔러지 『세미오텍스트 SF』[28] 1989년

꿈 화물Dream Cargoes 《신초》[29] 1990년 9월 호
닐 암스트롱은 기억한다……Neil Armstrong Remembers…
　　《인터존》53호 1991년 11월 호
절멸 재구성 안내서A Guide to Virtual Death 《인터존》56호 1992년 2월 호
화성에서 온 메시지The Message from Mars 《인터존》58호 1992년 4월 호
어떤 행성에서 온 보고서Report from an Obscure Planet
　　《레오나르도》[30] 1992년 4월 호
20세기 용어 사전 프로젝트Project for a Glossary of the 20th Century
　　《인터존》72호 1993년 6월 호
붕괴의 단말마The Dying Fall 《인터존》106호 1996년 4월 호
하둔의 미궁The Hardoon Labyrinth 단편집 『버밀리언샌즈』 프랑스판, 2013년[31]

■ 소설 앤솔러지

1961　펭귄 과학소설Penguin Science Fiction / 브라이언 W. 올디스 편집 /
　　　　「12번 트랙」 수록
1965　《판타지 앤드 사이언스픽션》 걸작선The Best From Fantasy and Science
　　　　Fiction / 에이브럼 데이비슨 편집 / 「빛살 속의 남자」 수록
1967　위험한 상상력Dangerous Visions / 할런 엘리슨 편집 / 「서커스」 수록
　　　　SF : 걸작 중의 걸작SF: The Best Of The Best / 주디스 메릴 편집 / 「프
　　　　리마 벨라돈나」 「소리 청소부」 수록
1968　미래 시제Future Tense / 리처드 커티스 편집 / 「빌레니엄」 수록
　　　　잉글랜드가 SF를 흔들다England Swings SF / 주디스 메릴 편집 / 「너
　　　　와 나, 그리고 연속체」 수록
　　　　《뉴 월즈》 걸작 단편선 II Best Stories From New Worlds II / 마이클 무
　　　　어콕 편집 / 「너 : 혼수상태 : 메릴린 먼로」 수록
1969　내면의 풍경The Inner Landscape / J. G. 밸러드·브라이언 W. 올디스·
　　　　머빈 피크 / 「시간의 목소리」 수록
1970　《뉴 월즈》 SF 걸작선 6 Best SF Stories from New Worlds 6 / 마이클 무어
　　　　콕 편집 / 「처형장」 수록

1 1963년 빅터골랜츠판이 밸러드 최초의 하드커버 단행본이다.
2 1965년 조너선케이프판 하드커버가 출간될 때 제목을 변경했다.
3 영국판(빅터골랜츠)과 미국판(버클리)의 수록 작품이 다르다.
4 미국의 경우, 1970년 출간된 더블데이판은 초판본을 전량 폐기했고, 이후 제목을 변경하여 1972년 그로브프레스에서 다시 출간되었다. 사실 영미 판본들보다 앞선 진정한 초판은 1969년의 덴마크판이다. 또한 '미국의 수출품, 사랑과 네이팜'을 제목으로 사용한 것은 1970년의 독일판이 먼저이다.
5 우선적으로 발표된 지면을 기준으로 삼았다. 소설의 일부를 발췌, 수록한 경우는 따로 넣지 않았다.
6 케임브리지 대학교 잡지.
7 단편집 『재난지역』에 재수록될 때 제목을 변경했다.
8 단편집 『버밀리언샌즈』에 재수록될 때 원고를 다시 쓰고 제목을 변경했다. 개고 전에는 등장인물의 이름과 소재 묘사 등이 상당히 달랐다.
9 장편소설 『근원 모를 바람』의 초기 원고. 『근원 모를 바람』에서는 빠진 짧은 후일담이 실려 있다.
10 장편소설 『물에 잠긴 세계』의 단편소설 버전.
11 미국 잡지에 실린 첫 작품이다.
12 단편집 『불가능 인간』에 재수록될 때 제목을 변경했다.
13 단편집 『종막의 해안』 미국판에 재수록될 때 제목을 변경했다.
14 단편 「빛살 속의 남자」를 발전시켜 「평분시」를 썼고, 이를 다시 써서 장편소설 『크리스털 세계』로 출간했다.
15 잡지에는 실린 적이 없음.
16 《플레이보이》 1965년 5월 호(제12권 제5호)에 재수록될 때 제목을 변경했다가 이후 단편집들에는 원제목으로 실렸다.
17 잡지에는 실린 적이 없음.
18 잡지에는 실린 적이 없음.
19 《뉴 월즈》 1969년 4월 호(통권 189호)에 재수록될 때 제목을 변경했다.
20 《사이언스 판타지》에서 제호를 변경했다.
21 잡지에는 실린 적이 없음.
22 단편집 『잔혹 전시회』에 재수록될 때 제목을 변경했다.
23 잡지에는 실린 적이 없음.

24 장편소설『크래시』와는 다른 작품이다.

25 잡지에는 실린 적이 없음.

26 2009년 4월 19일 밸러드 타계 후 추모의 뜻으로《뉴요커》2009년 5월 11일 자에 실렸는데, 이때 제목을 바꾸어 게재했다. 내용 소개는 현대문학 세계문학 단편선『제임스 그레이엄 밸러드』중「옮긴이의 말」710~711쪽 참고.

27 프랑스 잡지에 먼저 발표되었고, 이후 1984년《앰빗》96호에 재수록되었다.

28 잡지에는 실린 적이 없음.

29 일본 잡지에 먼저 발표되었고, 이후《옴니》1991년 2월 호(제13권 제5호)에 재수록되었다.

30 1992년 세비야 엑스포 때 배포된 일회성 잡지.

31 버밀리언샌즈 연작의 하나로, 1950년대 중반에 쓰인 것으로 추정된다. 영국국립도서관의 밸러드 자료에서 발견되었고, 2013년 프랑스판『버밀리언샌즈』에 수록되었으나 저작권 문제로 2014년 판본에서는 삭제되었다. 영어로는 정식으로 발표 및 출간된 적이 없다.

32 시, 수필, 평론, 논문 등 잡지에 실린 비소설 원고는 따로 정리하지 않았다.

세계문학 단편선 25

제임스 그레이엄 밸러드

시간의 목소리 외 24편

병리학적인 현대 문명의 예언자
문체와 형식의 우아한 선지자,

J. G. 밸러드 단편 선집

조호근 옮김 | 724면

"내가 쓴 모든 장편소설은 단편소설에서 시작되었다"

J. G. 밸러드

무슨 일이 벌어졌는지 그가 2분 만에 설명해 주었다. 오로라가 그에게 전설
을 이야기해 주었고, 그는 반쯤은 동정에서 그리고 반쯤은 놀이 삼아 자신의
역할을 수행하기로 마음먹었다고 한다. 덕분에 그녀는 그가 자신을 희생해
자살할 완벽한 기회를 만들어 냈던 것이다.

"물론 자살이 아니라 살인이었지만 말이야." 나는 그에게 말했다. "내 말 믿게.
눈 속에 살의가 담겨 있었다니까. 정말로 자네를 죽이려 한 거야."

트리스트럼은 어깨를 으쓱했다. "그렇게 놀란 표정 짓지 마요, 폴. 애초에 시
를 짓는다는 건 그렇게 위험한 일이잖아요."

—「스타스 가, 5번 스튜디오」에서

'21세기 초두,
미합중국이 붕괴되었다'

20세기 SF에 혁명을 일으킨 거인,
J. G. 밸러드의 강렬한 초전위적 아메리칸드림

헬로 아메리카

H E L L O
A M E R I C A

조호근 옮김 | 404면

● ● ●

"나는 미국을 방문할 때마다 진짜 '아메리카'는 할리우드와 대중매체가 빚어낸 가상의 공간에 존재한다는 느낌을 받는다. '미합중국'은 어쩌면 24시간 내내 방영되는 가상현실 채널의 이름일지도 모른다."

J. G. 밸러드

"나는 섬이로다"

20세기를 요약하고 21세기를 진단했던 작가,
J. G. 밸러드의 전복적 소외의 시학詩學

조호근 옮김 | 276면

JGB
MASTER
WORKS

•

콘크리트의 섬

CONCRETE
ISLAND

•

• • •

"나는 현대 기술이 우리 내면의 일탈 성향을 끝없이 농락할 수 있다는 점을 보이려 했다. 섬에 고립되어 버리면, 우리는 스스로에 대해 폭군이 될 수도, 자기 강점과 약점을 마음껏 시험해 볼 수도 있을 것이다. 어쩌면 항상 외면해 왔던 자신의 내밀한 면모를 받아들이게 될지도 모른다."

J. G. 밸러드

옮긴이 조호근

서울대학교 생명과학부를 졸업했다. 과학서와 SF, 판타지, 호러 등의 장르 소설을 주로 번역했다. 옮긴 책으로 J. G. 밸러드의 『제임스 그레이엄 밸러드』 『헬로 아메리카』 『콘크리트의 섬』을 비롯하여, 『화성 연대기』 『레이 브래드버리』 『도매가로 기억을 팝니다』 『마이너리티 리포트』 『와일드 시드』 『더블 스타』 『하인라인 판타지』 『아마겟돈』 『컴퓨터 커넥션』 『타임십』 『소용돌이에 다가가지 말 것』 『풀리는 어떻게 진화했는가』 「나인폭스 갬빗 3부작」 등이 있다.

밀레니엄 피플

초판 1쇄 펴낸날 2022년 1월 17일

지은이 J. G. 밸러드
옮긴이 조호근
펴낸이 김영정

펴낸곳 (주)현대문학
등록번호 제1-452호
주소 06532 서울시 서초구 신반포로 321(잠원동, 미래엔)
전화 02-2017-0280
팩스 02-516-5433
홈페이지 www.hdmh.co.kr

© 2022, 현대문학

ISBN 979-11-6790-021-0 03840

＊ 책값은 뒤표지에 있습니다.
＊ 파본은 구입처에서 교환해 드립니다.